ROZUM A CIT

Jane Austen

ROZUM A CIT

slovart

ISBN 978-8085-256-6

DIEL PRVÝ

PRVÁ KAPITOLA

Rodina Dashwoodovcov bývala v Sussexe oddávna. Vlastnili rozľahlé panstvo a ich sídlom bol Norland, v strede ich majetkov, kde po mnoho generácií žili takým úctyhodným životom, že si získali dobrú povesť u všetkých známych z okolia. Posledný majiteľ sa neoženil, dožil sa vysokého veku a väčšinu života strávil so sestrou, ktorá sa mu starala o domácnosť a robila mu spoločnosť. Smrť ju však zastihla o desať rokov skôr než jeho a vniesla do jeho života obrovský zlom, lebo aby nahradil stratu, ktorá ho postihla, pozval a prichýlil pod svoju strechu synovca, pána Henryho Dashwooda, inak zákonitého dediča norlandského panstva, ktorému ho aj zamýšľal odkázať. So synovcom, neterou a ich deťmi strávil starý pán nadmieru šťastné roky. Ľúbil ich čoraz väčšmi. Neprestajná starostlivosť pána a pani Dashwoodových o jeho želania, ktorá nepramenila zo získania osobného prospechu, ale z ich dobrého srdca, mu poskytovala všetko skutočné pohodlie, akého sa mužovi v jeho veku môže dostať, a deti mu svojou hravosťou priniesli aj chuť do života.

Pán Henry Dashwood mal s prvou manželkou syna, s druhou tri dcéry. Syna, slušného a váženého mladého muža, finančne zaopatrilo značné dedičstvo po matke, ktorého polovicu obdržal po dosiahnutí plnoletosti. Vlastným sobášom však čoskoro nato svoje bohatstvo ešte navýšil. Následníctvo v norlandskom panstve preto pre neho nebolo až také dôležité ako pre jeho sestry, ktoré mali dostať len malé veno, a aj to v značnej miere záviselo od dedičstva, ktoré má otcovi pripadnúť po strýkovi. Matka sama nemala nič a otec smel podľa vlastného uváženia použiť iba sedemtisíc libier, pretože polovica majetku po prvej manželke bola určená na zaopatrenie jej dieťaťa, a zostávajúcu časť mohol užívať iba počas svojho života.

Starý pán zomrel, prečítali poslednú vôľu, a tak, ako to chodí takmer pri každom závete, zanechal práve toľko sklamania ako spokojnosti. Nebol ani taký nespravodlivý, ani taký nevďačný, aby synovcovi majetok odobral, ale urobil to spôsobom, ktorý znížil hodnotu pozostalosti o polovicu. Pán Dashwood si prial viac pre svoju ženu a dcéry, než pre seba a syna: no všetko pripadlo synovi a synovmu synovi, štvorročnému chlapcovi, a navyše s podmienkami, ktoré mu nedávali žiadnu možnosť lepšie zaopatriť ženy, ktoré mu boli najdrahšie a ktoré potrebovali jeho najväčšiu podporu, či už zaťažením majetku nejakým bremenom, či predajom kusa cenného lesa, ktorý bol súčasťou panstva. Všetko spadlo do lona chlapčaťu, čo si získalo náklonnosť prastrýka len príležitostnými návštevami so svojím otcom a matkou v Norlande, a pôvabmi, ktoré rozhodne nie sú zriedkavé u dvoj-trojročných detí: nezrozumiteľným džavotaním, nástojčivým dožadovaním sa všetkého, čo sa mu zachce, prefíkanými trikmi a veľkým krikom; tým všetkým vyvážilo hodnotu láskavosti, ktorú starému pánovi po toľké roky venovali neter a jej dcéry. No keďže sa strýko predsa len nechcel zachovať kruto, na znak svojej lásky k trom dievčatám každej z nich zanechal po tisíc libier.

Pán Dashwood sprvu ťažko niesol sklamanie, ale mal veselú a optimistickú povahu a oprávnene dúfal, že bude žiť ešte dlho, a pri dobrom hospodárení môže z výnosov panstva, ktoré už aj tak boli obrovské a ešte stále

8

spôsobilé trvalo sa zvyšovať, odložiť značnú sumu. Ale bohatstvo, ktoré prišlo tak oneskorene, si užíval len dvanásť mesiacov. Dlhšie svojho strýka neprežil a celá suma, čo po ňom vdove a dcéram zostala, činila desaťtisíc libier vrátane dedičstva po strýkovi.

Len čo bolo jasné, že nadišla jeho posledná hodina, zavolal si syna a s plnou vážnosťou a naliehavosťou, akú prikazuje ťažká choroba, mu kládol na srdce, aby nezabudol na nároky svojej nevlastnej matky a sestier.

Pán John Dashwood nebol k zvyšku svojej rodiny priveľmi pripútaný, ale dojala ho otcova úzkostlivá prosba na smrteľnej posteli a prisľúbil, že vykoná všetko, čo bude v jeho silách, a postará sa o ich spokojné živobytie. Otcovi sa po tomto ubezpečení uľavilo a pánu Johnovi Dashwoodovi zostalo dosť času pouvažovať, koľko by bolo v jeho silách pre ne vykonať, aby ho to priveľa nestálo.

Nemal zlú povahu, ak len mať chladné srdce a byť bezohľadne sebecký nepatrí k zlým vlastnostiam: ale vo všeobecnosti ho ľudia rešpektovali, pretože pri plnení zvyčajných povinností vždy postupoval správne, a keby sa bol oženil s milšou ženou, mohol byť ešte váženejší: mohol sa dokonca aj sám stať milším, pretože sa oženil veľmi mladý a mal nesmierne rád svoju ženu. Ale pani Fanny Dashwoodová bola nápadnou karikatúrou svojho manžela: bola ešte obmedzenejšia a sebeckejšia.

Po tom, čo John dal otcovi sľub, sám v duchu uvažoval, že zvýši svojim sestrám súčasné dedičstvo každej o tisíc libier. Ale potom sa mu videlo, že aj jemu by sa zišli. Vyhliadka na štyritisíc libier ročne na dôvažok k jeho súčasnému príjmu okrem zostávajúcej polovice dedičstva po matke mu trochu obmäkčila srdce a takmer ho naučila správať sa šľachetne. ,Áno, dá im tritisíc libier: bude to veľkorysé a pekné! To bude stačiť, aby sa mali vynikajúco. Tritisíc libier! Môže obetovať takú značnú sumu bez ťažkostí.' Rozmýšľal nad tým celý boží deň a dodatočne aj niekoľko ďalších a za ničím nebanoval.

Jeho otca ešte ani poriadne nepochovali, už pricestovala jeho manželka so synom a služobníctvom bez toho, že by poslala svokre čo len pár riadkov o svojom zamýšľanom príchode. Nikto nemohol spochybniť jej právo prísť, dom patril jej manželovi od okamihu, ako jeho otec skonal, ale jej netaktnosť k pani Dashwoodovej v tejto situácii bola taká donebavolajúca, že aj ľuďom s priemernými citmi sa jej správanie muselo javiť nanajvýš nevľúdne; no v mysli *tej druhej dámy* sídlil taký prenikavý zmysel pre česť a toľká romantická šľachetnosť, že urážka podobného druhu, nech ju spôsobil alebo obdržal ktokoľvek, vyvolala trvalý odpor. Mladá pani Dashwoodová nikdy nebola v manželovej rodine obľúbená, ale doteraz sa jej nenaskytla príležitosť predviesť, s akou nepatrnou pozornosťou k citom iných ľudí dokáže konať, ak jej to situácia dovoľuje.

Pani Dashwoodová tak bolestne prežívala toto nehanebné správanie a tak vážne ním opovrhovala, že len čo nevesta prišla, bola by sa navždy z domu odsťahovala, nebyť prosieb najstaršej dcéry, aby najprv pouvažovala, kde by sa najlepšie presídlili, a len jej nežná láska k trom dcéram ju nateraz presvedčila, aby ešte zostali, a kvôli nim sa dokonca snažila vyhnúť svárom s ich bratom.

Elinor, najstaršia dcéra, ktorej rady priniesli spomínaný účinok, vynikala inteligenciou a britkým úsudkom, čo ju kvalifikovalo, hoci mala len devätnásť, stať sa matkinou poradkyňou, a našťastie pre ne všetky jej dovolilo zakaždým schladiť prudkosť pani Dashwoodovej, ktorá by ju inak často viedla k nerozvážnosti. Elinor mala vrúcne srdce, láskyplnú povahu a hlbokú citlivosť, ale to všetko vedela opanovať: bolo to umenie, ktorému sa jej matka ešte len potrebovala priučiť a ktoré si jedna z jej sestier predsavzala nikdy neosvojiť.

Mariannine schopnosti sa v mnohých ohľadoch Elinoriným takmer vyrovnali. Bola inteligentná a bystrá, ale vo všetkom prihorlivá, jej žiale i výlevy jej radosti sa nedali utíšiť. Bola šľachetná, milá, príťažlivá a všetko, len nie rozumná. Neuveriteľne nápadne sa podobala na svoju matku.

Elinor si so znepokojením uvedomovala sestrinu prehnanú precitlivosť, ale pani Dashwoodová ju oceňovala a tešila sa z nej. Obe sa teraz navzájom podporovali vo svojom hlbokom súžení. Slepý záchvat žiaľu, ktorý ich v prvej chvíli uchvátil, dlho úmyselne udržiavali pri živote, znovu a znovu ho privolávali a prehlbovali. Úplne sa svojmu smútku poddali, vedome jatrili svoju bolesť s každou spomienkou, ktorá im to umožnila, odhodlané, že už nikdy sa nedajú utešiť. Aj Elinor hlboko zasiahla ich strata, ale aspoň dokázala bojovať a vynaložiť na prekonanie svojho žiaľu veľkú námahu. Mohla komunikovať s bratom, bola schopná prijať švagrinú, keď prišla, a venovať jej náležitú pozornosť a dokázala aj pobádať matku k rovnakej snahe a povzbudzovať ju k rovnakej trpezlivosti.

Margaret, najmladšia sestra, dobrosrdečná a šikovná dievčina, už do seba nasala priveľa Marianninej romantiky, hoci v skutočnosti nepobrala veľa z jej dôvtipu a vo svojich trinástich rokoch ani zďaleka nevyzerala, že sa v pokročilejšom období života vyrovná svojim sestrám.

DRUHÁ KAPITOLA

Manželka Johna Dashwooda si prisvojila úlohu domácej panej v Norlande a svoju svokru a švagriné degradovala do úlohy hostí. Zaobchádzala s nimi však zdvorilo a pokojne a jej manžel im preukazoval toľkú láskavosť, akú len dokázal cítiť k niekomu inému, než k sebe, svojej žene a ich dieťaťu. Dokonca na ne dosť vážne naliehal, aby naďalej považovali Norland za svoj domov, a keďže pani Dashwoodovej sa žiadne riešenie nezdalo také vhodné, ako zostať tu, kým sa jej nenaskytne nejaký dom v susedstve, jeho pozvanie prijala.

Jej duši sa najväčšmi pozdávalo bývať v dome, kde všetko pripomínalo ich nedávny šťastný život. Vo chvíľach veselosti nebolo veselšej osoby než ona a do budúcnosti hľadela optimistickejšie než všetci ostatní, čo už je samo osebe dosť veľkým šťastím. Ale v žiali sa rovnako bezhlavo nechala unášať predstavivosťou a ani v radosti, ani v bezútešnosti sa nedokázala mierniť.

Mladšia pani Dashwoodová rozhodne neschvaľovala, čo jej manžel zamýšľa vykonať pre svoje sestry. Obrať ich drahého chlapčeka – ochudobniť ho o tritisíc libier! Požiadala ho, aby si to znovu dobre premyslel. Ako si zodpovie pred svojím svedomím, keď okradne vlastné dieťa, svoje jediné dieťa, o takú obrovskú sumu? A aké prípadné nároky by mohli vzniesť slečny Dashwoodové, ktoré sú s ním len spolovice pokrvné príbuzné, čo podľa nej nie je vôbec žiadne príbuzenstvo, na jeho šľachetnosť, aby dostali takú obrovskú sumu? Je predsa dobre známe, že medzi deťmi z viacerých manželstiev jedného muža sa nepredpokladá nijaká láska, a prečo by mal teda zruinovať sám seba a ich chudáčika Harryho tým, že odovzdá všetky jeho peniaze svojim nevlastným sestrám?

„Otcovou poslednou žiadosťou bolo,“ odpovedal jej manžel, „aby som pomáhal jeho vdove a dcéram.“

„Bezpochyby nevedel, čo vraví; desať ku jednej, že v tej chvíli nebol pri zmysloch. Keby bol pri zdravom rozume, nebola by mu prišla na um taká vec, ako žiadať od teba, aby si obral vlastné dieťa o polovicu majetku.“

„Nestanovil konkrétnu sumu, drahá Fanny; len ma vo všeobecnosti požiadal, aby som ich podporoval a prispel k zlepšeniu ich položenia väčšmi, než mohol urobiť sám. Možno by bolo lepšie, keby to nechal na mňa. Určite nepredpokladal, že by som ich opomenul. Ale keďže si vyžadoval môj sľub, nedokázal som ho odmietnuť; aspoň tak sa mi to v tej chvíli videlo. Dal som mu preto sľub a teraz ho musím dodržať. Nezáleží na tom, kedy sa odsťahujú z Norlandu a usadia v novom dome, niečo pre ne musím urobiť.“

„Dobre, nech je teda tak, ale nemusí to byť tritisíc libier. Uvažuj,“ dodala, „ak sa raz s peniazmi rozlúčiš, nikdy sa nevrátia. Sestry sa vydajú a všetko bude fuč. Ak sa, pravdaže, vôbec niekedy vrátia nášmu chlapčekovi...“

„Veď, pravda,“ povedal jej manžel smrteľne vážne, „to mení situáciu. Môže prísť chvíľa, keď Harry oľutuje, že prišiel o takú obrovskú sumu. Keby mal napríklad početnú rodinu, taký príspevok by sa mu veľmi zišiel.“

„Pravdaže áno.“

„Možno by teda bolo pre všetkých lepšie, keby som tú sumu skrátil na polovicu. Päťsto libier by tiež bolo ohromným prilepšením k ich majetku!“

„Ó, nadovšetko ohromným! Ktorý brat na svete by urobil čo len polovicu z toho pre svoje sestry, dokonca pre *vlastné* sestry! Nieto ešte pre nevlastné! Ale ty máš takú šľachetnú dušu!"

„Nechcel by som urobiť nič nečestné," odvetil. „Človek by mal v takej situácii spraviť radšej priveľa ako primálo. Aspoň si nikto nemôže myslieť, že som pre ne nevykonal dosť; dokonca ani ony samy by sotva mohli očakávať viac."

„Netušíme, čo by *mohli* očakávať," povedala žena, „ale nemali by sme rozmýšľať o tom, čo očakávajú, otázka znie, čo si môžeš dovoliť."

„Určite, a ja si myslím, že si môžem dovoliť dať každej po päťsto libier. Vlastne bez môjho prídavku im po matkinej smrti každej zostane tritisíc libier, to je úctyhodný majetok pre každú mladú ženu."

„Samozrejme, a teraz som prišla na to, že vlastne nemôžu chcieť vôbec nič. Dokopy si rozdelia desaťtisíc libier. Ak sa vydajú, dobre sa zabezpečia, a ak nie, môžu si spokojne nažívať spolu z úrokov z tých desiatich tisícok."

„To je čistá pravda, a neviem, či vlastne nebude vhodnejšie nejako podporiť ich matku, kým žije, než ich – mám na mysli čosi ako ročnú rentu. Sestry z nej môžu mať úžitok rovnako ako ona. So stovkou ročne by mohli byť absolútne spokojné."

Jeho manželka však trochu zaváhala so svojím súhlasom.

„Isteže je to lepšie, než rozlúčiť sa naraz s pätnástimi stovkami," povedala. „Ale potom, ak pani Dashwoodová bude žiť ešte pätnásť rokov, tak sme sami seba dobehli."

„Pätnásť rokov! Moja drahá Fanny, jej život už nestojí ani za polovicu takej sumy."

„To iste nie, ale všimni si, že ak sa ľudom platí renta, žijú večne, a ona je veľmi silná a zdravá, a nemá ani štyridsať. Renta je veľmi vážna vec; prichádza znova a znova každý rok a nedá sa jej zbaviť. Neuvedomuješ si, čo chceš urobiť. Veľmi dobre poznám ťažkosti s rentami, lebo moja matka znášala bremeno takej platby voči trom starým penzionovaným sluhom, ktoré vyplývalo z otcovej poslednej vôle, a je zarážajúce, aké to bolo pre ňu nepríjemné. Tieto renty sa platia dvakrát ročne, a k tomu ešte problémy s doručením, a navyše sa raz hovorilo, že jeden z nich zomrel a nakoniec sa ukázalo, že nič také sa nestalo. Matka z toho takmer ochorela. Jej peniaze neboli jej, ako vravievala, keď na ne kládli neprestajné nároky; a od otca to bolo strašne nepekné, lebo inak by tie peniaze užívala len matka sama bez akýchkoľvek obmedzení. Nadobudla som k rentám taký odpor, že som si istá, že by som sa dobrovoľne k takej platbe nezaviazala ani za svet."

„To je určite nepríjemné, mať každoročne vo svojom vrecku takú dieru," odpovedal pán Dashwood. „Ako tvoja matka správne poznamenala, človek má majetok, ktorý *nie* je jeho. Zaviazať sa k pravidelnému plateniu nejakej sumy každý štvrťrok rozhodne nie je žiaduce; zbavuje to človeka nezávislosti."

„Nepochybne; a nakoniec sa ani vďaky nedočkáš! Ony sa považujú za zabezpečené; ty nerobíš nič iné, len čo sa očakáva, a nevzbudí to žiadnu vďačnosť. Keby som bola na tvojom mieste, čokoľvek by som urobila, počínala by som si nanajvýš uvážlivo. Nezaviazala by som sa dať im niečo každý rok. V niektorých rokoch môže prísť veľmi nevhod obetovať aj sto, alebo dokonca päťdesiat libier z našich výdavkov."

„Myslím, že máš pravdu, drahá, v tomto prípade bude lepšie nedávať im žiadnu rentu, keď im príležitostne dám hocijakú sumu, bude to oveľa užitočnejšie než každoročný prídel, pretože keby sa cítili zabezpečené väčším príjmom, len by si žili na vysokej nohe, a na konci roka by preto neboli ani o halier bohatšie. Tak to určite bude najlepšie. Päťdesiat libier tu a tam ako darček im zaručí, že sa nebudú musieť trápiť pre peniaze, a myslím, že to vyhovie môjmu sľubu otcovi."

„Určite áno. Skutočne, aby som pravdu povedala, som si istá, že tvoj otec vôbec nemal na mysli, aby si im dával nejaké peniaze. Pomoc, na ktorú myslel, je bezpochyby iba niečo primerané, čo sa dá od teba očakávať: napríklad poobzerať sa po nejakom malom domčeku pre ne, pomôcť im presťahovať sa, a posielať im nejaké drobnosti ako darčeky a tak... skutočne, bolo by to veľmi čudné a neprístojné, keby chcel niečo iné. Len uvažuj, môj drahý, ako nadmieru spokojne si môže tvoja nevlastná matka a sestry žiť z úrokov zo siedmich tisícok libier, a to okrem tých tisíc, čo každé dievča dostalo, ročne im to každej vynesie päťdesiat libier, a z toho, pravdaže, prispejú matke na stravovanie. Dokopy budú mať päť stoviek do roka, a čo by, preboha, štyri ženy ešte chceli viac? Budú žiť tak lacno! Za domácnosť nedajú vôbec nič. Nebudú mať koč, ani kone, a sotva nejaké služobníctvo, nebudú pozývať spoločnosť a nič iné im nebude treba. Len si predstav, ako úžasne sa im bude žiť! Päťsto ročne! Som si istá, že ani nedokážem vymyslieť, na čo ich môžu minúť, a je dosť absurdné pomýšľať na to, že im ešte niečo dáš. Skôr ony budú môcť dať *tebe*.“

„Čestné slovo, zdá sa, že máš úplnú pravdu,“ povedal pán Dashwood. „Môj otec toho určite nemal na mysli viac, než hovoríš. Teraz tomu jasne rozumiem a prísne splním svoj záväzok takým druhom pomoci a láskavosti, aký si práve opísala. Keď sa matka presťahuje do iného domu, ochotne jej poskytnem svoje služby a budem jej k dispozícii, pokiaľ len budem môcť. Hádam by bolo prijateľné, keby sme im darovali nejaký drobný kus nábytku.“

„Istotne,“ prikyvovala jeho žena. „Ale ešte o jednej veci treba považovať. Keď sa tvoj otec a matka prisťahovali do Norlandu, predali síce nábytok zo Stanhillu, ale čínsky porcelán, strieborný servis a obrusy si nechali, a tie si teraz odnesie tvoja matka. Jej dom bude hneď úplne zaprataný!“

16

„To je nepochybne vážna úvaha. Cenné dedičstvo, to je pravda! A niektoré kúsky servisu by boli veľmi milým doplnkom k nášmu zariadeniu."

„Áno, a raňajkový čínsky porcelán je dvakrát taký pekný ako ostatné kúsky v tomto dome. Podľa mňa až pripekný tam, kde si *ony* budú môcť dovoliť bývať. Ale už je to raz tak. Tvoj otec myslel len na *ne*. A musím povedať aj to, že mu nedlhuješ žiadnu mimoriadnu vďačnosť, a nemusíš byť ani pozorný k jeho želaniam, lebo obaja dobre vieme, že keby mohol, takmer všetko by zanechal *im*."

Tomuto argumentu sa nedalo vzdorovať. Dodal jeho úmyslom presne ten posledný kamienok, ktorý predtým chýbal jeho rozhodnosti, a napokon sa rozhodol, že by bolo absolútne nepotrebné, ak nie nanajvýš nevkusné vykonať pre vdovu a deti pozostalé po jeho otcovi viac, než presne ten druh susedskej pomoci, aký načrtla jeho žena.

TRETIA KAPITOLA

Pani Dashwoodová zostala v Norlande ešte niekoľko mesiacov nie preto, že by sa jej nechcelo sťahovať, keď už pohľad na všetky známe zákutia v nej prestal vzbudzovať bolesť, čo veru trvalo istý čas, lebo len čo jej duša začala ožívať a jej myseľ dokázala vyvinúť iné úsilie, než prehlbovať zármutok melancholickými spomienkami, nevedela sa dočkať, kedy odíde, a neúnavne sa dopytovala po vhodnom príbytku v okolí Norlandu, pretože odsťahovať sa ďaleko od milovaného miesta bolo pre ňu nemožné. Nepodarilo sa jej však nájsť bývanie, ktoré by zodpovedalo jej predstavám o pohodlí a spokojnosti a zároveň vyhovelo sporovlivosti najstaršej dcéry, ktorá vďaka svojej uvážlivosti rozhodne zamietla niekoľko domov, ktoré by sa páčili jej matke, lebo boli príliš veľké na ich príjem.

Pred svojou smrťou povedal manžel pani Dashwoodovej o synovom sľube, ktorý upokojil jeho posledné myšlienky na tejto zemi. A ani ona nepochybovala o synovej úprimnosti a kvôli dcéram ju to uspokojilo, pretože jej samej by aj oveľa menší odkaz než sedemtisíc libier zabezpečil blahobyt. Ale tešilo ju to aj kvôli synovi, najmä kvôli jeho svedomiu, a vyčítala si, že bola predtým nespravodlivá k jeho charakteru a neverila, že by bol schopný nejakej šľachetnosti. Jeho láskavé správanie k nej a sestrám ju však presvedčilo, že mu ich dobro leží na

18

srdci, a dosť dlho sa pevne spoliehala na jeho veľkodušné úmysly.

Opovrhnutie, ktoré od počiatku ich známosti pociťovala voči neveste, sa po bližšom poznaní jej charakteru, ktoré jej umožnil polročný pobyt v jednom dome, ešte prehĺbilo, a napriek jej odhodlaniu správať sa k nej slušne a s materskou láskou obe dámy čoskoro zistili, že bývať spolu pridlho pod jednou strechou by bolo neznesiteľné, keby sa nevyskytli isté okolnosti, ktoré podľa mienky pani Dashwoodovej predstavovali väčší dôvod, aby jej dcéry v Norlande ešte zostali.

Tou okolnosťou sa stal rozvíjajúci sa vzťah medzi jej najstaršou dcérou a bratom manželky Johna Dashwooda, džentlmenom a príjemným mladým mužom, ktorého im predstavili čoskoro po tom, čo sa jeho sestra usalašila v Norlande a ktorý tu odvtedy trávil väčšinu svojho času.

Niektoré matky by podporovali takýto vzťah zo zištných dôvodov, lebo Edward Ferrars bol najstarším synom muža, ktorý zomrel veľmi bohatý; a iné by ju zase z obozretnosti zakazovali, keďže okrem celkom drobnej sumy celý jeho majetok závisel od vôle jeho matky. No pani Dashwoodovú by sotva ovplyvnili podobné úvahy. Stačilo jej, že mladý muž sa zdá milý a ľúbi jej dcéru a že mu Elinor náklonnosť opláca. Bol to presný opak jej doktríny, že páry, ktoré sa priťahujú svojimi vlastnosťami, istotne odlúčia majetkové rozdiely; a nedokázala si predstaviť, že by človek, ktorý Elinor pozná, nevidel jej výnimočné vlastnosti.

Edward Ferrars si u nich nezískal dobrú povesť nejakým zvláštnym čarom osobnosti alebo vystupovania. Nebol ani pekný a jeho spôsoby si vyžadovali dôvernú známosť, aby sa niekomu videli príjemnými. Z ostýchavosti o sebe príliš nehovoril, ale keď prekonal svoju vrodenú plachosť, jeho správanie naznačilo otvorené láskyplné srdce. Oplýval značnou inteligenciou a vzdelanie ju ešte podstatne prehĺbilo. Ale nebol vybavený schopnosťou a ani povahou vyhovieť želaniam svojej matky a sestry, ktoré z neho chceli mať významného... ani nevedeli koho. Chceli mu skrátka zadovážiť také či onaké vysoké postavenie. Jeho matka si želala vtiahnuť ho do politických záležitostí, dostať ho do parlamentu, alebo ho aspoň spojiť s vtedy najvýznačnejšími osobami v krajine. Aj jeho sestra si to priala, ale kým sa táto požehnaná budúcnosť naplní, jej ambíciu by uspokojilo, keby sa aspoň vozil v obrovskom kočiari. No Edwarda neťahalo za význačnými mužmi a kočmi. Jeho najvrúcnejšie želania sa upierali k domácemu šťastiu a pokojnému súkromiu. Našťastie mal ešte jedného, oveľa sľubnejšieho mladšieho brata.

Edward už trávil v dome niekoľko týždňov, kým pritiahol pozornosť pani Dashwoodovej, pretože ešte vždy natoľko trúchlila, že nebola schopná zaoberať sa svojím okolím. Všimla si len, že je tichý a utiahnutý, a mala ho preto rada. Neobťažoval ju v jej nešťastnom rozpoložení konverzáciou v nevhodnej chvíli. Prvý raz ju pritiahla k sústredenejšiemu pozorovaniu a sympatiám zmienka o tom, aký je odlišný od svojej sestry, ktorú iba náhodou utrúsila Elinor. Takýto kontrast ho zvlášť odporučil do priazne jej matky.

„To celkom stačí," povedala, „celkom stačí, ak niekto povie, že sa Fanny vôbec nepodobá. To značí, že je milý. Už teraz ho mám rada."

„Myslím, že si ho obľúbite, keď ho lepšie spoznáte," povedala Elinor.

„Obľúbim?" odvetila matka. „U mňa sa sympatie vždy vyrovnajú láske."

„Možno si ho budete môcť vážiť."

„Doteraz som nevedela, že sa úcta dá od lásky oddeliť."

Od tej chvíle si pani Dashwoodová dala záležať na tom, aby sa s ním bližšie zoznámila. Jej prívetivé spôsoby čoskoro zahnali jeho uzavretosť. Veľmi rýchlo vypozorovala jeho prednosti; jej vnímavosť azda trochu vyburcovalo presvedčenie o jeho vzťahu k Elinor, no naozaj sa ubezpečila, že je to vzácny muž, a dokonca aj jeho plachosť, ktorá bola v rozpore s jej predstavami o vystupovaní mladého muža, ju prestala nudiť, keď zistila, že má vrúcne srdce a láskyplnú povahu.

Len čo v jeho správaní zaznamenala prvé náznaky lásky k Elinor, hneď považovala ich hlbokú vzájomnú oddanosť za istú vec a nádejala sa, že sa ich sobáš rýchlo blíži.

„O niekoľko mesiacov, moja drahá Marianne," povedala, „bude naša Elinor s najväčšou pravdepodobnosťou vydatá a usadená. Nám bude chýbať, ale *ona* bude šťastná."

„Ach, mama, čo si len bez nej počneme?"

„Nečaká nás odlúčenie, zlatko. Budeme bývať len zopár míľ od seba a každučký deň sa budeme stretávať. Získaš brata, skutočného láskavého brata.* Edwardovo srdce si nadovšetko vážim. Ale tváriš sa vážne, Marianne, neschvaľuješ sestrinu voľbu?"

„Hádam to je trochu prekvapujúce," odvetila Marianne, „Edward je milý a mám ho zo srdca rada. Ale predsa, nie je taký... čosi mu chýba... nemá takú nápadne peknú postavu; nie je v ňom nič z pôvabov, ktoré by som očakávala u muža, čo si navždy získa moju sestru. Jeho očiam chýba tá oduševnenosť, ten oheň, ktorý hneď prezradí hlbokú dušu a inteligenciu. A okrem toho všetkého, veď on vôbec nemá vkus. Hudba ho sotva oslovuje, a hoci veľmi obdivuje Elinorine kresby, nie je to obdiv človeka, ktorý ich naozaj dokáže oceniť. Stále Elinor pozoruje, keď kreslí, ale je jasné, že v skutočnosti nevie o kreslení nič. Chváli ju ako zaľúbený, nie ako znalec. Pre mňa musia byť tieto vlastnosti v jednote. Nedokázala by som byť šťastná s mužom, ktorého vkus v každom bode nezodpovedá môjmu. Musí vyhovieť všetkým mo-

---

* Švagra. Noví členovia rodiny sa po sobáši považovali za pokrvných príbuzných, a tak sa aj oslovovali.

jim záľubám, musí zbožňovať tie isté knihy, musí nás očariť tá istá hudba. Ach, mama, ako bezducho, ako fádne nám včera večer Edward čítal! Horko som so sestrou súcitila. Ale ona to znášala tak pokojne, tvárila sa, akoby si to vôbec nevšimla. Nemohla som ani obsedieť. Počúvať, ako tie nádherné riadky, ktoré mňa vždy takmer rozbúria, prednáša s takým nepreniknuteľným chladom, takou hroznou ľahostajnosťou!"

„Určite by sa viac vložil do nejakej jednoduchšej uhladenej prózy. Aj som si to myslela, ale ty si mu dala Cowpera.*"

„Nuž, mama, ak ho nevzrušuje Cowper! Ale asi mu musíme priznať právo na vlastný vkus. Elinor necíti ako ja, a preto to môže prehliadnuť a môže s ním byť šťastná. Ale keby som ja bola do neho zaľúbená a počula by som ho takto necitlivo čítať, *moje* srdce by to určite zlomilo. Mama, čím viac sa dozvedám o svete, tým viac som presvedčená, že nikdy nestretnem muža, ktorého by som skutočne ľúbila. Vyžadujem tak veľa! Musel by mať všetky Edwardove dobré vlastnosti a jeho zjav a spôsoby musia ozdobiť jeho dobrotu takým šarmom, akým sa len dá."

„Nezabúdaj, zlatko, že ešte nemáš sedemnásť. Je priskoro zúfať nad takými vecami. Prečo by ti mal život priniesť menej šťastia než tvojej matke? Moja drahá Marianne, iba v jednej veci sa tvoj osud môže líšiť od jej!"

---

* William Cowper (1731 – 1800), obľúbený básnik Jane Austenovej.

ŠTVRTÁ KAPITOLA

„Je to veľká škoda Elinor," povedala Marianne, „že Edward nemá rád kreslenie."

„Nemá rád kreslenie?" odvetila Elinor. „Prečo si to myslíš? Sám síce nevie kresliť, ale veľmi rád obdivuje dielo iných, a ubezpečujem ťa, že mu rozhodne nechýba vrodený vkus, hoci doteraz nemal príležitosť ho zdokonaľovať. Keby sa bol niekedy priplietol k takému vyučovaniu, myslím, že by kreslil vynikajúco. Tak veľmi neverí svojmu úsudku v tejto oblasti, že zakaždým vyjadruje svoje názory na obrazy len nerád, ale má prirodzený takt a prostý vkus, ktorý ho v podstate vedie správnym smerom."

Marianne sa nechcela sestry dotknúť, a tak o tom ďalej nehovorila; ale záujem, ktorý v Edwardovi prebúdzali cudzie kresby, ako ho opisovala Elinor, bol príliš vzdialený nadšenému vytrženiu, ktoré si podľa jej mienky jediné zaslúžilo nazývať sa záľubou. A hoci sa sama v duchu usmiala nad sestriným omylom, predsa ocenila jej slepú oddanosť Edwardovi, ktorá ho spôsobila.

„Dúfam Marianne," pokračovala Elinor, „že si nemyslíš, že Edward vôbec nemá vkus. Skutočne verím, že si to nemyslíš, pretože sa k nemu správaš veľmi srdečne, a keby si si o ňom myslela *toto*, som si istá, že by si sa k nemu veru nedokázala správať slušne."

Marianne nevedela, čo má povedať. V žiadnom prípade nechcela raniť sestrine city, a predsa nedokázala hovoriť, čo si nemyslela. Napokon však odvetila:

„Neuraz sa, Elinor, ak ho vo všetkom nechválim tak veľmi, ako hlboko ty preciťuješ jeho klady. Nemala som toľko príležitostí bližšie oceniť jeho sklony, myšlienky, záľuby a vkus ako ty, ale nadovšetko si vážim jeho dobrotu a inteligenciu. Myslím, že je na ňom všetko cenné a milé."

„Som si istá, že ani jeho najbližší by neboli nespokojní s takýmto hodnotením," odvetila Elinor s úsmevom. „Ani netuším, ako by si sa mohla vrúcnejšie vyjadriť."

Marianne sa zaradovala, že sestru tak ľahko potešila.

„Myslím, že nikto, kto sa s ním stretáva dosť často, aby ho vtiahol do otvoreného rozhovoru, nemôže pochybovať o jeho inteligencii a dobrote," pokračovala Elinor. „Svoju prenikavú bystrosť a zásadovosť môže zakryť len plachosťou, ktorá ho pričasto núti mlčať. Poznáš ho dosť dobre, aby si dokázala oceniť jeho skutočnú hodnotu. Ale o jeho hlbších sklonoch, ako si to nazvala, vďaka istým delikátnym okolnostiam stále nevieš toľko ako ja. Kým teba celkom premáhala láskyplná účasť na matkinom žiali, mňa a Edwarda situácia tu a tam spletla dokopy. Dobre som si ho všímala, zaznamenávala jeho pocity a počúvala jeho názory na literárne diela a vkus, a preto sa po tom všetkom odvážim tvrdiť, že má značný rozhľad, živú predstavivosť, presné a správne postrehy, jemný a rýdzi vkus a nesmierne miluje knihy. A pokiaľ ho poznám, svoje schopnosti, správanie a osobnosť rozhodne ďalej rozvíja. Na prvý pohľad, pravdaže, nie je jeho vystupovanie nápadné a sotva by ho niekto považoval za pekného, kým si nevšimne jeho oči, neobyčajne dobré, a jeho milotu. Teraz ho už poznám tak dobre, že sa mi zdá skutočne pekný, alebo, prinajmenšom, takmer. Čo povieš, Marianne?"

„Ak ho aj teraz nepovažujem za pekného, asi čo nevidieť začnem, Elinor. Ak mi povieš, aby som ho ľúbila ako brata, už nezbadám ani nedostatky v jeho tvári, aj keď v tejto chvíli ešte nejaké vidím v jeho vlastnostiach."

Elinor sa po tomto vyhlásení vyplašila a oľutovala, že sa svojimi vrúcnymi slovami o Edwardovi prezradila. Uvedomila si, že si ho cení privysoko. Verila, že je ich náklonnosť obojstranná, ale potrebovala si v tom byť úplne istá, kým bude môcť žiadať od Marianne, aby sa jej jej vlastné presvedčenie o ich vzájomnej láske páčilo. Vedela, že čo si Marianne a matka v jednom okamihu namýšľajú, tomu v nasledujúcom už veria, a že pre ne niečo si želať znamená v niečo dúfať, a dúfať znamená očakávať. Pokúsila sa preto sestre vysvetliť skutočný stav ich vzťahu.

„Nepokúšam sa popierať," povedala, „že mám o ňom vysokú mienku, že si ho veľmi vážim a páči sa mi."

Marianne vyprskla znechutením:

„Vážim si ho! Páči sa mi! Chladnokrvná Elinor! Ó, horšie než chladnokrvná! Hanbíš sa byť iná. Povedz to ešte raz a okamžite odídem."

Elinor sa neubránila smiechu. „Prepáč," povedala, „a môžeš si byť istá, že som ťa nechcela uraziť, keď som tak pokojne opisovala svoje city. Ver, že sú silnejšie, než som tvrdila, ver, skrátka, že zodpovedajú jeho prednostiam, a podozrenie, vlastne nádej, že ma ľúbi, je azda oprávnená, a nie nerozumná alebo pochabá. Ale viac si namýšľať *nesmieš*. Vôbec si nie som istá jeho láskou. Sú chvíle, keď pochybujem, či je to láska, a kým dokonale nepoznám jeho city, nesmieš sa čudovať, že sa chcem vyhnúť povzbudzovaniu vlastnej náklonnosti tým, že budem veriť, že sú silnejšie, než sú, alebo že ich budem za také označovať. V srdci mám len slabé, takmer žiadne pochybnosti o jeho citoch. Ale sú aj iné okolnosti okrem jeho vôle, ktoré treba zobrať do úvahy. Rozhodne nie je nezávislý. Nevieme, aká naozaj je jeho matka, a podľa toho, ako sa o jej konaní a názoroch tu a tam vyjadruje Fanny, nikdy sme nemali chuť považovať ju za milú a veľmi sa mýlim, ak si aj Edward sám nie je vedomý, že by mu v ceste stálo priveľa prekážok, keby sa chcel oženiť so ženou, ktorá nemá ani veľké veno, ani vysoké postavenie."

Marianne užasla, keď zistila, ako veľmi jej a matkina predstavivosť predbehla skutočnosť.

„A naozaj s ním nie si zasnúbená?" spýtala sa. „Ale to sa iste čoskoro stane. A z toho zdržania vyplynú dve výhody: *ja* o teba tak skoro neprídem, a Edward bude mať viac príležitostí zdokonaliť svoj prirodzený vkus pre tvoju hlavnú záľubu, čo je absolútne nevyhnutné, aby si bola v budúcnosti šťastná. Ach! Keby ho tak tvoja obrovská tvorivosť podnietila natoľko, že by sa sám naučil kresliť, to by bolo úžasné!"

Elinor povedala sestre, čo si naozaj myslí. Nemohla považovať svoju náklonnosť k Edwardovi za takú sľubnú, ako si Marianne predstavovala. V tomto období bol Edward akýsi duchom neprítomný, čo ak aj neznamenalo jeho ľahostajnosť, vypovedalo o nejakej nepriaznivej okolnosti. Keby aj, povedzme, cítil pochybnosti o jej láske, nemusel sa kvôli nim trápiť. Bolo nepravdepodobné, že by u neho vyvolali také klesanie na duchu, aké ho neustále sprevádzalo. Pádnejší dôvod sa dal hľadať v jeho závislom postavení, ktoré mu zakazovalo dať priechod svojim citom. Vedela, že sa k nemu matka nespráva tak, aby mu spríjemnila pobyt doma, a ani mu nedáva záruky, že si môže budovať vlastný domov bez toho, aby prísne dodržal jej požiadavky na vzostup. A keďže o tom všetkom vedela, musela sa cítiť stiesnene. Ani zďaleka sa nespoliehala, že jeho láska k nej prinesie nejaký výsledok, čo jej matka a sestra považovali za istú vec. No čím dlhšie zostávali spolu, tým sa jeho náklonnosť zdala pochybnejšia, a občas, na niekoľko bolestných minút, sa jej videlo, že nejde o nič viac než priateľstvo.

Nech už bol jeho cit hlboký, či iba priateľský, celkom stačil, aby znepokojil jeho sestru, keď si ho všimla, a zároveň, čo bolo ešte zvyčajnejšie, prestala sa správať zdvorilo. Využila prvú príležitosť, aby zaútočila na svoju svokru, a s takým dôrazom sa rozhovorila o tom, aké obrovské očakávania vkladajú do jej brata, o tom, ako je pani Ferrarsová rozhodnutá, že sa obaja jej synovia výhodne oženia a o nebezpečenstve, ktoré hrozí mladej žene, ktorá by sa pokúsila ho zviesť, že pani Dashwoodová nedokázala ani predstierať, že nevie, o čom hovorí, ale ani zachovať pokoj. Jej odpoveď zahrnula všetko jej opovrhnutie a vzápätí odišla presvedčená, že akokoľvek nevhodné alebo drahé bude ich náhle sťahovanie, jej milovaná Elinor už nesmie byť vystavená takým narážkam ani týždeň.

Práve v tomto rozpoložení jej poštár doručil list s mimoriadne vhodne načasovaným návrhom. Bola to ponuka domčeka, čo patril jej vlastnému príbuznému, významnému a bohatému urodzenému pánovi v Devonshire, za veľmi výhodných podmienok. List napísal on sám a niesol sa v skutočne veľmi priateľskom duchu. Chápal, že potrebuje ubytovanie, a hoci dom, ktorý jej ponúka, doteraz slúžil len ako letovisko, ubezpečil ju, že čokoľvek bude ona považovať za potrebné v ňom vykonať, stane sa tak, ak jej taká situácia príde vhod. Najprv jej opísal podrobnosti, týkajúce sa domu a záhrady, a ďalej na ňu vážne naliehal, aby aj s dcérami prišla do sídla Barton, jeho rezidencie, kde bude môcť sama lepšie posúdiť, či sa jej bude letný dom v Bartone po určitých vylepšeniach pozdávať, lebo oba domy sa nachádzali v tej istej farnosti. Zdalo sa, že mu naozaj záleží na tom, aby jej vo všetkom vyhovel, a celý list bol napísaný tak srdečne, že rozjasal jeho sesternicu práve vo chvíli, keď sa trápila pre chladné a necitlivé správanie vlastných najbližších príbuzných. Nepotrebovala dlho premýšľať či ďalej sa dopytovať. Rozhodla sa, kým čítala. Poloha Bartonu v kraji takom vzdialenom od Sussexu, ako bol Devonshire, bola teraz jeho najväčšou prednosťou, hoci ešte pred pár hodinami by bola dostatočnou námietkou, aby vyvážila všetky možné výhody tohto miesta.

Opustiť norlandských susedov už nepovažovala za nešťastie, priam si to želala, bolo to pre ňu požehnanie v porovnaní s pretrvávajúcimi mukami, ktoré jej prinášala skutočnosť, že boli hosťami jej nevesty; a navždy sa odsťahovať z týchto milovaných končín bude menej bolestné, než obývať ich alebo ich navštevovať, pokiaľ je jeho paňou taká osoba. Okamžite teda napísala sirovi Johnovi Middletonovi, že mu ďakuje za jeho láskavosť a prijíma jeho ponuku, a potom sa ponáhľala ukázať oba listy svojim dcéram, aby sa, kým odošle odpoveď, ubezpečila, že súhlasia.

Elinor bola vždy presvedčená, že bude rozumnejšie usadiť sa ďalej od Norlandu, než uprostred ich súčasných známych. *Preto* neoponovala matkinmu zámeru presťahovať sa do Devonshire. A aj dom, ako ho opisoval sir John, sa zdal taký prostý a nájomné také nezvyčajne nízke, že ani nemala právo namietať, a napokon, hoci sa takéto riešenie veľmi neprihováralo jej duši, a hoci sa ich nový domov nachádzal od Norlandu ďalej, než si želala, vôbec sa nepokúsila odhovoriť matku, aby posielala svoj súhlas.

PIATA KAPITOLA

Len čo pani Dashwoodová odoslala odpoveď, dožičila si potešenie oznámiť synovi a jeho žene, že sa jej podarilo zohnať dom a nebude ich už obťažovať dlhšie, než bude všetko pripravené, aby sa do neho mohli nasťahovať. Prekvapene ju počúvali. Pani Fanny Dashwoodová nepovedala nič, ale jej manžel zdvorilo vyjadril nádej, že sa neusadia ďaleko od Norlandu. So zadosťučinením odvetila, že odchádzajú do Devonshire. Keď to Edward začul, náhle sa na ňu obrátil, a prekvapeným a zarmúteným tónom, pre ktorý nepotrebovala ďalšie vysvetlenie, zopakoval:

„Devonshire! Naozaj tam odchádzate? Do takej diaľky! A do ktorej časti?" Popísala mu polohu ich nového bydliska. Nachádzalo sa asi štyri míle severne od Exeteru.

„Je to síce len letný dom," dodala, „ale dúfam, že tam v budúcnosti privítame mnoho našich priateľov. Jedna alebo dve izby sa ľahko pristavia a ak mojim blízkym nebude prekážať taká ďaleká cesta za mnou, mne istotne nebude robiť ťažkosti ubytovať ich."

Potom pána a pani Dashwoodových nanajvýš zdvorilo, no Edwarda srdečne, pozvala na návštevu do Bartonu. Hoci v nej nedávny rozhovor s nevestou vyvolal rozhodnutie nezostať v Norlande dlhšie, než je žiaduce, v otázke, na ktorú priamo mieril, nevyvolal ani najmenší účinok. Odlúčenie Edwarda a Elinor si želala menej ako predtým, a keď Edwarda pozývala dôraznejšie ako ostatných, chcela Fanny ukázať, ako málo berie ohľad na jej názory.

Pán John Dashwood viackrát matke zopakoval, ako mu je ľúto, že si zaobstarala dom tak ďaleko od Norlandu, lebo to mu zabráni pomôcť jej so sťahovaním nábytku. Skutočne ho táto situácia rozčuľovala, lebo kroky, ktorými vymedzil splnenie svojho sľubu otcovi, sa za týchto okolností nedali podniknúť. Zariadenie odoslali loďou. Pozostávalo najmä z obliečok, obrusov a podobných vecí, tanierov, porcelánu, kníh a štýlového Marianninho klavíra. Fanny len vzdychala, keď to všetko videla odvážať; neubránila sa bolestným myšlienkam, že hoci je príjem pani Dashwoodovej v porovnaní s jej majetkom nepatrný, príde o všetky tieto nádherné predmety.

Pani Dashwoodová si prenajala dom na dvanásť mesiacov, bol už zariadený a mohla sa hneď stať jeho paňou. Pri dohodovaní zmluvy sa ani na jednej strane neobjavili žiadne prekážky, a už len čakala, kedy si bude môcť vyzdvihnúť svoj podiel z Norlandu a zabezpečiť tak svoju nastávajúcu domácnosť, kým sa odoberie na západ, a všetko vybavila veľmi rýchlo, pretože vo veciach, ktoré boli v jej záujme, vedela konať mimoriadne pohotovo. Kone, ktoré jej manžel zanechal, predala skoro po jeho smrti, a teraz sa jej ponúkala príležitosť speňažiť aj koč, a tak po naliehaní najstaršej dcéry tiež súhlasila s jeho predajom. To len kvôli deťom, lebo keby sa bola riadila len vlastnou vôľou, nechala by si ho; zvíťazila však Elinorina šetrnosť. Vďaka *jej* rozvážnosti znížili aj počet služobníctva na troch: dve slúžky a jedného muža, ktorých si vybrali spomedzi zamestnancov v Norlande.

Sluha a jedna slúžka hneď odcestovali do Devonshire, aby prichystali dom na príchod panej, lebo pani Dashwoodová sa s lady Middletonovou vôbec nepoznala a chcela prísť radšej rovno domov, než na návštevu do bartonského kaštieľa, a natoľko dôverne sa spoliehala na opis domu, ktorý jej podal sir John, že ani neprejavila vôľu prezrieť si ho skôr, než do neho vstúpi ako do svojho. Nevestina očividná spokojnosť s vyhliadkou na ich skorý odchod, ktorú sa len nepatrne pokúšala ukryť za svoj odmeraný návrh, aby ho ešte odložili, trochu pribrzdila jej náhlivosť. Teraz nadišiel ten správny čas, kedy mal byť sľub jej nevlastného syna otcovi vyplnený. Keďže ho obišiel pri preberaní statku, chvíľa, keď opúšťajú jeho dom, sa dala považovať za najvhodnejšiu na jeho vykonanie. No pani Dashwoodová zakrátko oželela všetky nádeje, že sa tak stane, a z jeho vyhýbavého tónu pri rozhovoroch vycítila, že jeho účasť na ich budúcnosti ani o piaď nepresiahne šesť mesiacov, ktoré strávili v Norlande. Tak často spomínal zvyšujúce sa výdavky na domácnosť a neustále požiadavky, ktorým musí vyhovieť, hoci žiadny iný muž v jeho postavení by sa k takým hlasným kalkuláciám neznížil, až pôsobil dojmom, akoby skôr on sám potreboval peniaze, než aby ich ešte rozdával iným.

Po niekoľkých týždňoch odo dňa, keď do Norlandu doručili list sira Johna Middletona, bolo všetko v ich novom príbytku natoľko zariadené, že sa pani Dashwoodová a jej dcéry mohli vydať na cestu.

Potoky sĺz preliali nad svojou rozlúčkou s milovaným domovom. „Drahý, drahý Norland," vzlykala Marianne, keď sa v posledný večer samotná prechádzala pred domom, „kedy za tebou prestanem smútiť! Kedy si zvyknem byť doma inde! Ach, šťastný domov, keby si len vedel, ako trpím, keď na teba hľadím z tohto miesta, odkiaľ ťa už asi nikdy neuvidím! A vy, moje milé stromy! Ale vy zostanete také isté! Ani lístok neodpadne preto, že sa sťahujeme, ani konárik neustrnie, hoci si vás už viac neobzrieme! Nuž, zostanete si tu stáť a ani netušíte, koľko radosti a smútku prinášate, a ani si len nevšimnete, že sa vo vašom tieni prechádza niekto celkom iný. Ale bude tu niekto, kto sa vám poteší?"

ŠIESTA KAPITOLA

Prvá časť ich cesty sa niesla v prihlbokej melanchólii, a tak musela prebehnúť útrpne a nepríjemne. Ale keď sa priblížili k cieľu, ich skľúčenosť ustúpila zvedavosti na krásy kraja, ktorý mali obývať, a pohľad na Bartonské údolie, do ktorého vstúpili, ich rozveselil. Ukázalo sa im malebné úrodné zákutie, vhodne zalesnené, s bohatými pastvinami. Asi míľu sa točili kľukatou cestou pozdĺž údolia a potom dorazili k svojmu domu. Neveľký zazelenaný dvor tvoril celý pozemok pred ním a dnu ich voviedla úhľadná bránka.

Na trvalé bývanie bol letný dom v Bartone pohodlný a kompaktný, aj keď malý, no ako letovisko mal viaceré nedostatky, lebo bol pevne vystavaný, so škridlovou strechou, okenice neboli natreté na zeleno a na múroch sa nerozrastal zemolez. Úzka chodba viedla priamo cez budovu do záhrady za domom. Po oboch stranách vstupnej haly sa rozprestierali obývacie izby v tvare štvorca s dĺžkou asi päť metrov a hneď za nimi kuchyňa s príslušenstvom a schodište. Zvyšok domu tvorili štyri spálne a dve manzardy. Postavili ho len nedávno a bol pomerne v dobrom stave. V porovnaní s Norlandom však bol chudobný a naozaj malý! Ale slzy, ktoré im spomienky vohnali do očí, keď vošli, sa rýchlo osušili. Rozveselilo ich radostné privítanie služobníctva a všetci sa kvôli ostatným rozhodli tváriť šťastne. Bol skorý september a príjemné počasie prispelo k tomu, že ich prvá obhliadka nového príbytku vyvolala priaznivý dojem, ktorý podstatne zavážil, aby ho natrvalo prijali za svoj domov.

Dom postavili na veľmi peknom mieste. Hneď za ním sa z každej strany v neveľkej vzdialenosti dvíhali vysoké kopce, niektoré len holé duny, iné skultivované a zalesnené. Dedina Barton ležala na jednom z kopcov a bol na ňu z okien domu pekný pohľad. Z okien prednej časti dovideli ešte ďalej, celé údolie a krajinu za ním. Vrchy pred domom ohraničovali údolie z tejto strany a z inej pomedzi dva najstrmšie z nich odbiehalo ďalšie, inak pomenované údolie.

Pani Dashwoodová bola vcelku spokojná s rozlohou a zariadením príbytku, lebo hoci jej doterajší životný štýl obohatil terajšie nevyhnutné vybavenie mnohými vylepšeniami, predsa sa tešila, že ho bude rozširovať a zdokonaľovať aj naďalej, a navyše jej zostalo aj dosť peňazí, aby vystačili na úpravy, ktoré mohli dodať ich domovu väčšiu eleganciu. „Čo sa týka domu samotného," povedala, „aby som pravdu povedala, je pre našu rodinu dosť malý, ale nateraz sa tu môžeme usadiť celkom pohodlne, lebo na prestavbu je už pokročilé ročné obdobie. Možno na jar, ak budem mať dosť peňazí, čo verím, že budem, môžeme na ňu pomýšľať. Tieto salóny sú primalé, aby pobrali väčšiu spoločnosť našich priateľov, ktorí sa u nás, dúfam, často stretnú, a mám v pláne spojiť jeden z nich s časťou druhého a zvyšok necháme na vstupnú halu, takže toto všetko, spolu s novým prijímacím salónom, ktorý sa ľahko prirobí, a hosťovskou spálňou a manzardou, urobí z tohto domu veľmi útulný príbytok. Želala by som si, aby bolo schodište krajšie. Ale človek nesmie očakávať všetko, hoci sa nazdávam, že by nebol problém rozšíriť aj to. Na jar uvidím, čo mám v rukách, a podľa toho si prestavbu naplánujeme."

Kým sa budú môcť vykonať všetky zmeny z ušetreného príjmu z piatich stoviek ročne u ženy, ktorá nikdy nebola nútená šetriť, boli natoľko múdre, aby sa uspokojili s domom, ktorý mali, a všetky zamestnalo vybaľovanie osobných vecí a rozkladaním kníh a iných drobností okolo seba sa pokúšali vytvoriť si nový domov. Rozbalili a na správne miesto postavili Mariannin klavír a po stenách salónov rozvešali Elinorine kresby.

Na druhý deň ich hneď po raňajkách uprostred práce vyrušil príchod ich nájomcu, ktorý sa tu zastavil, aby ich privítal v Bartone a ponúkol im, že všetko, čo by im chýbalo, im poskytne z vlastného domu a záhrady. Sir John Middleton bol elegantný muž okolo štyridsiatky. Kedysi ich navštívil v Stanhille, ale už to bolo tak dávno, že si ho jeho mladé sesternice nemohli pamätať. V tvári sa mu zračila dokonalá dobrosrdečnosť a správal sa tak priateľsky, ako naznačil štýl jeho listu. Zdalo sa, že ho ich príchod naozaj uspokojil a že mu skutočne leží na srdci ich pohodlie. Viackrát zopakoval svoju hlbokú túžbu, aby žili vo veľmi úzkom kruhu s jeho rodinou a naliehal na ne, aby prišli každý deň do bartonského kaštieľa na obed, aspoň kým sa lepšie zabývajú, a hoci jeho prosby svojou nástojčivosťou presiahli hranicu zdvorilosti, nemohli ho odmietnuť. Jeho láskavosť sa neobmedzila iba na slová, pretože asi hodinu po jeho odchode dorazil z kaštieľa obrovský kôš plný zeleniny a ovocia, a kým sa deň skončil, priniesli ešte kus diviny ako ďalší darček. Okrem toho trval na tom, že bude poštou odosielať a prijímať ich listy, a nesmú mu odmietnuť zadosťučinenie, že im každý deň doručí svoje noviny.

Lady Middletonová im po manželovi poslala zdvorilý odkaz, naznačujúci, že chce navštíviť pani Dashwoodovú, len čo sa ubezpečí, že jej návšteva im nepríde nevhod, a keďže sa jej dostalo rovnako slušného pozvania, jej milosť sa prišla predstaviť hneď na druhý deň.

Dashwoodovcom, pravdaže, veľmi záležalo na tom, aby sa stretli s osobou, od ktorej závisel ich pokojný život v Bartone, a jej elegantný zjav zodpovedal ich predstavám. Lady Middletonová nemala viac ako dvadsaťšesť či dvadsaťsedem rokov, bola pekná, s vysokou nápadnou postavou a dôstojným vystupovaním. Jej spôsoby pobrali všetku eleganciu, ktorá chýbala jej manželovi. Ale ešte by sa jej zišlo viac úprimnosti a srdečnosti. Jej návšteva trvala dosť dlho na to, aby odpravila poriadny kus ich počiatočného obdivu, keď sa ukázalo, že je síce výborne vychovaná, ale inak rezervovaná a chladná, a nevie hovoriť o ničom, okrem zvyčajných otázok a postrehov.

Konverzácii však nechýbalo nič, lebo sir John bol zhovorčivý až priveľmi, a lady Middletonová sa múdro predzásobila námetmi, keď vzala so sebou svoje najstaršie dieťa, pekného asi šesťročného chlapca, a ten sa stal témou, ku ktorej sa v prípade krízy mohli dámy vždy znovu vrátiť; vypytovali sa, ako sa volá, koľko má rokov, obdivovali ho a kládli mu otázky, ktoré namiesto neho zodpovedala jeho matka, kým on sa na ňu vešal a schovával hlavu na veľké prekvapenie jej milosti, ktorá sa nestačila čudovať jeho hanblivosti medzi ľuďmi, keďže doma vraj bol poriadne hlučný. Na každej zdvorilostnej návšteve by malo byť prítomné nejaké dieťa, aby rozprúdilo rozhovor. V tomto prípade zabralo desať minút, kým určili, či sa chlapec podobá viac na otca, či na matku, a čím sa na nich podobá, pretože sa, samozrejme, všetci rozchádzali v názore, a každý užasol nad postrehmi ostatných.

Dashwoodovským dámam sa čoskoro naskytla príležitosť povypytovať sa aj na ostatné deti, lebo sir John by od nich neodišiel, kým sa mu nepodarilo vymámiť sľub, že k nim zajtra prídu na obed.

SIEDMA KAPITOLA

Sídlo Barton ležalo asi pol míle od letného domu. Dámy ho pri svojom príchode, keď prechádzali údolím, minuli len tesne, ale nevideli ho, lebo bolo pred ich zrakom ukryté za kopcom. Bola to obrovská pekná budova a Middletonovci si nažívali v pohostinnosti a elegancii. Za to prvé vďačili sirovi Johnovi a za druhé jeho žene. Skoro stále bol u nich niekto na návšteve a schádzala sa u nich najpočetnejšia a najrozmanitejšia spoločnosť v širokom okolí. Pre ich obojstranné šťastie to bolo nevyhnutné, pretože akokoľvek si boli nepodobní povahou a vonkajším správaním, nápadne sa podobali absolútnym nedostatkom talentu a nadania, obmedzujúcom ich domáce činnosti na veľmi úzky okruh, ktorý vôbec neladil s možnosťami, aké im ich spoločnosť ponúkala. Sir John holdoval lovu, lady Middletonová materstvu. On poľoval a strieľal, ona obskakovala svoje deti, a to boli hlavné zdroje ich záujmu. Lady Middletonová po celý boží rok využívala príležitosti, ako rozmaznávať svoje deti, kým slobodné zábavky sira Johna mohli stroviť iba polovicu tohto času. Neustále zamestnanie doma alebo vonku však nahrádzalo medzery v ich vzdelaní a charaktere, podnecovalo dobrú náladu v sirovi Johnovi a pestovalo dobrú výchovu jeho ženy.

Lady Middletonová sa hrdila svojím vycibreným stolovaním a dokonalým usporiadaním svojej domácnosti, a z tohto druhu samoľúbosti pochádzal jej najväčší pôžitok pri všetkých ich posedeniach. Ale záľuba sira Johna v spoločnosti bola oveľa opravdivejšia, tešil sa, keď okolo seba zhromaždil viac mladých ľudí, než mohol jeho dom prijať, a čím hlučnejšie sa prejavovali, tým väčšiu radosť mu robili. Bol požehnaním pre všetku dospievajúcu mládež v susedstve, lebo celé leto usporadúval vonku v prírode zábavy, aby hostí nakŕmil studenou šunkou a kurčatami, a v zime organizoval toľko súkromných bálov, že uspokojil každú mladú dámu, ktorá netrpela nenásytným apetítom pätnásťročných.

Príchod novej rodiny do kraja mu vždy priniesol nové nadšenie a obyvateľky, ktoré si zaobstaral do svojho letného domu v Bartone, ho vo všetkých smeroch očarili. Slečny Dashwoodové boli mladé, pekné a bezprostredné. To stačilo, aby si o nich vytvoril priaznivú mienku, lebo bezprostrednosť bola podľa neho všetkým, čo pekné dievča potrebuje, aby sa jeho duša stala rovnako príťažlivou ako jeho zjav. Vďaka svojej priateľskej nátuře pociťoval skutočnú blaženosť, že môže ubytovať osoby, ktorých situáciu bolo treba v porovnaní s minulosťou považovať za nešťastnú. Jeho dobrému srdcu prinieslo skutočné zadosťučinenie, keď mohol preukázať láskavosť svojej sesternici, a keď ubytoval vo svojom letnom dome čisto ženskú rodinu, vyhovel aj svojej poľovníckej duši, lebo hoci lovec dokáže oceniť len príslušníkov vlastného pohlavia, a aj to iba tých, ktorí holdujú rovnakej vášni, predsa len až tak často neprahne po tom, aby povzbudzoval spoločenský vkus tým, že im umožní usadiť sa vo vlastnom revíri.

Pani Dashwoodová a jej dcéry stretli sira Johna vo dverách, s nepredstieranou srdečnosťou ich vítal v bartonskom kaštieli, a kým ich odprevádzal do prijímacieho salónu, viackrát zopakoval slečnám to, čo už im naznačil včera: že sa mu na jeho veľkú ľútosť nepodarilo na dnes zohnať nijakých šikovných mladých mužov. Okrem neho sa vraj stretnú len s jedným džentlmenom, jeho blízkym priateľom, ktorý sa práve u nich zdržiava, no nie je ani veľmi mladý, ani veľký šviliák. Dúfal, že mu prepáčia, že sa stretávajú len v takom úzkom kruhu, a ubezpečil ich, že sa to viac nestane. Ráno ponavštevoval niekoľko rodín v nádeji, že zavolá ešte niekoho ďalšieho, ale práve boli jasné mesačné noci a všetci mali plno iných spoločenských záväzkov*. Našťastie asi pred hodinou dorazila do Bartonu matka lady Middletonovej, a keďže to bola veľmi veselá a milá žena, očakával, že sa slečny nebudú až tak nudiť, ako sa azda obávajú. Slečnám a aj ich matke úplne stačili v spoločnosti dvaja cudzí ľudia, viac si už neželali.

Pani Jenningsová, matka lady Middletonovej, dobrosrdečná, veselá, tučná, postaršia žena, ktorá neustále rapotala, sa tvárila veľmi šťastne a správala sa pomerne vulgárne. Sršala vtipmi a smiechom, a kým sa večera skončila, vysypala zo seba značné množstvo duchaplností o milencoch a manželoch, dúfala, že v Sussexe nezanechali žiadne krvácajúce srdcia a vyhlasovala, že podľa ich červenania zistí, či áno, alebo nie. Marianne to kvôli sestre rozčuľovalo a obracala k Elinor oči, aby videla, ako tieto útoky znáša, a to tak súcitne, že privodila Elinor viac bolesti, než mohlo vyvolať nezáväzné podpichovanie pani Jenningsovej.

Priateľ sira Johna plukovník Brandon nebol vo svojom správaní o nič spôsobilejší byť jeho priateľom než lady Middletonová jeho manželkou, či pani Jenningsová matkou lady Middletonovej. Mlčal a tváril sa smrteľne vážne. Jeho zjav však nebol nesympatický, napriek tomu, že, keďže už prekročil prah tridsaťpäťky, Marianne a Margaret ho považovali za obstarožného mládenca, ale hoci ne-

---

* Cestovanie po zotmení bolo kvôli tme problematické. Na kočoch sa síce používali lampáše, no tie nedávali dostatok svetla, a tak ľudia radšej chodievali na večerné návštevy za jasných mesačných nocí.

bol pekný v tvári, jeho výraz prezrádzal cit a on sám vystupoval nadmieru úslužne.

Nikto z prítomných neoplýval vlastnosťami, ktoré by ho odporúčali do priateľstva Dashwoodovských dám; ale studená fádnosť lady Middletonovej odpudzovala tak zreteľne, že v porovnaní s ňou aj mĺkvosť plukovníka Brandona a dokonca aj bujarý smiech sira Johna a jeho svokry pôsobili zaujímavejšie. Lady Middletonová prepukla do nadšenia, až keď po večeri vošli jej štyri ukričané deti, ktoré sa hneď na ňu zavesili, ťahali ju za šaty a urobili koniec akémukoľvek rozhovoru s výnimkou tém, ktoré sa týkali ich samých.

Keď sa večer ukázalo, že Marianne vie hrať na klavíri, vyzvali ju, aby im zahrala. Otvorili klavír, všetci sa pripravili na očarujúce predstavenie a Marianne, ktorá aj veľmi pekne spievala, na ich žiadosť predniesla väčšinu piesní, ktoré po svadbe priniesla do rodiny lady Middletonová a ktoré pravdepodobne po celý ten čas ležali na klavíri, pretože jej milosť oslávila svoj sobáš tým, že hudbu navždy opustila, hoci podľa vykladania jej matky kedysi hrávala vynikajúco, a ona sama tvrdila, že mala hudbu nesmierne rada.

Prítomní odmenili Mariannin výkon búrlivým potleskom. Sir John nahlas obdivoval každú skladbu, len čo sa skončila, a kým piesne zneli, rovnako nahlas zabával ostatných konverzáciou. Lady Middletonová ho neustále napomínala; vraj nedokáže pochopiť, ako môže čo len na okamih odvrátiť pozornosť od hudby, a požiadala Marianne, aby znova zaspievala presne tú skladbu, ktorú práve dohrala. Z celej spoločnosti si ju jedine plukovník Brandon vypočul bez prejavov neustáleho nadšenia. Venoval jej len tú poctu, že ju pozorne počúval, a vďaka tomu k nemu Marianne pocítila úctu, ktorú ostatným ako trest za ich nehanebnú netaktnosť odňala. Hoci neupadal do vzrušeného vytrženia, jeho záľuba v hudbe ako jediná korešpondovala s jej vlastnou, a získala váhu už tým, že kontrastovala so strašnou necitlivosťou ostatných; a Marianne mala dosť rozumu, aby si vedela predstaviť, že muž vo svojej tridsaťpäťke už iste zažil hlboké emócie a okúsil chuť prekrásnych zážitkov. Zrazu bola celkom ochotná priznať plukovníkovmu pokročilému veku všetky nároky, ktoré od nej žiadala ľudskosť.

ÔSMA KAPITOLA

Pani Jenningsová, zámožná vdova, mala len dve dcéry, ktoré sa jej podarilo vydať do váženej spoločnosti, a už jej nezostávalo nič iné, len povydávať aj zostávajúci zvyšok sveta. Vyvíjala takú horúčkovitú aktivitu, aby to dosiahla, akej len bola schopná, a nevynechala žiadnu príležitosť na plánovanie sobášov medzi mladými ľuďmi v celom svojom okolí. Pozoruhodne rýchlo dokázala odhaliť vzťahy medzi nimi a s pôžitkom vyvolávala červeň na lícach a povzbudzovala márnomyseľnosť hociktorej mladej dámy svojimi narážkami na to, akú nepochybnú moc vraj získala nad tým či oným mladým mužom. Táto jej pozorovacia schopnosť jej čoskoro po príchode do Bartonu dovolila sebaisto vyhlásiť, že plukovník Brandon je po uši zaľúbený do Marianne Dashwoodovej. Začala ho podozrievať hneď v ich prvý spoločný večer, keď videla, ako pozorne počúva jej spev, a keď potom Middletonovci na oplátku prišli na večeru k Dashwoodovcom a znovu ju takto počúval, tušenie sa potvrdilo. Musí to tak byť. Už bola o tom svätosväte presvedčená. A keďže *on* je bohatý a *ona* krásavica, bola by to dokonalá partia. Odkedy sir John uviedol plukovníka Brandona do kruhu známych pani Jenningsovej, nesmierne jej záležalo na tom, aby sa dobre oženil, a navyše sa každému peknému dievčaťu horlivo snažila nájsť dobrého manžela.

Jej vlastný záujem však pri tom rozhodne nebol nepodstatný, lebo takto sa dobre zásobila nekonečným zdrojom uštipačných žartov na úkor ich oboch. V kaštieli si doberala plukovníka a v letnom dome Marianne. Ten prvý znášal jej posmešky, kým sa týkali len jeho samého, pravdepodobne celkom ľahostajne, no Marianne im spočiatku vôbec nerozumela, a keď ich pochopila, sotva sa dokázala rozhodnúť, či sa má smiať na ich nezmyselnosti, alebo sa ohradiť proti ich bezočivosti, lebo ich považovala za necitlivé narážky na plukovníkov pokročilý vek a jeho stav opusteného starého mládenca.

Pani Dashwoodová však nemohla považovať muža len o päť rokov mladšieho od nej samej za takého starého, ako sa javil mladučkej mysli jej dcéry, a podujala sa zbaviť pani Jenningsovú podozrenia, že sa úmyselne vysmieva plukovníkovmu veku.

„Ale mama, nemôžete poprieť, že je to nezmyselné ohováranie, aj keď sa azda nedá tvrdiť, že ide o zámernú zlomyseľnosť. Plukovník Brandon je, pravdaže, mladší než pani Jenningsová, ale je taký starý, že by mohol byť *mojím* otcom, a keby bol niekedy na lásku dosť živý, určite by už dávno prežil takýto silný cit. Je to veľmi smiešne! Kedy je teda muž dostatočne bezpečný pred takýmito duchaplnosťami, keď ho ani jeho vek a neduhy neochránia?"

„Neduhy?" začudovala sa Elinor. „Vari sa ti zdá plukovník Brandon nevládny? Ľahko si viem predstaviť, že sa ti vidí oveľa starší než mame, ale sotva si môžeš nahovárať, že už nedokáže používať ruky a nohy!"

„Nepočula si, ako sa sťažoval na reumu? A nie je práve reuma najrozšírenejším neduhom v pokročilom veku?"

„Zlatko moje," povedala matka so smiechom, „podľa tvojho hodnotenia ťa už istotne obchádza ustavičná hrôza nad *mojím* chradnutím, a musíš to považovať za zázrak, že môj život značne presiahol štyridsiatku."

„Krivdíte mi, mama. Veľmi dobre viem, že plukovník Brandon ešte nie je taký starý, aby sa jeho priatelia už museli obávať, že ho v blízkej budúcnosti stratia. Môže žiť ešte dvadsať rokov. Ale v tridsiatich piatich už nemá s manželstvom nič do činenia."

„Možnože tridsaťpäť a sedemnásť by radšej nemali mať nič spoločné navzájom. Ale keby sa nejakou šťastnou náhodou našla slobodná dvadsaťsedemročná žena, nemyslela by som si, že je plukovníkových tridsaťpäť rokov nejakou prekážkou, aby sa s *ňou* oženil."

„Dvadsaťsedemročná žena," odvetila Marianne po chvíli ticha, „už sotva môže dúfať, že ešte pocíti lásku, alebo ju u niekoho vzbudí, a ak nemá vhodný domov alebo veno, viem si predstaviť, že by sa kvôli vlastnému zaopatreniu a istote podvolila robiť ošetrovateľku. Keby si zobral takúto ženu, nebolo by to nevhodné. Bolo by to vzájomne výhodné a obaja by boli spokojní. V mojich očiach by však nešlo o manželstvo, ale na tom nezáleží. Pre mňa by to bola len obchodná výmena, v ktorej chcú obaja dosiahnuť vlastný úžitok na úkor toho druhého."

„Viem, že by bolo nemožné presvedčiť ťa, že aj dvadsaťsedemročná žena môže pociťovať k tridsaťpäťročnému mužovi náklonnosť veľmi podobnú láske, a dobrovoľne si ho vybrať za svojho životného partnera," povedala Elinor. „Ale nepáči sa mi, že odsudzuješ plukovníka Brandona a jeho ženu na doživotné väzenie v opatrovateľskej izbe len preto, že sa včera náhodou posťažoval (po veľmi chladnom a vlhkom dni), že cíti v ramene ľahkú reumu."

„Ale rozprával o flanelovej veste," odpovedala Marianne, „a pre mňa je flanelová vesta nerozlučne spojená s bolesťami, kŕčmi, reumou a so všelijakými chorobami, ktoré postihujú starých a slabých."

„Keby mal len prudkú horúčku, neopovrhovala by si ním ani spolovice tak ako teraz. Priznaj sa, Marianne, nepriťahuje ťa niečo na blčiacich lícach, prepadnutých očiach a zrýchlenom pulze, ktoré horúčku sprevádzajú?"

O niečo neskôr, keď Elinor vyšla z izby, Marianne povedala: „Mama, keď už hovoríme o chorobách, mám isté obavy, ktoré nemôžem pred vami tajiť. Som si istá, že Edward Ferrars sa nemá dobre. Už sme tu takmer dva týždne a on ešte neprišiel. Len naozaj vážna choroba mohla spôsobiť takéto zdržanie. Čo iné by ho mohlo zadržať v Norlande?"

„Vieš niečo bližšie o tom, že by mal prísť tak skoro?" spýtala sa pani Dashwoodová. „*Ja* o tom nič neviem. Na druhej strane, ak je niečo, čo ma znepokojuje na tej veci, tak potom to, že som u neho občas videla akúsi nechuť a neochotu prijať moje pozvanie, keď som hovorila, že by mohol prísť do Bartonu. A Elinor ho už očakáva?"

„Nikdy som sa jej na to nepýtala, ale určite áno."

„Skôr si myslím, že sa mýliš, lebo keď som sa s ňou včera rozprávala, že by sme mali zohnať novú mriežku ku kozubu v hosťovskej spálni, poznamenala, že sa s tým nemusíme ponáhľať, keďže tú izbu pravdepodobne nebudeme tak skoro potrebovať."

„To je zvláštne! Čo to môže znamenať? Ale celé ich správanie sa jeden k druhému je také nevysvetliteľné! Tak chladne a vyrovnane sa rozlúčili! A v ten posledný večer sa rozprávali tak fádne! V Edwardovom lúčení sa s Elinor a so mnou nebol žiadny rozdiel: pre obe len slová všetkého najlepšieho, iba ako od milujúceho brata. Naschvál som ich v to posledné ráno dvakrát nechala spolu osamote, a zakaždým úplne nepochopiteľne vyšiel z izby za mnou. A keď sme odchádzali, Elinor ani neplakala ako ja, a lúčila sa s Norlandom aj s Edwardom! A aj teraz sa neprestajne ovláda. Kde je smútok a skľúčenosť? Prečo sa nevyhýba spoločnosti, alebo aspoň netvári rozrušene a nespokojne?"

DEVIATA KAPITOLA

Dashwoodovci sa už zabývali v Bartone celkom pohodlne. Zblížili sa s domom a záhradou a okolitým prostredím a svojim bežným činnostiam, ktoré kedysi dodávali Norlandu polovicu šarmu, sa teraz venovali s omnoho väčšou radosťou, než si po otcovej smrti mohli dovoliť v Norlande. Sir John Middleton, ktorý k nim počas prvých dvoch týždňov každý deň zašiel a ktorý nevídal členov vlastnej rodiny priveľmi zaneprázdnených, nedokázal skryť svoj úžas nad tým, že ich zakaždým našiel niečím zamestnané.

Ich návštevníci, okrem tých z bartonského kaštieľa, neboli početní, lebo napriek naliehavým prosbám sira Johna, aby sa viac stýkali so svojimi susedmi, a jeho opakovaným ubezpečeniam, že im je jeho kočiar kedykoľvek k dispozícii, nezávislá duša pani Dashwoodovej potlačila túžbu po spoločnosti pre svoje deti, a rezolútne odmietla navštíviť rodiny, ktoré bývali ďalej, než sa dalo prísť pešo. A takých bolo niekoľko a všetky sa ani nedali obsiahnuť. Asi jeden a pol míle od ich domu pozdĺž úzkeho kľukatého Allenhamského údolia, do ktorého sa vstupovalo z údolia Bartonského, ako sme už opísali, na jednej zo svojich prvých prechádzok objavili dievčatá starodávnu, veľmi solídne vyzerajúcu usadlosť, ktorá upútala ich predstavivosť, pretože trochu pripomínala Norland, a zachcelo sa im bližšie sa s ňou zoznámiť. Ale vypytovaním sa dozvedeli, že jeho majiteľka, postaršia, veľmi charakterná dáma, už je na kontakty so svetom prislabá a nikdy nevychádza z domu.

Krajina v ich okolí poskytovala bohatý výber prekrásnych vychádzok. Keď vlhké mračná zastreli krásy údolí pod domom, vítanú zmenu prinášali vysoké pahorky, ktoré z každého okna vábili vybrať sa za nádherným pôžitkom zo sviežeho vzduchu na ich končiaroch, a priamo k jednému z kopcov smerovali jedného pamätného rána kroky Marianne a Margaret, ktoré sa, keďže po dvoch upršaných dňoch už nevydržali byť dlhšie zavreté v dome, dali sa zlákať chvíľkovými slnečnými lúčmi predierajúcimi sa z daždivej oblohy. Počasie však nebolo natoľko lákavé, aby napriek Marianniným vyhláseniam, že dnes bude určite celý deň pekný a že všetky hroziace mraky nad vrchmi rozfúka, vytiahlo aj tie druhé dve od pera a knihy; a tak sa obe dievčatá vybrali samy.

Svižne vystúpili na vŕšky, zakaždým, keď sa im podarilo zazrieť kus modrého neba, sa zaradovali, a keď na svojich tvárach ucítili osviežujúci závan juhozápadného vetra, bolo im ľúto, že matka a Elinor kvôli svojim obavám nezažívajú takéto úžasné pocity spolu s nimi.

„Je na svete väčšie šťastie než toto?" spýtala sa Marianne. „Margaret, budeme sa tu prechádzať aspoň dve hodiny."

Margaret súhlasila, a tak kráčali proti vetru a so smiechom odolávali jeho náporu ešte asi dvadsať minút, keď sa zrazu nad ich hlavami oblaky zrazili a do tvárí sa im spustil prudký dážď. Prekvapene a skormútene, aj keď nedobrovoľne, sa museli obrátiť na cestu späť, pretože najbližším prístreškom bol ich dom. Ale jedna útecha im predsa len zostávala: bežať ozlomkrky dolu zo strmej strany kopca, ktorá viedla priamo k bránke do ich záhrady, čo si mohli dovoliť len vďaka naliehavosti chvíle, lebo za normálnych okolností by sa to nepatrilo.

Rozbehli sa. Marianne spočiatku viedla, no chybný krok ju zrazu zrazil k zemi a Margaret, keďže sa nedokázala zastaviť, aby jej pomohla, sa mimovoľne prehnala okolo a šťastlivo dobehla na úpätie kopca.

Len niekoľko metrov od miesta, kde sa Marianne stala nehoda, kráčal hore kopcom neznámy muž s puškou na pleci a dvoma poľovníckymi psami. Zložil pušku a bežal jej na pomoc. Marianne sa pozbierala zo zeme, ale noha sa jej pri páde zvrtla a ona sa sotva vedela postaviť. Muž jej ponúkol službu a keďže vycítil, že zo skromnosti odmietne prijať, čo si situácia vyžadovala, bez zbytočného zdržiavania ju zdvihol na ruky a zniesol ju dole z kopca. Potom prešiel cez záhradu, ktorej bránku nechala Margaret otvorenú a niesol ju priamo do domu, kam Margaret len teraz dorazila, a nezložil ju, až kým ju neposadil do kresla v salóne.

Keď vošiel, Elinor s matkou zmeraveli v úžase, a kým sa ich oči na neho upierali v zrejmom začudovaní a tichom obdive, ktorý pramenil aj z jeho vzhľadu, takým úprimným a uhladeným spôsobom sa ospravedlnil za vtieravosť a vysvetlil, čo ju zapríčinilo, že jeho zjav, už aj tak neobyčajne pekný, nadobudol jeho hlasom a vyjadrovaním mimoriadny šarm. Aj keby bol starý, škaredý a hrubý, získal by si vďačnosť a láskavosť pani Dashwoodovej hocijakým prejavom pozornosti voči jej dieťaťu; no pri toľkej mladosti, kráse a elegancii nadobudol jeho čin význam, ktorý sa prihováral jej srdcu.

Znovu a znovu mu ďakovala a so všetkou srdečnosťou, aká bola pre ňu príslovečná, ho vyzvala, aby si sadol. Ale keďže bol zablatený a mokrý, odmietol. Potom sa pani Dashwoodová úctivo spýtala, komu sú zaviazané. Volá sa, ako povedal, Willoughby, a práve teraz býva v Allenhame, odkiaľ, ako dúfa, sa bude mať tú česť zajtra vybrať, aby sa spýtal na slečnu Dashwoodovú. Tú česť mu ochotne prisľúbili a potom odišiel, aby uprostred neustávajúceho dažďa pôsobil ešte zaujímavejšie.

Jeho mužná krása a nezvyčajná uhladenosť sa okamžite stala témou všeobecného obdivu, a posmešky k Marianne, ktoré vyvolala jeho galantnosť, získali jeho vonkajšou príťažlivosťou zvláštnu príchuť. Samotná Marianne z jeho výzoru zazrela menej než ostatné, pretože zmätok, ktorým zrumenela jej tvár, keď ju zrazu zodvihol, jej odobrala silu hľadieť na neho dokonca aj potom, čo ju vniesol do domu. Ale všimla si dosť na to, aby sa mohla pridať k ich chválam, a pridala sa tak energicky, ako vždy patrilo k jej zvykom. Zjavom a vystupovaním presne vystihoval jej predstavu o hrdinovi z obľúbeného príbehu, a spôsob, akým ju bez predchádzajúcich formalít priniesol, prezrádzal pohotové myslenie, ktoré sa jej obzvlášť prihováralo. Každá okolnosť, ktorá sa k nemu viazala, ju zaujímala. Jeho meno znelo vznešene, býva v jej obľúbenej dedine, a čoskoro zistila, že zo všetkých odevov mu poľovnícky kabát pristane najlepšie. Jej fantázia pracovala na plný výkon, spomienky ju hriali, a na tom, že ju bolí vyvrtnutý členok, jej vôbec nezáležalo.

Sir John k nim zašiel ráno, len čo sa trochu vyčasilo a dozvedel sa o Marianninej nehode. Hneď ho zasypali dychtivými otázkami, či pozná muža menom Willoughby z Allenhamu.

„Willoughby!" zvolal sir John. „Vari sa potuluje v našich končinách? To je predsa dobrá správa, zajtra za ním na koni zájdem a pozvem ho na štvrtok na večeru."

„Tak ho teda poznáte," povedala pani Dashwoodová.

„Či ho poznám! Isteže ho poznám. Akože, je tu predsa každý rok."

„A čo je to za mladého muža?"

„Najlepší chlapík, aký kedy žil, to mi môžete veriť. Solídny strelec, a v Anglicku nenájdete odvážnejšieho jazdca."

„A *to* je všetko, čo o ňom môžete povedať?" zvolala Marianne rozhorčene. „Ale ako sa správa medzi známymi? A čo jeho záujmy, nadanie a inteligencia?"

Sira Johna jej otázky poriadne zmiatli.

„Namojdušu," odvetil, „čo sa *tohto* všetkého týka, veľa o ňom neviem. Ale je to príjemný dobrosrdečný mladík a vlastní najkrajšiu čiernu poľovnícku sučku, akú som kedy videl. Nebola dnes s ním?"

Ale Marianne mu o farbe psa pána Willoughbyho nemohla dať o nič uspokojivejšiu odpoveď, než sir John dokázal opísať zákutia jeho mysle.

„Ale kto je to teda?" spýtala sa Elinor. „Odkiaľ pochádza? Má v Allenhame dom?"

V tomto bode mohol sir John poskytnúť presnejšie informácie a odvetil, že pán Willoughby nemá vlastný majetok v tomto kraji, že sa tu zdržiava len počas návštevy u starej dámy na allenhamskom panstve, ktorej je príbuzným a ktorej majetok má zdediť, a dodal: „Tak, tak, oplatí sa ho lapiť, to vám vravím, slečna Dashwoodová;* sám vlastní pekný malý majetok v Somersetshire, a keby som bol na vašom mieste, nevzdal by som sa ho v prospech mladšej sestry ani kvôli takémuto kotrmelcu dolu kopcom. Slečna Marianne nesmie očakávať, že uchmatne všetkých mužov pre seba. Brandon by žiarlil, keby sa o neho neobzrela."

„Neverím, že by sa *niektorá* z mojich dcér snažila obťažovať pána Willoughbyho tým, čo ste nazvali *lapaním*," povedala pani Dashwoodová so smiechom. „Nie je to záľuba, ku ktorej boli vychované. Muži sú pred nami v bezpečí, aj keď sú takí bohatí. Ale rada počujem, podľa toho, čo ste povedali, že je to vážený mladý muž, a známosť s ním preto nebude nevhodná."

„Je to ten najlepší chlapík, myslím, aký kedy žil," zopakoval sir John. „Pamätám sa, že minulé Vianoce na malej zábave tancoval od ôsmej do štvrtej a ani raz si nesadol."

---

* V prítomnosti viacerých sestier iba najstaršiu oslovovali slečna Dashwoodová, ostatné museli osloviť aj krstným menom.

„Skutočne?" zvolala Marianne s blčiacimi očami. „A s noblesou, oduševnene?"

„Áno, a o ôsmej už vstal a cválal na poľovačku."

„To sa mi páči, taký má byť mladý muž. Akékoľvek sú jeho záľuby, jeho zápal v nich nemá poznať striedmosť, a ani mu nesmie dovoliť pociťovať únavu."

„Tak, tak, už vidím, ako to dopadne," povedal sir John, „vidím, ako to dopadne. Teraz chytíte do siete jeho a už si ani nespomeniete na chudáka Brandona."

„To je výraz, sir John, ktorý obzvlášť neznášam," horúčkovito odvetila Marianne. „Desia ma všetky otrepané frázy, ktoré sa používajú ako duchaplnosti; a ‚chytať niekoho do siete' alebo ‚dobyť niekoho' sú zo všetkých najtrápnejšie. Majú hrubú a nekultivovanú chuť, a keby nad týmito slovnými spojeniami vôbec niekto premýšľal, čas by už dávno znehodnotil ich vynaliezavosť."

Sir John veľmi nerozumel tejto výčitke, ale zasmial sa tak srdečne, ako keby ju pochopil, a vzápätí odvetil:

„Nuž, myslím, že ich dobyjete dosť, tak či onak. Chudák Brandon! Už teraz je dosť načatý, a on naozaj za to stojí, aby ste ho chytili do siete, to vám teda poviem, navzdory tomuto kotrmelcu a aj vytknutému členku."

DESIATA KAPITOLA

Mariannin záchranca, ako ho skôr vzletne než presne nazvala Margaret, Willoughby, k nim prišiel na druhý deň zavčasu ráno, aby sa osobne prezvedel na jej stav. Pani Dashwoodová ho prijala väčšmi než zdvorilo, s láskavosťou, ktorú podnietilo rozprávanie sira Johna spolu s jej vlastnou vďačnosťou, a všetko, čo sa počas jeho návštevy stalo, ho presviedčalo o vnímavosti, vkuse, vzájomnej láske a domácej spokojnosti v rodine, do ktorej ho nehoda uviedla. Ani sa nepotreboval vypytovať u nikoho iného, aby sa ubezpečil o ich osobnom šarme.

Slečna Dashwoodová mala jemnú pleť, pravidelné črty a pozoruhodne peknú postavu. Marianne bola ešte krajšia. Jej figúra, hoci nebola taká symetrická ako sestrina, tým, že bola vyššia, pôsobila ešte nápadnejšie, a jej tvár vyžarovala takú živosť, že keď ju všetci v okolí chválili ako krásne dievča, nezveličili skutočnosť tak, ako sa to zvyčajne stáva. Pokožku mala pomerne tmavú, ale natoľko žiarivú, až vyzerala neobyčajne jasne, všetky črty jej tváre boli súmerné, úsmev pôvabný a príťažlivý, a veľmi tmavé oči sršali energiou, oduševnením a zápalom, ktorý človeka zakaždým naplní radosťou. Ich pohľad sa však spočiatku Willoughbymu vyhýbal, lebo spomienka na jeho pomoc v nej vyvolávala rozpaky. Ale keď tie pominuli a jej myseľ sa trochu pozbierala, keď videla, že k perfektnému džentlmenskému vystupovaniu pridal aj

51

úprimnosť a živosť, a predovšetkým, keď začula, akú hudbu a tanec vášnivo obľubuje, pozrela na neho s takým uznaním, že podstatná časť konverzácie s ním po zvyšok jeho návštevy patrila len jej.

Bolo len potrebné nadhodiť nejakú jej záľubu, aby ju vtiahol do rozhovoru. Nedokázala mlčať, keď sa hovorilo o jej obľúbených témach a v nich nepoznala ani ostýchavosť, ani zdržanlivosť. Veľmi rýchlo odhalili, že v hudbe a tanci majú spoločné záujmy a že vo všetkých ohľadoch, ktoré sa ich týkajú, vzbudzujú u oboch rovnaký úsudok. To Marianne povzbudilo ďalej sa prezvedať na jeho názory a prešla k otázkam o knihách, vytiahla svojich obľúbených autorov a zotrvávala pri nich s takým vytržením, že by to skutočne žiadneho mladého muža okolo dvadsaťpäťky nielenže nenechalo chladným, ale okamžite by ho prinútilo považovať tieto diela za majstrovské, hoci sa predtým o ne vôbec nezaujímal. Mali nápadne podobný vkus. Obaja zbožňovali tie isté knihy, tie isté úryvky, a ak sa aj objavil nejaký rozdiel, nejaká drobná námietka, pretrvala len dovtedy, kým ich sila jej argumentov a jas jej očí nevyvrátili. Podvolil sa všetkým jej výrokom, prijal jej nadšenie a dávno predtým, než sa jeho návšteva uzavrela, sa už zhovárali ako starí dôverní známi.

„Výborne, Marianne," povedala Elinor, len čo od nich odišiel, „myslím, že si to hneď v *prvé* ráno urobila vynikajúco. Už si vyzvedela názory pána Willoughbyho takmer na všetky dôležité záležitosti. Vieš, čo si myslí o Cowperovi a Scottovi,* môžeš si byť istá, že oceňuje ich prednosti, ako sa patrí, a vymohla si si ubezpečenia, že Popa** neobdivuje väčšmi, než je vhodné. Ale ako chceš podoprieť svoju známosť s ním po takom mimoriadne

---

* Walter Scott (1771 – 1832), spisovateľ a básnik, súčasník Jane Austenovej a v jej časoch aj veľmi populárny.
** Alexander Pope (1688 – 1744), anglický klasicistický básnik.

rýchlom vybalení všetkých námetov pre konverzáciu? Zakrátko vyčerpáte všetky obľúbené témy. Ďalšie stretnutie postačí na objasnenie jeho vzťahu k malebnosti prírody a postojov k druhému manželstvu, a potom už sa ho nebudeš mať na čo opýtať."

„Elinor," zvolala Marianne, „je to čestné? Je to spravodlivé? Vari sú moje názory také obmedzené? Ale viem, na čo narážaš. Bola som príliš uvoľnená, príliš šťastná, príliš úprimná. Prehrešila som sa proti bežnému ponímaniu pravidiel slušného správania, bola som otvorená a srdečná, keď som sa mala správať zdržanlivo, bezducho, unudene a falošne: keby som hovorila len o počasí a cestách, a keby som sa ozvala len raz za desať minút, ušetrila by si si tieto výčitky."

„Nemusíš sa hneď na Elinor urážať, zlatko," povedala jej matka, „povedala to len zo žartu. Sama by som ju napomenula, keby úmyselne chcela zastaviť tvoju radosť z konverzácie s naším novým priateľom." Marianne sa na chvíľu utíšila.

Sám Willoughby im poskytol dôkaz, že mu známosť s nimi prináša potešenie, akým môže byť zjavné želanie ju prehĺbiť. Prichádzal k nim každý deň. Spočiatku sa vyhováral, že sa prišiel spýtať na Mariannino zdravie, ale jeho prijatie, každým dňom stále láskavejšie, ho natoľko povzbudilo, že sa jeho výhovorky stali nepotrebnými skôr, než prestali byť vďaka Marianninmu úplnému uzdraveniu opodstatnené. Niekoľko dní musela byť zavretá doma, ale ešte nikdy sa jej takéto obmedzenia nezdali také protivné. Willoughby predstavoval mladého muža s bohatými schopnosťami, bleskovou obrazotvornosťou, živým duchom a otvoreným, podmaňujúcim správaním. Bol stvorený práve na to, aby si pripútal Mariannino srdce, lebo k všetkým týmto vlastnostiam pridal nielen príťažlivý zjav, ale aj od prírody nadšenú myseľ, ktorú teraz povzbudzovala a posilňovala aj Marianninina a ktorá podnecovala jej lásku väčšmi než čokoľvek iné.

Jeho prítomnosť sa postupne stávala jej vybraným potešením. Čítali, zhovárali sa, spievali, jeho hudobné nadanie bolo značné a čítal presne s tou citlivosťou a oduševním, ktoré naneśťastie chýbali Edwardovi.

Pani Dashwoodová ho považovala za rovnako bezchybného ako Marianne a Elinor na ňom nevidela tiež nič, čo by mu mohla vyčítať, okrem sklonu, ktorý sa nápadne podobal sestrinmu a ktorý sa Marianne aj obzvlášť páčil: že totiž pri každej príležitosti priveľa hovoril o vlastných pocitoch, bez ohľadu na prítomných alebo okolnosti. Svojím unáhleným formovaním a vyslovovaním názorov na ostatných ľudí, obetovaním bežnej zdvorilosti potešeniu, že nemusí venovať pozornosť iným veciam, než zamestnávajú jeho srdce, a priľahkým obchádzaním zásad svetskej slušnosti preukazoval nedostatok ohľaduplnosti, s čím Elinor nemohla súhlasiť napriek všetkým argumentom, ktorými by takéto správanie on alebo Marianne odôvodnili.

Marianne začínala chápať, že jej zúfanie, že nikdy nestretne muža, ktorý by zodpovedal jej predstavám o dokonalosti, ktorému sa oddávala, keď mala šestnásť a pol roka, bolo unáhlené a neodôvodnené. Willoughby stelesňoval všetko, čo jej fantázia v tých smutných chvíľach, a aj v každom jasnejšom období načrtávala ako obraz, ktorý by si ju dokázal pripútať, a jeho správanie prezrádzalo, že si sám želá zodpovedať tomuto obrazu tak verne, ako mu jeho schopnosti postačia.

Vďaka jeho nádejnému bohatstvu aj mysľou jej matky preblesla nejedna myšlienka na ich sobáš, a kým sa týždeň skončil, verila, že sa uskutoční, ba ho aj očakávala, a v duchu si blahoželala, že získa dvoch takých zaťov, akými sú Edward a Willoughby.

Záujem plukovníka Brandona o Marianne, ktorý tak zavčasu odhalili jeho priatelia, si teraz po prvýkrát, keď už si ho prestali všímať ostatní, začala uvedomovať aj Elinor. Ich pozornosť a duchaplné poznámky už smerovali k jeho šťastnejšiemu sokovi a vtipkovanie, do ktorého sa pustili skôr, než nejaký vzťah vznikol, sa vo chvíli, keď sa jeho záujem oprávnene mohol stať terčom ich posmeškov, od neho odvrátilo. Elinor si musela priznať, aj keď nedobrovoľne, že city, ktoré mu pani Jenningsová len pre vlastnú zábavu predtým pripisovala, jej sestra teraz skutočne vzbudzuje, a práve tak, ako vzájomná podoba popováh hovorí v prospech Willoughbyho lásky, ani nápadná odlišnosť charakterov nie je v prípade plukovníka Brandona prekážkou. Hľadela na neho s účasťou, lebo v čo už mohol dúfať mlčanlivý muž v tridsiatich piatich, ak proti nemu stojí veľmi živý dvadsaťpäťročný sok? A keďže si ani nedokázala želať, aby bol v tejto veci úspešný, zo srdca mu priala, aby ho jeho láska prešla. Mala ho rada –, napriek jeho vážnosti a zdržanlivosti, videla v ňom zaujímavého muža. Správal sa seriózne, ale jemne, a jeho rezervovanosť sa ukázala byť skôr výsledkom stiesnenej mysle než vrodenej ponurej povahy. Sirovi Johnovi vykĺzli narážky na jeho dávne ujmy a sklamania, ktoré ju oprávňovali domnievať sa, že ide o životom skúšaného muža, a preto na neho hľadela s rešpektom a súcitom.

Možno ho ľutovala a vážila si ho tým viac, že ho Willoughby a Marianne, pevne rozhodnutí neustále podceňovať jeho dobré vlastnosti, ignorovali, zaslepení predsudkami voči nemu, keďže nebol dosť živý a mladý.

„Brandon patrí k mužom,“ povedal jedného dňa Willoughby, keď sa o ňom rozprávali, „o ktorých všetci hovoria v dobrom, ale nikto sa o nich nestará, ktorých každý rád vidí, no zabudne pozvať.“

„Presne to si o ňom myslím aj ja,“ zvolala Marianne.

„Nemusíš sa tým chváliť,“ odvetila Elinor, „pretože mu obaja krivdíte. V kaštieli si ho každý nesmierne váži a ja sama som sa s ním nikdy nestretla bez toho, aby sa mi chcelo s ním prehodiť zopár viet.“

„To, že ho obraňujete práve *vy*,“ odpovedal Willoughby, „svedčí v jeho prospech, ale pokiaľ ide o úctu ostatných, už to je pohana sama osebe. Kto by sa podvolil takému poníženiu, ako je úcta od žien, ako sú lady Middletonová a pani Jenningsová, ten si koleduje, aby si ho nevšímal nikto iný."

„Ale možno ohováranie od takých ľudí, ako ste vy a Marianne, úplne vyváži úctu lady Middletonovej a jej matky. Ak ich pochvaly majú byť výčitkou, potom vaše výčitky môžu byť pochvalou, pretože ony nie sú o nič väčšmi nechápavé, než vy zaslepení a nespravodliví."

„Viete byť pichľavá, keď bránite svojho protežanta."

„Môj protežant, ako ho nazývate, je rozumný muž, a zdravý rozum bol pre mňa vždy príťažlivý. Áno, Marianne, dokonca aj muž medzi tridsiatkou a štyridsiatkou. Videl poriadny kus sveta, veľa precestoval, prečítal a veľa premýšľa. Zistila som, že je schopný poskytnúť mi množstvo informácií z najrôznejších oblastí, a vždy vyhovel mojim otázkam ochotne, dobrosrdečne a vyberaným spôsobom."

„To znamená," povedala Marianne pohŕdavo, „že ti prezradil, že podnebie vo Východnej Indii je horúce a moskyty sú dotieravé."

„Istotne *by* mi to bol povedal, o tom nepochybujem, keby som sa ho bola na to pýtala, ale to sú náhodou veci, o ktorých som informovaná už dávnejšie."

„Možnože sa jeho objavy dostali až po nabobov*, zlaté mohry** a nosidlá," povedal Willoughby.

„Odvážim sa tvrdiť, že *jeho* objavy siahajú oveľa ďalej, než *vaša* nezaujatosť. Ale prečo ho tak neznášate?"

„To nie je pravda, že ho neznášam. Naopak, považujem ho za veľmi váženého muža, ktorému každý venuje dobré slovo a nikto si ho nevšíma, ktorý má viac peňazí, než môže minúť, viac času, než dokáže vymyslieť, ako ho využiť, a každý rok dva nové kabáty."

---

* Nabob – titul správcov indických provincií.
** Mohra – indická zlatá minca, hlavné platidlo v severnej Indii v tých časoch.

„A treba dodať," zvolala Marianne, „ktorý nemá ani nadanie, vkus, ba ani dôvtip. Že jeho inteligencii chýba prenikavosť, citom zápal a hlasu výraz."

„Rozhoduješ o jeho chybách tak hlasno," odvetila Elinor, „a tak neochvejne podľa vlastnej fantázie, že odporúčanie, ktoré som mu *ja* schopná poskytnúť, je nepomerne triezvejšie a fádne. Môžem ho len vyhlásiť za rozumného muža, s vynikajúcou výchovou, solídnym vzdelaním a jemným vystupovaním, a viem, že má aj láskavé srdce."

„Slečna Dashwoodová," zvolal Willoughby, „teraz ste ma nepekne zneužili. Pokúšate sa vyvrátiť moje argumenty a presvedčiť ma proti mojej vôli. Ale to sa vám nepodarí! Zistíte, že som rovnako tvrdohlavý, ako vy rafinovaná. Mám tri nevyvrátiteľné dôvody, aby som neznášal plukovníka Brandona: straší ma dažďom, keď si želám, aby bolo pekne; zakaždým kritizuje moju polohu na mojom vlastnom kurikule* a nepodarilo sa mi ho presvedčiť, aby odo mňa kúpil hnedú kobylu. Ale ak k vašej spokojnosti potrebujete, aby som povedal, že verím, že jeho charakter je v iných ohľadoch bezchybný, som ochotný to priznať. A na oplátku za toto priznanie, ktoré ma určite stálo trochu bolesti, nemôžete mi odoprieť privilégium, aby som ho naďalej neznášal tak ako predtým."

---

* Kurikul – otvorený dvojkolesový kočiar ťahaný dvoma koňmi, pri ktorom záležalo aj na polohe sediaceho alebo stojaceho pasažiera.

JEDENÁSTA KAPITOLA

Keď pani Dashwoodová a jej dcéry prichádzali do Devonshire, sotva si vedeli predstaviť, že si zakrátko zadovážia toľko rozptýlení, až im zaplnia všetok voľný čas, alebo že sa im pohrnie toľko pozvaní a pravidelných hostí, že im takmer nezostane čas na dôležitú prácu. Ale presne to sa stalo. Len čo sa Marianne zotavila, nápady na pobavenie doma i vonku, ktoré naplánoval sir John, sa začali realizovať. Nastúpili plesy v jeho kaštieli a hromadné člnkovania organizoval tak často, ako to len uršaný október dovolil. Na každom stretnutí sa zúčastnil aj Willoughby a uvoľnenosť a dôvernosť, ktorá tieto zábavy prirodzene sprevádzala, bola presne vypočítaná tak, aby prispievala k jeho narastajúcemu zblíženiu sa s Dashwoodovcami, aby mu poskytla príležitosť byť svedkom Marianninej výnimočnosti, vyznačovať ju živým obdivom, a prijímať od nej, ako prezrádzalo jej správanie, najzreteľnejšie prejavy jej lásky.

Elinor sa nečudovala ich vzťahu. Želala si len, aby ju neukazovali tak okato, a raz či dvakrát sa aj odhodlala naznačiť Marianne, že by bolo vhodné trochu sa kontrolovať. Ale Marianne nenávidela pretvárku, najmä keď úprimnosť nepovažovala za hanbu, a zámerné potlačanie citov, ktoré samy osebe neboli nečisté, jej prichodilo nielen ako nepotrebná námaha, ale ako hanebné podrobenie rozumu všeobecne platným a pomýleným predstavám. Willoughby si myslel to isté a ich správanie v každom okamihu vyjadrovalo ich hlboké presvedčenie.

V jeho prítomnosti jej oči nevideli nikoho iného. Všetko, čo urobil, bolo správne. Všetko, čo povedal, bolo bystré. Ak sa večer v kaštieli končil pri kartách, podvádzal seba a ostatných v jej prospech. Ak večernú zábavu ovládol tanec, tancovali spolu polovicu času, a keď sa museli na pár tancov odlúčiť, postarali sa, aby sa pohybovali v tesnej blízkosti a sotva povedali slovko niekomu inému. Takéto konanie ich, pravdaže, vystavilo početným posmeškom, ale smiech ich nezahanboval a zdalo sa, že ich ani nevyrušuje.

Pani Dashwoodová sa k ich citom stavala tak srdečne, že vôbec nemala záujem zabrzdiť ich nemiestne predvádzanie sa. Pre ňu to bol len prirodzený dôsledok vrúcnej lásky blčiacej v mladom a zapálenom srdci.

Marianne prežívala obdobie obrovského šťastia. Bola oddaná Willoughbymu a nežný vzťah k Norlandu, ktorý si so sebou priniesla do Sussexu, vďaka šarmu, ktorý jej poskytovala spoločnosť v jej novom domove, sa začal vytrácať oveľa skôr, než by si bola pomyslela.

Elinor sa necítila taká šťastná. Jej srdce sa nedokázalo tešiť a zábavy jej tiež neprinášali pravé uspokojenie. Nenašla v nich spoločníka, ktorý by mohol nahradiť, čo stratila, alebo dovolil spomínať na Norland s menším zármutkom než predtým. Ani lady Middletonová, ani pani Jenningsová neboli schopné poskytnúť jej konverzáciu, o ktorú prišla, hoci tá druhá rozprávala bez prestania a od samého začiatku sa k nej správala tak láskavo, že sa až pričasto musela zúčastňovať na jej prednáškach. Tri či štyrikrát už Elinor vyrozprávala svoju minulosť, a keby sa Elinorina pamäť vyrovnala jej schopnosti učiť sa, mohla už v začiatkoch svojej známosti ovládať všetky podrobnosti o posledných chorobách pána Jenningsa, aj to, čo povedal svojej žene niekoľko minút pred smrťou. Lady Middletonová bola príjemnejšia než jej matka len preto, že viac mlčala. Elinor nepotrebovala dlhé pozorovanie, aby si všimla, že jej zdržanlivosť vyplýva výhradne z jej pokojnej povahy a nemá s inteligenciou nič spoločné. K manželovi a matke sa správala rovnako ako k nim, a preto jej dôvernosť nikto ani nevyhľadával, ani po nej netúžil. Ani raz nevyslovila nič, čo by už nepovedala deň predtým. Jej fádnosť sa nemenila nikdy, pretože dokonca aj náladu mala stále tú istú, a hoci nenamietala proti stretnutiam, ktoré organizoval jej manžel, všetko, čo bolo potrebné, vykonávala štýlovo s pomocou dvoch najstarších detí, nikdy sa netvárila, že ju napĺňajú väčšou radosťou, než akú mohla zažiť, keby zostala sedieť doma, a jej prítomnosť zriedkavou účasťou na konverzácii tak málo prispievala k spokojnosti ostatných, že si občas spomenuli, že je medzi nimi, len vďaka jej starostlivosti o jej otravných chlapcov.

Zo všetkých známych iba v plukovníkovi Brandonovi samotnom našla Elinor človeka, ktorý si svojimi schopnosťami vo všetkých ohľadoch zaslúžil jej úctu, vzbudil priateľský záujem alebo ju potešil svojou spoločnosťou. U Willoughbyho to bolo vylúčené. Jej obdiv a úcta, ba aj jej sesterské ohľady mu patrili, ale bol zaľúbený, celá jeho pozornosť sa upriamila na Marianne, a aj oveľa menej príjemný muž by bol preto v spoločnosti obľúbenejší než on. Plukovníkovi Brandonovi sa, na nešťastie pre neho, nedostávalo takého povzbudenia, aby myslel len na Marianne, a v rozhovoroch s Elinor našiel najlepšiu útechu pre úplnú ľahostajnosť, ktorá sa mu ušla od jej sestry.

Elinorin súcit s ním narastal tým väčšmi, že sa oprávnene dohadovala, že už v živote spoznal utrpenie z nenaplnenej lásky. Jej podozrenie vyvolalo zopár viet, ktoré mu náhodou vykĺzli v jeden večer v kaštieli, keď obaja spoločne sedeli, kým ostatní tancovali. Jeho oči sa upierali na Marianne a po niekoľkominútovom tichu povedal s vlažným úsmevom: „Ako som vyrozumel, vaša sestra neuznáva, že sa človek môže zaľúbiť aj druhýkrát."

„Nie," odpovedala Elinor, „má iba romantické predstavy."

„Alebo skôr, ako verím, nepovažuje za možné, že existuje aj druhá láska."

„Myslím, že je to tak. Ale vymyslela si to bez toho, aby vzala do úvahy život jej vlastného otca, ktorý mal sám dve manželky. Neviem. Pár nasledujúcich rokov hádam s pomocou zdravého rozumu a vlastného pozorovania ustáli jej názory, a potom ich ktokoľvek, okrem nej samej, bude môcť ľahšie definovať a posúdiť než teraz."

„To sa pravdepodobne stane," odvetil, „a predsa je na zaslepenej mladej duši niečo také krásne, že človek ľutuje, keď vidí, ako sa poddáva prijímaniu všeobecne rozšírených názorov."

„V tomto s vami nemôžem súhlasiť," povedala Elinor. „Také city, ako sú Mariannine, sprevádza mnoho nevhodných prejavov, ktoré ani všetko čaro nadšenia a neznalosti sveta nemôže odčiniť. Jej myslenie naberá vytláčaním slušného správania do stratena nešťastný smer, a bližšie spoznanie sveta jej preto môže priniesť najväčší úžitok, na čo sa pevne spolieham."

Po krátkej prestávke zhrnul ich rozhovor:

„Nerobí vaša sestra rozdiely vo výhradách voči druhej láske, alebo je to v každom prípade rovnaký hriech? Majú byť ľudia, ktorých sklamala prvá voľba, či už pre nestálosť toho druhého, alebo pre nepriaznivé okolnosti, skalopevne zatrpknutí po celý zvyšok života?"

„Čestné slovo, nie som do detailov oboznámená s jej zásadami. Viem len, že som ju doteraz nikdy nepočula pripustiť, že by bola ochotná akýkoľvek prípad druhej lásky tolerovať."

„To nemôže vydržať," povedal, „ale zmena, úplný obrat v zmýšľaní – nie, nie, neželajte si ho, lebo keď je romantické blúznenie mladej mysle nútené vzdať sa, ako často sa poddá práve takým názorom, ktoré sú príliš rozšírené a príliš nebezpečné! Hovorím to z vlastnej skúsenosti. Kedysi som poznal mladú dámu, ktorú mi vaša sestra svojou povahou a zmýšľaním pripomína. Myslela a posudzovala veci ako ona, ale bola donútená radom nepriaznivých okolností..." Tu sa náhle zháčil, zdalo sa, že sa obáva, že toho povedal priveľa, a výraz jeho tváre vzbudil v Elinorinej mysli dohady, ktoré by jej inak nikdy nezišli na um. Existenciu tej dámy by pravdepodobne bola prešla bez podozrenia, keby sám nebol upozornil slečnu Dashwoodovú, že nič, čo sa jej týka, nesmie uniknúť z jeho pier. Ale keď sa tak stalo, vyžadovalo si už len drobnú snahu, aby fantázia spojila jeho dojatie s nežnou spomienkou na jeho minulosť. Elinor ho už ďalej nepokúšala. Ale keby bola na jej mieste Marianne, tak ľahko by mu to neodpustila. V jej živej predstavivosti by celý príbeh nabral rýchly spád a všetky okolnosti by nadobudli najsmutnejšie rozmery zničujúcej lásky.

DVANÁSTA KAPITOLA

Keď sa na druhé ráno Elinor a Marianne spolu prechádzali, Marianne prezradila sestre novinku, ktorá ju, napriek všetkému, čo dovtedy vedela o Marianninej nerozumnosti a nerozvážnosti, prekvapila najmä preto, že oboje až prehnane potvrdzovala. Marianne jej s ohromnou radosťou oznámila, že Willoughby jej daroval koňa, jedného z tých, ktoré vychoval na svojom statku v Somersetshire a ktorého priamo vycvičil pre ženu. Vôbec neuvažovala nad tým, že ich matka si neplánovala zadovážiť kone, že aj keby chcela zmeniť svoje rozhodnutie v prospech takého daru, musela by si kúpiť nového koňa pre sluhu a vydržiavať si ďalšieho sluhu, ktorý by na ňom jazdil, a napokon, postaviť pre ne stajňu, a napriek tomu bez zaváhania tento dar prijala a ešte o tom sestre rozprávala s nadšením.

„Hneď chce po neho poslať paholka do Somersetshire," dodala, „a keď sa vráti, každý deň budeme jazdiť. Môžeš si ho aj ty požičať. Len si predstav, drahá Elinor, taký pôžitok, cválať po týchto pahorkoch."

Vôbec sa nechcela prebudiť zo svojho šťastného sna a pochopiť nepríjemnú pravdu, ktorá celú záležitosť sprevádzala, a istý čas sa jej úplne odmietala podvoliť. Pokiaľ išlo o nového sluhu, výdavok by vraj bol len nepatrný, jej matka, v tom si bola istá, by nič nenamietala, a *jemu* by nebolo treba koňa, zakaždým si ho mohol požičať

63

z kaštieľa, a pokiaľ išlo o stajňu, aj skromný prístrešok by postačoval. Elinor sa teda odhodlala zapochybovať o tom, či je vhodné prijať takýto dar od muža, ktorého tak málo, alebo prinajmenšom tak krátko pozná. To už bolo priveľa.

„Mýliš sa, Elinor," povedala horúčkovito, „ak si myslíš, že Willoughbyho poznám veľmi málo. Skutočne ho ne-poznám dlho, ale je mi taký dôverne známy ako žiadna iná bytosť na svete, okrem teba a mamy. Dôvernosť nie je otázka času alebo príležitostí – je to výhradne vec po-vahy. Ani sedem rokov by niektorým nestačilo, aby sa dobre spoznali, a pre iných je aj sedem dní viac než dosť. Mala by som sa cítiť previnilejšie, pokiaľ ide o nevhod-nosť takého daru, keby som prijala koňa od brata, než od Willoughbyho. Johna takmer nepoznám, hoci sme spolu žili celé roky, ale o Willoughbym som si utvorila názor už dávno."

Elinor považovala za najmúdrejšie už sa tejto záleži-tosti nedotýkať. Poznala sestrin temperament. Odhovára-nie v takejto delikátnej veci by ju len hlbšie utvrdilo vo vlastnom presvedčení. Ale po dovolávaní sa jej ohľadu-plnosti k matke, poukázaní na nepríjemnosti, do ktorých svoju milujúcu mamu vtiahne, ak (a to bol pravdepo-dobne ich prípad) bude súhlasiť s takýmto rozširovaním domácnosti, sa Marianne zakrátko podrobila a sľúbila, že nebude matku pokúšať o takúto nerozumnú láskavosť a nepovie jej o ponuke, a naopak, keď znovu Willough-byho uvidí, oznámi mu, že musí jeho ponuku odmietnuť.

Zostala verná svojim slovám, a keď k nim Willoughby v ten istý deň prišiel, Elinor začula, ako mu tichým hla-som sklamane hovorí, že musí odložiť prijatie jeho daru. Hneď mu aj vylíčila dôvody tejto zmeny, a to takým tó-nom, že mu znemožnila ďalšie prípadné prosby. Jeho ľú-tosť však bola zrejmá, a keď ju aj s vážnou tvárou vyslo-vil, rovnako ticho dodal: „Ale Marianne, kôň je stále váš, aj keď si ho zatiaľ nemôžete užiť. Podržím ho len dovte-dy, kým si ho nebudete môcť zobrať. Keď sa z Bartonu odsťahujete za vlastným trvalým domovom, Kráľovná Mab vás dobehne."

Slečna Dashwoodová si to celé vypočula a z jeho slov, tónu, akým ich vyslovil, a podľa toho, že sestru oslovoval len krstným menom, okamžite vycítila takú nepopierateľnú dôvernosť a jej skutočný význam, ktorý svedčil o ich úplnej zhode. Od toho okamihu nepochybovala, že sú zasnúbení, a toto vedomie v nej vyvolalo prekvapenie, že sa ona a všetci jej blízki dali natoľko oklamať ich úprimnosťou, až to musela zistiť len náhodou.

Na druhý deň jej aj Margaret vylíčila niečo, čo na celú vec vrhlo jasnejšie svetlo. Willoughby u nich strávil predchádzajúci večer a Margaret, ktorá zostala na nejaký čas v salóne s ním a Marianne sama, sa naskytla príležitosť pozorovať ich, čo s veľmi dôležitým výrazom v tvári oznámila najstaršej sestre hneď, len čo sa ocitli spolu osamote.

„Ach, Elinor," zvolala, „musím ti o Marianne prezradiť tajomstvo. Som si istá, že sa veľmi skoro vydá za pána Willoughbyho."

„Hovoríš to takmer každý deň, odkedy sa po prvýkrát stretli na highchurchskom kopci," odvetila Elinor, „a myslím, že sa ešte nepoznali ani týždeň, a už si určite vedela, že Marianne nosí na krku jeho obrázok; ale potom vysvitlo, že je to len miniatúra nášho prastrýka."

„Ale toto je naozaj celkom iná vec. Som si istá, že sa čoskoro zoberú, lebo dostal pramienok jej vlasov."

„Daj pozor, Margaret. Môžu to byť len vlasy niektorého *jeho* prastrýka."

„Vážne, Elinor, sú Mariannine. Som si tým takmer istá, lebo jej ich sám odstrihol. Včera večer po čaji, keď ste ty a mama odišli z izby, šepkali si a rozprávali sa tak rýchlo, ako sa len dá, a videla som, že od nej niečo pýtal, a hneď nato zobral jej nožnice a odstrihol jej dlhý prameň vlasov, ktorý jej padal na chrbát, potom ich pobozkal, zastrčil do kúska bieleho papiera a vložil do svojej náprsnej tašky."

Elinor nemohla Margaret neveriť, keď bola svedkom takýchto podrobností, a ani na to nemala chuť, lebo udalosti sa perfektne zhodovali s tým, čo sama počula a videla.

No Margaret nepreukazovala svoju bystrosť, ktorá by takto uspokojila jej sestru, zakaždým. Keď na ňu jedného večera v kaštieli zaútočila pani Jenningsová, aby prezradila meno mladého muža, ktorý je Elinoriným najväčším favoritom, čo bola vec, na ktorú bola už dávno nesmierne zvedavá, Margaret pozrela na svoju sestru a odpovedala: „To nesmiem povedať, či smiem, Elinor?"

Na to sa, pravdaže, všetci rozosmiali, a Elinor sa tiež snažila zasmiať. Ale táto snaha ju zabolela. Bola presvedčená, že sa Margaret zamerala na osobu, ktorej meno by v žartoch pani Jenningsovej nedokázala zniesť celkom vyrovnane.

Marianne s ňou úprimne súcitila, ale v tomto prípade viac pokazila, než napravila, keď sa celá červená obrátila k Margaret a veľmi nahnevane ju napomenula:

„Pamätaj, že nech už si si vymyslela čokoľvek, nemáš právo to vysloviť."

„Ja som si to nevymyslela," odvetila Margaret, „ty sama si mi to povedala."

To spoločnosť ešte viac rozveselilo a na Margaret ešte horlivejšie pritlačili, aby sa dozvedeli ďalšie podrobnosti.

„Ach! Prosím, slečna Margaret, povedzte to aj nám," naliehala pani Jenningsová. „Ako sa ten džentlmen volá?"

„Nesmiem, madam. Ale veľmi dobre viem, kto je to, a viem aj to, kde teraz je."

„Tak, tak, to uhádneme aj sami, kde je, vo svojom vlastnom dome v Norlande, to je isté. Tuším je v tamojšej farnosti kaplánom."

„Nie, *to* nie je. Nemá vôbec žiadne zamestnanie."

„Margaret," povedala Marianne ešte horúčkovitejšie, „vieš, že si si to celé vymyslela a že žiadna taká osoba neexistuje."

„Tak potom musel nedávno zomrieť, Marianne, lebo som si istá, že taký muž žil a jeho meno sa začína na F."

V tej chvíli lady Middletonová poznamenala, že „tak silno prší", a Elinor k nej pocítila ohromnú vďačnosť, hoci dobre vedela, že jej zásah nepochádzal ani tak z ohľaduplnosti voči nej, ako skôr z ohromnej nechuti ku všetkým nevkusným témam, ktoré jej matke a manželovi dovolili s potešením si zavtipkovať. Avšak jej myšlienky sa okamžite chytil plukovník Brandon, pri každej príležitosti dbajúci na city iných, a obaja debatovali o daždi hodnú chvíľu. Willoughby otvoril klavír a požiadal Marianne, aby zaujala svoje miesto, a tak vďaka úsiliu viacerých zúčastnených opustiť túto tému rozhovoru, ju zmietli pod stôl. Ale Elinor sa nemohla tak ľahko zotaviť z úzkosti, do ktorej ju uvrhla.

Spoločnosť sa v ten večer dohodla, že na druhý deň sa stretnú znovu a vyberú sa prezrieť si veľmi pekné miesto, vzdialené od Bartonu asi dvanásť míľ, patriace švagrovi plukovníka Brandona, ktoré bolo možné navštíviť len vďaka ich príbuzenským zväzkom, keďže majiteľ, v tom čase pobývajúci za hranicami, vydal veľmi prísne príkazy v tomto ohľade. O tamojšom prostredí sa hovorilo ako o nádhernom, a sir John, ktorý ho chválil azda s najväčším zápalom, sa dal považovať za skutočného znalca, keďže tam organizoval spoločenské výlety v posledných desiatich rokoch prinajmenšom dvakrát za leto. Mala sa tam nachádzať veľkolepá vodná nádrž a väčšinu dopoludňajšieho programu mali stráviť člnkovaním, studené občerstvenie sa vezme so sebou, povezú sa výhradne v otvorených kočoch a všetky podrobnosti smerovali k obvyklému štýlu všeobecného rozptýlenia.

Pre niektorých členov spoločnosti by to však bolo priodvážne podujatie, keď uvážime ročné obdobie a skutočnosť, že už dva týždne dennodenne pršalo, a tak Elinor presvedčila pani Dashwoodovú, ktorá už aj tak bola prechladnutá, aby radšej zostala doma.

TRINÁSTA KAPITOLA

Zamýšľaný výlet do Whitwellu sa vyvŕbil celkom ináč, ako Elinor očakávala. Pripravila sa na to, že sa vráti premočená, vyčerpaná a vyplašená, ale udalosť sa ukázala ešte beznádejnejšia, lebo sa vôbec nekonala.

Okolo desiatej sa všetci zhromaždili v kaštieli na raňajkách. Ráno sa ukazovalo sľubné, hoci celú noc pršalo, oblaky sa však už začali rozptyľovať po oblohe a tu a tam vykuklo slnko. Všetkým to prinieslo povznesenú a veselú náladu, dychtili po novom dobrodružstve a boli ochotní skôr sa podvoliť aj najväčším nepríjemnostiam a ťažkostiam, než sa výletu vzdať.

Počas raňajok doručili poštu. Jeden list prišiel plukovníkovi Brandonovi, zobral ho, prečítal si adresu, zbledol a okamžite vybehol z izby.

„Čo sa Brandonovi stalo?" spýtal sa sir John.

Nikto nevedel.

„Dúfam, že nedostal zlé správy," povedala lady Middletonová. „Určite je to niečo mimoriadne, keď musel plukovník Brandon odísť od mojich raňajok tak náhle."

Vrátil sa po piatich minútach.

„Dúfam, plukovník, že nejde o zlé správy," povedala pani Jenningsová, len čo vstúpil do izby.

„Vôbec nie, madam, ďakujem."

„Prišiel list z Avignonu? Dúfam, že nepíšu, že vašej sestre sa priťažilo."

„Nie, madam, prišiel z mesta* a ide výhradne o úradnú záležitosť."

„Ale ako vás mohol tak vyviesť z miery, keď ide o úradnú vec? No tak, plukovník, takto to nejde, do toho, povedzte nám pravdu!"

„Drahá madam," ozvala sa lady Middletonová, „uvedomte si, čo vravíte."

„Možno vám len oznamuje, že vaša sesternica Fanny sa vydala?" pokračovala pani Jenningsová a výčitke svoje dcéry nevenovala ani najmenšiu pozornosť.

„Nie, to naozaj nie."

„Dobre, tak potom viem, od koho je, plukovník. A dúfam, že sa má dobre."

„Koho máte na mysli, madam?" spýtal sa a zľahka sa začervenal.

„Ó, to dobre viete."

„Je mi neobyčajne ľúto, madam," povedal plukovník lady Middletonovej, „že som dostal tento list práve dnes, pretože záležitosť, ktorej sa týka, vyžaduje moju neodkladnú prítomnosť v meste."

„V meste!" zvolala pani Jenningsová. „Čo by ste mohli mať na práci v meste v tomto ročnom období?"

„Pre mňa je to tiež veľká strata, keď som nútený opustiť túto milú spoločnosť," pokračoval, „ale mrzí ma to tým väčšmi, že sa obávam, že moja prítomnosť je nevyhnutná, aby ste mohli vstúpiť do Whitwellu."

Takýto úder pre všetkých prítomných!

„Ale, pán Brandon, keby ste napísali správcovi lístok, nestačilo by to?" spýtala sa horlivo Marianne.

Pokrútil hlavou.

„Musíme tam ísť!" povedal sir John. „Predsa to neodložíme, keď už sme tak blízko cieľa. Nemôžeš odísť do mesta skôr než zajtra, Brandon, to je všetko."

* Z Londýna.

„Želal by som si, aby sme sa mohli dohodnúť tak ľahko. No nie je v mojej moci odložiť cestu ani o deň!"

„Keby ste nám len chceli povedať, o čo ide," povedala pani Jenningsová, „vedeli by sme, či sa dá odložiť, alebo nie."

„Omeškali by ste sa len o šesť hodín," povedal Willoughby, „keby ste cestu odsunuli, kým sa vrátime."

„Nemôžem si dovoliť stratiť ani *jedinú* hodinu."

Elinor začula, ako Willoughby hovorí tichým hlasom Marianne:

„Niektorí ľudia neznesú veselú spoločnosť. Brandon k nim patrí. Tuším sa obával, že dostane nádchu a vymyslel si tento úskok, aby sa z toho vyzul. Stavil by som päťdesiat guineí, že si ten list napísal sám."

„O tom nepochybujem," odvetila Marianne.

„Z našej starej známosti viem, Brandon, že ťa nič nepresvedčí, aby si si zmenil názor, keď si sa už pre niečo rozhodol," povedal sir John. „Ale predsa len dúfam, že si to lepšie premyslíš. Uváž, sú tu dve slečny Careyové, ktoré prišli z Newtonu, tri slečny Dashwoodové, ktoré prešli pešo z letného domu, a pán Willoughby musel vstať o dve hodiny skôr než zvyčajne len kvôli výletu do Whitwellu."

Plukovník Brandon opäť zopakoval svoje poľutovanie, že spôsobí spoločnosti takéto sklamanie, no zároveň potvrdil, že sa tomu nedá vyhnúť.

„Tak dobre, kedy sa vrátiš?"

„Dúfam, že vás uvidíme v Bartone, len čo sa vám podarí z mesta uvoľniť," dodala jej milosť, „a výlet do Whitwellu musíme odložiť, kým sa nevrátite."

„Ste veľmi láskavá. No je natoľko neurčité, kedy bude v mojich silách vrátiť sa, že si vôbec netrúfam v tejto veci čokoľvek sľúbiť."

„Ach! Musí sa vrátiť a aj sa vráti!" zvolal sir John. „Ak tu nebude do konca týždňa, zájdem po neho."

„Nuž, veru tak, sir John," zvolala pani Jenningsová, „a možno sa vám potom podarí vypátrať, o akú záležitosť ide."

„Nechce sa mi sliediť za cudzími záležitosťami. Predpokladám, že ide o niečo, čo ho zahanbuje."

Ohlásili, že plukovník Brandon má kone pripravené.

„Hádam nejdeš do mesta na koni?" dodal sir John.

„Nie. Len do Honitonu. Tam si vezmem dostavník."

„Dobre, keď si teda rozhodnutý odísť, želám ti šťastnú cestu. Ale radšej by si si to mal rozmyslieť."

„Ubezpečujem ťa, že to nie je v mojej moci."

Potom sa od všetkých odobral.

„Asi nemám nádej, že vás a vaše sestry stretnem túto zimu v meste, slečna Dashwoodová?"

„Obávam sa, že ani náhodou."

„V takom prípade vám musím dať zbohom na dlhší čas, než by som si sám želal."

Marianne sa iba uklonil a nepovedal nič.

„No tak, plukovník," povedala pani Jenningsová, „kým odídete, prezraďte nám, za čím sa ponáhľate?"

Zaželal jej príjemný deň a v sprievode sira Johna vyšiel z izby.

Ponosy a žaloby, ktoré doteraz zadržiavala zdvorilosť, hneď prepukli naplno, a hodnú chvíľu sa všetci svorne rozhorčovali, aké je takéto sklamanie poburujúce.

„Aj tak si viem domyslieť, o čo ide," urazene vyhlásila pani Jenningsová.

„Skutočne, madam?" spýtali sa takmer všetci.

„Áno, ide o slečnu Williamsovú, o tom som presvedčená."

„A kto je slečna Williamsová?" spýtala sa Marianne.

„Čože, neviete, kto je slečna Williamsová? Som si istá, že ste už o nej museli počuť. Je to plukovníkova príbuzná, zlatko, veľmi blízka príbuzná. Nebudeme hovoriť, aká blízka, lebo nechceme znepokojovať mladé dámy." Potom trochu stlmila hlas a povedala Elinor: „Je to jeho nemanželská dcéra."

„Skutočne?"

„Ó, áno, a tak sa na neho podobá, ako by mu z oka vypadla. Trúfam si tvrdiť, že jej plukovník zanechá celý svoj majetok."

Keď sa sir John vrátil, z celého srdca sa pridal k všeobecnej ľútosti nad nešťastnou udalosťou a uzavrel ju návrhom, že keď sa už všetci takto pekne zišli, musia niečo urobiť, aby sa rozveselili, a po krátkom dohováraní sa dohodli, že hoci by sa dnes dokázali cítiť šťastní jedine vo Whitwelli, zodpovedajúcou náhradou by mohlo byť, keby sa trochu povozili po okolí. Prikázali teda zapriahnuť, Willoughby vyskočil do koča prvý, a keď k nemu pristúpila Marianne, tvárila sa, akoby v živote nebola šťastnejšia. Divoko precválali parkom a čoskoro všetkým zmizli z očí, a nikto ich ani nezazrel, kým sa nevrátili, čo sa nestalo skôr, než sa späť dostavila celá spoločnosť. Obaja vyzerali naradovaní, ale prezradili len toľko, že sa držali ciest, kým sa ostatní vozili po krajine.

Večer sa malo tancovať, a to znamenalo, že všetci strávia mimoriadne veselý deň. Na večeru prišli aj ďalší Careyovci, a tak sa na nesmiernu radosť celej spoločnosti okolo stola stretlo takmer dvadsať ľudí, ktorých si sir John so zjavným uspokojením sám zrátal. Willoughby zaujal svoju zvyčajnú pozíciu medzi staršími slečnami Dashwoodovými. Pani Jenningsová si sadla po pravej ruke Elinor a ešte takto nesedeli dlho, už sa poza ňu a Willoughbyho naklonila a povedala Marianne, dostatočne hlasno, aby to počuli obaja: „Napriek všetkým vašim trikom som vás odhalila. Viem, kde ste dnes strávili dopoludnie."

Marianne sa začervenala a náhlivo sa spýtala, „Kde, prosím?"

„Vy ste nevedeli, že sme sa vozili v mojom kurikule?" spýtal sa Willoughby.

„Tak, tak, pán Nehanebník, to viem veľmi dobre, a rozhodla som sa, že zistím, *kade* ste sa vozili. Dúfam, slečna Marianne, že sa vám páči váš budúci dom. Viem, že je obrovský, a keď vás prídem pozrieť, dúfam, že už bude zariadený novým nábytkom, pretože to veľmi potreboval už vtedy, keď som tam bola pred šiestimi rokmi."

Hlboko zmätená Marianne sa iba odvrátila. Pani Jenningsová sa srdečne zasmiala, a Elinor zistila, že pani Jenningsová sa natoľko rozhodla zistiť, kde boli, že skutočne poslala vlastnú komornú prezvedať sa u sluhu pána Willoughbyho a že sa takýmto úskokom dozvedela, že sa odviezli do Allenhamu a veľmi dlho sa tam prechádzali po záhrade a po dome.

Elinor tomu nemohla uveriť, pretože sa jej zdalo veľmi nepravdepodobné, že by Willoughby také niečo navrhol, a Marianne by privolila vojsť do domu, kým sa v ňom zdržiava pani Smithová, ktorá Marianne ani náhodou nepoznala.

Len čo vyšli z jedálne, Elinor sa jej na to spýtala a na svoje obrovské prekvapenie zistila, že všetky skutočnosti, ktoré jej pani Jenningsová vylíčila, sú pravdivé. Marianne dosť nahnevalo, že o tom pochybovala.

„Podľa čoho usudzuješ, Elinor, že sme tam neboli a neprezreli si dom? Neželala si si aj ty sama niekedy sa tam pozrieť?"

„Áno, Marianne, ale nevošla by som tam, kým tam býva pani Smithová, a rozhodne nie s takým spoločníkom, akým je pán Willoughby."

„Pán Willoughby je predsa jediná osoba, ktorá má právo ten dom ukazovať, a keďže sme išli v otvorenom koči, iného spoločníka sme pribrať nemohli. Nikdy som neprežila krajšie dopoludnie."

„Obávam sa, že potešenie z niektorých činov ešte neznamená, že sú správne," odvetila Elinor.

„Ale na druhej strane, Elinor, nič iné nemôže byť pádnejším dôkazom, že správne sú, lebo keby aj bolo na mojom konaní naozaj niečo nevhodné, v tej chvíli by som si to uvedomovala, pretože ak robíme niečo nesprávne, zakaždým o tom vieme, a keby som to tak cítila, nemohla by som sa radovať."

„Ale, drahá Marianne, keďže ťa to vystavilo istým veľmi dotieravým poznámkam, nezačneš ani teraz pochybovať, či to bolo správne?"

„Ak impertinentné poznámky pani Jenningsovej majú byť dôkazom nesprávnosti akéhokoľvek konania, tak potom nás neprestajne uráža po celý čas. Necením si jej výčitky o nič viac než jej rady. Nie som si vedomá, že by bolo na prechádzke po pozemkoch pani Smithovej alebo jej dome niečo nesprávne. Jedného dňa môžu patriť pánovi Willoughbymu a..."

„Keby aj mali jedného dňa patriť tebe, Marianne, neoprávňovalo by ťa to konať tak, ako si konala!"

Pri tejto výčitke sa začervenala, no očividne sa jej zapáčila, a po desaťminútovej odmlke, ktorú strávila vo vážnom uvažovaní, znovu prišla k sestre a veselo povedala: „Elinor, možnože *som* to zle odhadla, keď som išla do Allenhamu, ale pánovi Willoghbymu veľmi záležalo na tom, aby mi ho ukázal, a je to prekrásny dom, to mi ver. Na poschodí je jeden pozoruhodne pekný salón, svojou veľkosťou vhodný na každodenné používanie, a s moderným nábytkom by bol úžasný. Je to rožná miestnosť a okná smerujú na dve svetové strany. Na jednej vidíš ponad bowlingový trávnik krásny zalesnený kopec a na druhej máš výhľad na kostol a dedinu, a za nimi na tie krásne tmavé vrchy, ktoré sme tak často obdivovali. Najprv sa mi nevidel taký úžasný – lebo čo už môže byť ošúchanejšie ako starý nábytok –, ale keby sa nanovo zariadil, pár stovák libier, ako hovorí Willoughby, by z neho urobilo najkrajšiu letnú izbu v Anglicku!"

Keby si Elinor mohla dovoliť vypočuť sestru bez toho, aby ich prerušili, opísala by jej každú izbu v dome s rovnakým nadšením.

ŠTRNÁSTA KAPITOLA

Náhle ukončenie návštevy plukovníka Brandona v Bartone a jeho neochvejné odhodlanie udržať svoju záležitosť v tajnosti zamestnalo myseľ a povzbudzovalo zvedavosť pani Jenningsovej v nasledujúcich dvoch či troch dňoch, bola veľmi zvedavá ako každý, kto sa veľmi živo zaujíma o všetko, čo sa deje u jeho známych. Jej záujem utíchal len v kratučkých prestávkach, špekulovala, aký mohol mať dôvod, bola si istá, že muselo ísť o zlé správy, a preberala všetky možné nešťastia, ktoré sa na neho mohli privaliť s utkvelou predstavou, že všetkým aj tak neujde.

„Som si istá, že v tom musí byť niečo smutného," povedala. „Videla som mu to v tvári. Chudák! Mám obavy, že jeho situácia môže byť zlá. Majetky v Delaforde mu nikdy nevynášali viac než dve tisícky ročne a jeho brat mu zanechal na všetkom riadnu ťarchu. Naozaj si myslím, že ho odvolali kvôli peniazom, lebo čo iného by to mohlo byť? Som zvedavá, či to tak je. Čo by som len dala za to, aby som sa dozvedela pravdu. Možno sa to týka slečny Williamsovej – a mimochodom, odvážim sa povedať, že sa jej to týka, pretože sa zatváril tak zarazene, keď som to nadhodila. Možnože v meste ochorela, nič na svete nie je pravdepodobnejšie, lebo mám taký dojem, že vždy bola veľmi chorľavá. Stavím sa o čokoľvek, že je to kvôli slečne Williamsovej. Nie je veľmi pravdepodobné, že by bol sám v iných ťažkostiach práve teraz, lebo ináč je to nadmieru rozvážny muž a, pravdupovediac, už si iste majetky oddĺžil. Som zvedavá, čo len v tom môže byť! Možno sa pohoršilo jeho sestre v Avignone a poslala po neho. Vyzeralo to tak, keď sa odobral v takom chvate. Nuž, z celého srdca mu želám, aby sa dostal zo všetkých ťažkostí, a aby za odmenu dostal dobrú ženu."

Takto premýšľala, takto vykladala pani Jenningsová, jej názory sa menili pri každej čerstvejšej spomienke, a všetky, vo chvíli, keď vznikli, sa zdali rovnako pravdepodobné. Hoci Elinor skutočne zaujímalo dobro plukovníka Brandona, nedokázala sa tak veľmi čudovať jeho náhlemu odchodu, ako od nej očakávala pani Jenningsová, lebo okrem toho, že ju okolnosti podľa jej mienky neoprávňovali k takému neutíchajúcemu úžasu a takej škále špekulácií, jej začudovanie sa uberalo iným smerom. Ovládlo ho mimoriadne mlčanie jej sestry a Willoughbyho o téme, o ktorej museli vedieť, že všetkých ostatných obzvlášť zaujíma. A keďže toto mlčanie pretrvávalo, každým dňom sa ukazovalo čudnejšie a nezlučiteľnejšie s ich povahami. Elinor si nevedela vysvetliť, prečo by nemohli otvorene oznámiť matke a jej, že sa stalo to, čo ich neustále vzájomné správanie aj tak prezrádzalo.

Dokázala si predstaviť, že nie je v ich moci okamžite sa zosobášiť, lebo aj keď bol Willoughby nezávislý, nebol dôvod sa domnievať, že je bohatý. Jeho majetok podľa prepočtov sira Johna mohol vynášať tak šesť alebo sedem stovák ročne, no žil na takej vysokej nohe, že jeho príjem sotva postačoval, a sám sa často ponosoval na svoju chudobu. No nevedela si vysvetliť, prečo sú takí tajnostkári a zamlčiavajú svoje zasnúbenie, hoci aj tak márne, a bolo to v takom príkrom rozpore s ostatnými ich názormi a návykmi, že Elinor občas aj prepadla pochybnosť, či sú naozaj zasnúbení, a tá sama o sebe stačila, aby jej zabránila vypytovať sa na to Marianne.

Sotva mohlo niečo prezrádzať ich lásku väčšmi než Willoughbyho správanie. Na Marianne sa obracal s takou povznášajúcou nežnosťou, akú mohlo prechovávať len srdce zaľúbenca, a ostatným členom jej rodiny preukazoval láskyplnú synovskú a bratskú pozornosť. Zdalo sa, že ich dom zbožňuje a považuje ho takmer za svoj domov, trávil tu oveľa viac času než v Allenhame, a ak ich neviazali žiadne spoločné povinnosti v kaštieli, prechádzka, ktorá ho ráno vytiahla z domu, celkom iste skončila tam, kde po Marianninom boku s obľúbeným poľovníckym psom pri jej nohách strávil zvyšok dňa.

Najmä v jeden večer, asi týždeň po tom, čo plukovník Brandon odcestoval, sa zdalo, že je jeho srdce väčšmi než zvyčajne rozcítené voči všetkému, čo ho obklopuje, a keď sa pani Dashwoodová náhodou zmienila o svojich plánoch na jarné úpravy ich príbytku, horúčkovito namietal proti akejkoľvek zmene domu, ktorý jeho láska povýšila za dokonalý.

„Čože?" vykríkol. „Prestavovať tento krásny dom! Nie. S *tým* nebudem nikdy súhlasiť. Ani kameň by sa nesmel pridať do stien, ani o piaď rozšíriť, keby sa brali do úvahy moje city!"

„Neplašte sa," povedala slečna Dashwoodová, „nič z toho sa nestane, pretože moja matka nikdy nebude mať dosť peňazí, aby sa o to pokúšala."

„To som zo srdca rád," zvolal. „Možno by mala zostať navždy chudobná, keby nevedela použiť svoj majetok lepším spôsobom."

„Ďakujem, Willoughby. Ale môžem vás ubezpečiť, že by som neobetovala ani kúštik vášho citu k tomuto miestu, či citu kohokoľvek iného, koho mám rada, pre všetky zdokonalenia na svete. Spoľahnite sa, že keď si na jar zrátam účty, akákoľvek suma by mi zvýšila, radšej by som ju nechala ležať ladom, než by som ju použila pre vás takým bolestným spôsobom. Ale skutočne si vás toto miesto tak pripútalo, že na ňom nevidíte žiadnu chybu?"

„Áno," povedal. „Pokladám ho za bezchybné. Ba čo viac, považujem ho za jediný typ stavby, do ktorej má prístup šťastie, a keby som bol dosť bohatý, okamžite by som zbúral Combe a znovu ho postavil presne podľa plánov vášho letného domu."

„S tmavými úzkymi schodmi a dymiacim ohniskom v kuchyni, predpokladám," usmiala sa Elinor.

„Presne tak," zvolal ešte stále zapáleným tónom, „so všetkým, čo k nemu patrí, žiadna zmena nie je prípustná v kladoch, ani v nedostatkoch. Až potom, a jedine v takom prípade, pod takou strechou, by som azda mohol byť v Combe taký šťastný ako v Bartone."

„Nazdávam sa, že aj pri takom nedostatku, akým sú väčšie izby a širšie schodište, nakoniec zistíte, že je váš dom presne taký dokonalý, akým sa vám zdá náš."

„To sú, pravdaže, okolnosti, kvôli ktorým by som si ho mohol obľúbiť," povedal Willoughby, „ale toto miesto vždy bude mať pre mňa jeden dôvod, pre ktorý ho budem mať rád ako asi žiadne iné."

Pani Dashwoodová radostne pozrela na Marianne, ktorej krásne oči sa tak výrečne upierali na Willoughbyho, že jasne ukázali, ako dobre mu rozumie.

„Ako často som si želal, keď som bol v Allenhame pred rokom," dodal, „aby v letnom dome v Bartone niekto býval! Nikdy, keď som sa dostal na dohľad, som neprešiel okolo bez toho, aby som obdivoval jeho polohu a ľutoval som, že tu nikto nebýva. Ani sa mi vtedy nesnívalo, že keď sa do tohto kraja znovu vrátim, prvá správa, ktorú mi pani Smithová oznámi bude, že letný dom prenajali: a okamžite ma to natoľko uspokojilo a zaujalo, že to sotva môže vysvetliť niečo iné než akási predtucha, že tu prežijem toľké šťastie. Vari sa to nemalo stať, Marianne?" obrátil sa k nej tichším hlasom. Potom pokračoval ako predtým: „A vari by ste tento dom pokazili, pani Dashwoodová? Zdanlivým vylepšením by ste ho obrali o jednoduchosť! A táto milá komnata, v ktorej sme sa zoznámili, a v ktorej sme spolu strávili toľko šťastných hodín: degradovali by ste ju na bežnú prijímaciu halu a každý by sa ponáhľal prejsť miestnosťou, ktorá bola dovtedy zariadená oveľa príjemnejšie a pohodlnejšie, než dokáže poskytnúť akýkoľvek byt, hoci aj s najlepšími rozmermi na svete."

Pani Dashwoodová ho opäť ubezpečila, že sa o žiadnu podobnú zmenu nebude pokúšať.

„Ste dobrá žena," horúčkovito odvetil. „Váš sľub ma upokojil. Ak ho ešte trošku rozšírite, budem celkom šťastný. Povedzte mi, že nielen dom zostane ten istý, ale že vždy nájdem vás a vašich blízkych, akými ste, a že ku mne navždy budete prechovávať láskavosť, ktorá pre mňa urobila všetko, čo k vám patrí, takým drahým."

Sľub ochotne dostal a Willoughby počas celého večera sršal láskou a šťastím zároveň.

„Privítame vás zajtra na večeru?" spýtala sa pani Dashwoodová, keď odchádzal. „Nežiadam vás, aby ste prišli ráno, lebo sa musíme prejsť do kaštieľa navštíviť lady Middletonovú."

Sľúbil, že o štvrtej bude u nich.

PÄTNÁSTA KAPITOLA

Na druhý deň sa pani Dashwoodová vybrala na návštevu k lady Middletonovej a dve zo svojich dcér vzala so sebou, ale Marianne sa pod zámienkou, že má nejakú prácu, vyhovorila, aby nemusela ísť s nimi, a matka, ktorá si to vysvetlila tak, že jej iste Willoughby v predchádzajúci večer sľúbil, že za ňou príde, kým budú ostatné preč, sa s tým, že Marianne zostane doma, celkom uspokojila.

Keď sa vracali z kaštieľa, pred ich domom stál Willoughbyho kurikul a v ňom čakal sluha, a to pani Dashwoodovú presvedčilo, že hádala správne. Až potiaľto bolo všetko tak, ako predvídala, ale keď vošli do domu, zbadala, čo by v žiadnej predtuche nebola očakávala. Ešte sa nedostali ani do predizby, keď Marianne s neskrývaným zúfalým plačom a vreckovkou na očiach rýchlo vybehla zo salónu, a bez toho, aby si ich všimla, bežala hore schodmi. Prekvapene a znepokojene sa ponáhľali do izby, odkiaľ vyšla, a našli tam Willoughbyho, ako sa obrátený chrbtom k dverám opiera o kozubovú rímsu. Keď vstúpili, obzrel sa a jeho tvár prezradila, že je hlavným strojcom Marianninho náreku.

„Čo sa jej stalo?" zvolala pani Dashwoodová, len čo vošli do izby. „Nie je chorá?"

„Dúfam, že nie," odpovedal pokúšajúc sa tváriť veselšie a s núteným úsmevom okamžite dodal: „Skôr ja by som mal byť chorý, lebo sa na mňa práve teraz chystá privaliť obrovské sklamanie!"

„Sklamanie?"

„Áno, pretože nemôžem dodržať, čo som vám sľúbil. Pani Smithová sa dnes ráno rozhodla uplatniť svoje privilégium bohatej príbuznej voči chudobnému, na nej závislému bratancovi, a posiela ma čosi vybaviť do Londýna. Práve som dostal isté poverenie a odobral som sa z Allenhamu, a aby som sa trochu utešil, prišiel som sa rozlúčiť aj s vami."

„Do Londýna? A odchádzate dnes dopoludnia?"

„Takmer v tejto chvíli."

„Aká škoda! No pani Smithovej treba vyhovieť, a dúfam, že vás jej záležitosti od nás neodlúčia nadlho."

Začervenal sa a odvetil: „Ste veľmi láskavá, ale domnievam sa, že sa nebudem môcť urýchlene vrátiť do Devonshire. Moje návštevy u pani Smithovej sa zakaždým opakujú až po roku."

„Vari je pani Smithová vaša jediná priateľka? A Allenham jediným miestom na okolí, kde by ste boli vítaný? Hanbite sa, Willoughby. Azda od nás potrebujete pozvánku?"

Začervenal sa ešte väčšmi, uprel oči do zeme a poznamenal: „Ste príliš dobrá."

Pani Dashwoodová prekvapene pozrela na Elinor, ktorá bola rovnako ohromená. Niekoľko minút nikto nič nepovedal. Prvá sa ozvala pani Dashwoodová.

„Môžem len dodať, môj drahý Willoughby, že v letnom dome v Bartone budete vždy vítaný, lebo na vás nechcem naliehať, aby ste sa vrátili okamžite, keďže vy jediný môžete posúdiť, či by *to* pani Smithová privítala; nemienim sa ďalej vypytovať na váš návrat a ani pochybovať, že by ste si ho želali."

„Moje súčasné poslanie," odpovedal Willoughby zmätene, „je takej povahy, že... neodvážim sa nádejať..."

Zarazil sa. Pani Dashwoodová bola priveľmi ohromená, aby pokračovala, a tak znovu nastalo ticho. Prerušil ho Willoughby, ktorý s chabým úsmevom povedal: „Je bláznovstvo takto tu postávať! Nemôžem dlhšie mučiť sám seba prítomnosťou priateľov, ktorých spoločnosť si teraz nie som schopný vychutnať."

Nato sa chvatne so všetkými rozlúčil a odišiel. Videli, ako kráča ku koču a v okamihu im zmizol z očí.

Pani Dashwoodovú to tak ohúrilo, že nemohla vypovedať ani slovo, a ihneď vyšla zo salónu, aby si osamote usporiadala znepokojivé myšlienky, ktoré jej tento náhly odchod spôsobil.

Elinor sa cítila prinajmenšom rovnako rozrušená ako matka. S úzkosťou a neveriacky premýšľala o tom, čo sa práve stalo. Willoughbyho správanie pri rozlúčke, jeho rozpaky a predstieraná veselosť, a najmä jeho neochota prijať matkino pozvanie, váhavosť, taká nepodobná na zaľúbeného, taká nepodobná jemu samému, ju nadmieru zmiatli. Chvíľami sa obávala, že on sám nikdy nemal s jej sestrou vážne úmysly, a vzápätí, že sa musela medzi ním a sestrou strhnúť nejaká nešťastná hádka. Rozpoloženie, v akom Marianne vybehla z izby, by azda nasvedčovalo tomu, že sa vážne pohádali, hoci keď si uvedomila, ako veľmi ho Marianne ľúbi, škriepka sa jej zdala takmer nemožnou.

Ale nech boli podrobnosti tohto odlúčenia akékoľvek, sestrin zármutok sa nedal utíšiť a s úprimnými súcitom premýšľala o veľkom žiali, ktorý bude pre Marianne s najväčšou pravdepodobnosťou nielen úľavou, ale ho aj bude v sebe pestovať a povzbudzovať, akoby to bola jej svätá povinnosť.

Matka sa vrátila asi po pol hodine s červenými očami, ale pokojným výrazom.

„Náš drahý Willoughby sa už nachádza zopár míľ od Bartonu, Elinor," povedala, keď si sadala k ručnej práci, „a s akým ťažkým srdcom cestuje."

„Všetko je to veľmi čudné. Odísť tak náhle! Vyzeralo to ako dielo okamihu. Včera tu s nami sedel taký šťastný, taký veselý a vrúcny. A dnes, len po desiatich minútach, čo sa tu zastavil, je preč a vôbec sa neplánuje vrátiť! Muselo sa stať niečo vážnejšie, než nám priznal. Hovoril a správal sa tak, ako by to ani nebol on. Aj *vy* ste museli vidieť ten rozdiel. Čo to má znamenať? Pohádali sa? Prečo by inak dával tak očividne najavo svoju neochotu prijať vaše pozvanie k nám?"

„Nemal na to chuť, Elinor, jasne som *to* videla. Nebolo v jeho moci prijať ho. Premyslela som si to, ver mi, a presne viem vysvetliť všetko, čo sa mi spočiatku zdalo rovnako čudné ako tebe."

„Skutočne?"

„Áno. Vysvetlila som si to veľmi uspokojivo, ale ty, Elinor, ktorá tak rada pochybuješ, ak sa to len dá... *Mne* nevyhovoríš môj názor na túto vec, hoci viem, že *teba* neuspokojí. Som presvedčená, že pani Smithová tuší, že je do Marianne zaľúbený, neschvaľuje to (možno má s ním iné plány), a kvôli tomu jej záleží na tom, aby ho dostala preč, a že záležitosť, ktorú ho poslala vybaviť, si vymyslela ako ospravedlnenie. Verím, že sa to tak stalo. On si je navyše vedomý, že pani Smithová nesúhlasí s jeho vzťahom, v tejto chvíli sa neodváži jej priznať, že sa s Marianne zasnúbil, a pretože je od nej závislý, musí sa podrobiť jej zámerom a na nejaký čas sa z Devonshire stratiť. Viem, že mi povieš, že takto sa to mohlo, ale *nemuselo* stať, no ja nebudem počúvať tvoje zapáranie, iba ak by si mi dokázala ponúknuť nejaké iné vysvetlenie, aspoň také uspokojivé, ako je to moje. A teraz, Elinor, čo mi k tomu povieš?"

„Nič, keďže ste už predpovedali moju odpoveď."

„Takže by si mi len povedala, či sa to tak mohlo stať alebo nie. Ach, Elinor, tvojim citom vôbec nerozumiem! Skôr uveríš zlu, než dobru. Radšej by si dopriala Marianne zármutok a chudákovi Willoughbymu pripísala vinu, než by si ho ospravedlnila. Rozhodla si sa, že ho budeš viniť len preto, že sa s nami nerozlúčil s toľkou láskou, akú nám zvyčajne preukazoval. Nedovolila by si mu trochu nepozornosti alebo skľúčenosti, ktoré mohlo vyvolať náhle sklamanie? Vari nie je možné to opomenúť iba preto, že nepoznáme pravé dôvody? Vari si muž, ktorého máme sto dôvodov mať rady, a žiadny dôvod zle o ňom zmýšľať, nič od nás nezaslúži? Vari mu nemáme priznať právo na pohnútky, nevyvrátiteľné vo svojej podstate, hoci ich nateraz musí pred nami zatajiť? A, napokon, z čoho ho podozrievaš?“

„To sama netuším. Ale zmena jeho správania, ktorej sme boli svedkom, vo mne vzbudila predtuchu niečoho nedobrého. No máte pravdu, keď naliehate, aby som bola k nemu zhovievavejšia, sama si želám byť spravodlivá vo svojich názoroch ku každému. Willoughby má azda pádny dôvod na svoje konanie, a ja sa pokúsim dúfať, že má. Ale jemu samému by sa viac podobalo, keby ho hneď oznámil. Tajnostkárstvo môže byť účelné, ale ja stále nemôžem inak, len sa čudovať, že sa k nemu uchýlil.“

„Nezazlievaj mu, že sa nesprával podľa svojej povahy v situácii, ktorá to nedovoľovala. Vari naozaj pripúšťaš, že som mohla mať pravdu, keď som ho bránila? Potom som spokojná a Willoughby bez pohany.“

„Nie celkom. Možno je vhodné tajiť ich zasnúbenie (ak vôbec *sú* zasnúbení) pred pani Smithovou, a ak je to tak, muselo prísť Willoughbymu vhod vzdialiť sa nateraz z Devonshire. Ale to nie je ospravedlnenie, že to taja aj pred nami.“

„Taja to pred nami! Moje drahé dieťa, obviňuješ Willoughbyho a Marianne z tajomstiev? To je naozaj zvláštne, keď si ich sama deň čo deň očami karhala za ich neopatrnosť.“

„Nepotrebujem dôkaz o ich láske,“ povedala Elinor, „ale o ich zasnúbení áno.“

„Ja som s nimi oboma úplne spokojná.“

„A predsa vám o tom ani jeden nepovedal ani slovíčko.“

„Nepotrebujem slová, keď ich konanie hovorí za všetko. Nevyjadrilo jeho správanie sa k Marianne a k nám tiež prinajmenšom za posledných štrnásť dní, že ju ľúbi a spája s ňou svoju budúcnosť a že je k nám pripútaný ako k svojim najbližším príbuzným? Vari nie je pravda, že sme si úplne porozumeli? Nežiadal ma denne svojím pohľadom, spôsobmi, pozorným a láskyplným správaním o môj súhlas? Elinor, vari sa dá pochybovať o ich zasnúbení? Ako ti taká myšlienka môže prísť na um? Ako sa dá predpokladať, že by ju Willoughby, presvedčený, čo aj určite je, že ho tvoja sestra ľúbi, opustil, a opustil na dlhý čas, a nevyznal jej svoju lásku, že by sa mohli rozlúčiť bez toho, aby sa jeden druhému sľúbili?"

„Priznávam," odvetila Elinor, „že okrem *jednej* okolnosti, všetky svedčia v prospech ich zasnúbenia; ale tou *jedinou* je ich hlboké mlčanie o tejto veci, a tá u mňa takmer vyvažuje všetky ostatné."

„To je skutočne zvláštne. Musíš zmýšľať o Willoughbym skutočne nedobre, ak po všetkom, čo sa celkom neskrývane medzi nimi stalo, môžeš ešte pochybovať, že si dali sľub. Vari hral po celý čas s tvojou sestrou divadlo? Naozaj si myslíš, že mu na nej nezáleží?"

„Nie, to si nemyslím. Určite ju ľúbi, v tom som si istá."

„Ale veľmi zvláštnou láskou, ak ju dokáže opustiť s takou ľahostajnosťou, s takým nezáujmom o ďalšie stretnutia, aký mu pripisuješ."

„Musíte mať na pamäti, moja drahá mama, že som nikdy nepovažovala túto vec za istú. Priznávam, že o nej pochybujem, ale obaja sú vlažnejší, než boli predtým, a čoskoro sa to môže úplne skončiť. Ak zistíme, že si píšu, moje obavy pominú."

„Náramná úľava, len čo je pravda! Až vtedy, keď ich uvidíš pri oltári, uveríš, že sa idú zosobášiť. To je od teba nepekné! *Ja* žiadny dôkaz nežiadam. Podľa mňa sa nikdy nestalo nič, čo by vzbudilo pochybnosti, žiadny pokus o utajenie, všetko prebehlo otvorene a nezakryto.

O sestriných túžbach nemôžeš pochybovať. A preto podozrievaš Willoughbyho. Ale prečo? Nie je to azda čestný a citlivý muž? Našla si v ňom nejaký rozpor, ktorý vyvolal tvoje znepokojenie? Myslíš, že klame?"

„Dúfam, že nie, myslím, že nie," odvetila Elinor. „Mám Willoughbyho úprimne rada, a nedôvera v jeho bezúhonnosť isto nebolí viac vás, než mňa. Prišla nevedomky a nebudem ju povzbudzovať. Zaskočil ma, to priznávam, obrat v jeho správaní dnes ráno, nerozprával ako inokedy a neopätoval vám láskavosť tak srdečne. Ale to všetko sa dá vysvetliť jeho tiesnivou situáciou, ako ste vraveli. Práve sa od Marianne odobral, videl, ako ju to zdrvilo; a ak sa z obavy, že urazí pani Smithovú, cítil povinný odolať pokušeniu skoro sa sem vrátiť, a zároveň si bol vedomý, že odmietnutím vášho pozvania, keď povedal, že odchádza nadlho, vyvolá dojem, že sa k našej rodine zachová nezdvorilo a vzbudí nedôveru, skutočne ho to mohlo priviesť do rozpakov a rozrušiť. V takom prípade si myslím, že by mu viac slúžilo ku cti priame a otvorené priznanie vlastných ťažkostí, a rovnako by skôr zodpovedalo jeho povahe, ale nemienim byť taká malicherná, aby som vznášala námietky proti niečiemu správaniu len preto, že máme odlišné postoje alebo sa rozchádzame v názore, čo je správne a náležité."

„Teraz hovoríš rozumne. Willoughby si rozhodne nezaslúži naše podozrievanie. Hoci *my* ho ešte nepoznáme dlho, v týchto končinách nie je cudzincom, a kto o ňom kedy povedal niečo nepekné? Keby bol sám nezávislý a mohol by sa hneď oženiť, zdalo by sa čudné, keby nás opustil bez toho, aby sa mi so všetkým zdôveril: ale to nie je ten prípad. Toto zasnúbenie sa v istom ohľade nezačalo veľmi nádejne, lebo otázka, kedy sa budú môcť zosobášiť, je veľmi neurčitá, a dokonca je nateraz veľmi užitočné udržať to v tajnosti."

Prerušil ich príchod Margaret a Elinor tak získala čas poriadne si premyslieť matkine tvrdenia, mnohým z nich priznať, že sú pravdepodobné, a dúfať, že všetky sú oprávnené.

Až do večere Marianne nevideli, potom vstúpila do izby a bez jediného slova si sadla k stolu. Oči mala červené a opuchnuté a zdalo sa, že ešte vždy len s námahou zadržiava slzy. Vyhýbala sa ich pohľadom, nedokázala ani jesť, ani hovoriť, a po istej chvíli, keď matka súcitným tichučkým stisnutím ruky prelomila jej slabosť, prepukla do plaču a vybehla z izby.

Hlboká duševná skľúčenosť poznačila celý večer. Marianne sa nevládala vzchopiť, pretože nemala vôľu premôcť sa. Aj nepatrná zmienka o čomkoľvek, čo sa týkalo Willoughbyho, ju v okamihu zlomila, a hoci sa ju rodina usilovala potešiť, ako len vedela, bolo nemožné vyčleniť z rozhovoru témy, ktoré sa s ním v jej mysli spájali.

ŠESTNÁSTA KAPITOLA

Marianne by považovala za neospravedlniteľné, keby v prvú noc po Willoughbyho odchode dokázala zažmúriť oka. Keby na druhý deň vstala z postele odpočinutejšia, než si do nej líhala, hanbila by sa pozrieť svojej matke a sestrám do očí. Ale pocity, ktoré by takýto pokoj premenili na pohanu, jej vôbec nehrozili. Bola hore celú noc a väčšinu času preplakala. Vstala so silnou bolesťou hlavy, nedokázala hovoriť, ani prijať čo len kúsok jedla, neustále zarmucovala matku a sestry a nedala sa vôbec utešiť. Utápala sa vo vlastných citoch!

Po raňajkách sa sama vybrala na prechádzku a zatúlala sa k dedinke Allenham, aby si vychutnala spomienky na nedávne šťastné chvíle a celé dopoludnie vzlykala nad svojím nešťastím.

Večer jej prešiel v rovnakom citovom rozpoložení. Prehrala si všetky obľúbené piesne, ktoré hrávala Willoughbymu, každú skladbu, pri ktorej sa ich hlasy spojili najčastejšie, a sedela pri klavíri s pohľadom upretým do notových záznamov, ktoré jej Willoughby zapísal, kým jej srdce natoľko neoťaželo, že už sa doň viac smútku nezmestilo; a takto deň po dni živila svoj žiaľ. Celé hodiny strávila pri klavíri, chvíľami spievala, chvíľami plakala, často jej vzlyky úplne prehlušili spev. Utrpenie hľadala nielen v hudbe, ale aj v knihách, ktoré jej zaručene pripomínali rozpor medzi minulosťou a prítomnosťou.

Nečítala nič iné, len čo zvykli čítavať spoločne s Willoughbym.

Takýto hlboký zármutok, pravdaže, nemôže trvať večne, po niekoľkých dňoch ustúpil do tichej clivoty; no denne sa vracala ku svojim predchádzajúcim činnostiam a uprostred samotárskych prechádzok či mlčanlivého rozjímania sa hocikedy žalostne roznariekala rovnako intenzívne ako predtým.

Od Willoughbyho nedostala žiadny list a zdalo sa, že ho ani neočakáva. Matku to prekvapilo a Elinor opäť znepokojilo. Ale pani Dashwoodová dokázala nájsť vysvetlenie, ktoré by uspokojilo aspoň ju zakaždým, keď ho potrebovala.

„Spomeň si, Elinor," povedala, „ako často nám sir John sám nosí z pošty listy, a aj ich tam zanesie. Nedávno sme sa zhodli, že je potrebné udržať vec v tajnosti, a musíme priznať, že by sa to nepodarilo, keby ich korešpondencia prechádzala rukami sira Johna."

Elinor musela pripustiť, že je to pravda, a pokúsila sa v matkinom argumente nájsť uspokojivý motív na Willoughbyho mlčanie. Ale vedela o spôsobe, takom priamom a jednoduchom, a podľa jej mienky aj správnom, ako sa dozvedieť skutočný stav veci a ihneď urobiť koniec všetkým dohadom, že neodolala, aby ho matke nenavrhla.

„Prečo sa Marianne priamo nespýtate, či je alebo nie je s Willoughbym zasnúbená?" povedala. „Ak sa jej spýtate vy, jej matka, a taká dobrá a zhovievavá matka, nemôže ju to uraziť. Je to len prirodzený dôsledok vašej lásky k nej. Vždy bývala otvorená, najmä k vám."

„Nespýtala by som sa jej na to za nič na svete! Dajme tomu, že nie sú zasnúbení, aké muky by jej také otázky spôsobili! Rozhodne by to bolo bezohľadné. Keby som z nej mámila priznanie, ktoré v súčasnosti nikomu nechce prezradiť, už by som si nezaslúžila jej dôveru. Poznám Mariannino srdce. Viem, že ma vrúcne ľúbi a že ja určite nie som posledná osoba, ktorej by sa zdôverila so svojimi záležitosťami, ak jej okolnosti dovolia ich prezradiť. Nikdy by som sa nepokúšala z niekoho vyťahovať tajomstvá, a už vôbec nie z vlastného dieťaťa, pretože kvôli poslušnosti by povedala aj to, čo si sama želá zamlčať."

Elinor si pomyslela, že táto šľachetnosť je prehnaná, pretože jej sestra je ešte veľmi mladá, a ďalej na matku naliehala, ale márne; romantickej jemnocitnosti pani Dashwoodovej sa v tomto prípade zdravý rozum, starosť a obozretnosť vôbec nedotýkali.

Prešlo niekoľko dní, kým niekto z rodiny spomenul pred Marianne Willoughbyho meno; sir John a pani Jenningsová, pravdaže, neboli takí ohľaduplní, ich vtipkovanie rozjatrilo každú chvíľu, ktorú s nimi strávili, no v jeden večer, keď sa pani Dashwoodovej náhodou dostal do rúk jeden zväzok Shakespeara, vykríkla:

„Nedokončili sme Hamleta, Marianne, náš drahý Willoughby odišiel skôr, než sme sa dostali na koniec. Môžeme ho odložiť, kým zas príde... Ale to môže trvať mesiace, hádam, kým sa *to* stane."

„Mesiace!" zvolala Marianne nanajvýš prekvapene. „Nie, ani nie týždne."

Pani Dashwoodová oľutovala, čo jej vykĺzlo, ale Elinor to potešilo, pretože Mariannina odpoveď jasne vyjadrila, že sa s Willoughbym dohovorili, a prezradila jeho plány.

Raz ráno, asi týždeň potom, čo Willoughby odišiel, prehovorili sestry Marianne, aby sa namiesto túlania osamote pridala na prechádzke k nim. Doteraz sa na svojich potulkách spoločnosti vyhýbala. Ak sa sestry vybrali k pahorkom, odkradla sa na celkom opačný chodník, ak hovorili o údolí, ponáhľala sa štverať na kopce, a keď sa ostatné poberali von, zakaždým sa niekam stratila. Ale nakoniec ju Elinor, ktorá vôbec neschvaľovala jej dobrovoľnú samotu, po veľkom úsilí presvedčila. Kráčali pozdĺž cesty údolím a väčšinou mlčali, lebo Mariannina *myseľ* bola nevyspytateľná, a keď už sa Elinor podarilo dosiahnuť pokrok v jednej veci, o ďalšiu sa nepokúšala. Pri vstupe do údolia, kde bola krajina menej zalesnená a otvorenejšia, hoci stále tu rástlo dosť stromov, sa pred nimi ťahala dlhá cesta, ktorou kedysi prišli do Bartonu, a keď prišli k tomuto bodu, zastavili sa, aby sa rozhliadli, a naskytol sa im výhľad z najvzdialenejšieho miesta, na ktoré dovideli z ich domu, z bodu, na ktorý sa pri svojich prechádzkach ešte nikdy nedostali.

Medzi objektmi, ktoré im scenéria ponúkla, sa jeden pohyboval; bola to postava na koni, smerujúca k nim. O niekoľko minút rozoznali, že ide o muža, a o ďalšiu chvíľu nato Marianne nadšene vykríkla:

„Je to on, naozaj, je to on, viem, že je!" a ponáhľala sa postave oproti, keď na ňu Elinor zavolala:

„Nie, Marianne, myslím, že sa mýliš. Nie je to Willoughby. Tá postava nie je dosť vysoká a nepodobá sa na neho."

„Podobá, podobá," volala Marianne. „Som si istá, že sa podobá. Je to jeho výzor, jeho kabát, jeho kôň. Vedela som, že príde tak skoro."

Ako hovorila, rýchlo kráčala ďalej, a Elinor, v snahe ochrániť Marianne pred trpkým sklamaním, pretože naozaj považovala za takmer isté, že to nie je Willoughby, sa k sestre pridala a snažila sa s ňou udržať krok. Čoskoro sa priblížili k mužovi asi na tridsať metrov. Marianne znovu zdvihla oči, zrazu ju prepadol strach, prudko sa zvrtla a utekala späť, keď vtom za sebou začula hlas oboch sestier, a tretí, takmer rovnako známy ako hlas Willoughbyho, sa k nim pridal, a prosil ju, aby zastala; obrátila sa teda a na svoje prekvapenie zbadala a o chvíľu aj pozdravila Edwarda Ferrarsa.

Bol to jediný muž na svete, ktorému v tej chvíli dokázala odpustiť, že nie je Willoughby, jediný, ktorému sa ušiel jej úsmev, hoci musela potlačiť slzy, aby sa na *neho* mohla usmiať, a kvôli sestre na okamih zabudla na vlastné sklamanie.

Edward zostúpil z koňa, odovzdal ho sluhovi a spolu s nimi kráčal do Bartonu, lebo mal práve namierené k nim.

Všetky ho privítali nadmieru srdečne, ale najsrdečnejšie Marianne, ktorá ho prijala dokonca oveľa vrúcnejšie než Elinor. Marianne, pravdaže, vnímala sestrino stretnutie s Edwardom len ako pokračovanie nevysvetliteľného chladu, ktorý často pozorovala v ich vzájomnom správaní v Norlande. Ba Edwardovi ešte väčšmi chýbali prejavy, ktoré sa v takejto chvíli musia odrážať v pohľadoch a reči zaľúbeného muža. Bol zmätený, zdalo sa, že sa ani neraduje, že ich vidí, nevyzeral ani nadšený, ani veselý, hovoril len to, čo sa patrilo odpovedať na otázky, a v jeho správaní sa k Elinor nebolo ani náznaku lásky. Marianne na to hľadela a počúvala s narastajúcim úžasom. Takmer začínala pociťovať k Edwardovi nevôľu, a skončila tam, kam sa musel vrátiť každý jej pocit v podobnej situácii: priviedlo ju to späť k Willoughbymu, ktorého spôsoby tvorili dostatočne nápadný kontrast k správaniu jeho nádejného švagra.

Po krátkom mlčaní, ktoré nasledovalo po úvodnom prekvapení a zvyčajnom vypytovaní, sa Marianne Edwarda spýtala, či prišiel priamo z Londýna. Nie, už je vraj v Devonshire dva týždne.

„Dva týždne!" zopakovala užasnutá, že už je tak dlho v tom istom kraji ako Elinor, a ešte ju nenavštívil.

Zatváril sa veľmi skormútene, keď dodal, že trávil čas s niekoľkými priateľmi neďaleko Plymouthu.

„Boli ste nedávno v Sussexe?" spýtala sa Elinor.

„Bol som v Norlande asi pred mesiacom."

„A ako vyzerá môj drahý Norland?" zvolala Marianne.

„Tvoj drahý Norland pravdepodobne vyzerá presne tak, ako každý rok o tomto čase," povedala Elinor. „Les a chodníky nahusto pokryté napadaným lístím."

„Ach, ako veľmi ma predtým uchvacovalo padanie lístia!" povedala Marianne. „Ako ma na prechádzke tešilo, keď som videla, ako vietor okolo mňa spúšťa spŕšky listov! Aké pocity vo mne vzbudzovala jeseň a svieži vzduch dokopy. Teraz sa už o ne nikto ani neobzrie. Už je to len mrzutosť, rýchlo odmetená a čo najskôr odprataná z očí."

„Každý nepestuje rovnakú vášeň pre odumreté lístie ako ty," povedala Elinor.

„Nie, nemôžem sa podeliť o svoje pocity často, zriedka im niekto rozumie. Ale *tu a tam* sa to stáva." Ako to povedala, na niekoľko minút sa pohrúžila do vlastných myšlienok, no opäť sa prebrala: „Tak, Edward, tu leží Bartonské údolie," povedala v snahe obrátiť jeho pozornosť na výhľad. „Rozhliadnite sa a mlčte, ak sa vám páči. Pozrite na tamtie kopce! Už ste také niekedy videli? Naľavo leží bartonský kaštieľ, medzi tými stromami a roľami. Vidíte, vykúka kúsok budovy. A tam, pod najvzdialenejším vrchom, ktorý sa tak mohutne týči do výšky, je náš domček."

„Je to prekrásny kraj," odvetil, „ale tu pri úpätiach musí byť v zime veľa blata."

„Ako môžete myslieť na blato, keď pred vami leží toľko prírodných krás?"

„Pretože," odvetil s úsmevom, „okrem nich je predo mnou aj celkom zablatený chodník."

‚Nejaký je čudný,' povedala si Marianne kráčajúc ďalej.

„Máte tu dobrých susedov? Sú Middletonovci príjemní ľudia?"

„Vôbec nie," odpovedala Marianne, „nemohli sme sa presťahovať horšie."

„Marianne!" zvolala jej sestra. „Ako to môžeš povedať? Ako môžeš byť taká nespravodlivá? Je to veľmi vážená rodina, pán Ferrars, a správajú sa k nám tak priateľsky, ako sa len dá. Zabudla si, Marianne, za koľko pekných dní im vďačíme?"

„Nie," povedala Marianne tichším hlasom, „ani na tie bolestné okamihy."

Elinor si nevšimla jej posledné slová a obrátiac pozornosť k hosťovi, pokúsila sa s ním nadviazať čosi podobné rozhovoru, vykladaním o ich súčasnom domove, jeho zariadení, atď., a podarilo sa jej vytiahnuť z neho občasnú otázku alebo poznámku. Jeho chlad a odstup ju hlboko zraňoval, bola rozčúlená a takmer nahnevaná, ale rozhodla sa, že vlastné správanie prispôsobí ich minulému, nie súčasnému vzťahu, a takto sa vyhla tomu, aby dala najavo svoju nevôľu a nespokojnosť, a zaobchádzala s ním tak, ako sa domnievala, že sa vzhľadom na ich príbuzenský zväzok patrí.

SEDEMNÁSTA KAPITOLA

Keď ho pani Dashwoodová zazrela, čudovala sa len chvíľku, pretože jeho príchod do Bartonu považovala za celkom samozrejmý. Jej radosť, keď ho vítala, trvala oveľa dlhšie než jej údiv. Sršala z nej toľká láskavosť, že pred ňou ani Edwardova plachosť, chlad a zdržanlivosť neobstáli. Začali sa roztápať skôr, než vstúpil do domu, a očarujúce spôsoby pani Dashwoodovej ich celkom roztopili. Skutočne, žiadny muž by nedokázal vrúcne ľúbiť niektorú z jej dcér bez toho, aby svoju lásku nerozšíril aj na ňu, a Elinor po chvíli s uspokojením zbadala, že sa Edward čoraz viac podobá sám na seba. Zdalo sa, že sa jeho vzťah k nim opäť prebúdza a znovu sa začal o ne živo zaujímať. No ešte vždy nebol celkom duchom prítomný, pochválil im dom, obdivoval výhľad, správal sa pozorne a láskavo; ale aj tak bol mysľou niekde inde. Všimli si to všetky a pani Dashwoodová si sadala k stolu v domnení, že to azda zapríčinila úzkoprsosť jeho matky, a rozhorčila sa na všetkých sebeckých rodičov.

„Aké má pani Ferrarsová v súčasnosti s vami plány, Edward?" spýtala sa po večeri, keď sa premiestnili bližšie k ohňu. „Ešte vždy z vás má byť proti vašej vôli veľký rečník?"

„Nie. Dúfam, že som už matku presvedčil, že nemám ani talent, ani chuť vstúpiť do verejného života!"

„Ale ako sa potom stanete slávnym? Lebo vašu rodinu uspokojí len vaša sláva: a bez vôle rozdávať, bez vzťahu k cudzincom, bez profesie a sebaistoty sa vám to sotva podarí."

„Nebudem sa o to ani pokúšať. Nechcem sa dostať tak vysoko a mám sto dôvodov dúfať, že sa tam nikdy nedostanem. Vďaka bohu! Nedám sa nútiť do geniality a rečnenia."

„Dobre viem, že nemáte takú ambíciu. Vaše túžby sú skromnejšie."

„Verím, že len také skromné, ako túžby ostatných ľudí na svete. Ako každý iný človek si neželám nič iné, len byť celkom šťastný; ale práve tak ako u všetkých ostatných, šťastný podľa vlastných predstáv. Vysoké postavenie by mi to neumožnilo."

„To by bolo čudné, keby umožnilo!" zvolala Marianne. „Čo má bohatstvo alebo postavenie spoločné so šťastím?"

„Postavenie sotvačo," povedala Elinor, „ale bohatstvo s ním má spoločné veľa."

„Hanbi sa, Elinor!" vyprskla Marianne. „Peniaze zabezpečia šťastie len tam, kde ho nemôže priniesť nič iné. Okrem prostriedkov na živobytie nemôžu vyvolať ozajstné uspokojenie, aspoň pokiaľ máme na mysli skutočnú osobnosť."

„Možnože sme sa dostali k tomu istému bodu," odvetila Elinor s úsmevom. „*Tvoje* prostriedky na živobytie a *moje* bohatstvo sa hádam veľmi podobajú, a bez nich sa v súčasnom svete, v tom sa iste zhodneme, nikomu nedostane žiadnej materiálnej istoty. Tvoje názory sú len noblesnejšie než moje. No tak, koľko si predstavuješ pod prostriedkami na živobytie?"

„Asi tisícosemsto alebo dve tisícky ročne, nie viac."

Elinor sa zasmiala: „*Dve* tisícky ročne! Moje *bohatstvo* počíta len tisícku! Vedela som, ako sa to skončí."

„A predsa sú dve tisícky ročne veľmi skromným príjmom," povedala Marianne. „Rodina sa nedá dobre uživiť s menším. Som si istá, že svoje nároky nepreháňam. Potrebné vybavenie služobníctvom, kočom, možno aj dvoma, koňmi na poľovačky, sa nedá zabezpečiť s menším príjmom."

Elinor sa znova usmiala, keď počula, že sestra presne popisuje svoje predpokladané výdavky v Combe Magna.

„Kone na poľovačky!" zopakoval Edward. „Ale prečo by ste museli mať také kone? Všetci predsa nepoľujú."

Marianne sa pri odpovedi začervenala: „Ale väčšina áno."

„Želala by som si," povedala Margaret, ktorej zišla na um lákavá predstava, „aby nám každej dal niekto veľký majetok."

„Veru áno!" zvolala Marianne, jej oči vzbĺkli vzrušením a líca zažiarili pri toľkom pomyselnom šťastí.

„Tuším sa v tomto jednomyseľne zhodneme," povedala Elinor, „napriek tomu, že len bohatstvo nestačí."

„Panebože!" volala ďalej Margaret. „Ja by som bola taká šťastná! Rada by som vedela, čo by som s ním urobila!"

Zdalo sa, že Marianne má v tejto veci jasno.

„Mňa by pomýlilo, keby som mala sama minúť veľký majetok," povedala pani Dashwoodová, „a keby moje deti získali bohatstvo bez mojej pomoci."

„Musíte začať pristavovať dom," poznamenala Elinor, „a váš problém čoskoro pominie."

„Aké veľkolepé objednávky by pri takej udalosti poputovali do Londýna od tejto rodiny!" ozval sa Edward. „To by bol šťastný deň pre kníhkupcov, predavačov nôt a rytín! Vy, slečna Dashwoodová, by ste dostali za úlohu posúdiť každý nový obraz, ktorý by sa k vám mal dostať, a pokiaľ ide o Marianne, poznám jej vzletnú dušu, v celom Londýne by sa nenašlo dosť nôt, aby jej stačili. A knihy! Thomson, Cowper, Scott, všetkých by ich kupovala stále dokola; verím, že by vykúpila všetky výtlačky, aby sa náhodou nedostali do nepovolaných rúk;

a určite by si zadovážila každú knihu, ktorá by jej vysvetlila, ako má obdivovať staré spletité stromy. Nie je tak, Marianne? Odpusťte, som veľmi pichľavý. Ale mienil som vám ukázať, že som ešte nezabudol na naše dávne dišputy."

„Som rada, keď mi niekto pripomína minulosť, Edward, či už to prinesie smútok alebo veselú náladu. Rada si ju privolávam, a nikdy ma neurazíte rečami o minulých časoch. Máte svätú pravdu, keď predpovedáte, ako by som minula peniaze – prinajmenšom časť z nich –, voľnú hotovosť by som určite použila na obohatenie mojej zbierky nôt a kníh."

„A podstatnú časť majetku by ste vložili do ročnej renty spisovateľov a ich dedičov."

„Nie, Edward, tú by som potrebovala na iné veci."

„Možno by ste ju venovali na cenu pre človeka, ktorý napísal najvydarenejšiu obranu vašej obľúbenej maximy*, ktorá znie, že ,nikto nemôže byť v živote zaľúbený viackrát než raz', lebo, domnievam sa, že váš názor na túto vec sa nezmenil."

„Ani náhodou. V mojom veku sú názory pomerne ustálené. Nie je pravdepodobné, že by som uvidela alebo začula niečo, čo by ho zmenilo."

„Viete, Marianne je rovnako neústupčivá ako predtým," povedala Elinor, „ani trochu sa nezmenila."

„Len trošku zvážnela."

„Nuž, Edward, nemusíte mi to vyčítať práve *vy.* Ani vy nie ste veľmi veselý."

„Prečo si to myslíte?" spýtal sa s povzdychom. „No *ja* som nikdy nepatril medzi veľmi veselých ľudí."

„A podľa mňa ani Marianne," povedala Elinor, „sotva by som ju mohla nazvať živým dievčaťom, je veľmi vážna, veľmi sústredená na všetko, čo robí, niekedy priveľa

---

* Maximy – sentencie, krátke literárne útvary, ktoré v zhutnenej podobe jednej alebo niekoľkých viet podávajú múdrosť života.

rozpráva a zakaždým zapálene, ale len zriedka je skutočne veselá."

„Verím, že máte pravdu," odpovedal, „a predsa som si ju uchoval v pamäti ako živé dievča."

„Ja som už mnohokrát zistila," povedala Elinor, „že som urobila podobnú chybu a úplne som sa v ľuďoch zmýlila: domnievala som sa, že sú veselší alebo naopak vážnejší, bystrejší či hlúpejší, než v skutočnosti sú, a sotva by som dokázala vysvetliť, prečo som si to myslela, alebo z čoho môj omyl pramení. Niekedy sa človek riadi tým, čo o sebe ľudia hovoria, a ešte častejšie tým, čo o nich hovoria iní, bez toho, aby si doprial čas porozmýšľať o tom a dôkladne to posúdiť."

„Ale ja som si myslela, Elinor, že je správne riadiť sa výhradne názormi iných," povedala Marianne. „Myslela som si, že náš vlastný úsudok máme len na to, aby podporoval názory našich susedov. Som si istá, že to vždy bola tvoja teória."

„Nie, Marianne, nikdy nebola. Mojím zámerom nikdy nebolo potlačiť zdravý rozum. Všetko, čo som sa kedy pokúšala ovplyvniť, bolo správanie. Nesmieš prekrúcať moje myšlienky. Priznávam, že som sa trochu previnila, keď som si často želala, aby si bola k všetkým našim známym pozornejšia, ale kedy som ti naozaj radila, aby si v dôležitých otázkach prevzala ich pocity alebo sa prispôsobila ich úsudku?"

„Vidím, že sa vám nepodarilo priviesť svoju sestru k vašej teórii všeobjímajúcej zdvorilosti," povedal Edward Elinor. „Nepokročili ste ani o piaď?"

„Práve naopak," odvetila Elinor a veľavravne pozrela na Marianne.

„Rozumom som v tejto veci celkom na vašej strane," vrátil sa Edward k téme, „ale obávam sa, že konaním skôr na strane vašej sestry. Nikdy nechcem ľudí uraziť, ale som taký nemožne hanblivý, že často pôsobím ako ignorant, keď sa kvôli svojej vrodenej neobratnosti držím bokom.

Často si myslím, že som od prírody stvorený pre nižšiu spoločnosť, keď sa tak nepohodlne cítim medzi vznešenými osobami."

„Marianne nemá tú plachosť, ktorá by ospravedlnila jej nevšímavosť," povedala Elinor.

„Pridobre pozná svoju cenu, aby sa bezdôvodne ostýchala," odvetil Edward. „Plachosť je len výsledkom vedomia vlastného nižšieho postavenia v takom či onakom zmysle. Keby som dokázal presvedčiť sám seba, že sú moje spôsoby dokonale nenútené a uhladené, nebol by som hanblivý."

„Ale aj tak by ste boli uzavretý," povedala Marianne, „a to je ešte horšie."

Edward sa na ňu uprene zadíval: „Uzavretý? Som uzavretý, Marianne?"

„Áno, veľmi."

„Nerozumiem," odvetil a začervenal sa. „Uzavretý! V akom zmysle? Čo by som vám mal povedať? Čo odo mňa čakáte?"

Elinor jeho vzplanutie prekvapilo, ale pokúsila sa smiechom obísť túto tému a povedala mu: „Nepoznáte moju sestru už dosť dobre, aby ste pochopili, čo má na mysli? Neviete, že nazýva uzavretým každého, kto nerozpráva tak rýchlo ako ona, a nehíka nadšene nad všetkým, čo ona obdivuje?"

Edward neodvetil. Znovu sa stal smrteľne vážnym a zadumaným, a dlhú chvíľu sedel mlčky a zachmúrene.

OSEMNÁSTA KAPITOLA

Elinor so znepokojením pozorovala priateľov smútok. Jeho návšteva jej mohla priniesť len nepatrné uspokojenie, keď sa z nej on sám veľmi neradoval. Netváril sa šťastne; priala si, aby bolo ako predtým zrejmé, že k nej stále cíti náklonnosť, o ktorej kedysi vôbec nepochybovala, no pri svojej terajšej návšteve nedával veľmi najavo, že jeho blízky vzťah k nej naďalej pretrváva; chvíľami sa k nej síce priblížil so živším výrazom v tvári, no vzápätí sa zháčil a opäť sa pohrúžil do svojej zdržanlivosti.

Na druhý deň sa s ňou a Marianne stretol v rannej jedálni skôr, než zišli ostatní, a Marianne, ktorá sa zakaždým, keď to bolo v jej silách, snažila zariadiť, aby boli spokojní, ich čoskoro nechala osamote. Ale prv, než sa dostala do polovice schodišťa, začula, ako sa na salóne otvorili dvere, a keď sa obrátila, s úžasom videla Edwarda vychádzať.

„Idem do dediny skontrolovať moje kone," povedal, „keď ešte nie ste pripravené na raňajky; budem tu čo nevidieť."

Edward sa k nim vrátil plný čerstvých dojmov z okolitej krajiny, po ceste do dediny videl krásne zákutia údolia, a aj samotnú dedinu z vyšších polôh, než mohol zazrieť z ich domu, a tento nádherný výhľad sa mu nesmierne páčil. Jeho rozprávanie upútalo Marianninu pozornosť a začala vyjadrovať svoj vlastný obdiv a do-

101

podrobna sa vypytovať na to, čo ho zaujalo najväčšmi, keď ju zrazu Edward prerušil: „Nesmiete ma skúšať veľmi prísne, Marianne, nezabúdajte, že o malebnosti vôbec nič neviem, a keby sme zachádzali do podrobností, istotne by som vás svojou nevedomosťou a nedostatkom vkusu urazil. Ja nazvem kopec príkrym, hoci má byť strmý, terén nezvyčajným a hrboľatým, keď má byť nesúmerný a nerovný, a vzdialené objekty v nedohľadne, kým majú byť len nerozlíšiteľné kvôli miernemu oparu v ovzduší. Musíte sa uspokojiť s opisom, ktorý som vám úprimne predostrel. Považujem túto krajinu za nádhernú, kopce sú prudké, lesy plné zdravého dreva, a údolie vyzerá prívetivo, so sviežimi lúkami a roztrúsenými úhľadnými gazdovstvami. Presne to zodpovedá mojim predstavám o krásnej krajine, lebo spája krásu s úžitkom, a odvážim sa povedať, že je aj malebná, lebo ju aj vy obdivujete; viem si predstaviť, že je tu aj plno skál a útesov, močarísk a krovísk, ale tie sú predo mnou skryté. O malebnosti skutočne nič neviem.“

„Obávam sa, že je to predsa len pravda,“ povedala Marianne, „ale prečo sa tým chválite?“

„Tuším, že sa Edward chcel vyhnúť jednému preháňaniu a pritom sa uchýlil k druhému,“ povedala Elinor. „Keďže verí, že mnohí ľudia predstierajú väčší obdiv k prírode, než v skutočnosti cítia, a túto pretvárku neznáša, sám predstiera väčšiu ľahostajnosť a nedostatok rozlišovacej schopnosti pri jej pozorovaní, než mu je vlastná. Je prieberčivý a pretvaruje sa po svojom.“

„To je veru pravda,“ odvetila Marianne, „že sa obdiv k prírodným krásam pomaly stáva frázou. Každý sa tvári, že ich obdivuje a pokúša sa vkusom a eleganciou napodobniť toho, kto prvý definoval malebnosť prírody. Neznášam frázy a občas si nechávam svoje pocity pre seba, lebo neviem nájsť vhodné slová, aby som opísala, čo vidím, okrem tých, čo už sú také ošúchané a zneužívané, že už dávno stratili svoj zmysel.“

„Som presvedčený, že si naozaj dokážete vychutnať každý pekný výhľad tak, ako to vyhlasujete. Ale na druhej strane mi vaša sestra musí veriť, že moje dojmy nie sú silnejšie, než hovorím. Páči sa mi pekná krajina, ale nie kvôli malebnosti. Nemám rád ohnuté, poskrúcané, rozkmásané stromy. Väčšmi ich obdivujem, keď sú vysoké, rovné a košaté. Nepáčia sa mi napoly zrúcané, rozpadnuté chalupy. Neobľubujem ani žihľavu, ani bodliaky, ba ani vresy. Viac ma poteší útulný majer než hlásna veža a zástup poriadnych a šťastných dedinčanov mi prinesie viac radosti, než najvyberanejší banditi sveta."

Marianne hľadela na Edwarda s ohromením a na sestru súcitne. Elinor sa len zasmiala.

Ďalej už o tejto téme nehovorili a Marianne zadumane stíchla, kým jej pozornosť znenazdajky zaujal iný predmet. Sedela vedľa Edwarda a keď si bral čaj od pani Dashwoodovej, jeho ruka sa mihla tak blízko popred jej oči, že jej nemohlo uniknúť, že na jednom z prstov nosí veľmi nápadný prsteň s pramienkom vlasov v očku.

„Ešte nikdy som vás nevidela nosiť prsteň, Edward," zvolala. „To sú Fannine vlasy? Pamätám sa, že vám ich sľúbila. Ale myslela som si, že má tmavšie vlasy."

Marianne hovorila mimovoľne, čo naozaj cítila, ale keď zbadala, ako veľmi Edwarda zaskočila, sotva by jeho rozpaky prevýšili jej zlosť na vlastnú bezohľadnosť. Edward celý očervenel a po letmom pohľade na Elinor odvetil: „Áno, sú to vlasy mojej sestry. Viete, ich farba sa mení podľa toho, odkiaľ padá svetlo."

Elinor zachytila pohľad jeho očí a zatvárila sa, že rozumie. Aj ona sa, rovnako ako Marianne, nazdávala, že vlasy sú jej, s jediným rozdielom, že to, čo Marianne považovala za darček od sestry, podľa Elinor musela byť krádež alebo komplot, o ktorom sama nič nevedela. Nemala však náladu chápať to ako bezočivosť, zatvárila sa, že si vôbec nevšimla, čo sa stalo, a okamžite začala hovoriť o niečom inom, hoci sa v duchu rozhodla, že odteraz využije každú príležitosť, aby si vlasy lepšie prezrela a nado všetku pochybnosť sa ubezpečila, že odtieň vlasov je skutočne jej.

Edwardove rozpaky pretrvávali hodnú chvíľu a skončili sa v ešte pevnejšej zamĺknutosti. Bol mimoriadne vážny po celé dopoludnie. Marianne si trpko vyčítala, čo povedala, ale určite by si bola odpustila oveľa rýchlejšie, keby vedela, že tým sestru vôbec neurazila.

Pred obedom ich navštívil sir John a pani Jenningsová, ktorí sa dozvedeli, že v letnom dome majú hosťa, a prišli si ho obzrieť. So svokrinou pomocou sirovi Johnovi netrvalo dlho, aby zistil, že priezvisko Ferrars sa začína na F a toto zistenie objavilo nový prameň ďalšieho vtipkovania na účet úbohej Elinor, a nič iné, len čerstvosť ich zoznámenia s Edwardom dokázala zabrániť, aby okamžite nevytryskol. V tejto chvíli sa Elinor len z veľavravných pohľadov dozvedela, ako hlboko k zdroju už s výdatnou pomocou Margaretiných pokynov prenikli.

Sir John nikdy neprišiel k Dashwoodovcom bez toho, aby ich nepozval na nasledujúci deň na večeru do kaštieľa, alebo aspoň na čaj v ten istý večer. Pri tejto príležitosti v záujme väčšieho rozptýlenia ich hosťa, ku ktorého pobaveniu sa cítil byť povinný prispieť, želal si, aby mu prisľúbili oboje.

„*Musíte* k nám prísť dnes na čaj," povedal, „lebo nám ináč bude smutno, a zajtra rozhodne musíte prísť na večeru, bude u nás veľká spoločnosť."

Pani Jenningsová si tiež chcela vynútiť ich prísľub. „A kto vie, možno sa vám bude chcieť tancovať," povedala. „To by *vás* malo prehovoriť, slečna Marianne."

„Tancovať!" zvolala Marianne. „To teda nie! Komu by sa chcelo tancovať?"

„Komu! Predsa vám a Carreyovcom a Whitakerovcom, celkom iste. Vari ste si nemysleli, že sa nebude chcieť tancovať nikomu len preto, lebo istá osoba, ktorú nebudem menovať, odišla?"

„Z celého srdca by som si želal, aby bol Willoughby zase medzi nami," povedal sir John.

Tieto reči a Mariannin rumenec vzbudili Edwardovu zvedavosť.

„Kto je Willoughby?" spýtal sa tichším hlasom slečny Dashwoodovej, pri ktorej sedel.

Stručne mu odpovedala. Mariannin výraz však bol výrečnejší. Edward z neho pochopil nielen to, čo majú ostatní na mysli, ale aj to, čo znamenali Mariannine vyjadrenia, ktoré ho predtým tak miatli, a keď hostia odišli, pobral sa priamo k nej a pošepkal: „Uhádol som. Chcete vedieť čo?"

„O čom hovoríte?"

„Mám vám povedať?"

„Pravdaže."

„Dobre teda; uhádol som, že pán Willoughby je poľovník."

Marianne to prekvapilo a priviedlo do rozpakov, ale predsa neodolala úsmevu nad jeho skrytou prešibanosťou a po chvíli mlčania odpovedala:

„Ach, Edward! Ako môžete...? Ale dúfam, že príde čas... som si istá, že sa vám bude páčiť."

„O tom nepochybujem," odvetil skôr užasnutý nad jej vážnosťou a vrúcnosťou, lebo keby sa nebol domnieval, že si jej známi, vychádzajúc z udalostí, ktoré sa pravdepodobne odohrali medzi ňou a Willoughbym, len nezáväzne na jej účet zavtipkovali, nebol by sa odhodlal spomínať ho.

DEVÄTNÁSTA KAPITOLA

Edward pobudol v letnom dome v Bartone týždeň. Pani Dashwoodová na neho naliehala, aby zostal dlhšie, ale on, akoby sebazaprenie patrilo k jeho najväčším záľubám, rozhodol sa odísť práve vo chvíli, keď sa medzi priateľmi najlepšie cítil. Jeho duševné rozpoloženie sa v posledných dvoch či troch dňoch značne uvoľnilo, hoci stále zostával dosť nevyrovnaný – čoraz väčšmi sa mu páčil dom a jeho okolie –, keď spomenul svoj odchod, zakaždým si vzdychol, vyhlasoval, že nemá presne vymedzený čas, a dokonca vraj ani poriadne nevie, kam sa má od nich pobrať, no napriek tomu odísť musí. Týždeň mu vraj ešte nikdy neušiel tak rýchlo, ani nemohol uveriť, že už je preč. Zopakoval to niekoľkokrát; a vykĺzli mu aj slová, ktoré naznačili obrat v jeho citoch a vyjavili, ako zaťažko mu prídu jeho ďalšie kroky. V Norlande sa mu nepáčilo; neznášal pobyt v meste, ale musí ísť práve do Norlandu alebo do Londýna. Nadovšetko si vážil ich láskavosť a s nimi sa cítil najšťastnejší. Predsa však musí koncom týždňa odísť, napriek ich aj svojej vôli, a to neodkladne.

Elinor pripísala všetko, čo ju na jeho správaní vyrušovalo, na vrub jeho matke, a bolo pre ňu šťastím, že ani trochu nepoznala charakter tejto dámy, pretože takto mohol aspoň poslúžiť ako ospravedlnenie pre každý nepochopiteľný krok jej syna. A hoci ju sklamalo, rozčuľovalo a z času na čas aj namrzelo jeho neurčité správanie k nej, bola ochotná nazerať na jeho konanie s tou úprimnou ústretovosťou a ušľachtilým porozumením, aké od nej matka nedávno takým bolestným spôsobom mámila vo Willoughbyho prípade. Edwardovu neprítomnosť duchom, uzavretosť a zmenu správania najčastejšie zdôvodňovala jeho závislosťou na matke a tým, že dobre poznal povahu a zámery pani Ferrarsovej. Rovnako aj jeho krátka návšteva, neochvejné rozhodnutie odísť, istotne pochádzali z tej istej spútanej vôle a ustavičnej nevyhnutnosti rešpektovať vôľu jeho matky. Starý známy spor povinnosti a vôle, rodičov a detí, bol podľa nej príčinou toho všetkého. Rada by vedela, kedy sa tieto ťažkosti pominú a jeho vzdor prinesie výsledky – kedy sa pani Ferrarsová polepší a dovolí synovi byť šťastným. Ale od podobných márnych želaní ju odviedli veselšie myšlienky na jej znovunadobudnutú dôveru v Edwardov vzťah k nej, snažila sa pripomenúť si záblesky v jeho pohľadoch či slovách počas pobytu v Bartone, a predovšetkým hrejivý dôkaz, ktorý neustále nosil na prste.

„Myslím, Edward,“ povedala pani Dashwoodová pri raňajkách v posledné ráno, „že by ste boli šťastnejší, keby ste mali zamestnanie, ktoré by naplnilo váš čas a dodalo vašim plánom a skutkom zmysel. Vašim blízkym by to, pravdaže, prinieslo isté nevýhody – nemohli by ste im venovať toľko času. No pre vás by to bolo veľmi užitočné,“ dodala s úsmevom, „vedeli by ste, kam sa máte od nich vybrať.“

„Ubezpečujem vás,“ povedal, „že už dlho rozmýšľam presne tak, ako vravíte. Vždy to pre mňa bolo, je, a vždy aj bude veľké nešťastie, že nemám žiadne povinnosti, ktoré by ma vyťažili, žiadnu profesiu, ktorej by som sa venoval, a mohol by som sa stať v istom zmysle nezávislým. Ale nanešťastie zo mňa moja zhýčkanosť a zhýčkanosť mojich príbuzných urobili to, čím som, lenivú bezradnú bytosť. Nikdy sa nedohodneme na mojej voľbe

107

zamestnania. Vždy som chcel byť kňazom, a ešte stále chcem. Ale pre moju rodinu to nie je dosť dobré. Chcú, aby som vstúpil do armády. A to je zase pre mňa až pridobré. Pripustili, že právo by bolo dostatočne na úrovni; veľa mladých mužov, ktorí získali ubytovanie v Temple* sa už v prvom semestri dostali do najlepších kruhov a prevážajú sa po meste na najmodernejších kočiaroch. Ale ja nemám na právo chuť, aj keď to nie je až také náročné štúdium, a navyše ho schvaľuje aj moja rodina. A pokiaľ ide o námorníctvo, teraz je celkom v móde, no keď sa po prvýkrát začalo o ňom uvažovať, už som mal priveľa rokov, aby som mohol nastúpiť, a nakoniec, keďže nebolo nevyhnutné pripravovať sa na nejaké povolanie, lebo som mohol byť rovnako neodolateľný a výstredný bez červeného kabáta, ako s ním, vybrali mi záhaľku ako prostriedok na získanie postavenia a cti; a osemnásťročný mladík ešte necíti potrebu vážne sa snažiť niečím zamestnať natoľko, aby odolal starostlivosti svojich blízkych, ktorí ho presviedčajú, že nemusí robiť nič. A tak som nastúpil do Oxfordu a odvtedy, ako sa patrí, hlivel."

„Následkom čoho bude, predpokladám," povedala pani Dashwoodová, „že keďže vaše ničnerobenie vám neprinieslo šťastie, svojich synov vychováte v početných záľubách, neustálom zamestnaní, profesii a obchode."

„Vychovám ich tak," odpovedal dôrazne, „aby sa v žiadnom prípade nepodobali na mňa. Cítením, skutkami, postavením, ničím."

„No tak, Edward, to všetko je len momentálne rozčarovanie. Ste smutný a myslíte si, že každý, kto je iný ako vy, musí byť šťastný. Ale mali by ste pamätať, že každý, kto sa lúči s priateľmi, v tej chvíli pociťuje smútok, bez ohľadu na vlastné vzdelanie a postavenie. Musíte spoznať

---

* Ubytovanie v Temple, v jednej z budov patriacich londýnskym právnickym spoločnostiam, členstvo v ktorých bolo pre budúcich právnikov nevyhnutné.

vlastné šťastie. Nepotrebujete nič iné, len trochu trpezlivosti – či nazvime to trochu príťažlivejšie, nazvime to nádej. Vaša matka vám časom zaručí nezávislosť, na ktorej vám toľko záleží; je to jej povinnosť, a aj bude – určite ju to tiež urobí šťastnou, keď vám zabráni, aby ste celú svoju mladosť premrhali v nespokojnosti. Čo by nevykonalo zopár mesiacov?"

„Myslím, že by som musel vzdorovať roky, kým by sa mi podarilo niečo podobné dosiahnuť," odvetil Edward.

O chvíľu nato pri rozlúčke ich všetkých takéto klesanie na duchu zabolelo ešte väčšmi, hoci to pred pani Dashwoodovou nehovorili nahlas, a najmä v Elinor zanechalo nepríjemný dojem, ktorý si vyžiadal značnú námahu a čas, aby ho potlačila. Ale keďže sa rozhodla ho potlačiť a nedávať najavo, že sa jeho odchodom trápi väčšmi než jej rodina, nezvolila ten istý spôsob, ako si pri podobnej príležitosti priam nariadila Marianne: upevňovať a prehlbovať žiaľ vyhľadávaním ticha, samoty a nečinnosti. Ich prostriedky na prežívanie smútku sa líšili práve tak, ako jeho pôvodcovia, ale rovnako svedčili v prospech ich oboch.

Len čo Edward vyšiel z domu, Elinor si sadla k svojmu kresliarskemu stolíku, celý deň sa nepretržite niečím zaoberala, nevyhľadávala, ale ani sa nevyhýbala zmienkam o ňom, tvárila sa, že sa rovnako živo zaujíma o bežné starosti ako kedykoľvek inokedy, a ak sa jej aj svojím správaním nepodarilo zmenšiť svoj zármutok, aspoň si zabránila prehlbovať ho na neúnosnú mieru, a ušetrila matku a sestru od veľkých starostí o ňu.

Marianne nenašla na sestrinom správaní, keďže bolo celkom v protiklade s jej vlastným, nič chvályhodného, práve tak, ako na svojom nevidela nič nesprávne. Otázku sebaovládania vybavila veľmi rýchlo – pri skutočne silnom cite je nemožné sa ovládnuť, pri rozvážnom nemá ovládanie žiadnu cenu. Neodvážila sa poprieť, že láska jej sestry *skutočne je* pokojná, a keď to v duchu priznala, musela sa začervenať; no vzápätí priniesla pravý dôkaz o sile vlastnej lásky, keď sestru, napriek takému pokorujúcemu zisteniu, naďalej ľúbila a uznávala.

Elinor sa neuzatvárala pred svojou rodinou, neutekala pred ňou z domu, ani nepreležala celú noc bdením v mučivých myšlienkach, a predsa zistila, že si každý deň nájde dosť času rozmýšľať o Edwardovi a preberať jeho správanie z toľkých rozličných uhlov, koľko ponúkali premenlivé stavy jej mysle – s nežnou náklonnosťou, ľútosťou, súcitom, výčitkami či pochybnosťami. Naskytlo sa jej nepreberné množstvo okamihov, keď, ak nie pre neprítomnosť matky či sestier, prinajmenšom kvôli charakteru ich práce, sa nemohli venovať rozhovoru, a chvíle samoty jej priniesli úžitok. Myseľ nič nezamestnávalo, úvahy sa neviazali k inej činnosti, a pred ňou vyvstávala minulosť či budúcnosť, ktorá ju tak veľmi zaujímala, pútala jej pozornosť a ovládala jej pamäť, spomienky a fantáziu.

V takomto rozjímaní ju jedno ráno, krátko po Edwardovom odchode, keď sedela pri svojom kresliarskom stolíku, vyrušil príchod hostí. Náhodou ju zastihli celkom samú. Buchnutie bránky pri vchode do dvora v prednej časti domu pritiahlo jej oči k oknu a zbadala skupinu ľudí kráčať k dverám. Boli medzi nimi sir John, lady Middletonová a pani Jenningsová, ale aj dve ďalšie osoby, pán a dáma, ktorých vôbec nepoznala. Sedela pri okne a len čo ju sir John zvonku zazrel, odpojil sa od ostatných a obradne zaklopal na dvere, potom precupkal po trávniku k oknu a prinútil ju, aby ho otvorila, hoci od okna k dverám to bol len taký malý kúsok, že keď sa s ním rozprávala cez okno, museli to počuť aj ostatní.

„Nuž," povedal, „priviedli sme vám novú spoločnosť. Ako sa vám páčia?"

„Pst! Začujú vás."

„To nevadí. To sú len Palmerovci. Poviem vám, Charlotte je veľmi pekná. Uvidíte ju, keď sa pozriete týmto smerom."

Keďže Elinor si bola istá, že ju o pár minút uvidí, nedovolila si vykláňať sa z okna a len sa ospravedlnila.

„Kde je Marianne? Ušla, keď nás videla prichádzať? Vidím, že má otvorený klavír."

„Myslím, že sa išla prejsť."

V tej chvíli k nemu podišla pani Jenningsová, ktorá nemala toľko trpezlivosti, aby so *svojimi* rečami počkala, kým sa otvoria dvere. Pristúpila k oknu pokrikujúc: „Ako sa máte, moja drahá? Ako sa má pani Dashwoodová? A kde máte sestry? Čože? Ste tu celkom sama? Iste sa teda potešíte malej spoločnosti. Priviedla som vám moju druhú dcéru a zaťa, aby ste sa zoznámili. Len si predstavte, prišli tak nečakane! Včera večer pri čaji sa mi zdalo, že počujem kočiar, ale ani by sa mi neprisnilo, že to budú oni. Pomyslela som si len, či sa to nevracia plukovník Brandon, a tak som povedala sirovi Johnovi, že si myslím, že počujem koč, možnože je to plukovník Brandon..."

Elinor sa v polovici jej rozprávania musela od okna vzdialiť, aby privítala hostí; lady Middletonová vstúpila s dvoma neznámymi práve vo chvíli, keď pani Dashwoodová a Margaret zišli dole; a pani Jenningsová pokračovala v svojom rozprávaní, kým spolu so sirom Johnom prešla cez chodbu do salónu, kde si všetci posadali, aby sa lepšie poprezerali.

Pani Palmerová, o pár rokov mladšia než lady Middletonová, sa na sestru vôbec nepodobala. Bola nižšia a okrúhlejšia, vo veľmi peknej tvári jej žiaril dobrosrdečný výraz. Nesprávala sa tak vyberane ako jej sestra, no oveľa milšie. Vstúpila s úsmevom, po celý čas návštevy sa usmievala, okrem okamihov, keď sa schuti smiala, a usmiata aj odchádzala. Jej manžel mohol mať dvadsaťpäť či šesť, na mladého muža sa tváril smrteľne vážne, pôsobil o čosi módnejšie a rozvážnejšie než jeho žena, no na rozdiel od nej sa nesnažil potešiť a ani tešiť sa. Keď vstúpil do izby, tváril sa náramne dôležito, zľahka sa bez jediného slova dámam uklonil a po tom, čo si zbežne prezrel domácich a ich príbytok, vzal zo stola noviny a po celý čas, ktorý tu strávil, neprestajne čítal.

Pani Palmerová, ktorú príroda naopak obdarila prebytkom zdvorilosti a dobrej nálady, sotva sa usadila, začala nadšene vychvaľovať salón a všetko, čo sa v ňom nachádzalo.

„Nuž! Aká nádherná izba! Nikdy som nevidela očarujúcejšiu! Len sa pozrite, mama, ako veľmi opeknela, odkedy som tu bola naposledy! Vždy som ju považovala za pôvabné miesto, madam!" obrátila sa k pani Dashwoodovej. „Ale vy ste ju ešte zdokonalili! Pozri sa, sestra, aké je tu všetko krásne! Ako veľmi by sa mi páčilo mať takýto dom! Vám nie, pán Palmer?"

Pán Palmer vôbec nereagoval a dokonca sa ani neuráčil zdvihnúť od novín zrak.

„Pán Palmer ma nepočúva," povedala so smiechom, „občas vôbec nepočúva. Je to také smiešne!"

To bola pre pani Dashwoodovú veru nezvyčajná poznámka, lebo nezvykla hľadať v niečej nevšímavosti nič duchaplné a neubránila sa prekvapenému pohľadu na oboch nových hostí.

Medzitým pani Jenningsová najhlasnejšie, ako sa len dalo, vykladala o svojom prekvapení, keď večer predtým nečakane zazrela svojich blízkych, a neustala, kým zo seba nevysypala úplne všetky podrobnosti. Pani Palmerová sa pri zmienke o jej úžase srdečne zachichotala a všetci tri či štyrikrát znova a znova prikyvovali, že to muselo byť príjemné prekvapenie.

„Iste si viete predstaviť, akí sme boli všetci šťastní, že prišli," dodala pani Jenningsová nakláňajúc sa k Elinor a pokračovala tichším hlasom, ako keby nechcela, aby ju počul aj niekto iný, hoci ostatní boli porozsádzaní po celej izbe, „no radšej by som bola, keby necestovali tak rýchlo a ani tak ďaleko ako teraz, bez prestávky, keďže kvôli istej záležitosti prišli rovno z Londýna, lebo, viete," kývla veľavýznamne hlavou smerom k svojej dcére, „v jej stave je to nerozumné. Chcela som, aby dnes ráno zostala radšej doma a oddýchla si, ale ona sa vybrala s nami, tak veľmi túžila vás spoznať!"

Pani Palmerová sa zasmiala a vyhlásila, že jej to nijako neublíži.

„Očakáva to vo februári," pokračovala pani Jenningsová.

Lady Middletonová nemohla dlhšie vystáť túto konverzáciu, a preto vynaložila námahu, aby sa spýtala pána Palmera, či sa dočítal v novinách niečo nové.

„Nie, nič nové," odvetil a čítal ďalej.

„Ide Marianne," zvolal sir John. „Teraz, Palmer, uvidíte príšerne pekné dievča."

Vzápätí vybehol do chodby, otvoril vstupné dvere a voviedol ju dnu. Len čo sa objavila, pani Jenningsová sa jej spýtala, či nebola v Allenhame, a pani Palmerová sa pri tejto otázke tak srdečne zasmiala, že bolo jasné, že už všetkému rozumie. Keď Marianne vošla, pán Palmer zdvihol oči, pár minút na ňu zízal, a znovu sa vrátil k svojim novinám. Práve v tej chvíli oči pani Palmerovej padli na kresby, ktoré viseli po stenách. Vstala, aby si ich obzrela.

„Panebože, to je nádhera! Úžasné! Len sa pozrite, mama, aké pôvabné! Tvrdím, že sú úchvatné, dokázala by som sa na ne pozerať stále!" Vzápätí si znovu sadla a okamžite zabudla, že sa v izbe niečo podobné nachádza.

Keď sa lady Middletonová zdvihla k odchodu, pán Palmer vstal tiež, odložil noviny, natiahol sa a dokola si všetkých premeral.

„Vari ste spali, môj drahý?" spýtala sa jeho žena so smiechom.

Neodpovedal, len sa znovu porozhliadol po izbe a poznamenal, že je veľmi nízka a má klenbový strop. Potom sa uklonil a odobral.

Sir John veľmi naliehal, aby nasledujúci deň strávili s nimi v kaštieli. Pani Dashwoodová, ktorá nechcela u nich večerať častejšie, než oni u nej, svoju účasť rozhodne odmietla, ale jej dcéry, ak sa im chce, môžu ísť. No dievčatá neboli zvedavé, ako pán a pani Palmerovci večerajú, a neočakávali od nich nič, čomu by sa potešili. Preto sa tiež pokúsili vyhovoriť; počasie je vraj premenlivé a pravdepodobne bude pršať. Ale sir John sa s tým neuspokojil, pošle vraj po ne koč a určite musia prísť. Aj lady Middletonová na návšteve nástojila, hoci ich matku nechcela nútiť. K prosbám sa pridali aj pani Jenningsová a pani Palmerová, všetky tri sa tvárili, že im na ich spoločnosti veľmi záleží, a slečny Dashwoodové sa preto museli podvoliť.

„Prečo nás len zavolali?" rozčuľovala sa Marianne, len čo odišli. „Platíme síce nízke nájomné za náš dom, ale vyjde nás to dosť draho, keď máme večerať v kaštieli zakaždým, keď ich alebo nás niekto navštíví."

„Chcú k nám len byť takí zdvorilí a láskaví, ako boli aj predtým, a preto nás pozývajú rovnako často," odvetila Elinor. „Ak sa pre nás ich spoločnosť stala nudnou a otravnou, nie je to ich chyba. Tú zmenu musíme hľadať inde."

DVADSIATA KAPITOLA

Keď slečny Dashwoodové vstúpili na druhý deň do jedných dverí prijímacej miestnosti v kaštieli, z druhých im bežala oproti pani Palmerová, stále taká prívetivá a veselá ako predtým. Srdečne im podávala ruku a nesmierne sa tešila, že ich opäť vidí.

„Som taká rada, že ste prišli!" povedala a usadila sa medzi Elinor a Marianne. „Dnes mám taký zlý deň, obávala som sa, že neprídete, čo by bolo strašné, lebo zajtra zase odchádzame. Musíme ísť, viete, lebo k nám na budúci týždeň prídu Westonovci. Strhlo sa to tak náhle, že sme sem prišli, a vôbec som o tom nevedela, kým koč nezastal predo dvermi a pán Palmer sa ma nespýtal, či s ním idem do Bartonu. Je taký figliar! Nikdy mi nič nepovie! Je mi tak ľúto, že tu nemôžeme zostať dlhšie, no dúfam, že sa čoskoro stretneme v meste."

Dievčatá museli svojou odpoveďou sklamať jej očakávanie.

„Neprídete do mesta?" zvolala pani Palmerová so smiechom. „To by ma celkom sklamalo. Zohnala by som pre vás najkrajší dom na svete, hneď vedľa nás na Hanoverskom námestí. Musíte prísť, naozaj. Verte mi, bola by som veľmi šťastná, keby som vás, kým som ešte pokope, kedykoľvek mohla sprevádzať, ak pani Dashwoodová nerada chodí do spoločnosti."

Poďakovali sa, ale museli odolať jej prosbám.

„Ach, môj drahý!" zvolala pani Palmerová na manžela, ktorý práve vtedy vstúpil do izby. „Musíte mi pomôcť presvedčiť slečny Dashwoodové, aby prišli túto zimu do mesta."

Jej drahý neodpovedal a len čo sa zľahka dámam uklonil, začal sa žalovať na počasie.

„Je hrozné!" hromžil. „Takéto počasie urobí všetko a všetkých odpornými. Keď prší, nuda sa rozťahuje dnu aj vonku. Človek začne takmer neznášať vlastných známych. Prečo, dočerta, nemá sir John v dome biliardovú miestnosť? Tak málo ľudí vie, čo je pohodlie! Sir John je rovnako otrasný ako to počasie."

O chvíľu sa privalil zvyšok spoločnosti.

„Obávam sa, slečna Marianne, že dnes si nebudete môcť dopriať vašu zvyčajnú prechádzku do Allenhamu," povedal sir John.

Marianne sa zatvárila smrteľne vážne a neodpovedala.

„Ach, nemusíte byť pred nami taká tajnostkárka," povedala jej pani Palmerová, „lebo mi už všetko vieme, môžete mi veriť, a ja veľmi obdivujem váš vkus, pretože si myslím, že ten pán je neuveriteľne pekný. Viete, na vidieku bývame neďaleko od neho. Tuším, že niečo viac než desať míľ."

„Skôr tridsať," ozval sa jej manžel.

„No, to nie je veľký rozdiel. Nikdy som nebola u neho doma, ale hovorí sa, že je to pôvabné miestečko."

„Diera, akú som v živote nevidel," povedal pán Palmer.

Marianne sa držala mlčania, hoci na tvári jej bolo vidieť, že ju téma zaujala.

„Je to také škaredé?" pokračovala pani Palmerová. „Tak potom to muselo byť iné pekné miesto."

Keď sa v jedálni usádzali, sir John s ľútosťou spočítal, že ich je dohromady len osem.

„Drahá, je to veľmi poburujúce, že je nás dnes tak málo," povedal svojej žene. „Prečo ste nepozvali Gilbertovcov, aby k nám dnes prišli?"

„Sir John, nevravela som vám, keď ste sa ma to už pýtali, že sa to dnes nedalo? Večerali u nás minule."

„My dvaja, sir John," ozvala sa pani Jenningsová, „by sme sa nemali držať takýchto formalít."

„Potom by ste boli veľmi nevychovaní," zvolal pán Palmer.

„Musíte sa s každým hádať, môj drahý?" povedala jeho žena so svojím zvyčajným chichotom. „Viete, že ste celkom hrubý?"

„Nevedel som, že keď nazvem vašu matku nevychovanou, tak sa pritom s niekým hádam."

„Nuž, môžete ma urážať, ak sa vám chce," povedala dobrosrdečná stará dáma. „Vytrhli ste Charlotte spod mojich krídel a už ju nemôžete vrátiť. Takže ja mám v hrsti vás."

Charlotte sa srdečne zasmiala pri myšlienke, že sa jej manžel nemôže zbaviť, a rozjasane vyhlásila, že jej je jedno, aký je k nej priečny, keďže už musia žiť spolu. Na svete hádam nebolo človeka, čo by bol tak dokonale dobromyseľný či väčšmi predurčený cítiť sa šťastným než pani Palmerová. Vedomá ľahostajnosť, drzosť a večná nespokojnosť jej manžela ju vôbec netrápila: a keď ju hrešil, alebo ju urazil, len ju to pobavilo.

„Pán Palmer je veľký figliar!" pošepkala Elinor. „Stále má zlú náladu."

Elinor po chvíli pozorovania vôbec nemala chuť prepáčiť mu, že si nielen sám želá, aby ho ľudia vnímali ako mrzutého a nevychovaného, ale že takým aj skutočne a nenapraviteľne je. Možnože mohol trochu zatrpknúť, keď ako väčšina iných mužov zistil, že sa vďaka nepochopiteľnej zaujatosti krásnou tvárou oženil s nesmierne pochabou ženou, no zároveň dobre vedela, že podobná osudová chyba sa stáva príliš často na to, aby ktoréhokoľvek rozumného muža ranila natrvalo. Predpokladala, že to bola skôr snaha o výnimočnosť, ktorá vyvolávala jeho pohŕdavé správanie sa k ľuďom a neustále kritizo-

117

vanie všetkého, s čím prišiel do styku. Chcel na ľudí pôsobiť nadradeným dojmom. S podobnými zámermi sa stretávala bežne, takže sa im ani nečudovala; no prostriedkom pána Palmera na získanie vlastnej dôležitosti bola jeho nevychovanosť, a tak sotva mohol uspieť u niekoho iného než u vlastnej ženy.

„Ach, moja drahá slečna Dashwoodová," povedala pani Palmerová krátko nato. „Mám jedno želanie, o ktoré vás a vašu sestru chcem požiadať. Mohli by ste prísť na Vianoce do Clevelandu? Áno, prosím, príďte, kým budú u nás aj Westonovci. Neviete si predstaviť, aká by som bola šťastná! Môj drahý," obrátila sa na manžela, „však aj vy túžite, aby prišli slečny Dashwoodové do Clevelandu?"

„Samozrejme," odvetil s úškľabkom, „pre nič iné som do Devonshire neprišiel."

„Tak vidíte," povedala jeho žena, „pán Palmer vás očakáva, teda nesmiete odmietnuť."

Obe pohotovo a rozhodne odmietli jej pozvanie.

„Ale aj tak musíte prísť a iste prídete. Som si istá, že sa vám tam bude páčiť. Budú u nás Westonovci a bude to úžasné. Neviete si predstaviť, aké je Cleveland krásne miesto, a je u nás tak živo, lebo pán Palmer stále obchádza krajinu a agituje vo voľbách, a toľko ľudí k nám chodieva na večeru, ako som ešte nezažila, je to celkom príjemné! Ale pre neho, chudáka, je to také vyčerpávajúce! Pretože ho to núti každého obracať na svoj obraz."

Elinor sa takmer nezdržala smiechu, keď jej prikývla, že to veru musia byť strastiplné povinnosti.

„To bude úžasné, keď sa dostane do parlamentu, však," povedala Charlotte. „Ale sa zasmejem! To bude také smiešne, keď mu budú chodiť listy s titulom Člen Parlamentu. Predstavte si, hovorí, že mi nebude pečatiť listy.* Tvrdí, že nebude. Či azda áno, pán Palmer?"

---

* Poslanci parlamentu označovali svoje zásielky špeciálnymi pečiatkami a neplatili poštovné.

Pán Palmer si ju vôbec nevšímal.

„Nerád píše listy, viete," pokračovala, „hovorí, že je to otrava."

„Nie," ozval sa, „nikdy som nič také iracionálne nepovedal. Nepodstrkujte mi všetky vaše jazykové prehrešky."

„Tak vidíte, aký je vtipkár. To robí zakaždým! Občas mi nepovie za pol dňa ani slovo, a potom vyrukuje s niečím takým zábavným – najzábavnejším na svete."

Cestou späť do prijímacieho salónu ohromila pani Palmerová Elinor otázkou, či sa jej pán Palmer páči.

„Pravdaže," odpovedala Elinor, „zdá sa byť veľmi príjemný."

„Dobre, to som rada. Verila som, že sa vám páči, je taký milý; a môžem vám prezradiť, že aj vy a vaša sestra sa pánovi Palmerovi veľmi páčite a neviete si predstaviť, aký bude sklamaný, keď k nám do Clevelandu neprídete. Nechápem, prečo nechcete prísť."

Elinor znovu musela odmietnuť jej pozvanie a aby urobila prietrž ďalším prosbám, zmenila tému rozhovoru. Zdalo sa jej pravdepodobné, že by jej pani Palmerová mohla poskytnúť viac podrobností o Willoughbyho povesti, než sa dozvedeli z jeho zbežnej známosti s Middletonovcami, keďže žije v tom istom kraji ako on, a záležalo jej na tom, aby našla niekoho, kto by o ňom podal uspokojivé správy a rozptýlil jej obavu o Marianne. Najprv sa spýtala, či Willoughbyho v Clevelande vídajú často a či ho dobre poznajú.

„Ach, moja milá, poznám ho nesmierne dobre," odpovedala pani Palmerová. „Nie že by som sa s ním sama niekedy rozprávala, ale zakaždým ho stretávam v meste. Tak či onak sa mi nikdy nepodarilo pobudnúť v Bartone, kým on navštívil Allenham. Mama ho tu už predtým videla, ale ja som bola práve u strýka vo Weymouthe. Tuším sme ho mohli často vídať v Somersetshire, keby sa nanešťastie nebolo stalo, že sme sa tam nikdy nezdržiavali v tom istom čase. V Combe býva len zriedka, myslím, ale aj keby tam býval dlhšie, pochybujem, že by ho pán Palmer navštívil, lebo, viete, patrí k opozícii, a okrem toho, je to trochu od ruky. Dobre viem, prečo sa na neho vypytujete; vaša sestra sa za neho vydá. Príšerne ma to teší, lebo potom sa stane mojou susedkou, však."

„Čestné slovo," odvetila Elinor, „viete viac než ja. Máte nejaký dôvod predpokladať, že sa to stane?"

„Netvárte sa, že o tom neviete, už o tom predsa všetci hovoria. Ubezpečujem vás, že som sa to dozvedela po ceste z mesta."

„Drahá pani Palmerová!"

„Namojdušu! V pondelok ráno som na Bond Street stretla plukovníka Brandona, tesne predtým, ako sme odišli z mesta, a ten mi to povedal."

„Veľmi ste ma prekvapili. Povedal vám to plukovník Brandon? Určite sa mýlite. Nikdy by som od plukovníka Brandona neočakávala, že podáva takúto správu nezainteresovaným ľuďom, dokonca ani vtedy nie, ak je správa pravdivá."

„Ale ubezpečujem vás, že to tak bolo, presne tak, a hneď vám aj prezradím, ako sa to stalo. Keď sme ho stretli, obrátil sa a kráčal kus s nami, a tak sme začali hovoriť o mojej sestre a švagrovi, a tak či onak, hovorím mu: ‚Tak, plukovník, počula som, že prišla nová rodina do letného domu v Bartone, a mama mi písala, že sú veľmi pekné a jedna z nich sa má vydávať za pána Willoughbyho z Combe Magny.' Pýtam sa ho: ‚Je to pravda? Vy to predsa musíte vedieť, keď ste sa len teraz vrátili z Devonshire.'"

„A čo povedal plukovník?"

„Ach, nepovedal veľa, ale tváril sa, akoby vedel, že je to pravda, takže od tej chvíle som to považovala za istú vec. Tvrdím, že to bude veľká radosť. A kedy to bude?"

„Dúfam, že sa má pán Brandon dobre."

„Ach, áno, celkom dobre, a stále vás vychvaľoval, nehovoril nič iné, len o vás."

„Jeho chvály mi lichotia. Zdá sa, že je to výnimočný muž, a podľa mňa aj veľmi príjemný."

„Aj podľa mňa. Je to taký milý muž, že je až škoda, že je stále taký vážny a zadumaný. Mama vraví, že aj *on* bol zaľúbený do vašej sestry. Verte mi, je to ohromný kompliment, ak to tak bolo, pretože on sa sotva do niekoho zaľúbi."

„Poznajú ľudia v Somersetshire pána Willoughbyho dobre?" spýtala sa Elinor.

„Ach, áno, veľmi dobre; totiž, myslím, že sa s ním veľa ľudí nepozná, lebo Combe Magna sa nachádza ďaleko od hlavnej cesty; ale ubezpečujem vás, že ho považujú za nesmierne milého. Nikto nie je taký obľúbený ako pán Willoughby, kamkoľvek príde, a môžete to povedať aj vašej sestre. Má príšerné šťastie, keď ho dostane, namojdušu, hoci on ešte väčšie, keď získa ju, pretože je taká krásna a milá, že pre ňu nič nie je dosť dobré. Ja si však rozhodne nemyslím, že by bola krajšia než vy, to mi verte, lebo podľa mňa ste obidve nesmierne pekné, a aj podľa pána Palmera, uisťujem vás, hoci sa nám to včera večer nepodarilo z neho vymámiť."

Informácie pani Palmerovej o Willoughbym nepriniesli Elinor žiadnu závažnú novinku, ale akékoľvek svedectvo v jeho prospech, hoci to bola len drobnosť, ju potešilo.

„Taká som rada, že sme sa nakoniec zoznámili," pokračovala Charlotte, „a dúfam, že odteraz vždy budeme dobré priateľky. Neviete si predstaviť, ako veľmi som túžila vás spoznať! Je to také milé, že bývate v letnom dome! Pravdu povediac, nič sa tomu nevyrovná! A som taká rada, že sa vaša sestra dobre vydá! Dúfam, že budete v Combe Magne často. Rozhodne je to pekné miesto."

„Už sa dlho poznáte s plukovníkom Brandonom, však?"

„Áno, hodnú chvíľu, odkedy sa sestra vydala. Už vtedy bol najlepším priateľom sira Johna. Myslím," dodala tichším hlasom, „že by ma bol rád získal, keby mohol.

121

Sir John a lady Middletonová si to veľmi želali. Ale mama nepovažovala taký sobáš pre mňa za dosť dobrý, inak by to bol sir John plukovníkovi nadškrtol, a hneď by sme sa zosobášili."

„Plukovník Brandon nevedel, že sa to sir John chystá vašej matke navrhnúť? Nikdy vám nevyznal lásku?"

„Ach, nie; ale keby mama nemala voči tomu výhrady, trúfam si tvrdiť, že by si to plukovník želal nadovšetko. Dovtedy sme sa stretli najviac dvakrát, lebo to bolo ešte predtým, než som skončila školu. Ja som však takto šťastnejšia. Pán Palmer je presne ten typ muža, akí sa mi páčia."

DVADSIATA PRVÁ KAPITOLA

Na druhý deň sa Palmerovci vrátili do Clevelandu a obom bartonským rodinám opäť zostalo len rozptyľovať jedna druhú. Ale netrvalo to dlho; sotva Elinor posledných hostí pustila z hlavy, prestala sa čudovať, že Charlotte dokáže byť bez príčiny taká šťastná, že pán Palmer koná napriek svojim schopnostiam tak prostoducho a že muž a žena sa tak často až priveľmi a zvláštnym spôsobom k sebe nehodia, a už sa prejavila aktívna snaha sira Johna a pani Jenningsovej o zabezpečenie novej spoločnosti a priviedli jej do pozornosti niekoľkých nových známych.

Počas ranného výletu do Exeteru stretli dve mladé dámy, o ktorých pani Jenningsová s uspokojením zistila, že sú jej príbuzné, a to sirovi Johnovi stačilo, aby ich bez váhania pozval na návštevu do kaštieľa, len čo sa ich pobyt v Exeteri skončí. No ten sa skončil práve jeho pozvaním, a tak sir John po svojom návrate vyvolal u lady Middletonovej paniku, keď sa dopočula, že ich čoskoro navštívia dve mladé dámy, ktoré doteraz v živote nevidela a nemala žiadny dôkaz o tom, že sú skutočne elegantné a majú dostatočne vyberané spôsoby; pretože vyhlásenia jej manžela a matky o ničom podobnom nesvedčili. Situáciu ešte zhoršilo, keď sa dozvedela, že sú to ich príbuzné, a keď sa pani Jenningsová pokúšala ju uchlácholiť, ukázalo sa, že zvolila celkom nešťastnú taktiku, lebo poradila svojej dcére, aby si nič nerobila z to-

123

ho, že sú také moderné, pretože sú sesternice a musia spolu dobre vychádzať. A keďže sa ich príchodu už nedalo zabrániť, lady Middletonová sa s filozofiou dobre vychovanej dámy podvolila a uspokojila sa iba s tým, že za to svojho manžela päť alebo šesťkrát za deň jemne vyhrešila.

Dámy prišli a ich zjav rozhodne nebol ani nevyberaný, ani nemoderný. Ich šaty zodpovedali poslednej móde, správali sa veľmi zdvorilo, dom sa im páčil, nadšene ospevovali jeho zariadenie a obe tak veľmi zbožňovali deti, že si získali priaznivú mienku lady Middletonovej skôr, než pobudli v kaštieli hodinu. Vyhlásila, že sú to skutočne veľmi príjemné dievčatá, čo v prípade jej milosti znamenalo nadmieru nadšený obdiv. Táto pochvala zvýšila dôveru sira Johna vo vlastný úsudok a ihneď sa odobral do letného domu, aby oznámil príchod slečien Steelových slečnám Dashwoodovým, a zároveň ich ubezpečil, že sú to najmilšie dievčatá na svete. Z takého odporúčania sa však nedalo veľa dozvedieť; Elinor dobre vedela, že s najmilšími dievčatami na svete sa dá stretnúť v každej spoločnosti v Anglicku, vo všetkých možných obmenách tvárí, postáv, povahy a chápavosti. Sir John si želal, aby sa všetky spolu s ním prešli do kaštieľa a prezreli si jeho hostí. Dobrotivý ľudomil! Bolo by pre neho utrpením ponechať si pre seba hoci aj sesternicu z tretieho kolena.

„Poďte teraz," povedal, „prosím, poďte, musíte ísť, vyhlasujem, že určite pôjdete. Neviete si predstaviť, ako sa vám budú páčiť. Lucy je príšerne pekná a taká dobrosrdečná a milá! Všetky deti na nej visia, akoby bola ich stará priateľka. A obe nadovšetko túžia vás spoznať, pretože sa v Exeteri dopočuli, že ste tie najkrajšie stvorenia na svete, a sám som im potvrdil, že je to pravda, a veru svätá pravda. Som si istý, že sa vám budú páčiť. Deťom priviezli plný koč hračiek. Ako by ste mohli byť také priečne a neprísť? Veď sú to, takrečeno, vaše sesternice. *Vy* ste moje sesternice, a ony mojej manželky, to znamená, že musíte byť príbuzné."

No sirovi Johnovi sa nepodarilo ich prehovoriť. Získal len prísľub, že sa o deň, o dva v kaštieli zastavia, a v úžase nad ich nezáujmom od nich odišiel, pešo sa vrátil domov a zase ospevoval ich pôvaby slečnám Steelovým, ako už pochválil slečny Steelové u nich.

Keď nadišla ich sľúbená návšteva v kaštieli a mladé dámy sa navzájom predstavili, ukázalo sa, že staršia má takmer tridsať, veľmi nepekný a neprívetivý výraz v tvári, a nie je na nej čo obdivovať; ale druhej sestre, ktorá nemala viac než dvadsaťdva či dvadsaťtri, museli priznať pozoruhodnú krásu, pekné črty tváre, prenikavé bystré oči a inteligentný zjav, čo dodávalo jej postave istú výnimočnosť, hoci nie skutočnú eleganciu či pôvab. Správali sa mimoriadne slušne a Elinor sa po chvíli zdali pomerne vynachádzavé, keď si všimla, ako vytrvalo a premyslene sa snažia zapáčiť lady Middletonovej. V neprestajnom vytržení vychvaľovali jej deti, upútavali ich pozornosť a povzbudzovali ich vrtochy, a okamihy, keď práve nepodliehali ich dotieravým želaniam, ktoré samy vyvolávali, strávili obdivovaním všetkého, čo jej milosť robila, ak sa náhodou stalo, že vôbec niečo robila, či prekresľovaním strihov na tie módne šaty, v ktorých sa objavila deň predtým, čím ich uvrhla do neutíchajúceho úžasu.

Dievčatá mali šťastie, že zaútočili na najcitlivejšiu strunu lady Middletonovej, lebo keď si chce milujúca matka získať pochvalu pre svoje deti, inak najnenásytnejšie ľudské stvorenia, stáva sa najdôverčivejšou; a napriek tomu, že svoje nároky poriadne preháňa, strávi čokoľvek; a preto sa mimoriadna náklonnosť a trpezlivosť slečien Steelových k jej potomstvu nestretla u lady Middletonovej ani s najmenším prekvapením či nedôverou. Na všetky podlízavé úskoky a šibalské triky, ku ktorým sa jej sesternice uchýlili, hľadela s materskou samoľúbosťou. Videla ich rozviazané opasky, roztrapatené vlasy okolo uší, vysypané taštičky na šitie a porozhadzované nožnice a nožíky, a vôbec nepochybovala, že sa spolu dobre bavia. Jediným prekvapením bolo, že Elinor a Marianne tu sedeli pokojne a nečinne, a vôbec sa im nechcelo zapojiť sa do diania.

„John má dnes takú výbornú náladu," povedala, keď chlapec zobral vreckovku slečny Steelovej a vyhodil ju z okna. „Stvára samé nezbednosti."

A o chvíľu nato, keď jej druhorodený syn silno stisol tej istej dáme prst, láskyplne poznamenala: „William je taký hravý!"

„A tu je naša zlatá Annamaria," dodala a nežne pohladila trojročné dievčatko, ktoré počas posledných dvoch minút čušalo. „Stále je taká dobrá a tichá. Také deti na svete azda ani nie sú!"

Ale nanešťastie, kým ju takto stískala, sponka, ktorou mala jej milosť pripevnený čepiec, poškriabala dievčatko na krku a vzor nežnosti vydal taký strašný rev, aký by zo seba sotva vydalo iné, od prírody hlučné stvorenie. Matku to okamžite vyviedlo z miery, no jej zdesenie nemohlo predstihnúť poplach slečien Steelových, a všetky tri sa v tomto krízovom stave snažili vykonať všetko, čo láska velí, aby sa urobilo na učičíkanie malej trpiteľky. Usadili ju na matkine kolená, zahrnuli bozkmi, jedna slečna Steelová, kľačiac pri nej, jej vymyla ranu levanduľovým olejom a druhá jej do úst strčila cukrík. Dievčatko už bolo natoľko múdre, aby po toľkej odmene za pár sĺz prestalo plakať. Ale stále ešte kričalo a vzlykalo, kopalo bratov, keď sa jej chceli dotknúť, a všetko svorné utešovanie bolo márne, kým si lady Middletonová našťastie nespomenula, že pri podobnej scéne minulý týždeň na hrču na čele zabral marhuľový lekvár, takže okamžite dali na tento nešťastný škrabanec priniesť tú istú medecínu, a kratučká prestávka v kriku malej lady, len čo to začula, im vliala nádej, že ich neodmietne. Matka ju na rukách odniesla z izby, aby pohľadali sľúbený liek, a keďže sa za nimi pobrali aj ostatní dvaja chlapci, hoci ich matka prísne žiadala, aby tu ostali, štyri slečny zostali v takom tichu, aké izba už niekoľko hodín nezažila.

„Chúďatko malé," poznamenala slečna Steelová, len čo odišli. „Mohlo sa to skončiť oveľa horšie."

„A ja si ani nechcem predstaviť, ako," zvolala Marianne, „keby sa to bolo stalo za celkom odlišných okolností. Ale práve takýmto spôsobom sa zvyčajne poplach ešte zväčší, hoci sa v skutočnosti niet prečo plašiť."

„Lady Middletonová je taká milá žena!" povedala Lucy Steelová.

Marianne mlčala, nedokázala povedať, čo necíti, a to ani pri takejto triviálnej príležitosti, a tak úloha hovoriť lži, keď si to zdvorilosť vyžiadala, zakaždým ležala na Elinor. Ale keď už ju takto vyzvali, pokúsila sa vykonať, čo bolo v jej silách, pochválila lady Middletonovú o čosi vrúcnejšie, než naozaj cítila, hoci ani zďaleka nie tak nadšene ako slečna Lucy.

„Aj sir John," zvolala jej staršia sestra, „je veľmi šarmantný muž."

Tu boli chvály slečny Dashwoodovej opäť jednoduché a opodstatnené, neobsahovali mnoho prikrášlení. Iba poznamenala, že je veľmi dobrosrdečný a priateľský.

„A majú takú nádhernú rodinku! V živote som sa nestretla s takými dobrými deťmi. Tvrdím, že už ich úplne zbožňujem, ale ja som zakaždým do detí zbláznená."

„To som vypozorovala," povedala Elinor s úsmevom, „z toho, čo som videla dnes dopoludnia."

„Tak sa mi zdá," odvetila Lucy, „že si o malých Middletonovcoch myslíte, že sú poriadne rozmaznaní; možnože aj sú viac než dosť, ale u lady Middletonovej je to prirodzené, a pokiaľ ide o mňa, mám rada deti živé a bystré, nemôžem vystáť, keď sú tiché a zakríknuté."

„Musím sa priznať," odpovedala Elinor, „že keď som v bartonskom kaštieli, nikdy vo mne tiché a zakríknuté deti nebudia hrôzu."

Po jej slovách nastala chvíľa ticha a prvá ju ukončila slečna Steelová, ktorá mala pre konverzáciu veľké nadanie a ktorá zrazu prudko zmenila tému rozhovoru: „A ako sa vám páči v Devonshire, slečna Dashwoodová? Predpokladám, že vám je za Sussexom veľmi smutno."

Familiárnosť otázky, či prinajmenšom tón, akým ju vyslovila, Elinor prekvapil, odpovedala len, že je.

„Norland je obdivuhodne prekrásne miesto, však?" dodala slečna Steelová.

„Počuli sme, že ho sir John nesmierne obdivuje," povedala Lucy, ktorá sa domnievala, že by mala trochu ospravedlniť sestrinu prostorekosť.

„Myslím, že sa *musí* páčiť každému, kto ho navštívil," odvetila Elinor, „aj keď sa dá predpokladať, že si každý necení jeho krásy tak ako my."

„A mali ste tam veľa schopných švihákov? Myslím, že v týchto končinách ich veľa nebude, a podľa mojej mienky sa zakaždým veľmi zídu."

„Ale podľa čoho usudzuješ, že sa v Devonshire nenájde toľko milých mladých mužov ako v Sussexe?" spýtala sa Lucy a trochu sa za sestru zahanbila.

„Nuž, moja drahá, vlastne nechcem tvrdiť, že tu nie sú. Viem, že v Exeteri je veľa šikovných gavalierov, ale vieš, podľa čoho by som mala vedieť, akí šviháci žijú okolo Norlandu, a len som sa obávala, že sa slečny Dashwoodové budú v Bartone nudiť, ak ich tu nebude toľko, ako boli zvyknuté. Ale možno sa vy, dámy, o švihákov nestaráte a cítite sa rovnako dobre s nimi, ako bez nich. Podľa mňa sú ohromne milí, nosia moderné obleky a správajú sa zdvorilo. Ale neznesiem, keď sú neupravení a drzí. No a v Exeteri žije obdivuhodne schopný mladý muž, pomerne švihák, pán Rose, aby ste vedeli, robí úradníka u pána Simpsona, a predsa, keby ste ho stretli niekedy ráno, nedá sa na neho pozerať. Predpokladám, slečna Dashwoodová, že aj váš brat bol veľký švihák, kým sa oženil, keďže je taký bohatý."

„Čestné slovo, to vám neviem povedať," odvetila Elinor, „pretože nerozumiem celkom významu toho slova. Ale môžem povedať, že ak bol švihák predtým, než sa oženil, je ním aj teraz, lebo sa vôbec nezmenil."

„Panebože! Ženatých mužov už nemôžeme považovať za švihákov, majú celkom iné starosti!"

„Preboha, Anne," zvolala jej sestra, „nevieš hovoriť o ničom inom, len o švihákoch; slečna Dashwoodová si bude myslieť, že nemáš v hlave nič iné." A aby zmenila tému, začala vychvaľovať dom a jeho zariadenie.

Táto ukážka slečien Steelových stačila. Neotesaná prostorekosť a pochabosť staršej si nevyslúžila žiadnu chválu, a keďže Elinor sa nedala zaslepiť krásou či bystrým zjavom mladšej sestry a videla jej naivitu a nedostatok skutočnej elegancie, z kaštieľa odchádzala so želaním hlbšie sa s nimi nezoznamovať.

Ale slečny Steelové to videli inak. Z Exeteru prišli pripravené prejavovať sirovi Johnovi Middletonovi, jeho rodine a všetkým príbuzným vytrvalý obdiv, a poriadnu porciu teraz nadelili aj jeho váženým sesterniciam, o ktorých vyhlásili, že sú nesmierne pekné, elegantné, vzdelané a najpríjemnejšie dievčatá, aké kedy stretli, a s ktorými sa chcú čo najviac spriateliť. A ako Elinor čoskoro zistila, zoznámiť sa s nimi bližšie bolo ich neodvratným údelom, lebo keďže sir John stál neochvejne na strane slečien Steelových, nepodarilo sa im ubrániť sa ich spoločnosti, a museli sa podriadiť zbližovaniu, ktoré pozostávalo z jednej či dvoch hodín strávených v tej istej miestnosti každý deň. Viac sir John nedosiahol, no v skutočnosti ani netušil, že sa od neho vyžaduje ešte čosi navyše: tráviť spolu čas pre neho znamenalo zblíženie, a po celú dobu, počas ktorej sa mu plnili plány na ich stretnutia, vôbec nepochyboval, že sa z nich stávajú priateľky.

Aby sme mu však nekrivdili, vykonal, čo mohol, aby odstránil ich uzavretosť, a oboznámil slečny Steelové so všetkým, čo sám vedel alebo sa dohadoval o položení svojich sesterníc, vrátane chúlostivých podrobností; a Elinor sa s nimi nestretla ešte ani dvakrát, a už jej staršia z nich blahoželala k tomu, že jej sestra má ohromné šťastie a odkedy prišla do Bartonu, našla si veľmi schopného šviháka.

„Bude to vynikajúce, len čo je pravda, že sa taká mladá dobre vydá," povedala, „a počula som, že je to švihák a obdivuhodne pekný. A dúfam, že vy sama tiež budete mať také šťastie, ale možnože aj vy už máte niekde zašitého priateľa."

Elinor nepredpokladala, že by bol sir John k nej láskavejší než k Marianne, a nevytáral svoje podozrenia o jej vzťahu k Edwardovi, v skutočnosti to bol ten obľúbenejší z jeho dvoch najmilších vtipov, lebo bol o čosi novší a hypotetickejší, a odkedy ich Edward navštívil, nikdy s nimi nevečeral bez toho, aby nepripil na jej najväčšiu lásku s takým dôrazom a toľkým pokyvkávaním hlavy a žmurkaním, až to vzbudilo všeobecnú pozornosť. Rovnako neprestajne pretriasal písmeno F a jeho nespočetné vtipy mu vyniesli zistenie, že vďaka Elinor sa z neho dávno stalo najzábavnejšie písmeno abecedy.

Ako očakávala, slečnám Steelovým prišlo jeho vtipkovanie vhod, a u staršej vzbudilo zvedavosť na meno džentlmena, o ktorom je reč, ktorá, hoci ju často vyjadrovala veľmi dotieravo, úplne zodpovedala jej neustálemu prezvedaniu sa na záležitosti ich rodiny. Ale sir John nepokúšal dlho ich zvedavosť, ktorú s radosťou vyvolal, pretože im to meno chcel prezradiť aspoň s takým potešením, s akým sa ho slečna Steelová chcela dozvedieť.

„Volá sa Ferrars," povedal veľmi hlasným šepotom, „ale prosím vás, nikomu to neprezraďte, lebo je to veľké tajomstvo."

„Ferrars?" zopakovala slečna Steelová. „Teda pán Ferrars je tým šťastným mužom? Čože? Brat vašej švagrinej, slečna Dashwoodová? Veľmi príjemný muž, len čo je pravda, poznám ho veľmi dobre."

„Ako to môžeš povedať, Anne?" zvolala Lucy, ktorá sa zakaždým pokúšala napraviť sestrine vyhlásenia. „Aj keď sme sa s ním u nášho uja dva alebo trikrát stretli, predsa len poriadne preháňaš, keď tvrdíš, že ho veľmi dobre poznáš."

Elinor načúvala s prekvapením a záujmom. ,Kto je tento ujo? Kde býva? Ako sa zoznámili?' Veľmi si želala, aby hovorili ďalej, aj keď sa jej nechcelo na tom zúčastňovať, ale rozhovor na túto tému sa už skončil, a tak po prvýkrát vo svojom živote zazlievala pani Jenningsovej, že je málo zvedavá na informácie, ktorým neprikladala význam, či neschopná vyzvedieť ich. Tón, akým slečna Steelová o Edwardovi hovorila, ešte zvýšil jej zvedavosť, pretože mala dojem, že znel veľmi uštipačne, a to v nej vzbudilo podozrenie, že dáma o ňom vie, alebo sa aspoň domnieva, že vie, niečo nepekné. Ale jej zvedavosť neuspokojili, pretože slečna Steelová sa už nestarala o narážky na meno pána Ferrarsa a ani sir John ho viac priamo nespomenul.

DVADSIATA DRUHÁ KAPITOLA

Marianne, ktorá nikdy nebola ochotná prepáčiť nič, čo sa podobalo dotieravosti, neotesanosti, nedostatku talentu, ba dokonca ani odlišný vkus, sa kvôli vlastnému duševnému rozpoloženiu práve teraz vôbec nechcelo vyjsť slečnám Steelovým v ústrety či povzbudzovať bližšie zoznámenie s nimi, a tak jej neprestajne chladnému správaniu k nim Elinor pripísala skutočnosť, že obe slečny vyznačovali svojou priazňou väčšmi ju samu, čo sa čoskoro stalo v ich správaní očividným, najmä však u Lucy, ktorá nevynechala príležitosť, aby ju vtiahla do rozhovoru alebo do pokusov prehĺbiť ich priateľstvo tak, že sa jej úprimne a otvorene zverovala so svojimi citmi.

Lucy bola celkom bystrá, jej poznámky sa často ukázali správne a zábavné, a ako spoločníčka na pol hodiny sa Elinor zdala príjemná, ale jej schopnostiam chýbalo vzdelanie a rozhľad, a nedostatky v jej nadaní a nedokonalosť v myslení hoci aj v tých najbežnejších záležitostiach sa nedali pred slečnou Dashwoodovou ukryť, napriek Luciným neustálym snahám predviesť sa v lepšom svetle. Elinor to videla a ľutovala ju pre to, lebo vzdelanie by dokázalo jej zanedbané schopnosti rozvinúť, no s menším porozumením vnímala jej absolútnu necitlivosť, neúprimnosť a nedôslednosť, ktoré prezrádzali jej zdvorilôstky, lichôtky a prílišná horlivosť v kaštieli, a nemohla ju uspokojiť spoločnosť osoby, v ktorej sa necitlivosť spájala s nevedomosťou. Lucy nemala dostatočné vzdelanie, aby sa mohli v konverzácii stretnúť na rovnakej úrovni, a jej správanie k ostatným strácalo hodnotu zakaždým, keď sa ukázalo, že sa najviac zaujíma sama o seba.

„Bezpochyby budete považovať moju otázku za čudnú," povedala jej Lucy jedného dňa, keď spolu kráčali z kaštieľa do ich domu, „ale, prosím vás, osobne sa poznáte s matkou vašej švagrinej, pani Ferrarsovou?"

Elinor si *skutočne* pomyslela, že je to zvláštna otázka, a keď odvetila, že sa nikdy s pani Ferrarsovou nestretla, zračilo sa jej to v tvári.

„Naozaj?" odpovedala Lucy. „Čudujem sa, lebo som si myslela, že ste sa zopárkrát určite v Norlande stretli. Tak potom mi asi nebudete vedieť povedať, aká je."

„Nie," odpovedala Elinor a dávala si pozor, aby jej nepovedala, čo si naozaj o Edwardovej matke myslí, a ani sa jej nechcelo uspokojiť Lucinu dotieravú zvedavosť. „Nič o nej neviem."

„Som si istá, že si o mne pomyslíte niečo zlé, keď sa vás takto vypytujem," povedala Lucy, a kým hovorila, nespustila z Elinor oči, „ale azda mám na to dôvod – keby som sa len odvážila... ale dúfam, že mi to nebudete zazlievať, keď budete vedieť, že som nechcela byť dotieravá."

Elinor jej len slušne čosi odvetila a ďalej kráčali pár minút mlčky. Znovu sa ozvala Lucy, ktorá sa s istou váhavosťou vrátila k svojej téme:

„Neznesiem, aby ste si o mne mysleli, že som nenáležito zvedavá. Som si istá, že by som urobila všetko na svete, aby si o mne niečo také nemyslela osoba, ktorej dobrá mienka sa tak veľmi cení ako vaša. A tiež viem, že nemám ani najmenší dôvod neveriť *vám*, skutočne, bola by som veľmi rada, keby ste mi poradili, ako sa zachovať v takej nedobrej situácii, v akej sa práve nachádzam, ale toto hádam nie je príležitosť robiť *vám* starosti. Je mi ľúto, že zhodou okolností nepoznáte pani Ferrarsovú."

„Je mi ľúto, že ju *nepoznám*," odvetila Elinor v ohromnom úžase, „ak by vám nejako pomohlo, keby som *vám* o nej niečo povedala. Ale, pravdupovediac, nikdy som netušila, že by ste boli s tou rodinou v nejakom spojení, a preto som trochu prekvapená, priznávam, keď sa tak naliehavo pýtate na jej povahu."

„Bezpochyby ste, a ja sa tomu vôbec nečudujem. Ale keby som sa odvážila všetko vám vysvetliť, neboli by ste taká prekvapená. Pani Ferrarsová v súčasnosti určite nemá so mnou nič spoločné – ale *môže* nastať čas, kedy sa to stane, to závisí od nej –, keď budeme dôverne blízke."

Keď to povedala, sklonila milo a ostýchavo hlavu, len očkom hodila po spoločníčke, aby videla, aký to vyvolalo účinok.

„Nebesá!" zvolala Elinor. „Čo tým chcete povedať? Poznáte sa s pánom Robertom Ferrarsom? Ste s ním... ?" A veľmi ju nepotešila myšlienka, že toto bude jej švagriná.

„Nie," odvetila Lucy, „nie s pánom *Robertom* Ferrarsom, nikdy v živote som ho nevidela, ale," a upriamila oči na Elinor, „s jeho starším bratom."

Čo Elinor cítila v tej chvíli? Úžas, ktorý by bol rovnako bolestný, ako silný, nebyť toho, že v tom okamihu neverila tvrdeniu, ktoré ho vyvolalo. Obrátila sa v nemom ohromení k Lucy a nebola schopná uhádnuť dôvod či zámer tohto vyhlásenia, a hoci jej pleť prudko menila farbu, pevne a nedôverčivo tam stála a vôbec si neuvedomovala vážnu hrozbu, že prepukne do hysterického záchvatu alebo omdlie.

„Môžete byť prekvapená," pokračovala Lucy, „pretože, pravdupovediac, nemohli ste o tom ani tušiť; lebo jemu samotnému bezpochyby pred vami alebo niekým z vašej rodiny nikdy neušlo ani slovko, keďže sme to vždy chceli udržať v hlbokej tajnosti, a som si istá, že som to aj ja sama dôsledne tajila až do tejto chvíle. Z mojich príbuzných sa o tom nedozvedela ani živá duša, okrem Anne, a nikdy by som sa o tom pred vami nezmienila, keby som sa nespoliehala na vašu mlčanlivosť tak, ako na nikoho na svete, a skutočne si myslím, že moje vypytovanie sa na pani Ferrarsovú sa vám muselo zdať také nemiestne, že si vyžadovalo vysvetlenie. A nemyslím si, že sa pán Ferrars bude hnevať, keď sa dozvie, že som sa vám zdôverila, lebo viem, že prechováva k celej vašej rodine najpriaznivejšiu mienku na svete a považuje vás, rovnako ako ostatné slečny Dashwoodové, takmer za sestry." Tu sa odmlčala.

Elinor niekoľko minút nič nehovorila. V prvej chvíli bola taká ohromená, že sa nezmohla na slovo, ale po chvíli sa prinútila niečo povedať, a to obozretne, a pokoj, s akým hovorila, uspokojivo zakryl jej prekvapenie a starosti: „Smiem sa spýtať, či je vaše zasnúbenie staršieho dáta?"

„Už sme zasnúbení štyri roky."

„Štyri roky?"

„Áno."

Napriek šoku tomu Elinor stále nedokázala uveriť.

„Až doteraz som nevedela, že sa vôbec poznáte," povedala.

„No poznáme sa už celé roky. Viete, veľmi dlhý čas sa o neho staral môj ujo."

„Ujo?"

„Áno, pán Pratt. Nikdy vám nevravel o pánovi Prattovi?"

„Myslím, že áno," odvetila Elinor so značným sebazaprením, ktoré narastalo s jej pohnutím.

„Strávil štyri roky u môjho uja v Longstaple, neďaleko Plymouthu. Tam sme sa zoznámili, lebo sestra a ja sme tam často u uja bývali, a tam sme sa aj zasnúbili, ale až rok potom, čo skončil školu, no aj potom bol s nami takmer stále. Veľmi som s tým nechcela súhlasiť, kým o tom nevedela jeho matka a neschválila to; ale bola som primladá a ľúbila som ho priveľmi, aby som sa zachovala rozumne, ako sa patrilo. Hoci ho nepo-

135

znáte až tak dobre ako ja, slečna Dashwoodová, istotne ho poznáte natoľko, aby ste vedeli, že je schopný upútať ženské srdce."

„Pravdaže," odpovedala Elinor a ani nevedela, čo vraví, ale po krátkom uvažovaní sa jej vrátila dôvera v Edwardovu česť a lásku, a nádej, že jej spoločníčka klame, a dodala: „Zasnúbená s pánom Edwardom Ferrarsom! Priznávam, že ma neskutočne prekvapilo, čo ste mi prezradili, že skutočne – prepáčte, prosím, ale musel sa stať nejaký omyl v osobe a mene. Istotne nehovoríme o tom istom pánovi Ferrarsovi."

„Nemôžeme hovoriť o nikom inom," zvolala Lucy s úsmevom. „Pán Edward Ferrars, najstarší syn pani Ferrarsovej z Park Street, a brat vašej švagrinej, pani Fanny Dashwoodovej, o tom hovorím; musíte pripustiť, že *ja* sa asi nemýlim v mene muža, od ktorého záleží celé moje šťastie."

„Je to zvláštne," povedala Elinor v hroznom zmätku, „že som od neho nikdy nepočula ani len vaše meno."

„Nie, ak uvážite, v akej sme situácii, nie je to zvláštne. Najprv sme sa starali, aby sme celú záležitosť udržali v tajnosti. Nič ste o mne nevedeli, ani o mojej rodine, tak nebola *príležitosť*, aby pred vami spomenul moje meno, a keďže sa vždy nesmierne obával, aby jeho sestra nič netušila, *to* bol dostatočný dôvod, aby nič neprezradil."

Zmĺkla. Elinorina nádej sa rozplynula, ale jej sebaovládanie s ňou nezmizlo.

„Štyri roky ste už zasnúbení," povedala pevným hlasom.

„Áno, a len boh vie, ako dlho ešte budeme musieť čakať. Chudák Edward! Trhá mu to srdce." Potom vybrala z vrecka malý medailón a dodala: „Aby som predišla nedorozumeniu, buďte taká láskavá, a pozrite si jeho podobizeň. Nevystihuje ho celkom presne, ale predsa si myslím, že dobre spoznáte osobu, ktorá je na nej nakreslená. Už ju mám tri roky."

Kým hovorila, vtisla jej ju do rúk, a keď Elinor zbadala obrázok, akékoľvek pochybnosti o pravdepodobnom unáhlenom rozhodnutí, ktoré ju doteraz mýlili, či akékoľvek ťaživé myšlienky na odhalenie tejto lži pretrvávali v jej mysli, keď pozrela na Edwardovu tvár, zmizli. Okamžite ju Lucy vrátila a priznala, že sa podobá.

„Ja som mu nikdy nemohla dať svoju podobizeň," pokračovala Lucy, „čo ma veľmi hnevá, lebo vždy mu veľmi záležalo na tom, aby ju mal. Ale rozhodla som sa, že mu nejakú podstrčím pri prvej príležitosti."

„Máte úplnú pravdu," odvetila Elinor pokojne. Potom prešli niekoľko krokov mlčky. Lucy sa ozvala prvá.

„Som si istá – za nič na svete by som nepochybovala, že udržíte naše tajomstvo, lebo si iste viete predstaviť, aké je pre nás dôležité, aby sa nedostalo k jeho matke; lebo ona s tým tuším nikdy nebude súhlasiť. Nedostanem žiadne veno a obávam sa, že je to nesmierne pyšná žena."

„Ja som vás predsa nežiadala, aby ste mi to prezradili," povedala Elinor, „ale určite sa vo mne nemýlite, keď veríte, že sa na mňa môžete spoľahnúť. Vaše tajomstvo je u mňa v bezpečí, ale odpusťte, ak vyjadrím isté prekvapenie nad tým, že ste mi ho zverili, aj keď to nebolo potrebné. Museli ste prinajmenšom cítiť, že keď to budem vedieť, nemusí sa to udržať v tajnosti."

Keď to povedala, vážne sa pozrela Lucy do tváre a dúfala, že v jej výraze niečo objaví; možno nepravdivosť väčšiny z toho, čo povedala; ale výraz Lucinej tváre sa vôbec nezmenil.

„Obávala som sa, že si pomyslíte, že zachádzam pridaleko," povedala, „keď vám všetko vyrozprávam. Pravdupovediac, nepoznám vás dlho, teda osobne, ale už dosť dlho poznám vás a celú vašu rodinu z rozprávania, a len čo som vás zazrela, zdalo sa mi, že ste moja stará známa. Okrem toho som sa skutočne nazdávala, že vám dlhujem vysvetlenie, keď som sa tak dopodrobna vypytovala na Edwardovu matku, a mám takú smolu, že nepoznám nikoho, koho by som mohla požiadať o radu. Anne je jediná osoba, ktorá o tom všetkom vie, a vôbec nič si o tom nemyslí; skutočne mi prináša viac škody než osohu, lebo sa musím neustále obávať, že ma prezradí. Nedokáže udržať jazyk za zubami, ako ste si iste všimli, a poviem vám, strašne som sa bála, že všetko vytára, keď sir John nedávno spomenul jeho meno. Neviete si predstaviť, koľkokrát mi to odvtedy prešlo hlavou. Len sa čudujem, že som ešte nažive po tom všetkom, čo som si musela kvôli Edwardovi vytrpieť v posledných štyroch rokoch. Len samé pochybnosti a neistota, a videla som ho tak zriedka, sotva sme sa stretli viac než dvakrát do roka. Veru sa čudujem, že mi to nezlomilo srdce.“

Vtom vybrala vreckovku, no Elinor k nej nepociťovala žiadny súcit.

„Občas si myslím,“ pokračovala Lucy a utrela si oči, „či by nebolo pre nás oboch lepšie úplne to zasnúbenie zrušiť.“ Ako to povedala, spriama pozrela na svoju spoločníčku. „Ale inokedy nemám na to dosť odvahy. Nezniesla by som pomyslenie, že je pre mňa taký nešťastný, ako viem, že by bol už len pri zmienke o niečom takom. A ja tiež – je mi veru taký drahý –, nemyslím si, že by som sa s tým vyrovnala. Čo by ste mi poradili v tomto prípade, slečna Dashwoodová? Čo by ste urobili vy na mojom mieste?“

„Prepáčte,“ odvetila Elinor, ktorú jej otázka vyplašila, „ale nemôžem vám v tom nič poradiť. Musíte sa viesť vlastným úsudkom.“

„Pravdupovediac,“ pokračovala Lucy po niekoľkých minútach ticha, „matka ho musí tak či onak podporovať, ale chudák Edward je z toho taký zničený! Nezdalo sa vám, že bol hrozne zamĺknutý, keď bol v Bartone? Cítil sa tak biedne, keď od nás z Longstaplu odchádzal k vám, až som sa obávala, že sa vám bude zdať chorý.“

„Takže k nám prišiel od vášho uja?“

„Ach, áno, strávil u nás štrnásť dní. Mysleli ste si, že prišiel priamo z mesta?“

138

„Nie," odpovedala Elinor a bolestne preciťovala každú čerstvú okolnosť, ktorá potvrdzovala, že Lucy vraví pravdu, „spomínam si, že nám vravel, že strávil štrnásť dní s nejakými priateľmi neďaleko Plymouthu." A pamätala sa aj na to, že na jej nesmierne prekvapenie o spomínaných priateľoch nič viac nepovedal a dokonca nepadli ani ich mená.

„Nezdal sa vám strašne smutný?" zopakovala Lucy.

„Skutočne sa nám taký videl, najmä keď prišiel."

„Prosila som ho, aby sa viac snažil, aby ste netušili, čo je vo veci; ale tak veľmi ho zarmútilo, že nemôže zostať u nás dlhšie ako štrnásť dní, a keď ma videl takú dojatú. Chudák! Obávam sa, že aj teraz je na tom rovnako, pretože píše veľmi zúfalé listy. Písal mi tesne predtým, ako sme odišli z Exeteru," vybrala list z vrecka a starostlivo ukázala Elinor adresu. „Tuším poznáte jeho rukopis, píše pekne; ale nie tak ako zvyčajne. Hádam bol unavený, lebo predtým zapísal každé miestečko na papieri."

Elinor videla, že *je* to jeho rukopis, a už ďalej o ničom nepochybovala. Hoci si v duchu dovolila dúfať, že podobizeň jej mohol náhodou venovať niekto iný, nemusel to byť darček od Edwarda, ale písomná korešpondencia medzi nimi sa mohla uskutočniť jedine v prípade zasnúbenia, nič iné ju nemohlo podoprieť; na hodnú chvíľu ju to celkom premohlo, zovrelo jej srdce a takmer sa neudržala na nohách; no okamžite sa musela pozbierať, a tak odhodlane zabojovala proti úzkosti, že sa ovládla veľmi rýchlo a na krátky čas aj dokonale.

Lucy vrátila list do vrecka a povedala: „Písanie je jediná útecha v takom dlhom odlúčení. Áno, *ja* sa ešte môžem utešovať jeho podobizňou, ale úbohý Edward nemá ani *to*. Tvrdí, že keby mal môj obrázok, cítil by sa lepšie. Keď bol naposledy v Longstaple, dala som mu pramienok vlasov zasadený do prsteňa, a povedal, že ho to trochu povzbudilo, aj keď to nie je to isté ako podobizeň. Možno ste si ten prsteň všimli."

„Áno," povedala Elinor vyrovnaným hlasom, ktorým zakryla, že ešte nikdy nepocítila toľké dojatie a smútok. Cítila sa ponížená, šokovaná, zdrvená.

Našťastie pre ňu práve dorazili k ich domu a už nemohli pokračovať v rozhovore. Slečny Steelové si s nimi chvíľu posedeli a vrátili sa do kaštieľa a Elinor sa utiahla do svojich myšlienok a zármutku.

DIEL DRUHÝ

PRVÁ KAPITOLA

Hoci sa Elinor len málo spoliehala na Lucinu pravdovravnosť, po zrelej úvahe jej teraz nemohla neveriť a žiadne pokušenie ju nedokázalo zvábiť k pochabému zdôvodňovaniu nepravdivosti jej tvrdení. O skutočnostiach, ktoré Lucy vyhlasovala za pravdu, preto nedokázala, ba neodvážila sa pochybovať, keďže ich príliš potvrdzovali všetky okolnosti a dôkazy, a nevyvracalo ich nič iné, len jej vlastné želanie. Všetko nepopierateľné a znepokojujúce medzi nimi sa začalo príležitosťou na zoznámenie sa u pána Pratta a Edwardova návšteva neďaleko Plymouthu, jeho skormútená myseľ, nespokojnosť s vlastnou budúcnosťou, neisté správanie k nej, dôverné informácie slečien Steelových o Norlande a ich rodinnom zväzku, ktorými ju často udivovali, podobizeň, list, prsteň, to všetko dokopy sformovalo taký zrejmý dôkaz, že prekonal aj jej obavy, aby Edwardovi neukrivdila, a ako fakt, ktorý nemôže vymazať ani jej náklonnosť k nemu, prijala vedomie, že sa k nej nepekne zachoval. Roztrpčenie z jeho správania, rozhorčenie, že sa dala nachytať, spôsobilo, že nakrátko ľutovala iba sama seba; ale čoskoro jej začali chodiť po rozume aj iné myšlienky. Klamal ju Edward úmyselne? Preukazoval jej náklonnosť, ktorú necítil? Nosil svoje zasnúbenie s Lucy skutočne vo svojom srdci? Nie, akokoľvek sa k nemu staval v minulých rokoch, neverila, že ho rovnako cíti aj teraz. Jeho láska patrí jej.

V tom sa nemohla mýliť. Matka, sestry, Fanny, všetci si v Norlande všimli jeho náklonnosť k nej; nebola to len jej samoľúba predstava. Určite ju ľúbi! Aký balzam na dušu jej prinieslo toto presvedčenie! Vari ju nemalo pokúšať, aby mu odpustila? Mohla ho viniť, a odôvodnene, že zostal v Norlande aj potom, keď zistil, že má na neho silnejší vplyv, než by mala mať. V tejto veci sa ho nemohla zastávať; ale ak ublížil jej, o čo väčšmi ublížil sám sebe; kým jej situácia bola žalostná, jeho bola beznádejná. Jeho nerozvážnosť ju na chvíľu uvrhla do zúfalstva; no on sa podľa všetkého sám zbavil akejkoľvek možnosti, že sa niekedy bude cítiť lepšie. Ona časom znovu nájde svoj pokoj; ale *on*, na čo sa on ešte môže tešiť? Dokáže byť niekedy šťastný s Lucy Steelovou; dokáže sa, keď už na lásku k nej nebude môcť ani pomyslieť, so svojou poctivosťou, jemnocitom a rozhľadenosťou uspokojiť s takou manželkou – nevzdelanou, falošnou a sebeckou?

Mladícke poblúznenie v devätnástich prirodzene skrylo pred jeho zrakom všetko ostatné, okrem krásy a veselej povahy; ale nasledujúce štyri roky, – roky, ktoré, ak ich strávil rozumne, podstatne rozšírili jeho rozhľad a museli mu otvoriť oči pred jej nevzdelanosťou; a práve tento čas, ktorý trávil po jej boku v nehodnej spoločnosti a povrchných záujmoch, olúpil Lucy o úprimnosť, ktorá inak mohla obohatiť jej krásu o zaujímavú vlastnosť.

Ak predtým predpokladala, že keby sa chcel oženiť s ňou, mal by nesmierne problémy so svojou matkou, o to väčšie ich bude mať teraz, keď osoba, s ktorou sa zasnúbil, rozhodne nedosahuje jeho úroveň a venom pravdepodobne nedočiahne ani na tú jej. Jeho ťažkosti skutočne nemuseli príliš pokúšať jeho trpezlivosť, najmä ak sa jeho srdce od Lucy odvrátilo; no človek, ktorý dokáže vyhliadky na nesúhlas a príkoria od vlastnej rodiny pociťovať ako úľavu, sa nevyhnutne ocitne v stave hlbokej melanchólie!

Keď jej tieto bolestné úvahy postupne prichádzali na myseľ, nariekala skôr nad ním než nad sebou. Pretože však bola presvedčená, že sa ničím nezaslúžila o svoje súčasné nešťastie, a utešovala sa vierou, že Edward tiež neurobil nič, čím by stratil jej úctu, rozhodla sa, že sa aj napriek tejto hlbokej rane bude dostatočne ovládať, aby predišla podozreniam svojej matky a sestier. A dokázala sa tak prísne podriadiť vlastným želaniam, že keď sa s nimi stretla pri večeri ani nie o dve hodiny potom, čo vyhasli jej najvrúcnejšie nádeje, nikto by na sestrách nezbadal, že Elinor tajne trúchli nad okolnosťami, ktoré ju navždy odlúčili od jej lásky, a že Marianne si vo svojom vnútri naďalej prechováva obraz dokonalého muža, o ktorom sa domnieva, že jej patrí celé jeho srdce, a ktorého vyzerala v každom koči prechádzajúcom okolo ich domu.

Potreba udržať pred matkou a Marianne tajomstvo, ktoré jej bolo zverené, hoci si to vyžadovalo neprestajnú námahu, Elinorino zúfalstvo neprehĺbila. Naopak, cítila úľavu, že nemusí rozprávať o veciach, ktoré by ich priveľmi zarmútili, a aspoň nemusí počúvať, ako Edwarda navždy zavrhnú, čo by z lásky k nej pravdepodobne nasledovalo a čo by asi ani neuniesla.

Vedela, že ich rady a reči by jej nepomohli, ich súcit a zármutok by ešte zväčšili jej tieseň a jej sebaovládanie by ani nepodporili, ani nepochválili. Ocitla sa v ešte väčšej samote a jej zdravý rozum ju natoľko podoprel, že aj jej nepoddajnosť zostala taká neotrasená, dobrá nálada navonok taká nenarušená, ako to len pri ostrom a čerstvom žiali bolo možné.

Hoci si pri poslednom rozhovore s Lucy poriadne vytrpela, čoskoro si začala skutočne želať, aby sa o tom znovu porozprávali, a to z viacerých dôvodov. Chcela sa o ich zasnúbení dozvedieť viac podrobností, chcela lepšie pochopiť, čo Lucy skutočne k Edwardovi cíti, či vôbec bola úprimná, keď vyhlasovala, ako nežne ho ľúbi, a najmä zamýšľala svojou ochotou opäť o tom hovoriť a svojím vyrovnaným správaním presvedčiť Lucy, že sa o celú vec zaujíma len ako priateľka, pretože sa obávala, že jej mimovoľné rozrušenie pri ich rannom rozhovore ju muselo priviesť prinajmenšom k istým pochybnostiam. Zdalo sa jej veľmi pravdepodobné, že by Lucy bola schopná na ňu žiarliť, bolo jasné, že ju Edward zakaždým veľmi chválil, nielen podľa toho, čo tvrdila Lucy, ale najmä preto, že sa po takej krátkej známosti odhodlala natoľko jej dôverovať, že jej prezradila nepochybne dôležité tajomstvo. A dokonca mohlo zavážiť aj podpichovanie sira Johna. No kým si Elinor v hĺbke srdca uchovávala vieru, že ju Edward ľúbi, veru sa nemohla vo svojich úvahách vyhnúť myšlienke, že je predsa len prirodzené, ak Lucy žiarli, a jej dôvernosť dokazovala, že to tak je. Aký iný dôvod by mohla mať na prezradenie celej veci, než dať jej na vedomie svoje prednostné nároky na Edwarda a upozorniť ju, aby sa mu v budúcnosti vyhýbala? Elinor nepotrebovala veľa dôvtipu, aby toľko vyrozumela zo zámerov svojej rivalky, a zatiaľ čo sa pevne rozhodla konať tak, ako jej prikazuje česť: aby zvíťazila nad vlastnou láskou k Edwardovi a stretávala sa s ním čo najmenej, nedokázala si odoprieť pokus ukázať Lucy, že jej srdce to neranilo. A keďže sa už nemohla dozvedieť nič bolestivejšie než to, čo už počula, prestala pochybovať o vlastnej schopnosti znovu si zopakovať všetky podrobnosti celkom pokojne.

Ale príležitosť na podobný rozhovor sa jej nenaskytla okamžite, hoci Lucy si želala vrátiť sa k téme rovnako ako ona, pretože počasie im nedovoľovalo častejšie vyjsť spolu na prechádzku, na ktorej sa najľahšie oddelili od ostatných; a aj keď sa denne stretávali, či už v kaštieli alebo u nich doma, a najmä v kaštieli, nedalo sa predpokladať, že by sa stretli kvôli konverzácii. Nič také nemal na mysli ani sir John, ani lady Middletonová, a tak pre rozhovory zostávalo veľmi málo priestoru, a vôbec žiadny na súkromné dišputy. Stretávali sa, aby jedli, pili a spoločne sa smiali, hrali karty či postupnosti*, či akúkoľvek inú hru, ktorá bola zakaždým dostatočne hlučná.

Dve alebo tri z týchto stretnutí vôbec nedovolili Elinor osamote sa s Lucy porozprávať, keď vtom jedno ráno k nim prišiel sir John a pre všetko na svete ich žiadal, aby prišli na večeru k lady Middletonovej, keďže on sám má povinnosti v klube v Exeteri, a ona by inak bola celkom sama, nerátajúc jej matku a slečny Steelové. Elinor, ktorá predvídala, že sa ľahšie dostane k predmetu svojho záujmu v spoločnosti, ktorá sa ukazovala pod vedením pokojnejšej a lepšie vychovanej lady Middletonovej oveľa voľnejšia, ako keď ich jej manžel zhromaždí pre svoje hlučné zábavky, okamžite súhlasila; Margaret s matkiným odobrením tiež privolila, a Marianne, ktorej sa nikdy nechcelo pridať k ich spoločnosti, prehovorila matka, ktorá už nemohla zniesť, že sa tak zatvára pred každou zábavou, a tak tiež povedala, že príde.

Dievčatá prišli a oslobodili lady Middletonovú od strašnej samoty, ktorá jej hrozila. Večer bol presne taký nudný, ako Elinor očakávala; nepriniesol im nič nové ani v myšlienkach, ani ich vyjadrení, a sotva mohlo byť niečo menej zaujímavé, než ich rozhovor v jedálni i prijímacom salóne, kde im robili spoločnosť aj deti, a pokiaľ sa tam tie zdržiavali, Elinor si musela byť vedomá, že sa jej nepodarí upútať Lucinu pozornosť, takže sa o to ani nepokúšala. Deti odišli, až keď po čaji odniesli servis. Potom sa rozložil kartový stolík a Elinor sa zrazu začudovala, ako v nej vôbec mohla skrsnúť nádej, že si v kaštieli nájde čas na rozhovor. Všetky sa zdvihli, aby sa pripravili na hru.

„Som rada, že sa dnes nechystáte dokončiť ten košíček pre našu malú Annamariu," povedala lady Middleto

---

nová Lucy, „pretože som si istá, že by ste si pokazili oči, keby ste robili tie filigrány* pri sviečke. Zajtra dáme nášmu malému miláčikovi namiesto toho niečo iné a dúfam, že to nebude pre ňu veľké sklamanie.“

Takýto pokyn stačil, aby sa Lucy hneď spamätala a odvetila: „Naozaj sa veľmi mýlite, lady Middletonová, práve som sa chcela dozvedieť, či sa vaša spoločnosť zaobíde aj bezo mňa, inak by som už dávno s filigránmi pokračovala. Za nič na svete by som nechcela malého anjelika sklamať, a ak ma teraz potrebujete ku kartám, dokončím košík po druhej večeri.“

„Ste veľmi dobré dievča, dúfam, že to vaše oči vydržia – zazvoníte si, aby vám priniesli pracovné sviečky?** Viem, že by bolo moje drahé dievčatko veľmi sklamané, keby zajtra ešte nemalo košík hotový, lebo aj keď som jej povedala, že určite nebude, viem, že sa na to spolieha.“

Lucy si hneď presunula svoj stolík a s vrtkosťou a nadšením si presadla, čo malo budiť dojem, že si nevie predstaviť väčšie potešenie, než výrobu filigránového košíka pre rozmaznané dieťa.

Lady Middletonová navrhla ostatným, aby si zahrali casino***. Nikto nemal námietky, len Marianne, ktorá ako zvyčajne odignorovala zásady slušného správania, vykríkla: „Vaša milosť bude taká dobrá, že *mňa* ospravedlní, viete, neznášam karty. Idem radšej ku klavíru, odkedy ho naladili, ešte som sa ho nedotkla.“ A bez ďalších ceremónií sa obrátila a kráčala k nástroju.

Lady Middletonová sa zatvárila, ako keby ďakovala pánu bohu, že sa *sama* nikdy neznížila k takému hrubému prejavu.

---

* Filigrány – drobné kovové ozdoby na rôzne predmety. Bežne sa však podomácky vyrábali stáčaním či iným formovaním tenkých prúžkov farebného papiera.

** Špeciálne sviečky, ktoré vydávali väčšie svetlo, potrebné pri drobnej a jemnej práci.

*** Casino – kartová hra pre dvoch až štyroch hráčov s 32 kartami.

„Viete, madam, Marianne nikdy nevydrží dlho bez klavíra," povedala Elinor v snahe zahladiť jej neslušnosť, „a ja sa tomu ani nečudujem, keďže váš klavír má najkrajší zvuk, aký som kedy počula."

Zvyšných päť dám sa teraz malo zabrať do kariet.

„Keby som teraz náhodou vypadla," pokračovala Elinor, „možno by som mohla pomôcť slečne Lucy Steelovej aspoň rolovať papieriky, má na tom košíku ešte veľa práce, a myslím si, že to nemôže dokončiť dnes večer, ak bude robiť iba sama. Veľmi rada by som pracovala s ňou, ak mi to dovolí."

„Naozaj by som vám bola veľmi zaviazaná, keby ste mi pomohli," zvolala Lucy, „lebo som práve zistila, že je na tom viac práce, než som si pôvodne myslela, a nakoniec by to bolo hrozné sklamať drahú Annamáriu."

„Ó, to by bola skutočná katastrofa," povedala slečna Steelová. „Chúďatko malé, tak veľmi ju mám rada!"

„Ste veľmi láskavá," povedala lady Middletonová Elinor, „a keďže máte túto prácu naozaj rada, možno by vás celkom potešilo, keby ste sa nepripojili do ďalšieho kola, či chcete ešte využiť svoju šancu?"

Elinor radostne využila prvý z jej návrhov, a tak trochu aj vďaka prejavu, k akému sa Marianne nikdy neznížila, získala, čo chcela, a zároveň urobila radosť lady Middletonovej. Lucy jej veľmi ochotne urobila miesto a obe čestné sokyne sa usadili bok po boku pri jednom stole a nanajvýš harmonicky sa pustili do tej istej činnosti. Našťastie Marianne sa tak pohrúžila do svojej hry a myšlienok, až zabudla, že je v izbe okrem nej aj niekto iný, a klavír stál teraz tak blízko, že slečna Dashwoodová usúdila, že sa v jeho zvuku pokojne môže pustiť do zamýšľanej témy bez obáv, že ju pri kartovom stolíku začujú.

DRUHÁ KAPITOLA

Elinor začala odhodlane, no obozretne.

„Nezaslúžila by som si dôveru, ktorou ste ma poctili, keby som si neželala v nej pokračovať, či neprejavila väčší záujem o to, čo ste mi prezradili. Nebudem sa teda ospravedlňovať, že sa k nej znovu vraciam."

„Ďakujem vám, že ste prelomili tie ľady," zvolala radostne Lucy, „uľavilo sa mi pri srdci, lebo som sa tak či onak obávala, že som vás tým, čo som vám v pondelok povedala, urazila."

„Urazila? Prečo ste si to mysleli? Verte mi," a Elinor to povedala veľmi úprimne, „nič nie je vzdialenejšie mojim úmyslom, než vyvolať vo vás podobný dojem. Ak máte pre to nejaký dôvod, neslúžil by mi ku cti a nebol by pre mňa veľmi lichotivý."

„A predsa vás ubezpečujem," odvetila Lucy a jej drobné pichľavé oči veľavravne zaiskrili, „zdalo sa mi, že cítim vo vašej reakcii istý chlad a roztrpčenie; ktoré ma znepokojilo. Bola som si takmer istá, že ste sa na mňa nahnevali; a odvtedy som si vyčítala, že som si dovolila zatiahnuť vás do svojich záležitostí. Ale som veľmi šťastná, že to bol len výplod mojej fantázie a že mi to naozaj nemáte za zlé. Keby ste vedeli, akú som cítila úľavu na duši, keď som vám vyzradila tajomstvo, o ktorom v každom okamihu premýšľam, váš súcit iste premôže všetko ostatné."

„Naozaj si viem predstaviť, že to bola pre vás úľava, keď ste ma oboznámili so svojou situáciou, a buďte si istá, že nikdy nebudete mať dôvod ľutovať to. Váš príbeh je dosť smutný, zdá sa, že ste sa obklopili problémami a budete potrebovať všetku vzájomnú lásku, aby ste vydržali. Pán Ferrars je, predpokladám, úplne závislý od svojej matky."

„Sám má len dvetisíc libier, bolo by šialenstvom sa s tým oženiť, hoci čo sa mňa týka, oželela by som, keby sa mu núkalo aj viac, a bez vzdychania. Vždy som bola zvyknutá na veľmi malý príjem a kvôli nemu by som podstúpila aj biedu; ale príliš ho ľúbim, aby som sa zachovala ako sebecká osoba, vďaka ktorej príde o prostriedky, ktoré by mu jeho matka mohla dať, ak sa ožení podľa jej želania. Musíme čakať a môže to trvať niekoľko rokov. Takmer pre každého iného muža na svete by to bola znepokojivá vyhliadka, ale viem, že mňa nič nemôže zbaviť Edwardovej lásky a vernosti."

„Takéto presvedčenie musí pre vás mnoho znamenať, a on sa nepochybne rovnako spolieha na vašu lásku. Keby sila vášho vzájomného vzťahu opadla, čo sa medzi ľuďmi v ťažkých situáciách prirodzene stáva počas štvorročného zasnúbenia, bola by vaša situácia skutočne poľutovaniahodná."

Lucy zdvihla oči, ale Elinor si dávala pozor, aby sa jej na tvári neobjavil výraz, ktorý by po týchto slovách mohol vyvolať podozrenie.

„Edwardova láska ku mne," povedala Lucy, „už podstúpila ťažkú skúšku naším dlhým, veľmi dlhým odlúčením hneď, ako sme sa zasnúbili, a obstál v nej tak dobre, že by bolo odo mňa neodpustiteľné, keby som o ňom teraz pochybovala. Môžem s istotou povedať, že som sa od počiatku až doteraz nikdy nemusela kvôli nemu znepokojovať."

Elinor ani nevedela, či sa usmiať, alebo si povzdychnúť nad týmto tvrdením.

Lucy pokračovala: „Som od prírody strašne žiarlivá, a kvôli nášmu rozdielnemu postaveniu, a preto, že chodí po svete viac než ja, a tiež kvôli nášmu neustálemu odlúčeniu, som bola natoľko náchylná podozrievať ho, aby som sa okamžite snažila zistiť celú pravdu, ak sa jeho správanie ku mne, keď sme sa stretli, čo len máličko zmenilo, alebo sa mu zhoršila nálada a nevedela som si to vysvetliť, alebo keď rozprával o niektorej dáme dlhšie, než o inej, či sa tváril akosi menej šťastný v Longstapli, ako zvykol. Nechcem tvrdiť, že som zakaždým výnimočná či bystrozraká pozorovateľka, ale v tomto prípade som si istá, že sa nedám oklamať."

,To je všetko veľmi pekné,' pomyslela si Elinor, ,ale ani na jednu z nás to neúčinkuje'.

„Ale aké máte plány?" spýtala sa po chvíli ticha, „nemôžete robiť nič iné, len čakať, kým pani Ferrarsová umrie, čo je veľmi smutná a zúfalá krajná možnosť? Rozhodol sa jej syn radšej podvoliť tomuto a všetkým tým zdĺhavým rokom podozrievania, ktoré uvalí aj na vás, ako podstúpiť riziko, že sa na neho bude chvíľu hnevať, keď jej prezradí pravdu?"

„Keby sme si boli istí, že to bude len chvíľa! Ale pani Ferrarsová je veľmi tvrdohlavá, pyšná žena, a pravdepodobne by už v prvej chvíli, ako sa o nás dopočuje, prenechala všetko Robertovi, a keď si na to pomyslím, kvôli Edwardovi zaženiem akúkoľvek chuť na rýchle riešenie."

„A aj kvôli vám, pravdaže, v opačnom prípade vaša nezaujatosť hraničí s nerozumnosťou."

Lucy znovu pozrela na Elinor a mlčala.

„Poznáte pána Roberta Ferrarsa?" spýtala sa Elinor.

„Vôbec nie, nikdy som ho nevidela, ale domnievam sa, že sa na brata veľmi nepodobá, je pochabý a veľký chvastúň."

„Veľký chvastúň!" zopakovala slečna Steelová, keď jej ucho vďaka náhlej pauze v Marianninej hre začulo tieto

152

slová. „Ó, tuším sa rozprávajú o ich obľúbených gavalieroch."

„To nie, sestra," zvolala Lucy, „mýliš sa, naši obľúbení gavalieri *nie* sú veľkí chvastúni."

„Môžem potvrdiť, že ten slečny Dashwoodovej nie je," povedala pani Jenningsová so srdečným smiechom, „lebo patrí k tým najskromnejším, najuhladenejšie vystupujúcim mužom, akých som kedy stretla, ale pokiaľ ide o Lucy, je to taká tajnostkárka, že človek nemôže uhádnuť, kto sa *jej* páči."

„Ó!" zvolala slečna Steelová a veľavravne sa rozhliadla. „Odvážim sa tvrdiť, že Lucin gavalier je celkom taký skromný a uhladený, ako ten slečny Dashwoodovej."

Elinor sa proti svojej vôli začervenala. Lucy si zahryzla do pery a nahnevane zagánila na sestru. Na chvíľu sa obe odmlčali. Lucy sa ozvala prvá stíšeným hlasom, hoci ich Marianne medzitým opäť dokonale ukryla za veľkolepý koncert:

„Úprimne sa vám priznám k jednému plánu, ako to čakanie vydržať, ktorý mi zišiel na um nedávno; skutočne vás s ním musím oboznámiť, keďže sa týka aj vás. Myslím, že už poznáte Edwarda natoľko, aby ste vedeli, že by si za svoje pôsobisko najradšej vybral cirkev; takže môj plán je, aby sa dal čo najskôr vysvätiť a potom s vašou pomocou, som si istá, že by ste boli s ohľadom na vaše priateľstvo taká láskavá, a dúfam aj, že kvôli istým ohľadom voči mne, mohli by ste presvedčiť vášho brata, aby mu zveril norlandskú faru, ktorá je, ako som sa dozvedela, veľmi výnosná, a súčasný farár už pravdepodobne nebude žiť dlho. To by celkom stačilo, aby sme sa mohli zosobášiť, a v ostatných veciach sa už môžeme spoľahnúť na čas a šťastie."

„Pánovi Ferrarsovi vždy rada preukážem svoju úctu a priateľstvo," odvetila Elinor, „ale neuvedomili ste si, že moje zasahovanie v tejto záležitosti vôbec nie je potrebné? Je predsa bratom pani Fanny Dashwoodovej, *to* samo osebe musí byť pre jej manžela dostatočný argument."

„Ale pani Dashwoodová vôbec neschvaľuje Edwardov zámer stať sa kňazom."

„V takom prípade ani moja pomoc veľmi nezaváži."

Potom znovu hodnú chvíľu mlčali. Nakoniec Lucy s hlbokým povzdychom zvolala:

„Tuším, že by bolo najmúdrejšie ihneď celú záležitosť ukončiť a zrušiť naše zasnúbenie. Zdá sa, že nás zo všetkých strán obkolesili také problémy, že hoci to bude pre nás na nejaký čas zúfalé, nakoniec by sme možno boli šťastnejší. Ale nič mi neporadíte, slečna Dashwoodová?"

„Nie," odpovedala Elinor s úsmevom, ktorý ukrýval veľké vzrušenie, „v tomto určite nie. Veľmi dobre viete, že môj názor u vás nezaváži, ak sa len nezhoduje s vašimi túžbami."

„V tomto mi krivdíte," odvetila Lucy veľmi vážne, „nepoznám človeka, o úsudku ktorého by som mala takú vysokú mienku ako o vašom; a skutočne si myslím, že keby ste mi povedali, ‚radím vám, aby ste rozhodne zrušili vaše zasnúbenie s Edwardom Ferrarsom, bolo by to lepšie pre šťastie vás oboch,' rozhodla by som sa to okamžite urobiť."

Elinor sa začervenala nad nestálosťou Edwardovej budúcej manželky a odpovedala: „Takýmto komplimentom sa vám podarilo odradiť ma, aby som vám povedala svoj názor, keby som ho mala. Dáva mi do rúk vplyv, ktorý mi nepatrí: moc odlúčiť dvoch ľudí, ktorých spája taký nežný cit, je priveľa pre nezainteresovanú osobu."

„Práve preto, že ste nezainteresovaná osoba," povedala Lucy trochu podráždene a s dôrazom na slová, „môže mať váš názor pre mňa veľkú cenu. Keby som predpokladala, že ste nejako zaujatá vlastnými citmi, nestála by som oň."

Elinor usúdila, že bude najmúdrejšie na to neodpovedať, aby sa navzájom neprovokovali k uvoľnenosti a otvorenosti, ktorá teraz nebola potrebná; a dokonca sa takmer rozhodla už nikdy o tejto téme nehovoriť. Preto po predchádzajúcich slovách nasledovalo veľmi dlhé ticho a znovu ho prvá prerušila Lucy.

„Budete túto zimu v meste, slečna Dashwoodová?" spýtala sa tak samoľúbo, ako bola zvyknutá.

„Určite nie."

„To ma mrzí," odvetila jej susedka a oči jej pri tejto informácii zažiarili, „tak veľmi by som sa tešila, keby som vás tam stretla! Ale trúfam si tvrdiť, že napriek všetkému prídete. Pravdupovediac, váš brat a švagriná vás istotne zavolajú, aby ste k nim prišli."

„Aj keby áno, nebolo by v mojich silách prijať ich pozvanie."

„To je smola! Celkom som sa spoliehala, že vás tam stretnem. Anne a ja tam odchádzame koncom januára k našim príbuzným, ktorí nás pozývajú už niekoľko rokov! Ale idem tam len kvôli tomu, aby som videla Edwarda. Bude tam vo februári, inak by pre mňa nemal Londýn žiadne čaro, nemám naň náladu."

Elinor po chvíli zavolali ku kartovému stolíku, pretože sa skončila prvá partia, a tým sa dôverný rozhovor oboch dám skončil, čomu sa bez odporu podvolili, lebo si nepovedali nič, čo by oslabilo vzájomnú nechuť, ktorú k sebe pociťovali už pred rozhovorom; a Elinor si sadala k stolíku v tiesnivom presvedčení, že Edward nielenže necíti žiadnu náklonnosť k osobe, ktorá sa má stať jeho manželkou, ale nemá ani nádej, že nájde v manželstve toľko šťastia, koľko by mu mohla dodať *jej* úprimná láska, lebo jedine sebeckosť dokáže prinútiť nejakú ženu, aby udržiavala zasnúbenie s mužom, o ktorom je hlboko presvedčená, že je preňho záťažou.

Od toho okamihu Elinor nikdy neotvorila túto tému, a keď ju načala Lucy, ktorá si len zriedka nechala ujsť príležitosť, aby o tom mohla hovoriť, a obzvlášť si dávala pozor, aby zakaždým, keď dostala od Edwarda list, informovala svoju dôverníčku o vlastnom šťastí; Elinor jej odpovedala pokojne a obozretne, a tak odmerane, ako jej to len slušnosť dovolila, lebo cítila, že pre Lucy sú tieto rozhovory pôžitkom, ktorý si nezaslúži, a pre ňu samu sa stali nebezpečnými.

Návšteva slečien Steelových v bartonskom kaštieli sa natiahla na oveľa dlhšie obdobie, než naznačovalo ich pozvanie. Priazeň k nim narastala, nedalo sa bez nich zaobísť; sir John nechcel o ich odchode ani počuť a napriek tomu, že koncom každého týždňa tvrdili, že sa musia vrátiť do Exeteru, lebo tam majú množstvo neodkladných povinností, ktoré treba splniť, nechali sa prehovoriť, aby zostali v kaštieli takmer dva mesiace, a podieľali sa na všetkých činnostiach patriacich k najväčšiemu sviatku v roku, ktorý si vyžaduje viac než zvyčajnú účasť na súkromných zábavách a honosných večeriach, dokazujúcich jeho dôležitosť.

TRETIA KAPITOLA

Hoci pani Jenningsová zvykla tráviť veľkú časť roka u svojich detí a priateľov, mala aj vlastné sídlo. Od smrti jej manžela, ktorý úspešne obchodoval v menej vznešenej časti mesta*, každú zimu bývala v dome na jednej z ulíc neďaleko Portman Square. S príchodom januára sa jej myšlienky začali upierať k tomuto domu a jedného dňa energicky a celkom nečakane požiadala staršie slečny Dashwoodové, aby s ňou išli do Londýna. Elinor nezbadala pohnutie v tvári svojej sestry a jej rozrušený výraz, ktorý prezrádzal, že jej tento návrh prišiel vhod, a okamžite ho za obe s vďakou, no rozhodne odmietla, keďže bola presvedčená, že sa na tom obe zhodnú. Dôvodila, že v žiadnom prípade nechcú nechať matku v tomto ročnom období osamote. Pani Jenningsovú jej odmietnutie dosť prekvapilo a okamžite svoje pozvanie zopakovala.

„Ach, panebože! Som si istá, že vás vaša matka nebude potrebovať a ja vás *skutočne* prosím, aby ste ma poctili svojou spoločnosťou, lebo som si to zaumienila. Nemyslite si, že mi tým spôsobíte nejaké starosti, lebo sa vôbec nemusím kvôli vám nijako uskromňovať. Bude to len chcieť, aby som poslala Betty dostavníkom, a dúfam, že *to* si môžem dovoliť. My tri sa pokojne odvezieme mojím kočom, a keď budeme v meste a nebude sa vám

---

* Londýna.

chcieť ísť všade, kam pôjdem ja, dobre teda, ešte vždy môžete ísť s niektorou z mojich dcér. Som si istá, že vaša matka nebude namietať, lebo ja som tak dobre odpratala svoje deti spod mojich krídel, že ma bude považovať za tú najpovolanejšiu osobu, ktorá sa o vás postará; a ak sa mi nepodarí aspoň jednu z vás dobre vydať skôr, než vás vrátim, nebude to moja chyba. Môžete sa spoľahnúť, že vás pred všetkými mladými mužmi pekne ospievam."

„Mám taký dojem," povedal sir John, „že by slečna Marianne vôbec neodmietla váš plán, keby sa pozdával jej staršej sestre. Je to vskutku ťažké, že sa nemôže trochu potešiť len preto, že si to slečna Dashwoodová neželá. Takže by som vám dvom radil, aby ste sa odobrali do mesta, ak sa vám Barton zunoval a nepovedzte o tom slečne Dashwoodovej ani slovo."

„Nuž," zvolala pani Jenningsová, „veru sa strašne potešším spoločnosti slečny Marianne, či už s nami slečna Dashwoodová pôjde, alebo nie, len si myslím, že čím viac nás bude, tým veselšie, a tiež by im spolu bolo azda lepšie, lebo ak budú mať plné zuby mňa, môžu sa rozprávať jedna s druhou a za chrbtom sa mi vysmievať. Ale jedna alebo druhá musí so mnou ísť, ak nie obe. Panebože! Hádam si nemyslíte, že si vystačím sama, keď som bola až do tejto zimy zvyknutá, že je Charlotte so mnou. Poďme, slečna Marianne, tľapnime si na dohodu a ak slečna Dashwoodová dodatočne zmení názor, tým lepšie."

„Ďakujem, madam, úprimne vám ďakujem," povedala Marianne vrúcne, „budem vám za vaše pozvanie navždy vďačná a prinieslo by mi to takú radosť, áno, takmer najväčšie šťastie, akého som schopná, keby som ho mohla prijať. Ale matka, moja najdrahšia, najláskavejšia matka – cítim, že Elinor má pravdu, keď trvá na tom, aby sme ju nenechali samu, a keby mala byť smutná, alebo by ju znepokojovala naša neprítomnosť... Ach, nie, nič ma nepohne, aby som ju tu nechala. Nebolo by to – nesmie to byť pre mňa ťažké."

Pani Jenningsová zopakovala svoje presvedčenie, že ich pani Dashwoodová určite nebude potrebovať; a Elinor, ktorá pochopila sestrino želanie a videla, že hoci ju ostatné nezaujíma, vedie ju túžba znovu stretnúť Willoughbyho, už plánu ďalej neodporovala a ponechala ho na matkino rozhodnutie, i keď od matky sotva mohla získať podporu pre svoje snahy odolať ponuke, ktorú práve kvôli Marianne neschvaľovala, a podľa jej mienky mali sto dôvodov vyhnúť sa jej. Čokoľvek si Marianne želala, jej matka ochotne vykonala, a Elinor neočakávala, že ovplyvní jej obozretnosť v tejto veci, keďže doteraz sa jej nepodarilo vzbudiť v nej nedôveru k Willoughbymu a neodvážila sa jej vysvetľovať dôvody, pre ktoré sama nemá chuť do Londýna cestovať. Ak Marianne, taká prieberčivá, dobre si vedomá spôsobov pani Jenningsovej a neprestajne nimi znechutená, dokázala prehliadnuť všetky ťažkosti takejto návštevy a zrazu bola len pre jeden jediný cieľ ochotná nevšímať si, čo doteraz najviac zraňovalo jej rozbúrené city, podala taký dôkaz, silný, pádny dôkaz, ako veľmi je pre ňu tento cieľ dôležitý, aký Elinor, napriek všetkému, čo sa doteraz stalo, nebola pripravená prijať.

Len čo sa pani Dashwoodová dozvedela o pozvaní, v presvedčení, že podobný výlet prinesie obom jej dcéram rozptýlenie, a najmä keď si svojím milujúcim srdcom všimla, ako veľmi sa k nemu upínajú Mariannine túžby, nepáčilo sa jej, že ho kvôli nej odmietli, trvala na tom, aby ponuku okamžite prijali, a potom sa so svojou zvyčajnou veselosťou pustila do predpovedania, ako dobre im všetkým padne ich odlúčenie.

„Veľmi sa teším tomuto plánu," zvolala, „presne to som si želala. Margaret a mne sa zíde rovnako ako vám. Keď spolu s Middletonovcami odídete, my sa spokojne a tichučko pustíme do kníh a hudby! Uvidíte, ako sa Margaret zlepší, kým sa vrátite! A mám naplánované aj nejaké zmeny vo vašich izbách, ktoré by sa inak nedali urobiť bez toho, aby vás trochu obmedzili. Je to veľmi správne, že *pôjdete* do mesta, ja by som tam poslala každú mladú dámu vo vašom veku, aby sa zoznámila so životom v Londýne a tamojšími rozptýleniami. A budete pod dozorom veľmi materinsky cítiacej ženy a ja vôbec nepochybujem o jej láskavosti voči vám. A so všetkou pravdepodobnosťou sa stretnete s vaším bratom, a či už sú jeho chyby, alebo chyby jeho ženy také či onaké, keď si uvedomím, čím je synom, neznesiem, aby ste sa priveľmi odcudzili."

„Vďaka vášmu zvyčajnému záujmu o naše dobro," povedala Elinor, „ste rýchlo zahodili všetky prekážky, ktoré by vám mohli zísť na um v súvislosti s našou cestou, no stále je tu jedna námietka, ktorá sa podľa môjho názoru nedá tak ľahko obísť."

Marianne zosmutnela.

„A čo sa teda chystá moja drahá rozumná Elinor navrhnúť?" spýtala sa pani Dashwoodová. „Akú neprekonateľnú prekážku teraz prednesie? Tak do toho, nech si vypočujem, čo to bude stáť."

„Moja námietka je táto: hoci som presvedčená, že má pani Jenningsová dobré srdce, predsa len to nie je osoba, ktorej spoločnosť by nás mohla tešiť, alebo ktorej ochrana by nám mohla získať dobré meno."

„To je veru pravda," odvetila matka, „ale sotvakedy vám bude robiť spoločnosť len ona sama bez ostatných ľudí, a na verejnosti sa zakaždým môžete ukázať s lady Middletonovou."

„Ak sa Elinor desí svojej nechuti k pani Jenningsovej," povedala Marianne, „to ešte nemusí *mne* brániť prijať jej pozvanie. Ja nemám takéto zábrany a som si istá, že sa vyrovnám s každou nepríjemnosťou s neveľkým úsilím."

Elinor sa neubránila úsmevu nad jej ľahostajnosťou k spôsobom osoby, pri ktorej vždy sama mala nesmierne problémy Marianne presvedčiť, aby sa k nej správala aspoň trochu zdvorilejšie: a v duchu sa rozhodla, že ak sestra bude trvať na výlete, pôjde aj ona, pretože považovala za nenáležité, aby ponechali Marianne výhradne na vlastný úsudok, a aby sa pani Jenningsová musela v záujme ohľaduplnosti k Marianne úplne vzdať svojho domáceho pohodlia. Zo svojho rozhodnutia sa otriasla pomerne ľahko, keď si spomenula, že podľa Luciných informácií Edward Ferrars nebude v meste skôr ako vo februári, a že ich návšteva, ak ju niečo nepredvídane neskráti, sa aj tak dovtedy skončí. „Chcem, aby ste išli *obe*," povedala pani Dashwoodová, „tieto námietky nemajú zmysel. Bude sa vám v Londýne páčiť, najmä ak tam budete spolu, a keby sa Elinor niekedy ráčila na niečo tešiť, vopred by vedela, že tam nájdete veľa možností na rozptýlenie, a možnože by aj očakávala, že zlepšíte svoj vzťah s rodinou vašej švagrinej."

Elinor si často želala, aby sa jej naskytla príležitosť naštrbiť matkino presvedčenie o jej a Edwardovej vzájomnej oddanosti, a to len preto, aby nebola priveľmi šokovaná, keď sa dozvie celú pravdu, a tak sa po tomto útoku, hoci takmer nemala nádej na úspech, prinútila nadškrtnúť jej to, ako len najpokojnejšie vedela: „Mám Edwarda Ferrarsa veľmi rada a vždy ma poteší, keď sa s ním stretnem, ale pokiaľ ide o zvyšok jeho rodiny, je mi to celkom jedno, či ma niekedy budú poznať alebo nie."

Pani Dashwoodová sa usmiala a nič nepovedala. Marianne zdvihla v úžase oči a Elinor odhadovala, že tiež udrží jazyk za zubami.

Po ďalšej krátkej debate sa definitívne uzavrelo, že pozvanie prijmú. Pani Jenningsová si to vypočula s ohromnou radosťou a dlho rečnila o svojej pozornosti a starostlivosti. Nepotešila sa len ona. Rovnako aj sir John, lebo pre muža, v ktorom hrozba samoty vyvoláva najväčšiu úzkosť, veru veľa znamenalo, ak k počtu obyvateľov Londýna dodá ešte dvoch. Dokonca aj lady Middletonová si dala námahu, aby sa potešila, čo celkom prekročilo jej zvyčajnú mieru, a pokiaľ išlo o slečny Steelové, najmä

Lucy, nikdy v živote vraj ešte neboli také šťastné, ako keď sa dozvedeli túto správu.

Elinor sa podvolila nápadu, ktorý odporoval jej vlastnej vôli, s menšou nechuťou, než sa domnievala. Pokiaľ išlo o ňu, veľmi sa nestarala, či do mesta pôjde alebo nie, no keď videla, s akou hlbokou nádejou to prijala jej matka a ako sa rozveselila tvár, hlas a správanie jej sestry, ako sa jej vrátila zvyčajná živosť a predchádzajúca dobrá nálada, musela sa uspokojiť a sotva by sama sebe dovolila pochybovať, že im výlet niečo dobré prinesie.

Mariannina radosť takmer prevýšila jej šťastie, jej dušu to natoľko vzrušilo, že sa nemohla dočkať, kedy odídu. Upokojila sa, len keď si uvedomila, že matku nechá doma, a keď sa lúčili, nesmierne ju to rozľútostilo. Ani matka nesmútila menej, a Elinor bola medzi nimi zrazu jediná, kto sa tváril, že ich odlúčenie bude v porovnaní s večnosťou trvať len okamih.

Odchádzali v prvý januárový týždeň. Middletonovci ich mali nasledovať asi o týždeň. Slečny Steelové zatiaľ zostali v kaštieli a mali ho opustiť až so zvyškom rodiny.

ŠTVRTÁ KAPITOLA

Keď si Elinor uvedomila, že sa v koči s pani Jenningsovou a pod jej ochranou ako jej hosť púšťa na cestu do Londýna, musela sa čudovať: tak krátko sa s touto dámou poznali, tak málo sa k sebe hodili vekom a povahami, a toľko pripomienok voči tejto ceste vzniesla ešte pred niekoľkými dňami! Všetky jej námietky prekonal a prehliadol zápal mladosti, vlastný rovnako Marianne ako jej matke; a napriek všetkým svojim príležitostným pochybnostiam o Willoughbyho stálosti nedokázala Elinor vnímať príval Marianniných radostných nádejí, ktoré zaplnili celú jej dušu a žiarili v jej očiach, bez toho, aby necítila, aké plané sú jej vlastné vyhliadky, aký neveselý je stav jej mysle v porovnaní s Marianniným, a ako rada by sa zaoberala Marianninými starosťami, keby sama mala pred sebou rovnako vzrušujúci pobyt, rovnakú nádej. O krátky čas, o veľmi krátky čas sa však ukáže, aké sú Willoughbyho zámery, s najväčšou pravdepodobnosťou bol už v meste. Mariannina horlivosť dostať sa ta potvrdila, že sa spolieha na to, že ho tam nájde, a Elinor sa preto rozhodla, že sa nielen pokúsi získať každú novú iskierku, ktorá by osvetlila jeho charakter, pokiaľ jej ju vlastné pozorovanie či informácie od iných dokážu poskytnúť, ale aj sledovať jeho správanie k Marianne tak sústredene, aby sa už pri prvých stretnutiach dozvedela, kto je a čo má za lubom. Ak jej pozorovanie prinesie nepriaznivý výsledok, rozhodne sa pokúsi pri každej možnej príležitosti otvoriť sestre oči, ak to bude naopak, zameria svoju snahu iným smerom, preto sa musí vyhnúť zaujatému porovnávaniu a potlačiť všetky ohľady, ktoré by jej neskôr mohli zabrániť tešiť sa z Marianninho šťastia.

Cestovali tri dni a Mariannino správanie počas cesty bolo ukážkovým príkladom, akú ústretovosť a ochotu robiť pani Jenningsovej spoločnosť môžu od nej očakávať. Takmer celú cestu mlčala ponorená do vlastných úvah a sotvakedy dobrovoľne povedala čo len slovo, okrem okamihov, keď v nej zaujímavý výhľad na malebnú krajinu vyvolal nadšené výkriky, výhradne adresované jej sestre. Elinor chcela odčiniť sestrino správanie a okamžite si sama pridelila úlohu nositeľky zdvorilosti, bola k pani Jenningsovej nadmieru pozorná, rozprávala sa s ňou, smiala sa s ňou a počúvala ju zakaždým, keď sa dalo, a pani Jenningsová na druhej strane bola k nim obom veľmi láskavá, pri každej príležitosti sa starala o ich pohodlie a zábavu, a nevyhovela im jedine vtedy, keď im nedovolila vybrať si v hostinci večeru podľa vlastnej chuti, ba ani sa nepokúsila zistiť, či majú radšej lososa či tresku, varenú hydinu či teľacie kotlety. Na tretí deň okolo tretej dorazili do mesta celé šťastné, že môžu po toľkom putovaní vystúpiť z útrob kočiara a nemohli sa dočkať, kedy si užijú teplo sálajúceho kozuba.

Dom bol pekný a vhodne zariadený, a mladé dámy okamžite zabrali veľmi pohodlný apartmán. Kedysi patril Charlotte a nad kozubovou rímsou ešte vždy viseli jej na hodvábe kolorované krajinky ako dôkaz, že veľmi užitočne strávila niekoľko rokov v prestížnej londýnskej škole.

Keďže večera sa nekonala skôr než o dve hodiny po ich príchode, Elinor využila čas, aby napísala matke, a preto si sadla k stolu. Marianne urobila o pár minút to isté. „*Ja* už píšem domov, Marianne," povedala Elinor, „nechcela by si radšej odložiť tvoj list o deň či dva?"

„Ja *nejdem* písať mame," odvetila Marianne prchko, akoby sa chcela vyhnúť ďalšiemu vypytovaniu. Elinor nič nevravela, lebo okamžite pochopila, že určite píše Willoughbymu a vzápätí si z toho vyvodila záver, že akokoľvek záhadne sa obaja správajú, určite sú zasnúbení. Toto presvedčenie ju potešilo, hoci ju celkom neuspokojilo, a ďalej písala list oveľa veselšie. Marianne bola o chvíľu hotová, napokon určite napísala len odkaz, nato ho zložila, zapečatila a náhlivo odoslala. Elinor sa zazdalo, že v adrese rozoznala písmeno W, a len čo ju Marianne dopísala, zazvonila, zavolala sluhu, ktorý hneď prišiel, a prikázala mu, aby odoslal lístok dvojpencovou poštou*. Tým bola vec zaraz vybavená.

Od tej chvíle mala vynikajúcu náladu, no Elinor si u nej všimla aj isté chvenie, a nemohla sa veľmi tešiť zo sestrinho vzrušenia, ktoré sa s príchodom večera stupňovalo. Takmer sa nedotkla večere, a keď sa potom vrátili do prijímacieho salónu, úzkostlivo zachytávala zvuky kočov prechádzajúcich po ulici.

Elinor upokojilo, že pani Jenningsová niečo veľmi zamestnalo v jej izbe, a tak nevidela, čo sa tu deje. Kým priniesli čaj, Marianne už viac než raz sklamalo, že klopanie na dvere, ktoré začula, prišlo od susedov, keď sa zrazu pri ďalšom hlasnom zaklopaní už nemohli domnievať, že zaznieva od cudzích dverí. Elinor si bola istá, že ohlasuje Willoughbyho príchod, a Marianne vyskočila k dverám. Všade však bolo ticho; už to nemohla vydržať, otvorila dvere, pokročila pár krokov k schodišťu, asi pol minúty načúvala, potom sa vrátila do izby taká rozrušená, že sa samozrejme dalo predpokladať, že už ho počula; vo svojom citovom pohnutí sa neubránila výkriku: „Ach, Elinor, to je Willoughby, skutočne je to on!" a už--už mu takmer vletela do náručia, keď sa zjavil plukovník Brandon.

* Londýnska vnútromestská pošta, za zásielku sa platili dve pence.

165

Pre Marianne to bol prisilný šok, aby ho zniesla pokojne, a ihneď vybehla z izby. Aj Elinor to sklamalo, no vďaka úcte k nemu bol pre ňu plukovník Brandon vítaným hosťom a hlboko ju ranilo, že muž, ktorý k sestre pociťoval náklonnosť, musel zistiť, že jeho príchod jej priniesol len zármutok a sklamanie. Okamžite zbadala, že to neušlo jeho pozornosti, že dokonca s toľkým ohromením a účasťou zaznamenal, ako Marianne ušla, že takmer zabudol, ako sa má k Elinor správať.

„Vaša sestra je chorá?" spýtal sa.

Elinor trochu zmätene odvetila, že je, a potom mu porozprávala o jej bolestiach hlavy, klesaní na duchu a únave, o všetkom, čomu sa dalo taktne pripísať sestrino správanie.

Počúval ju s vážnou tvárou, no napokon sa spamätal, vyjadril radosť, že ich stretáva v Londýne, a ako sa patrí, povypytoval na cestu a známych, ktorých nechali doma, a o Marianne viac nehovoril.

Pokojným tónom hovorili o veciach, ktoré ani jedného z nich priveľmi nezaujímali, obaja duchom neprítomní; ich myšlienky sa sústredili na niečo celkom iné. Elinor sa veľmi chcela spýtať, či je Willoughby v meste, ale obávala sa, že ho zraní, ak sa bude prezvedať na jeho soka; a napokon sa ho pri inej príležitosti spýtala, či je v Londýne už od tých čias, ako sa naposledy stretli. „Áno," odvetil trochu v rozpakoch, „takmer po celý čas; raz či dvakrát som si vyšiel na pár dní do Delafordu, ale nemohol som sa už vrátiť do Bartonu."

Jeho slová a tón, akým ich povedal, v nej hneď vyvolali spomienku na okolnosti, za akých ich opúšťal, a na nepokoj a podozrenia, ktoré to prinieslo pani Jenningsovej, a zľakla sa, že jej otázka azda prezradila priveľkú zvedavosť na jeho záležitosti, ktorú v skutočnosti nikdy nepociťovala.

V tej chvíli vošla pani Jenningsová: „Ó, plukovník!" volala so svojou zvyčajnou hlučnou veselosťou. „Som príšerne rada, že vás vidím, prepáčte, skôr som nemohla prísť, prepáčte mi to, ale musela som sa dať trochu do poriadku a vybaviť niektoré záležitosti, lebo to už bolo veľmi dávno, čo som bola naposledy doma, a dobre to poznáte, človek musí zakaždým urobiť celú kopu hlúpostí, keď je nejaký čas mimo domu, a potom sa vráti, a musela som niečo dohodnúť s Cartwrightom – panebože, od večere som bola usilovná ako včelička! Ale, prosím vás, ako ste vydedukovali, že som dnes v meste?"

„Mal som potešenie dozvedieť sa to u pána Palmera, kde som bol na obede."

„Ó, boli ste tam? Dobre, a ako sa tam všetci majú? Ako sa má Charlotte? Garantujem vám, že už je poriadne široká."

„Pani Palmerová vyzerá veľmi dobre, a poverili ma, aby som vám povedal, že ju určite zajtra uvidíte."

„Nuž, pravdupovediac, to som si aj myslela. Tak, plukovník, priviezla som so sebou dve mladé dámy, ako vidíte – teda, teraz vidíte len jednu z nich, ale niekde v dome je ešte jedna. Aj vaša priateľka, Marianne, čo vás iste nebude mrzieť. Neviem, ako si to vy a pán Willoughby medzi sebou vybavíte. Nuž, je to dobrá vec, byť mladý a pekný. Tak! Kedysi som bola mladá, ale nikdy som nebola veľmi pekná, tým väčšia smola pre mňa. No aj tak som dostala veľmi dobrého manžela a veru neviem, či by si aj tá najväčšia krásavica mohla zadovážiť niečo lepšie. Ach, chudák! Už je osem rokov mŕtvy. Ale kde ste boli, odkedy sme sa rozlúčili, plukovník? A čo vaše obchody? No tak, nemajte pred priateľmi tajnosti."

Na všetky jej otázky odpovedal, ako zvyčajne, veľmi mierne, ale na žiadnu uspokojivo. Elinor začala nalievať čaj a Marianne sa tu tiež mala ukázať.

Keď vstúpila, plukovník zmĺkol a väčšmi sa zamyslel, a pani Jenningsovej sa nepodarilo presvedčiť ho, aby u nich pobudol dlhšie. V ten večer už iný hosť neprišiel a dámy sa svorne dohodli, že pôjdu zavčasu spať.

Na druhý deň sa Marianne zobudila zotavená a veselá. Na sklamanie predchádzajúceho večera medzitým zabudla a tešila sa na to, čo sa stane dnes. Onedlho po raňajkách zastala pred domom brička pani Palmerovej a o niekoľko minút vošla s chichotom do izby ona sama; náramne sa tešila, že ich všetky vidí, len sa nedalo dobre rozoznať, či sa viac raduje zo svojej matky alebo slečien Dashwoodových. Nesmierne prekvapená, že prišli, hoci to vraj po celý čas očakávala, nesmierne roztrpčená, že prijali pozvanie jej matky po tom, čo odmietli to jej, aj keby im zároveň nikdy neodpustila, keby neprišli vôbec!

„Pán Palmer bude taký šťastný, keď vás uvidí,“ povedala, „viete, čo povedal, keď sa dopočul, že ste prišli s mamou? V tejto chvíli som to zabudla, ale bolo to niečo veľmi veselé!“

Po tom, ako strávili hodinku či dve čímsi, o čom jej matka povedala, že sa schuti pozhovárali, no inými slovami počúvaním otázok o všetkých ich známych od pani Jenningsovej a bezdôvodného chichotania pani Palmerovej, tá druhá navrhla, aby ju odprevadili do nejakého obchodu, kam musí dnes ráno ísť, s čím pani Jenningsová a Elinor ochotne súhlasili, keďže si samy potrebovali niečo kúpiť, a Marianne síce najprv odmietla, no potom sa tiež rozhodla ísť s nimi.

Kamkoľvek sa pohli, neustále bola v strehu. Najmä na Bond Street, kam sa upierala najväčšia časť jej záujmu, jej oči neprestajne pátrali, a do ktoréhokoľvek obchodu sa dámy pobrali, jej duch nevnímal nič, čo pred nimi v skutočnosti ležalo, nič, čo zaujímalo či zamestnávalo ostatné. Kvôli svojej netrpezlivosti a nespokojnosti ani raz nepovedala sestre svoj názor na tovar, ktorý kupovala, hoci sa to týkalo ich oboch; nič sa jej nepáčilo, nemohla sa dočkať, kedy bude zase doma a len s námahou ovládala svoj hnev na otravnosť pani Palmerovej, ktorej oči pritiahlo všetko, čo bolo pekné, drahé alebo nové, ktorá bažila za všetkým, čo videla, no pre nič sa nemohla rozhodnúť, a väčšinu času otáľala v nadšenej nerozhodnosti.

Domov sa vrátili až okolo obeda a len čo vošli do domu, Marianne rýchlo vybehla hore schodmi, a keď Elinor vošla za ňou, len sa skormútene obrátila od stolíka, čo znamenalo, že tam nijaký Willoughby nebol.

„Neprišiel mi sem list, kým som bola vonku?" spýtala sa sluhu, ktorý vstúpil s balíčkami nákupov. Dostala negatívnu odpoveď. „Ste si celkom istý?" spýtala sa. „Viete určite, že žiadny sluha alebo nosič nenechal pre mňa list, či aspoň odkaz?"

Muž odvetil, že nikto.

„To je veľmi čudné!" povedala ticho a sklamane a podišla k oknu.

‚Naozaj čudné!' zopakovala Elinor pre seba a prišlo jej sestry ľúto. ‚Keby nevedela, že je v meste, nepísala by mu, napísala by mu do Combe Magna; ak je v meste, je čudné, že ani nepríde, ani nenapíše! Ach! Mama moja, musíte sa mýliť, keď dovolíte, aby sa vaša dcéra taká mladá zasnúbila s mužom, ktorého takmer nepoznáme a ktorý sa správa tak pochybne, tak záhadne! Túžim sa jej na to spýtať, ale ako prijme, že sa miešam do jej veci?'

Po ďalšom uvažovaní sa rozhodla, že ak to bude takto neutešene pokračovať ešte niekoľko dní, naliehavo pripomenie matke, že sa vážne treba Marianne na to spýtať.

Pani Palmerová a dve staršie dámy, dôverné známe pani Jenningsovej, s ktorými sa dopoludnia stretla a pozvala ich, s nimi večerali. Prvá dáma ich čoskoro po večeri opustila kvôli svojim domácim povinnostiam a Elinor požiadali, aby sa ako štvrtý hráč pridala do partie whistu*. Marianne v tejto veci neprichádzala do úvahy, lebo sa túto hru nikdy nedokázala naučiť, a keďže si so svojím časom mohla naložiť, ako chcela, večer priniesol rozhodne viac radosti jej než Elinor, pretože ho strávila oddávaním

---

* Whist – kartová hra pre štyroch hráčov.

sa svojim úzkostlivým nádejam a bolestným sklamaniam. Chvíľami sa pokúsila aspoň niekoľko minút čítať, ale knihu rýchlo odhodila a vrátila sa k zaujímavejším činnostiam: chodila hore-dolu po izbe, krátko sa zastavovala v okne zakaždým, keď k nemu podišla v nádeji, že zachytí dlho očakávané klopanie na dvere.

PIATA KAPITOLA

„Ak sa toto mierne počasie udrží dlhšie," povedala pani Jenningsová, keď sa na druhý deň stretli pri raňajkách, „sirovi Johnovi sa nebude chcieť na budúci týždeň z Bartonu odísť; pre poľovníkov je ťažké prísť čo len o jeden deň zábavy. Chudáci! Zakaždým ich poľutujem, keď sa to stane; zdá sa, že si to priveľmi pripúšťajú k srdcu."

„To je pravda," zvolala Marianne veselým hlasom a pokročila k oknu, aby sa presvedčila, aké je počasie. „Na to som nepomyslela. Takéto počasie zdržiava mnohých poľovníkov na vidieku."

Pri tejto myšlienke jej dobrá nálada znovu ožila. „Toto je pre nich naozaj lákavé počasie," pokračovala, keď si so šťastným úsmevom sadala k raňajkám. „Musí sa im veľmi páčiť! Ale," a znovu ju prepadla úzkosť, „nedá sa očakávať, že bude trvať dlho. V tomto období a po nedávnych dažďoch určite nebude veľa pekných dní. Onedlho prídu mrazy a pravdepodobne aj poriadne tuhé. Možnože o deň, o dva bude po takomto nezvyčajnom teple – vlastne, možno bude mrznúť už dnes v noci."

„V každom prípade," povedala Elinor, ktorá si priala, aby pani Jenningsová neprehliadla sestrine myšlienky tak jasne ako ona, „trúfam si povedať, že sira Johna a lady Middletonovú privítame v meste koncom budúceho týždňa."

„Nuž, moja drahá, ručím vám za to, že to bude tak. Mary si vždy presadí svoje."

,A teraz napíše do Combe a pošle to dnešnou poštou,' v duchu sa dohadovala Elinor.

Ale ak to Marianne aj urobila, musela list napísať a odoslať v úplnej tajnosti, pretože si Elinor napriek svojej bdelosti vôbec nič nevšimla. Nech už to bolo tak či onak, situácia ju stále znepokojovala, no kým videla, že Marianne má dobrú náladu, sama sa nemohla cítiť zúfalo. A Marianne sa skutočne tvárila veľmi spokojne, šťastná z pekného počasia a ešte šťastnejšia z nadšeného očakávania mrazov.

Dopoludnie strávili rozdávaním navštíveniek v domoch priateľov pani Jenningsovej, v ktorých im oznamovala, že je v meste; a Marianne sa po celý čas zamestnávala sledovaním smeru vetra, pozorovaním zmien na oblohe a nádejami, že vo vzduchu cíti zmenu počasia.

„Nezdá sa ti, Elinor, že je chladnejšie, než bolo ráno? Ja cítim podstatný rozdiel. Nemôžem si zohriať ruky ani v rukávniku. Myslím, že včera to bolo celkom iné. Aj oblaky sa tuším rozchádzajú, o chvíľu vyjde slnko a budeme mať jasné popoludnie."

Elinor to podchvíľou rozveselilo a podchvíľou rozosmutnelo; ale Marianne bola vytrvalá a každý večer v žiare ohňa, či každé ráno v ovzduší hľadala jasné signály, že sa blíži mráz.

Slečny Dashwoodové nemali dôvod byť nespokojné so životným štýlom pani Jenningsovej a skladbou jej známych, ani s jej správaním k nim samým, lebo po celý čas bolo nesmierne láskavé. Všetko, čo sa týkalo organizovania jej domácich stretnutí, sa vykonávalo podľa nadmieru veľkodušného programu a s výnimkou niekoľkých jej starých londýnskych priateľov, ktorých na ľútosť lady Middletonovej nikdy nevynechala, nenavštívila nikoho, kto by mohol rozrušiť city jej mladých spoločníčok. Elinor potešilo, že sa práve v tomto ohľade ocitla v oveľa príjemnejšej situácii, než predtým očakávala, a pretože nemala po večeroch lepšie rozptýlenie, celkom ochotne sa zúčastňovala na večerných stretnutiach, ktoré sa, či už doma alebo u niekoho iného, usporadúvali najmä kvôli kartám a ktoré ju sotva mohli pobaviť.

Takmer každý deň k nim prichádzal plukovník Brandon, ktorý bol v tomto dome vždy vítaným hosťom; prišiel pozrieť Marianne a porozprávať sa s Elinor, a konverzácia s ním ju uspokojovala väčšmi, než rozhovor s kýmkoľvek iným z ich hostí v priebehu celého dňa; no zároveň videla, že jeho náklonnosť k jej sestre naďalej pretrváva. Ba obávala sa, že sa ešte prehlbuje. Bolelo ju, keď ho vídala vážne hľadieť na Marianne, a jeho duševné rozpoloženie sa oproti Bartonu celkom iste zhoršilo.

Asi týždeň po ich príchode vyšlo najavo, že prišiel aj Willoughby. Keď sa raz ráno vrátili z dopoludňajšieho výletu na koči, na stolíku ležala jeho navštívenka.

„Bože drahý!" zvolala Marianne. „Bol tu, kým sme boli preč." Elinor, ktorá si konečne bola istá, že Willoughby je v Londýne, sa teraz odhodlala jej povedať: „Spoľahni sa, že sa zajtra zase ukáže." Ale zdalo sa, že Marianne ju nepočúva, a keď sa objavila pani Jenningsová, zmizla aj so svojou drahou navštívenkou.

Táto udalosť zdvihla Elinor náladu a ešte zvýšila sestrino pohnutie a predchádzajúce rozrušenie. Od tej chvíle nemala pokoja, každú hodinu verila, že práve prichádza, na nič iné sa nesústredila. Keď ostatné na druhé ráno odchádzali z domu, trvala na tom, aby ju nechali doma.

Elinor mala hlavu plnú starostí, čo sa udeje na Berkeley Street, kým nie je doma; ale keď sa vrátili, stačil jediný pohľad na sestru a videla, že Willoughby na druhú návštevu neprišiel. Na stolíku ležal len akýsi lístok, ktorý predtým niekto priniesol.

„Pre mňa?" zvolala Marianne a rýchlo k nemu bežala.

„Nie, madam, pre moju pani."

No Marianne neverila a ihneď ho vzala.

„Naozaj je pre pani Jenningsovú, to je na zlosť!"

„Vari čakáš list?" spýtala sa Elinor, ktorá už nedokázala mlčať.

„Áno, tak trochu – ani nie."

Po krátkom mlčaní: „Vari mi neveríš, Marianne?"

„Nuž, Elinor, práve od teba takáto výčitka – od teba, ktorá sa nezveruje nikomu!"

„Ja?" spýtala sa Elinor trochu zmätene. „Marianne, ja naozaj nemám čo prezrádzať."

„Ani ja," odvetila energicky Marianne, „takže sme na tom rovnako. Ani jedna z nás nemá čo povedať: ty preto, že hovoríš všetko, a ja preto, že nič neskrývam."

Elinor zarmútilo, keď ju sestra obvinila z tajnostkárstva, pretože jedno tajomstvo nesmela prezradiť; a nevedela, ako by sa jej za takýchto okolností podarilo Marianne presvedčiť, aby bola otvorenejšia.

O chvíľu sa objavila pani Jenningsová, a keď jej lístok odovzdali, nahlas ho prečítala. Lady Middletonová v ňom oznamovala, že večer predtým dorazili na Conduit Street a na dnešné popoludnie sa dožadovala spoločnosti svojej matky a sesterníc. Na Berkeley Street prísť nemohli, keďže sir John musel odísť za obchodom a lady sama bola veľmi prechladnutá. Jej pozvanie, pravdaže, prijali, no ako sa približovala hodina ich návštevy a ukazovalo sa, že je z ohľaduplnosti k pani Jenningsovej nevyhnutné, aby sa na nej zúčastnili obe dievčatá, Elinor len s ťažkosťami prehovorila sestru, aby išla tiež, pretože ešte stále nevedela nič o Willoughbym a nechcelo sa jej zabávať mimo domu o nič viac, než podstúpiť riziko, že nebude doma, keď k nim príde.

Večerná návšteva u Middletonovcov sa skončila a Elinor bolo jasné, že zmena bydliska na sira Johna a lady Middletonovú vôbec neúčinkuje, lebo sa v meste ešte ani dobre neusadili, a už sir John nazhŕňal okolo seba takmer dvadsať mladých ľudí a rozhodol sa pre nich usporiadať ples. Lady Middletonová mu to však neschvaľovala. Na vidieku bol vopred nepripravený ples prijateľný, no v Londýne, kde sa pri podobnej príležitosti vyžadovala náležitá elegancia, ktorú nebolo ľahké dosiahnuť, bolo len kvôli vďačnosti niekoľkých mladých dievčat príliš riskantné vyhlásiť, že lady Middletonová usporiada malú tanečnú zábavu pre osem či deväť párov pri dvoch husliach a so skromným pohostením.

Pán a pani Palmerovci prišli tiež; on, ktorého od príchodu do mesta ešte nestretli, lebo si dával veľký pozor, aby sa vyhol svojej svokre a nikdy sa k nej dobrovoľne nepribližoval, keď vošli, nedal najavo, že ich pozná. Hodil na nich letmý pohľad, zdalo sa, že ani netuší, koho má pred sebou, len z druhého konca miestnosti zľahka kývol hlavou smerom k pani Jenningsovej. Keď vstúpili, Marianne jediným pohľadom preletela celú miestnosť a to jej stačilo: nebol tam. Sadla si a tiež nemala chuť prijímať či rozdávať dobrú náladu. Asi po hodine sa pán Palmer prišuchtal k slečnám Dashwoodovým, aby im prezradil, aký je prekvapený, že ich vidí v meste, hoci ich príchod práve v jeho dome ako prvý oznámil plukovník Brandon a sám vraj poznamenal niečo veľmi vtipné, keď sa o tom dopočul!

„Myslel som si, že ste obe v Devonshire," povedal.

„Skutočne?" spýtala sa Elinor.

„Kedy sa vraciate?"

„To neviem." A tým sa skončil ich rozhovor.

Ešte nikdy v živote sa Marianne nechcelo tancovať tak málo ako v tento večer, a ešte nikdy ju chôdza tak nevyčerpávala. Aj sa na to, keď sa vrátili na Berkeley Street, posťažovala.

„Tak, tak, vieme, akú to má príčinu," povedala pani Jenningsová, „keby tu bola istá osoba, ktorú nesmieme menovať, neboli by ste ani štipku unavená; a aby som pravdu povedala, nie je od neho pekné nezúčastniť sa na večierku, keď je pozvaný."

175

„Pozvaný?" zvolala Marianne.

„Tak mi povedala moja dcéra Middletonová, lebo sa s ním vraj sir John stretol kdesi na ulici dnes ráno." Marianne už nič nehovorila, no nesmierne ju to zranilo. Keďže Elinor už dlhšie nedokázala nerobiť nič, aby sestre trochu pomohla, rozhodla sa, že na druhý deň napíše matke, a dúfala, že v nej vzbudí obavy o Mariannino zdravie a podarí sa jej presvedčiť ju, aby sa konečne Marianne spýtala na to, čo dlho odkladala, a k svojmu zámeru sa upla ešte väčšmi, keď ráno pri raňajkách videla, ako Marianne znovu píše Willoughbymu, lebo sotva by bola predpokladala, že píše niekomu inému.

Okolo poludnia odišla pani Jenningsová z domu niečo si vybaviť a Elinor sa rýchlo pustila do písania listu, kým Marianne, priveľmi nepokojná, aby si našla nejakú prácu, a príliš úzkostlivá, aby sa mohla zabrať do rozhovoru, striedavo behala od okna k oknu, či si sadala k ohňu v tichom rozjímaní. Elinor naliehavo žiadala matku o zásah, vylíčila jej, čo sa deje, vyslovila aj svoje podozrenie o Willoughbyho nestálosti, a v mene úcty a lásky ju prosila, aby požiadala Marianne, nech prezradí skutočnú povahu ich vzájomného vzťahu.

Ešte ani poriadne nedopísala, keď sa ozvalo klopanie ohlasujúce hosťa, a vzápätí uviedli plukovníka Brandona. Marianne ho zazrela z okna a keďže vo svojom súčasnom rozpoložení neznášala cudziu prítomnosť, vyšla z izby ešte predtým, než vstúpil. Tváril sa vážnejšie než zvyčajne, a hoci hneď po pozdrave vyjadril svoju spokojnosť, že našiel slečnu Dashwoodovú osamote, ako keby jej chcel niečo mimoriadne povedať, spočiatku dlho sedel bez jediného slova. Elinor vytušila, že jej chce povedať niečo, čo sa týka jej sestry, a nemohla sa dočkať, kedy začne hovoriť. Nestalo sa to po prvýkrát, čo v nej skrsla takáto predtucha, lebo už viackrát začal rozhovor slovami: „vaša sestra dnes nevyzerá dobre," alebo „vaša sestra je dnes duchom neprítomná," a už-už sa zdalo, že začne čosi prezrádzať alebo prezvedať sa o nej nejaké podrobnosti. Po niekoľkominútovom tichu prerušil mlčanie a dojatým hlasom sa jej spýtal, kedy jej bude môcť blahoželať k novému švagrovi.

Elinor nebola pripravená na takúto otázku, a keďže nemala naporúdzi lepšiu odpoveď, musela použiť zvyčajnú a jednoduchú pomôcku a spýtať sa ho, ako to myslí. Pokúsil sa o úsmev a odvetil: „Zasnúbenie vašej sestry s pánom Willoughbym je už všeobecne známe.“

„Nemôže byť všeobecne známe,“ odporovala Elinor, „keď o tom ešte nevie ani jej rodina.“

Zatváril sa prekvapene a povedal: „Prepáčte, prosím, obávam sa, že moja otázka bola netaktná; ale nepredpokladal som, že sa to má udržiavať v tajnosti, keďže si už otvorene vymieňajú listy a o ich svadbe sa všade hovorí.“

„Ako je to možné? Od koho ste to počuli?“

„Od mnohých ľudí, niektorých ani nepoznáte a iní sú zase vaši blízki priatelia – pani Jenningsová, pani Palmerová a Middletonovci. No ešte vždy by som tomu neveril, lebo keď sa rozum zdráha niečomu podvoliť, vždy si nájde dostatok argumentov, vďaka ktorým o tom môže pochybovať; keby som sám náhodou, keď ma dnes sluha vovádzal, nezazrel v jeho ruke list, napísaný vašou sestrou a adresovaný pánovi Willoughbymu. Prišiel som sa dozvedať, no presvedčil som sa skôr, než som stihol položiť otázku. Už je všetko dohodnuté? Nie je žiadna možnosť, že... ? Ja tu však nemám žiadne právo a ani nedostanem šancu... Ospravedlňte ma, slečna Dashwoodová. Myslím, že som zašiel priďaleko, keď som toho toľko povedal, ale vôbec neviem, čo robiť, a pevne sa spolieham na vašu rozvážnosť. Povedzte mi, že je už všetko rozhodnuté, že žiadny pokus... že skrátka zostáva len to v sebe potlačiť, ak je to možné.“

Jeho slová priamo prezrádzali lásku k Marianne a Elinor veľmi dojali. V prvej chvíli sa nezmohla na slovo, a aj vtedy, keď sa spamätala, musela si najprv sama ujasniť, aká odpoveď bude najlepšia. Tak málo vedela o skutočnom vzťahu medzi sestrou a Willoughbym, že v svojej snahe o vysvetlenie mohla povedať rovnako priveľa, ako primálo. Keďže však bola presvedčená, že Mariannina láska k Willoughbymu, akokoľvek sa budú udalosti vyvíjať ďalej, nenecháva plukovníkovi ani štipku nádeje, a zároveň chcela jej konanie trochu zaštítiť pred prípadným odsúdením, po krátkej úvahe sa jej zdalo najmúdrejšie a najvľúdnejšie povedať mu viac, než v skutočnosti sama vedela či sa dohadovala. Priznala preto, že hoci ju nikdy ani jeden z nich podrobne nezasvätil do situácie, v akej sa nachádzajú, o ich vzájomnej láske nemá najmenších pochybností a neprekvapuje ju, že sa dozvedá o ich korešpondencii.

Počúval ju mlčky a pozorne, a keď stíchla, vstal zo stoličky, s dojatím povedal: „Vašej sestre želám také šťastie, aké si len vie predstaviť, a Willoughbymu, aby sa aspoň pokúsil zaslúžiť si ju," rozlúčil sa a odišiel.

Elinor si z ich konverzácie nemohla vyvodiť nič, čo by uľavilo jej ťaživým myšlienkam; naopak, zármutok plukovníka Brandona na ňu hlboko zapôsobil, ale keďže jej úzkostlivo záležalo na tom, aby budúcnosť potvrdila jej slová o vzťahu Marianne a Willoughbyho, nemohla sa ani pokúsiť rozptyľovať plukovníkovu beznádej.

ŠIESTA KAPITOLA

V nasledujúcich troch či štyroch dňoch sa neudialo nič, kvôli čomu by Elinor zamrzelo, že na matku tak naliehala, pretože Willoughby sa ani neukázal, ani nenapísal. Keď tieto dni prešli, lady Middletonová ich požiadala, aby ju sprevádzali na večierok, na ktorom sa nemohla zúčastniť pani Jenningsová, pretože jej mladšia dcéra sa necítila dobre; a Marianne, úplne skľúčená, nedbanlivá k svojmu zovňajšku, tváriac sa, že jej je jedno, či pôjde alebo zostane doma, sa naň chystala bez štipky očakávania či radosti. Po čaji sedela pri kozube v prijímacom salóne, až kým neprišla lady Middletonová, ani raz sa nepohla z miesta, ani raz nezmenila náladu, strácala sa vo vlastných myšlienkach a ani nevnímala, že je tam s ňou jej sestra; a keď im napokon oznámili, že ich lady Middletonová čaká pri dverách, splašila sa, akoby zabudla, že niekoho čakajú.

Na miesto určenia dorazili načas, a len čo to zástup kočiarov pred nimi dovolil, vystúpili, vyšli po schodoch, začuli, ako od jednej zastávky k druhej nejaký zvučný hlas ohlasuje ich mená, a vstúpili do vysvietenej sály, plnej ľudstva a neznesiteľnej horúčavy. Keď, ako sa patrí, úklonmi zložili svoju poctu panej domu, mohli sa zamiešať do davu a vybrať si svoj diel horúčavy a nepohody, ktorý im nevyhnutne vyniesla ich prítomnosť tu. Najprv dlho takmer nič nehovorili a robili ešte menej, a potom si lady Middletonová zasadla ku casinu, a keďže Marianne nemala náladu chodiť sem a tam po miestnosti, spolu s Elinor sa im pošťastilo nájsť si miestečko v krátkej vzdialenosti od stolíka, pri ktorom lady sedela.

Po chvíli Elinor zazrela, ako niekoľko metrov od nich stojí Willoughby a sústredene sa zhovára s veľmi noblesne oblečenou mladou ženou. Ich pohľady sa stretli a on sa pohotovo uklonil, no nepokúsil sa s ňou nadviazať rozhovor, ani sa priblížiť k Marianne, ktorú určite tiež videl, a ďalej pokračoval v debate so spomínanou dámou. Elinor sa mimovoľne obrátila k Marianne, aby zistila, či ho mohla prehliadnuť. Práve v tom okamihu ho zbadala aj ona a celá jej bytosť sa rozžiarila neočakávanou radosťou, a ihneď by sa k nemu bola vrhla, keby ju sestra nezadržala.

„Dobré nebo!" vykríkla. „Je tam, je tam... Ach! Prečo sa na mňa nepozrie? Prečo s ním nemôžem hovoriť?"

„Prosím, prosím ťa, ovládaj sa," zvolala Elinor, „a neukazuj všetkým navôkol, čo cítiš. Možno ťa ešte nezbadal."

Ale tomu ani sama neverila, a ovládať sa v takej chvíli presahovalo nielen Marianne, ale aj jej vôľu. Sedela tak netrpezlivo, že sa jej to zračilo v každej črte.

Nakoniec sa Willoughby znovu obrátil a hľadel na ne obe; Marianne vyskočila a vystrela k nemu ruku. Pristúpil k nim a oslovil skôr Elinor než Marianne, akoby sa chcel vyhnúť jej očiam a rozhodol sa, že si jej pohnutie nebude všímať, veľmi náhlivo sa začal vypytovať, ako sa má pani Dashwoodová a ako dlho sú už v meste. Jeho oslovenie zbavilo Elinor schopnosti reagovať a nedokázala zo seba vydať ani hlások. No jej sestra svoje pocity vyjadrila okamžite. Tvár jej celá zahorela a v silnom rozrušení vykríkla: „Dobrý bože! Willoughby, čo má toto znamenať? Nedostali ste moje listy? Nepodáte mi ruku?"

Nemohol sa z toho vykrútiť, ale zdalo sa, že ich dotyk ho zabolel a podržal jej ruku len na zlomok sekundy. Po celý čas očividne bojoval sám so sebou, aby sa ovládal.

Elinor mu hľadela do tváre a videla, že jeho výraz je čoraz vyrovnanejší. Po chvíľkovom mlčaní pokojne povedal:

„Osobne som preukázal tú česť a zastavil som sa na Berkeley Street minulý utorok, a bolo mi ľúto, že som nemal dosť šťastia, aby som zastihol vás a pani Jenningsovú doma. Dúfam, že sa moja navštívenka nestratila."

„Ale nedostali ste moje odkazy?" zvolala Marianne v nevýslovnej úzkosti. „Stal sa nejaký omyl, určite, nejaký strašný omyl. Čo to znamená? Povedzte mi, Willoughby, pre živého boha, povedzte mi, čo sa deje?"

Neodvetil, výraz jeho tváre sa zmenil a všetky jeho rozpaky boli späť; no keď zachytil pohľad mladej dámy, s ktorou sa predtým rozprával, ako keby pocítil nevyhnutnosť okamžite sa ovládnuť, spamätal sa a povedal: „Áno, mal som to potešenie dostať od vás informáciu, že ste prišli do mesta, keď ste boli taká láskavá a poslali ste mi ju," po letmom úklone sa rýchlo obrátil a pridal sa k svojej priateľke.

Marianne nato smrteľne zbledla, nohy sa jej podlomili a klesla do kresla, a Elinor, keďže očakávala, že jej sestra pred jej očami každú sekundu omdlie, pokúšala sa ju ukryť pred očami ostatných a prebrať ju levanduľovou voňavkou.

„Choď za ním, Elinor," zvolala, len čo dokázala prehovoriť, „a prinúť ho, aby za mnou prišiel. Povedz mu, že ho musím znovu vidieť, ihneď s ním musím hovoriť. Neuspokojím sa... nebudem mať ani chvíľu pokoja, kým mi to nevysvetlí, nejaké strašné nedorozumenie, či čo... Ach, hneď teraz choď za ním."

„Ako sa to dá? Nie, moja najdrahšia Marianne, musíš počkať. Toto nie je miesto na vysvetľovanie. Počkaj aspoň do zajtra."

Len ťažko sa jej podarilo zabrániť, aby za ním Marianne nešla sama; no presvedčiť ju, aby kontrolovala svoje rozrušenie a čakala, prinajmenšom sa tváriac vyrovnane, kým sa s ním bude môcť pozhovárať vo väčšom súkromí a účinnejšie, bolo úplne nemožné, lebo Marianne tichým hlasom nástojčivo ďalej chrlila zo seba svoje utrpenie a zúfalo vykrikovala. O krátky okamih Elinor zazrela Willoughbyho vyjsť z miestnosti dvermi, ktoré viedli ku schodišťu, a ako ďalší argument, aby sa Marianne upokojila, jej povedala, že odišiel, a trvala na tom, že sa s ním už dnes večer istotne nemôže rozprávať. Vtedy Marianne požiadala sestru, aby poprosila lady Middletonovú, nech ich vezme domov, pretože je priveľmi skľúčená, aby tu mohla zostať čo len minútu.

Hoci sa lady Middletonová práve nachádzala uprostred hry, keď sa dopočula, že sa Marianne necíti dobre, bola taká láskavá, že nič nenamietala proti jej želaniu odísť, odovzdala karty priateľke, a len čo im pristavili koč, rozlúčili sa. Po ceste nepovedali takmer ani slovo. Marianne sedela v mukách, príliš zdrvená dokonca aj na to, aby dokázala plakať; ale keďže pani Jenningsová našťastie nebola doma, pobrali sa hneď do svojej izby, kde ju čpavok trochu prinavrátil k životu. V okamihu sa vyzliekla a zaľahla do postele, a keďže sa zdalo, že chce zostať sama, sestra ju nechala a odišla čakať na pani Jenningsovú, a zatiaľ mala dosť času popremýšľať o udalostiach dnešného večera.

Nepochybovala, že medzi Willoughbym a Marianne pretrváva akýsi sľub; a rovnako sa zdalo jasné, že Willoughbymu je tento sľub na príťaž, lebo hoci si Marianne v sebe naďalej živí svoje nádeje, Elinor nedokázala pripísať jeho správanie sa žiadnemu omylu či nedorozumeniu. Mohlo ísť jedine o podstatný obrat vo vzťahu. Jej rozhorčenie by však bolo ešte väčšie, keby na vlastné oči nevidela jeho rozpaky, ktoré, ako sa zdalo, vypovedali, že sám dobre vie, že sa zachoval nečestne, a bránili jej, aby ho bez toho, aby si nezistila podrobnosti, považovala za natoľko bezcharakterného, že sa od prvého okamihu len zahrával so sestrinými citmi. Odlúčenie mohlo spôsobiť, že jeho náklonnosť ochladla, a konvencie ho mohli naviesť, aby ju potlačil, no nedokázala sa prinútiť k pochybnostiam, že bol predtým skutočne zaľúbený.

Pokiaľ išlo o Marianne, na ostrú bolesť, ktorú jej muselo spôsobiť toto nešťastné stretnutie, a ešte hlbšie dôsledky, ktoré ju teraz čakajú, nemohla myslieť bez hlbokej účasti. Jej vlastná situácia sa s tým nedala porovnať, lebo hoci si stále Edwarda *cenila* ako kedykoľvek predtým, aj keď ich budúcnosť navždy rozdelí, jej duša to unesie. No v Marianninom prípade sa zdalo, že sa všetky okolnosti, ktoré môžu situáciu len zhoršiť, spojili, aby prehĺbili jej zúfalstvo a definitívne ju odlúčili od Willoughbyho – okamžite a neodvratne ich rozdelili.

SIEDMA KAPITOLA

Skôr, než im na druhý deň komorná zakúrila v kozube, či slnko premohlo chladné pochmúrne januárove ráno, už Marianne, napoly oblečená, kľačala na jednej zo stoličiek pri okne, aby naplno využila tú trochu svetla, ktorú jej poskytovalo, a tak rýchlo, ako jej neustávajúce prúdy sĺz dovoľovali, písala. Takto ju zočila Elinor, keď ju sestrine vzdychy a vzlyky prebudili zo spánku, chvíľu ju potichu úzkostlivo pozorovala a potom sa tak, ako len najohľaduplnejšie vedela, spýtala:

„Marianne, môžem sa opýtať...?"

„Nie, Elinor," odvetila, „nič sa nepýtaj, čoskoro sa všetko dozvieš."

Povedala to s bolestným pokojom, ktorý však trval len kým hovorila, a vzápätí sa opäť pohrúžila do predchádzajúceho utrpenia. Až po niekoľkých minútach sa dokázala znova vrátiť k písaniu, a pravidelné výbuchy žiaľu, ktoré podchvíľou prepukali a zadržiavali jej pero, dokazovali, že je viac než pravdepodobné, že poslednýkrát píše Willoughbymu.

Elinor jej venovala celú svoju tichú a nevtieravú pozornosť, akej len bola schopná, a aspoň by sa pokúsila utíšiť a uchlácholiť ju, keby ju Marianne vo svojej nedotklivosti neprosila, aby jej ani za svet nič nehovorila. V takom prípade bolo pre obe lepšie, aby nezostávali spolu, a rozorvaný stav Marianninej mysle Elinor nielenže nedovoľoval zostať v izbe dlhšie, než kým sa obliekla, no vynucoval si aj samotu a neustále premiestňovanie sa z kúta do kúta, a takto Marianne až do raňajok blúdila po dome a snažila sa nikomu neukázať na oči.

Raňajky nielenže nezjedla, ale sa ani nepokúšala jesť, a Elinor preto sústredila svoje úsilie nie na to, aby ju ponúkala, ľutovala, či dávala najavo svoju účasť, ale aby upriamila pozornosť pani Jenningsovej výhradne na seba.

A keďže dnes podávali obľúbené jedlá pani Jenningsovej, raňajky trvali pomerne dlho, a sotva sa po nich usadili k ručným prácam, prišiel list pre Marianne, ktorý bleskurýchlo od sluhu prevzala a smrteľne bledá vybehla z izby. Elinor tak jasne vedela, že musel prísť od Willoughbyho, hoci adresu nestačila zazrieť, a ihneď jej na srdce zaľahla taká slabosť, že takmer nedokázala zdvihnúť hlavu a celá sa tak chvela, až sa začala obávať, že to nemohlo ujsť pozornosti pani Jenningsovej. Dobrá dáma však videla len to, že Marianne dostala od Willoughbyho list, čo považovala za dobrý vtip, a podľa toho sa aj zachovala: zasmiala sa vo viere, že list Marianne rozveselí. Na to, aby si všimla Elinorinu úzkosť, bola priveľmi zamestnaná meraním správnej dĺžky vlnenej priadze na novú prikrývku, a len čo Marianne vybehla z izby, pokojne ďalej rapotala:

„Čestné slovo, ešte nikdy v živote som nevidela mladú ženú tak zúfalo zaľúbenú! *Moje* dievčatá sa jej nevyrovnali, a tie veru bývali dosť bláznivé; no pokiaľ ide o slečnu Marianne, je to celkom iná bytosť. V kútiku srdca dúfam, že ju nenechá dlhšie čakať; lebo je to veľká bolesť pozerať sa na to, aká je chorá a stratená. Prosím vás, kedy sa vezmú?"

Hoci Elinor ešte nikdy nebolo tak málo do reči ako v tejto chvíli, prinútila sa odpovedať na tento útok, pokúsila sa o úsmev a odvetila: „A skutočne ste, madam, sama seba presvedčili, že je moja sestra zasnúbená s pánom Willoughbym? Myslela som si, že je to len žart, ale vaša otázka znela tak vážne, že prezrádza ešte viac, a musím vás preto požiadať, aby ste sa už dlhšie neklamali. Naozaj vás ubezpečujem, že by ma nič neprekvapilo väčšmi, než keby som sa dopočula, že sa čoskoro zosobášia."

„Nehanbíte sa, slečna Dashwoodová? Ako to môžete povedať! Či vari už všetci nevieme, že spejú k manželstvu, že sú obaja do seba až po uši zaľúbení od prvej chvíle, ako sa stretli? Nevídala som ich pokope v Devonshire každý deň, a po celé dni, a neviem nič o tom, že vaša sestra prišla so mnou do mesta, aby si zadovážila svadobné šaty? No tak, takto to nepôjde! Len preto, že to sama tajíte, myslíte si, že ostatní nemajú zdravý rozum? Ale to sa teda mýlite, to vám hovorím, lebo už to všetci v meste veľmi dlho vedia. Povedala som o tom každému, a Charlotte tiež."

„Skutočne, madam," povedala Elinor smrteľne vážne, „mýlite sa. Naozaj to bolo od vás veľmi nepekné, keď ste rozšírili takú zvesť, a sama to zistíte, aj keď mi teraz neveríte."

Pani Jenningsová sa znovu zasmiala, no Elinor sa už nežiadalo povedať viac a v nedočkavosti dozvedieť sa, čo Willoughby napísal, ponáhľala sa do ich izby, kde, keď otvorila dvere, našla Marianne vystretú na posteli, od žiaľu takmer v šoku, s jedným listom v ruke a dva alebo tri ležali okolo nej. Elinor k nej bez slova pristúpila, sadla si na posteľ, chytila Marianne za ruku, niekoľkokrát ju láskyplne pobozkala a vzápätí prepukla do plaču, ktorý bol spočiatku takmer taký zúfalý ako Mariannin. Aj keď jej sestra nedokázala hovoriť, vycítila sestrinu nehu a po chvíli strávenej v svornom žiali, vtisla všetky listy Elinor do rúk, potom si zakryla tvár vreckovkou a takmer kričala od bolesti. Elinor vedela, že takémuto ohlušujúcemu žiaľu, akého bola svedkom, sa musí nechať priechod, sledovala jeho výbuch, kým nezačal spaľovať sám seba, a potom sa horlivo pustila do Willoughbyho listov a prečítala si toto:

Bond Street, január

Drahá madam,

*   práve sa mi dostalo tej cti obdržať Váš list, za ktorý
Vám posielam srdečné poďakovanie. S hlbokým poľuto-
vaním som zistil, že v mojom správaní včera večer ste zba-
dali čosi, čo neschvaľujete; a hoci vôbec nie som schopný
odhaliť, čím sa mi, žiaľ, podarilo uraziť Vás, žiadam Vás
o odpustenie, keďže Vás ubezpečujem, že to v žiadnom
prípade nebolo mojím úmyslom. Nikdy nebudem spomí-
nať na svoju známosť s Vašou rodinou v Devonshire bez
najvďačnejšej radosti a nádejam sa, že ju nezahubí žiad-
ny omyl či nedorozumenie v mojom konaní. Úprimne si
vážim celú Vašu rodinu; ale ak ma postretlo to nešťastie,
že som vzbudil väčšie očakávania, než som sám pociťo-
val či mienil vyjadriť, budem si vyčítať, že som nebol vo
svojich prejavoch obozretnejší. To, že nie je možné, aby
som mal na mysli viac, iste pripustíte, keď pochopíte, že
moje city boli už dávno sľúbené inde, a verím, že už ne-
bude dlho trvať, a moje zasnúbenie sa naplní. Veľmi ľu-
tujem, že poslúchnem Váš príkaz a vraciam Vám Vaše lis-
ty, ktorými ste ma poctili, a aj prameň vlasov, ktoré ste mi
tak láskavo darovali.*

*Zostávam, drahá madam,
Váš najponíženejší služobník
John Willoughby*

Ľahko si vieme predstaviť, s akým rozhorčením si sleč-
na Dashwoodová prečítala tento list. Hoci si už predtým,
než sa do neho pustila, bola vedomá, že prináša prizna-
nie o Willoughbyho vrtkavosti a navždy spečaťuje ich od-
lúčenie, nemohla tušiť, že to oznámi takýmto štýlom, a ani
nemohla očakávať, že je schopný natoľko sa vzdialiť zmys-
lu pre česť a takt – tak ďaleko od slušného džentlmen-
ského správania, že jej pošle taký bezočivo krutý list; list,
ktorý namiesto toho, aby s poľutovaním žiadal o odpus-
tenie, ani len neuznáva, že by porušil slovo, a popiera

akúkoľvek mimoriadnu náklonnosť, list, ktorého každý riadok je urážkou a ktorý dokazuje, že jeho pisateľ je skrz-naskrz ničomník.

Na dlhú chvíľu nad listom ustrnula v pobúrenom úžase; potom si ho prečítala znovu a znovu; ale každé ďalšie nahliadnutie len prispelo k narastajúcemu odporu k tomuto mužovi, a jej city k nemu tak veľmi zhorkli, že si vôbec netrúfala nič povedať, aby neranila Marianne ešte hlbšie, ak jej prezradí, že ich rozchod nechápe ako stratu čohosi drahého, ale ako útek od toho najhoršieho a najnenapraviteľnejšieho hriechu, životného zväzku s bezzásadovým mužom, ako najopravdivejšie oslobodenie a pre ňu najväčšie požehnanie.

Pri sústredenom uvažovaní o obsahu listu, o úpadku mysle, ktorá ho diktovala a o pravdepodobne celkom inej mysli úplne odlišného človeka, ktorý mal s touto vecou spoločné len toľko, koľko mu z predchádzajúcich udalostí prisúdila vo svojom srdci, Elinor zabudla na bezprostredné nešťastie svojej sestry, zabudla, že má v ruke ešte ďalšie tri listy, ktoré nečítala, a natoľko zabudla, ako dlho už je v izbe, že keď začula, ako k domu prichádza koč, podišla k oknu, aby sa presvedčila, kto to môže tak zavčasu ráno byť, a k svojmu úžasu zazrela výletný koč pani Jenningsovej, o ktorom vedela, že ho mali pristaviť pred jednou. Rozhodla sa, že nemôže Marianne opustiť, hoci nemala žiadnu nádej, že by mohla v tejto chvíli nejako prispieť k jej utíšeniu, bežala sa ospravedlniť, že nemôže ísť s pani Jenningsovou, pretože sa sestra necíti dobre. Tá prijala jej ospravedlnenie ochotne a so svojou dobrosrdečnou účasťou, a keď Elinor videla, že jej to neprekáža, vrátila sa k Marianne, ktorá sa medzitým pokúšala zodvihnúť z postele, a pribehla práve včas, aby ju zachytila pred pádom na dlážku, lebo už tak dlho nespala a nejedla, že ju chytali mdloby a závraty; bolo to veľmi dávno, čo jej naposledy chutilo jesť, a tak dávno, čo v noci skutočne spala, že sa teraz, keď už sa jej myseľ nezamestnávala horúčkovitou neistotou, ukázali následky celého jej súženia: bolesť hlavy, žalúdočná nevoľnosť a nervový kolaps. Elinor okamžite priniesla pohár vína, ktorý trochu pomohol, a po ňom bola schopná aspoň sestre poďakovať, keď povedala:

„Chuderka Elinor! Tak veľmi ťa trápim!"

„Želám si len," odvetila sestra, „aby bolo niečo, čím by som ti *mohla* pomôcť."

Tieto slová, tak ako hocijaké iné, boli na Marianne prisilné, dokázala len s úzkosťou v srdci vykríknuť: „Ach, Elinor, naozaj mi je biedne," a jej hlas sa zlomil vo vzlykoch.

Elinor už nevydržala potichu hľadieť na tento mučivý neovládateľný žiaľ.

„Snaž sa, drahá Marianne," zvolala, „aby si nezahubila seba a všetkých, čo ťa majú radi. Spomeň si na mamu, spomeň si, aká je nešťastná, keď sa trápiš, kvôli nej sa musíš snažiť."

„Nemôžem, nemôžem," volala Marianne, „nechaj ma tak, nechaj ma tak, ak ťa trápim, nechaj ma tak, nenáviď ma, zabudni na mňa! Ale nemuč ma aj ty. Ach! Aké je to ľahké pre ľudí, ktorých nič nesužuje, hovoriť o snahe! Šťastlivá Elinor, nemáš potuchy, ako trpím."

„*Ja* som podľa teba šťastná, Marianne? Ach, keby si vedela...! A naozaj si myslíš, že by som to dokázala, keď vidím, ako ti je mizerne?"

„Odpusť, odpusť," ovinula ramená sestre okolo krku, „viem, že so mnou cítiš, poznám tvoje srdce; a predsa ty si... – musíš byť šťastná, Edward ťa ľúbi –, čo, ach, čo by mohlo zničiť také šťastie?"

„Veľa, veľmi veľa okolností," povedala Elinor vážne.

„Nie, nie, nie," skríkla Marianne búrlivo, „ľúbi ťa, a len teba. *Nemáš* pre čo smútiť."

„Nemôžem sa radovať, keď ťa vidím v tomto stave."

„A už ma nikdy inak neuvidíš. Moje utrpenie nič nedokáže rozptýliť."

„Nesmieš tak hovoriť, Marianne. Vari ťa nemá čo potešiť? Nemáš priateľov? Je tá strata taká bolestná, že nedáva nádej žiadnej úteche? Tak veľmi sa teraz trápiš, ale pomysli si, ako by si trpela, keby jeho charakter vyšiel najavo oveľa neskôr, keby vaše zasnúbenie pretrvávalo ešte mesiace, a potom by ho zrušil, čo sa aj mohlo stať. Každý ďalší deň takéhoto tajomstva by tvoju ranu ešte prehĺbil."

„Zasnúbenie?" zvolala Marianne. „Neboli sme zasnúbení."

„Nie?"

„Nie, nie je taký nečestný, za akého ho pokladáš. Žiadny sľub neporušil, lebo mi žiadny nedal."

„Ale povedal ti, že ťa ľúbi?"

„Áno.. nie... nikdy doslova. Každý deň to naznačoval, ale nikdy to výslovne nevyhlásil. Občas som si myslela, že áno, ale v skutočnosti to nikdy priamo nepovedal."

„Predsa si mu písala?"

„Áno – vari som nemala po tom všetkom, čo sa stalo? Ale o tom nemôžem hovoriť."

Elinor sa odmlčala a znovu sa vrátila k trom listom, ktoré v nej teraz vzbudili oveľa väčšiu zvedavosť než predtým, a hneď sa do nich začítala. Prvý, ktorý mu sestra poslala, len čo dorazili do mesta, obsahoval toto:

Berkeley Street, január
Keď toto dostanete, Willoughby, budete prekvapený, a myslím si, že budete viac než prekvapený, až sa dozviete, že som v meste. Príležitosť prísť sem, hoci s pani Jenningsovou, bola pokušením, ktorému sa nedalo odolať. Prajem si, aby ste toto dostali včas, aby ste k nám mohli prísť dnes večer, ale nespolieham sa na to. V každom prípade Vás budem čakať zajtra. Nateraz dovidenia

M. D.

V druhom odkaze, ktorý mu napísala ráno po tancovačke u Middletonovcov, našla nasledujúce slová:

Nedokážem vyjadriť svoje sklamanie, že sme sa pred-
včerom minuli, ani môj úžas nad tým, že som nedostala
žiadnu odpoveď na môj odkaz, ktorý som Vám poslala
asi pred týždňom. Očakávala som, že sa o Vás dozviem,
ba že Vás uvidím, po celý boží deň. Prosím, zastavte sa
tu čo najskôr, a vysvetlite mi dôvody môjho márneho ča-
kania. Bude lepšie, keď prídete dopoludnia, pretože po
jednej sme zvyčajne mimo domu. Včera večer sme strávi-
li u lady Middletonovej, kde sa aj tancovalo. Dopočula
som sa, že aj Vy ste boli pozvaný. Je to možné? Skutočne
ste sa museli veľmi zmeniť, odkedy sme sa nevideli, ak ne-
prídete tam, kde sa tancuje. Ale predpokladám, že to nie
je pravda, a dúfam, že čo najskôr dostanem Vaše osobné
ubezpečenie, že je to celkom inak.

M. D.

A obsah jej posledného listu:

Ako mám rozumieť, Willoughby, Vášmu správaniu vče-
ra večer? Znovu si žiadam Vaše vysvetlenie. Chcela som
Vás stretnúť s radosťou, ktorá prirodzene vyplynula z náš-
ho odlúčenia, so srdečnosťou, ku ktorej ma oprávňovalo
naše zblíženie v Bartone. V skutočnosti ste ma odstrčili!
Pretrpela som noc v snahe ospravedlniť konanie, ktoré sa
sotva dá nazvať miernejšie než urážlivým; ale hoci ešte
nie som schopná sformulovať pádne ospravedlnenie pre
Vaše správanie, som absolútne ochotná vypočuť si Vaše
zdôvodnenie. Možno Vám dakto niečo zlé povedal, či Vás
zámerne oklamal v niečom, čo sa ma týka, a to mi moh-
lo vo Vašich očiach uškodiť. Povedzte mi, o čo ide, vy-
svetlite, na základe čoho ste takto konali, a ja sa uspoko-
jím, ak Vám to dokážem vyvrátiť. Veľmi by ma bolelo, keby
som si musela o Vás myslieť niečo nepekné; ale ak si to
mám myslieť, ak sa musím dozvedieť, že nie ste človek,
za akého sme Vás pokladali, že Váš záujem o našu rodi-
nu bol falošný, že ste ma svojím správaním len chceli

oklamať, povedzte mi to čo najskôr. Moja duša sa teraz nachádza na hroznom rázcestí; želám si Vás zbaviť viny, ale akákoľvek istota bude úľavou v trápení, ktoré prežívam. Ak Vaše city nepretrvávajú, vráťte mi moje odkazy a prameň mojich vlasov, ktoré vlastníte.

M. D.

Elinor by kvôli Willoughbymu nebola verila, že je schopný na takéto listy, plné lásky a dôvery, odpovedať tak podlo. No ani vtedy, keď ho odsúdila, nezabránilo jej to uvedomiť si, že bolo celkom nevhodné, že ich Marianne vôbec napísala, a v duchu ju táto nerozvážnosť zabolela, lebo poskytovala také neželateľné dôkazy o jej láske, k akým ju žiadne predchádzajúce okolnosti neoprávňovali, a posledná udalosť ju za to kruto potrestala; keď vtom si Marianne všimla, že už dočítala, a poznamenala, že v nich niet ničoho iného, len to, čo by napísal každý v jej situácii.

„Cítila som sa s ním tak vážne zasnúbená," dodala, „ako keby nás zviazala tá najprísnejšia právna zmluva."

„Ja ti to verím," odvetila Elinor, „ale nanešťastie on to tak necítil."

„*Cítil* to tak, Elinor, týždne a týždne to tak cítil! Viem, že to tak cítil! Čokoľvek ho potom zmenilo (a nič iné len najčiernejší úskok proti mne to mohol dokázať), predtým som mu bola taká drahá, ako si len moja duša vie predstaviť. Tento pramienok vlasov, ktorého sa teraz tak ochotne vzdal, si vyžiadal veľmi nástojčivo. Keby si videla jeho pohľad, spôsob, keby si počula jeho hlas v tej chvíli! Zabudla si už na posledný večer, keď sme boli spolu v Bartone? A na to ráno, keď sme sa lúčili? Keď mi povedal, že uplynie veľa času, kým sa stretneme, jeho zármutok... mohla by som niekedy zabudnúť na jeho zármutok?"

Na okamih či dva nedokázala hovoriť; ale keď jej dojatie opadlo, dodala pevnejším hlasom:

„Elinor, trpko ma pokorili, ale nebol to Willoughby."

„Najdrahšia Marianne, kto iný, ak nie on? Kto by ho mohol naviesť?"

„Skôr všetci ostatní, než jeho vlastné srdce. Skôr by som uverila, že sa všetci naši známi sprisahali, aby ma očiernili v jeho očiach, než by jeho povaha bola schopná takej krutosti. Táto žena, o ktorej píše – nech je to hocikto –, alebo ktokoľvek iný, skrátka, okrem tvojej drahej duše, mamy a Edwarda, každý mohol byť taký barbar a ohovoriť ma. Vari je na svete osoba, okrem vás troch, ktorú by som neupodozrievala z takého hriechu skôr než Willoughbyho, ktorého srdce tak dobre poznám?"

Elinor sa nechcela škriepiť, a preto odpovedala: „Ktokoľvek by bol takto ohavne tvojím nepriateľom, nech sa dá oklamať svojím zlomyseľným víťazstvom, sestrička, keď uvidí, že tvoje vedomie vlastnej nevinnosti a čestné úmysly skalopevne podporili tvoju vyrovnanosť. Oprávnená a správna hrdosť dokáže odolať takým úkladom."

„Nie, nie," zvolala Marianne, „utrpenie ako moje nie je žiadnou hrdosťou. Nestarám sa, či niekto vie, ako biedne sa cítim. Pokojne si môžu všetci vychutnávať svoj triumf, keď ma takto vidia. Elinor, Elinor, tí, čo trpia málo, môžu byť hrdí a nezávislí, ako sa im páči, môžu odolávať urážkam alebo oplácať poníženie, ale ja nie! Musím cítiť – musím sa trápiť – a ostatní sú vítaní, ak sa potešia, že o tom vedia."

„Ale kvôli našej mame a mne..."

„Urobila by som pre vás viac než pre seba. Ale tváriť sa šťastne, keď trpím... Ach! Kto by to mohol odo mňa žiadať?"

Opäť sa obe odmlčali. Elinor sa zamyslene prechádzala od kozuba k oknu, od okna ku kozubu, a ani si neuvedomovala, že z jedného nasáva teplo a cez druhé pozerá von; a Marianne, usadená pri nohách postele a s hlavou

193

opretou o jednu z nich, znovu zdvihla Willoughbyho list, zachvela sa pri každej vete a vykríkla:

„To je priveľa! Ach, Willoughby, Willoughby, naozaj je to od teba? Krutý, hrubý – nič ťa neospravedlní! Elinor, nič. Čokoľvek sa mohol o mne dopočuť, – nemal vari najprv počkať, a až potom uveriť? Nemal sa na to spýtať, nemal mi dať možnosť obrániť sa? ,Prameň vlasov,‘“ zopakovala jeho slová, „,ktoré ste mi tak láskavo darovali‘. To je neodpustiteľné! Willoughby, kam si podel srdce, keď si toto písal? Ach! Barbarské a drzé! Elinor, dá sa to ospravedlniť?“

„Nie, Marianne, žiadnym spôsobom.“

„A predsa táto žena – ktovie, aké triky použila, ako dlho ich už zamýšľala použiť a ako dobre ich vymyslela! Kto je to? Kto by to mohol byť? O kom som ho kedy počula hovoriť ako o mladej a príťažlivej spomedzi jeho známych? Ach, o nikom, o nikom. Mne rozprával len o mne.“

Nasledovala ďalšia prestávka a potom Mariannino hlboké rozrušenie vyústilo do vyhlásenia:

„Elinor, musím ísť domov. Musím ísť upokojiť mamu. Nemôžem odísť zajtra?“

„Zajtra, Marianne?“

„Áno, prečo by som tu mala zostávať? Prišla som len kvôli Willoughbymu a teraz, kto sa o mňa stará? Kto na mňa berie ohľad?“

„Nie je možné, aby sme odišli zajtra. Dlhujeme pani Jenningsovej viac než zdvorilosť, a ani tá najbežnejšia slušnosť nedovoľuje taký náhly odchod.“

„Dobre, tak pozajtra alebo potom, možno; ale nemôžem tu zostať dlho, nemôžem tu zostávať len preto, aby som musela znášať otázky a poznámky všetkých týchto ľudí. Middletonovcov a Palmerovcov – ako mám zniesť ich ľútosť? Ľútosť takej ženy, ako je lady Middletonová! Ach, čo by na to *on* povedal!“

Elinor jej poradila, aby si znovu ľahla a na okamih to aj urobila; ale nič jej nemohlo priniesť pokoj, a od neutíchajúcej bolesti v duši i na tele pobehovala z miesta na miesto, ešte zvyšujúc svoju hystériu; sestra ju len s ťažkosťami udržala v posteli a v istej chvíli sa aj obávala, že bude musieť zavolať pomoc. Napokon ju presvedčila, aby užila zopár kvapiek levanduľového výťažku, čo pomohlo, a od tej chvíle pokojne a nehybne ležala v posteli, až kým sa nevrátila pani Jenningsová.

ÔSMA KAPITOLA

Pani Jenningsová po svojom návrate okamžite trielila do ich izby, a ani nečakala, kým dostane odpoveď na zaklopanie, otvorila dvere a vošla dnu, a na tvári sa jej zračila skutočná účasť.

„Ako sa máte, moja drahá?" spýtala sa súcitným hlasom Marianne, ktorá len odvrátila tvár a ani sa nepokúšala odpovedať.

„Ako sa má, slečna Dashwoodová? Chúďatko! Vyzerá veľmi zle. Nečudo. Nuž, je to čistá pravda. Ide sa ženiť už veľmi skoro – darmožráč jeden! Nemám s ním zľutovania. Asi pred polhodinou mi to povedala pani Taylorová, a ona sa to dozvedela od blízkej priateľky samotnej slečny Greyovej, ináč, som si istá, by som tomu neverila; skoro som odpadla. No, vravím, môžem povedať len toľko, že ak je to pravda, potom veľmi nepekne zneužil jednu mladú dámu, ktorá je moja známa, a z celej duše mu želám, aby mu to jeho žena poriadne osladila! A to budem hovoriť vždy, moje drahé, na to sa spoľahnite. Nemyslím si nič dobré o mužoch, ktorí vykonajú niečo podobné: a ak sa s ním ešte niekedy stretnem, tak mu naložím, ako mu už dávno nikto nenaložil. Ale netrápte sa, moja drahá slečna Marianne, nie je jediný muž na svete, ktorý za niečo stojí, a s vašou krásnou tváričkou nikdy nezostanete bez obdivovateľov. No, chúďatko! Už ju nebudem vyrušovať, lebo najlepšie by urobila, ke-

196

by sa z toho dobre vyplakala a vybavila to. Viete, našťastie večer prídu Parrysovci a Sandersonovci, a to ju rozptýli."

Potom po špičkách vyšla z izby, ako keby predpokladala, že hluk môže zvýšiť trápenie jej mladej priateľky.

Marianne sa na sestrino prekvapenie rozhodla, že bude s nimi večerať. Elinor ju takmer začala odhovárať. Ale ‚nie, ona pôjde dolu, znesie to veľmi dobre a bude okolo nej menej rozruchu'. Elinor potešilo, že sa jej aspoň týmto argumentom na chvíľu podarilo dať ju dokopy, aj keď veľmi neverila, že pri večeri obsedí; už nič nevravela, upravila jej šaty, ako sa dalo, kým Marianne stále ležala v posteli, a bola pripravená pomôcť jej zísť do jedálne, len čo ich tam zavolali.

Hoci Marianne vyzerala stále veľmi biedne, pri večeri viac jedla a tvárila sa pokojnejšie, než sestra očakávala. Keby sa pokúšala viac hovoriť, či keby si uvedomovala čo len polovicu z dobre mienených, ale zle nasmerovaných duchaplností pani Jenningsovej, nedokázala by zachovať takýto pokoj; ale z jej úst nevyšiel ani hlások a jej duševná neprítomnosť ju udržala v nevedomosti o všetkom, čo sa okolo nej dialo.

Elinor, ktorá oceňovala ohľaduplnosť pani Jenningsovej, hoci jej výlevy občas presahovali únosnú mieru a občas boli skutočne smiešne, jej vyjadrila vďaku a oplácala jej zdvorilôstky, ktoré nedokázala vysloviť či oplatiť jej sestra sama za seba. Ich láskavá priateľka videla, že Marianne je skutočne nešťastná, a cítila, že musia urobiť všetko, čo by jej prinieslo aspoň trocha úľavy. Správala sa k nej preto veľmi precítene, ako rodič k svojmu obľúbenému dieťaťu v posledný deň prázdnin. Marianne patrilo najlepšie miesto pri ohni, núkala jej najvyberanejšie pochúťky v kuchyni a snažila sa ju zabaviť rozprávaním všetkých noviniek toho dňa. Keby Elinor vo veselosti neprekážal smutný výraz sestrinej tváre, boli by ju pokusy pani Jenningsovej o vyliečenie zo sklamania v láske rozmanitými sladkosťami, olivami a dobrým ohňom, rozosmialo. No len čo sa pani Jenningsovej podarilo neustálym opakovaním prinútiť Marianne, aby si jej prejavy pozornosti všimla, nedokázala už s nimi zostať dlhšie. Náhle vyhlásila, že sa cíti biedne, naznačila sestre, aby za ňou nešla, vstala od stola a vybehla z izby.

„Úbohá duša!" zvolala pani Jenningsová, len čo bola preč, „tak ma bolí, keď ju takto vidím! A tuším odišla bez toho, aby si dopila víno! A ani sušené čerešne neochutnala! Bože! Zdá sa, že jej nič nepomáha. Keby som vedela o niečom, čo by ju potešilo, istotne by som to dala hľadať aj po celom meste. No, je to pre mňa najnepríjemnejšia vec, keď sa nejaký muž nečestne zachová k takému peknému dievčaťu! Ale keď je na jednej strane prebytok peňazí a na druhej takmer nič, panebože, už sa viac o nič nestarajú!"

„Takže tá dáma – myslím, vraveli ste, že slečna Greyová –, je veľmi bohatá?"

„Päťdesiattisíc libier, moja drahá. Videli ste ju už? Je to vraj inteligentné, štýlové dievča, aj keď nie pekné. Dobre sa pamätám na jej tetu, Biddy Henshawovú; vydala sa za nesmierne bohatého muža. Ale tá rodina je celá bohatá. Päťdesiattisíc libier! A podľa všetkého ich čoskoro budú potrebovať, lebo sa vraví, že on je úplne na suchu. Nečudo! Preháňa sa sem a tam vo svojom kurikule a chová poľovníckych psov! Inak to nestojí za reč, no keď si nejaký mladý muž, nech už je to kto chce, príde, zalieča sa peknému dievčaťu, sľubuje manželstvo, nemá čo ufrnknúť od svojho slova len preto, že náhodou schudobnel, a nejaké bohatšie dievča ho hneď chce. Prečo v takom prípade nepredá svoje kone, neprenajme dom, neprepustí sluhov a okamžite nevykoná zásadné opatrenia? Ručím vám za to, že by slečna Marianne ochotne počkala, kým sa veci trochu utrasú. Ale to už dnes nevídať; mladí muži v tomto veku sa nedokážu zriecť žiadneho potešenia."

„Viete, aké je slečna Greyová dievča? Hovorí sa o nej v dobrom?"

„Nikdy som o nej nič zlé nepočula, vlastne som o nej nepočula takmer nič; len pani Taylorová dnes ráno povedala, že slečna Walkerová jej raz naznačila, že si myslí, že pán a pani Ellisonovci nebudú banovať, že sa slečna Greyová vydá, lebo sa s pani Ellisonovou nikdy nezhodnú."

„A kto sú Ellisonovci?"

„Jej poručníci, moja drahá. Ale teraz je už plnoletá a môže si konať podľa vlastnej vôle, a rozhodla sa naozaj pekne! A teraz hľa," na chvíľu sa zastavila, „chúďatko vaša sestra sa ukryla v izbe a hádam išla do kútika nariekať. Neviete o niečom, čo by sa dalo pre ňu vykonať? Chúďatko drahé, je také kruté nechať ju osamote. Nuž, o chvíľu príde zopár priateľov a tí ju trochu rozptýlia. Čo by sme sa mohli zahrať? Neznáša whist, to viem, ale nemá rada niektorú zo spoločenských hier?"

„Drahá madam, takáto láskavosť skutočne nie je potrebná. Trúfam si tvrdiť, že Marianne už dnes večer nevyjde z izby. Pokúsim sa ju presvedčiť, ak sa mi to podarí, aby išla skôr spať, lebo som si istá, že potrebuje odpočinok."

„Nuž, myslím, že to bude pre ňu najlepšie. Nech si povie, čo chce ešte jesť, a môže ísť do postele. Bože! Nečudo, že vyzerá tak biedne a posledný týždeň či dva tak upadá, lebo tejto záležitosti má pravdepodobne už veľmi dlho plnú hlavu. Tak teda ten list, ktorý dnes prišiel, to celé ukončil! Úbožiatko! Som si istá, že keby som o tom čo len tušila, nebola by som si z nej uťahovala ani za všetky moje peniaze. Ale, povedzte, ako som to mohla uhádnuť? Bola som presvedčená, že to nie je nič iné, len obyčajný ľúbostný list, a potom, viete, že sa mladým ľuďom páči, keď si z nich trochu uťahujú. Bože, ako to bude sirovi Johnovi a mojej dcére ľúto, keď sa to dozvedia! Keby som bola pri zmysloch, mohla som sa po ceste domov zastaviť na Conduit Street a povedať im to. Ale zajtra sa s nimi stretnem.“

„Som si istá, že nie je potrebné vystríhať pani Palmerovú a sira Johna, aby nespomínali meno pána Willoughbyho, či inak pred mojou sestrou nenaznačovali, čo sa stalo. Ich dobrosrdečnosť im istotne napovie, že by bolo skutočne kruté v jej prítomnosti dávať najavo, že o tom niečo vedia; a čím menej sa o tejto veci povie predo mnou, tým väčšmi to ušetrí aj moje city, čo si iste ľahko dokážete predstaviť, moja drahá madam.“

„Ach! Bože, áno, to si veru viem. Musí byť pre vás strašné, že sa o tom toľko hovorí; a pokiaľ ide o vašu sestru, som si istá, že by som sa o tom pred ňou nezmienila ani za svet. Videli ste, že som to počas večere ani raz nespravila. Tým skôr sir John či moje dcéry, lebo oni sú všetci veľmi ohľaduplní a pozorní, najmä ak im to naznačím, čo, pravdaže, aj urobím. Ja si myslím, že čím menej sa o takýchto veciach rozpráva, tým lepšie, tým skôr to prehrmí a zabudne sa. A viete, čo už dobrého prinesie také klebetenie?“

„V tomto prípade to môže len uškodiť, ba možnože vo väčšine podobných prípadov, lebo ich sprevádzajú okolnosti, ktoré, pre dobro každej zúčastnenej strany, sa nehodia na verejné pretriasanie. *Jednu* vec musím pánovi Willoughbymu uznať, v skutočnosti neporušil žiadny sľub.“

„Prepánakráľa, moja drahá! Nepokúšajte sa ho obhajovať. Skutočne žiadny sľub? Po tom, čo ju zobral do domu v Allenhame a poukazoval jej presne tie miestnosti, kde by boli v budúcnosti bývali?“

Elinor sa kvôli sestre nesnažila ďalej rozvíjať túto tému a aj kvôli Willoughbymu dúfala, že sa to nebude od nej vyžadovať, pretože aj keď Marianne mohla stratiť veľmi veľa, on mohol získať len málo, keď vyjde celá pravda najavo. Chvíľu obe mlčali a potom pani Jenningsová opäť vyprskla svojou hlučnou veselosťou:

„Dobre, moja drahá, ako sa hovorí, odíde jeden, príde druhý, tým lepšie pre plukovníka Brandona. Nakoniec ju dostane, veru dostane. Budem sa čudovať, ak sa toto leto nevezmú. Panebože! Ten sa ale poteší takejto správe! Dúfam, že dnes večer príde. To by bola sto ku jednej lepšia partia pre vašu sestru! Dvetisíc ročne bez dlhov a zrážok – až na jedného ľavobočka, pravdaže – veru som na ňu zabudla; ale tú môžu dať na malé náklady do výchovy a napokon, čo už to znamená? Vravím vám, Delaford je krásne miesto, presne také, akým hovorím krásne starodávne miesto, plné pohodlia a iných vymožeností, celkom uzatvorené za veľkým záhradným múrom, porastené najlepšími ovocnými stromami v krajine, a s veľkou morušou v kúte! Bože, ako sme sa tam s Charlotte napratali, keď sme tam boli ten jediný raz! Má tam aj holubník, zopár pekných sádok na ryby a nádherný umelý potok, a všeličo iné, skrátka, čo si kto môže želať: a navyše je tesne vedľa kostola a len štvrť míle od mýtnej hradskej, takže tam nikdy nie je nuda, lebo keď zájdete do starej besiedky z tisového dreva za domom a usadíte sa tam, uvidíte všetky koče prechádzajúce okolo. Ach! to je úžasné miesto! Mäsiarstvo v dedine na skok a fara čo by kameňom dohodil. Podľa mojej mienky je to tisíckrát krajšie miesto než sídlo v Bartone, odkiaľ musia posielať po mäso až tri míle ďaleko a žiadny sused bližšie než vaša matka. Veru sa pokúsim utešiť plukovníka, len čo budem môcť. To viete, že klin sa klinom vybíja. Ak sa nám *podarí* vytlačiť jej z hlavy Willoughbyho!"

„Veru, keby sa nám *to* podarilo, madam," povedala Elinor, „urobili by sme veľmi dobre, či už s plukovníkom Brandonom alebo bez neho." A potom vstala a šla za Marianne, ktorú našla v izbe presne podľa svojho očakávania, skormútene sa nakláňať nad poslednými plamienkami ohňa, ktoré boli až do príchodu Elinor jediným zdrojom svetla.

„Radšej by si ma mala nechať," bolo všetko, čo zo sestry dostala.

„Nechám ťa," povedala Elinor, „ak pôjdeš do postele." Ale Marianne to spočiatku vo svojom neutíchajúcom trápení odmietla. Až sestrino jemné, no naliehavé prehováranie ju napokon presvedčilo, aby sa podvolila, a až keď Elinor s nádejou sledovala, ako si ukladá ubolenú hlavu na vankúš a ponára sa do pokojného odpočinku, odišla.

Vrátila sa do prijímacieho salónu, kde ju po chvíli našla pani Jenningsová s pohárom vína, v ktorom niečo plávalo.

„Moja drahá," povedala, keď vstúpila, „práve som si spomenula, že mám doma trochu najlepšieho konstantského vína, aké kedy kto pil, tak som priniesla pohár vašej sestre. Chudák môj manžel! Tak ho mal rád! Keď dostal záchvat svojej koliky, hovorieval, že mu to víno pomôže viac než čokoľvek iné. Vezmite ho sestre."

„Drahá madam," odpovedala Elinor a pousmiala sa, že odporúča víno na také rozdielne neduhy, „ste taká dobrá! Ale keď som pred chvíľou odchádzala, Marianne už ležala v posteli a dúfam, že už takmer zaspala, a keďže si myslím, že jej nič nepomôže tak ako dobrý spánok, ak mi dovolíte, vypijem ho sama."

Pani Jenningsovú tento kompromis uspokojil, hoci ju trochu mrzelo, že neprišla o päť minút skôr; a keď si Elinor poriadne upila z pohára, presvedčila sa, že hoci účinky vína pri liečení koliky nemajú pre ňu v tejto chvíli veľký význam, jeho liečivú silu na sklamané srdce môže sama vyskúšať rovnako oprávnene ako jej sestra.

Plukovník Brandon sa dostavil, kým spoločnosť sedela pri čaji a keď Elinor videla, ako sa obzerá po izbe, či nezazrie Marianne, okamžite sa nazdávala, že ani neočakával, a ani si neželal stretnúť ju tam; a že si skrátka už je dobre vedomý, čo vyvolalo jej neprítomnosť. Pani Jenningsovej však nič také na um nezišlo, lebo čoskoro po jeho príchode prešla po izbe k čajovému stolíku, kde sedela Elinor, a pošepkala jej: „Náš plukovník sa tvári tak vážne ako vždy, ako vidíte. Nič o tom netuší, povedzte mu to, dušička."

Po chvíli si k nej pritiahol stoličku a s výrazom, ktorý ju celkom presvedčil, že už je o všetkom dobre informovaný, sa spýtal na jej sestru.

„Marianne sa nemá dobre," povedala. „Celý deň bola nesvoja, a tak sme ju presvedčili, aby si šla ľahnúť."

„Takže predsa," odvetil váhavo, „čo som sa dnes ráno dopočul... môže byť na tom viac pravdy, než som spočiatku veril."

„Čo ste počuli?"

„Že istý muž, o ktorom som mal dôvod sa domnievať... skrátka, že muž, o ktorom som vedel, že je zasnúbený, ale ako vám to mám povedať? Ak to už viete, čo istotne musíte vedieť, mohli by ste ma toho ušetriť."

„Máte na mysli," odvetila Elinor s núteným pokojom, „sobáš pána Willoughbyho so slečnou Greyovou. Áno, *naozaj* už o tom vieme. Dnešný deň je dňom neustáleho objasňovania, lebo práve dnes ráno sme sa to dozvedeli. Pán Willoughby je nevyspytateľný! Kde ste to počuli?"

„V papiernictve na Pall Mall, kde som niečo nakupoval. Dve dámy čakali na koč a jedna z nich rozprávala tej druhej o zamýšľanej svadbe hlasom, ktorým ani nenaznačovala, že ide o niečo dôverné, takže bolo nemožné, aby som to nezačul. Neustále opakovala meno Willoughby, John Willoughby, to upútalo moju pozornosť ako prvé, a vzápätí tvrdila, že všetky záležitosti okolo jeho sobáša so slečnou Greyovou sú už uzavreté – už to nie je tajomstvo –, a dokonca sa to uskutoční v priebehu niekoľkých týždňov, a vypočítavala plno podrobností o prípravách a ostatných veciach. Pamätám si najmä jednu vec, pretože lepšie identifikovala toho muža: len čo bude po sobáši, majú odísť do Combe Magna, jeho sídla v Somersetshire. Bol som ohromený! No nedá sa ani opísať, čo som cítil. Dozvedel som sa, keď som sa ďalej vypytoval, lebo som zostal v obchode ešte potom, čo odišli, že tá zhovorčivá dáma je pani Ellisonová, a že, ako som sa informoval neskôr, je to meno poručníčky slečny Greyovej."

„Áno, to je. Ale počuli ste aj to, že slečna Greyová má päťdesiattisíc libier? V tomto, ak nie v ničom inom, môžeme nájsť zdôvodnenie."

„Môže to tak byť; ale Willoughby je schopný... aspoň si tak myslím," na okamih sa zarazil, potom dodal tónom, ktorý prezrádzal, že veľmi neverí svojim slovám: „A vaša sestra... ako to..."

„Je to hlboké utrpenie. Zostáva mi len dúfať, že bude úmerne krátke. Bola to – je to pre ňu najkrutejšia rana. Viem, že až do včera nikdy nepochybovala o jeho náklonnosti, a dokonca ani teraz, azda... ale *ja* som si takmer istá, že ju nikdy skutočne neľúbil. Bol veľmi zákerný a podľa istých náznakov sa dá usudzovať, že má tvrdé srdce."

„Ach!" vzdychol si plukovník Brandon. „To naozaj má! Ale vašej sestre sa to – myslím, že ste to tak povedali –, ona to nevníma tak ako vy?"

„Poznáte jej rozpoloženie a viete si to predstaviť, stále sa ho snaží ospravedlniť, ako môže."

Neodpovedal a čoskoro na to, keď odniesli čajový stolík a zostavili kartové partie, museli s rozhovorom skončiť. Pani Jenningsová, ktorá ich, kým sa rozprávali, s potešením pozorovala a ktorá očakávala, že v tvári plukovníka Brandona zazrie, ako ho správa slečny Dashwoodovej okamžite rozveselí, ako by sa stalo u muža v rozkvete mladosti, nádeje a šťastia, len s úžasom zaznamenala, že zostal po celý večer ešte vážnejší a zamyslenejší než zvyčajne.

DEVIATA KAPITOLA

Marianne sa v noci vyspala lepšie, než očakávala, no ráno sa zobudila s pocitmi rovnakého nešťastia, aké jej večer zavrelo oči.

Elinor ju povzbudzovala, ako len mohla, aby hovorila o svojich citoch, a skôr, než boli raňajky na stole, niekoľkokrát všetko znovu prebrali s tým istým nemenným presvedčením a láskyplnými radami od Elinor, a rovnako vášnivými citmi a premenlivými reakciami Marianne ako predtým. Podchvíľou verila, že je Willoughby taký nešťastný a taký nevinný ako ona, a inokedy upadala do bezútešnosti a cítila, že je nemožné ho ospravedlniť. V jednej chvíli jej bolo celkom jedno, či si to na nej ľudia všimnú, a v inej by sa pred nimi navždy zatvorila, a do tretice chcela tomu všetkému odvážne čeliť. Keď sa však dostali k jednej veci, trvala na svojom: že sa vyhne prítomnosti pani Jenningsovej, pokiaľ sa len bude dať, a keď ju Elinor žiadala, aby to pretrpela, vytrvalo mlčala. V srdci zanovito odmietala, že je pani Jenningsová schopná pociťovať súcit k jej žiaľu.

„Nie, nie, nie, to nie je možné," volala, „je bezcitná. Jej láskavosť nie je pochopením; jej dobrosrdečná povaha nie je nežnosťou. Zaujímajú ju len klebety a teraz ma má rada len preto, lebo jej ich dodávam."

Elinor nepotrebovala jej vyhlásenia, aby si bola vedomá, že sa sestra občas nechá svojou vznetlivou precitlivenosťou zviesť k nespravodlivému posudzovaniu iných, a že priveľký význam pripisuje hlbokej útlocitnosti a pôvabnému a uhladenému vystupovaniu. Ak je na svete viac ako polovica ľudí takých, ktorí sú bystrí a dobrí, Marianne, rovnako ako tá druhá polovica, napriek svojim výnimočným schopnostiam a úžasnému talentu, nie je ani spravodlivá, ani objektívna. Očakáva od ľudí rovnaké názory a pocity, aké má sama, a motívy ich konania posudzuje podľa ich okamžitého účinku na ňu. A kým sa sestry po raňajkách zdržiavali spolu vo svojej izbe, objavila sa okolnosť, ktorá v Marianniných očiach ešte viac pani Jenningsovú potopila, pretože jej kvôli vlastnej slabosti náhodou privodila nový zdroj bolesti, hoci pani Jenningsová sa len nechala uniesť návalom nesmiernej dobrosrdečnosti.

Vošla do ich izby s listom vo vystretej ruke a s úsmevom v tvári, lebo bola presvedčená, že im prináša útechu:

„Teraz, moje drahé, nesiem vám niečo, o čom som si istá, že vám urobí dobre.“

Marianne to stačilo. Jej fantázia si bleskurýchlo vybavila list od Willoughbyho, plný nežnosti a kajúcnosti, vysvetľujúci všetko, čo sa stalo, upokojujúci, presvedčivý a vzápätí nasledovaný samotným Willoughbym, ktorý by v pätách pani Jenningsovej vbehol do izby s blčiacimi očami a potvrdil ubezpečenia obsiahnuté v jeho liste. Nasledujúci okamih však zničil všetku nádej, ktorú ten predchádzajúci vzbudil. Zbadala rukopis svojej matky, doteraz vždy vítaný, a pri ostrom sklamaní, ktoré vystriedalo rozrušenie silnejšie než nádej, ju pichla taká silná bolesť, akoby až do tejto chvíle nikdy netrpela.

Ani vo chvíľach svojej najlepšej výrečnosti by nebola našla slová, ktoré mohli opísať krutosť pani Jenningsovej, no práve teraz ju smela pokarhať len slzami, ktoré sa jej prúdom valili z očí – a táto výčitka tak silno zasiahla svoju adresátku, že sa po horlivých vyjadreniach ľútosti pobrala preč, ešte vždy sa odvolávajúc na list, ktorý jej prinesie radosť. Ale ten list ju, keď sa dostatočne upokojila a mohla si ho prečítať, neveľmi uspokojil. Willoughby zaplnil všetky stránky. Matka, naďalej presvedčená o ich zasnúbení a spoliehajúc sa tak úprimne ako predtým, na jeho stálosť, sa Elinorinou žiadosťou, aby naliehala na Marianne, nech je k nim obom otvorenejšia, ešte viac rozohnila a vložila do listu celú svoju lásku k Marianne, náklonnosť k Willoughbymu a toľké presvedčenie, že jeden druhému prinesú obrovské šťastie, že ho Marianne celý preplakala.

Vzápätí sa k nej vrátila predchádzajúca nedočkavosť, aby už bola zase doma, matka jej zrazu napriek jej prehnanej a neoprávnenej dôvere vo Willoughbyho bola drahšia než kedykoľvek predtým, a opäť začala bezhlavo nástojiť na tom, aby odišli. Elinor sama nedokázala dostatočne rozlíšiť, či je pre Marianne lepšie byť v Londýne alebo v Bartone, nezmohla sa na nič viac, než poradiť, aby počkali, čo na to povie ich matka, a napokon sa jej podarilo získať sestrin súhlas, aby vyčkali.

Pani Jenningsová odišla z domu skôr než zvyčajne; lebo nemohla byť spokojná, kým sa aj Middletonovci a Palmerovci nepripoja k jej zármutku, a našťastie odmietla Elinorin návrh, že pôjde s ňou, a na celý zvyšok dopoludnia odišla sama. Elinor si po prečítaní matkinho listu Marianne uvedomila, že neurobila dobre, keď jej preň zadala príčinu, s ťažkým srdcom a vedomím, že matke spôsobí bolesť, si sadla a pustila sa do vykladania udalostí, ktoré sa odohrali, a požiadala ju o pokyny; kým Marianne, ktorá prišla do prijímacieho salónu, len čo pani Jenningsová odišla, uprene hľadela na stolík, na ktorom Elinor písala, sledovala, ako putuje perom po papieri, súcitila s ňou v jej ťažkej úlohe a ešte hlbšie ľutovala, aký účinok bude mať na matku.

V takomto položení zotrvávali asi štvrť hodiny, keď sa Marianne, ktorej nervy prudko zareagovali na každý náhly zvuk, strhla pri zaklopaní na dvere.

„Kto by to mohol byť?" začudovala sa Elinor. „Takto zavčasu! Myslela som si, že máme pokoj."

Marianne podišla k oknu.

„Je to plukovník Brandon!" povedala rozhorčene. „*Ten* nám nikdy nedá pokoj!"

„Nevojde dnu, keď nie je pani Jenningsová doma."

„*Tomu* neverím," ustupovala Marianne do svojej izby. „Muž, ktorý nemá čo robiť s vlastným časom, si neuvedomí, že druhých obťažuje."

Jej dohady, hoci sa zakladali na nespravodlivosti a omyle, sa vzápätí potvrdili, lebo plukovník Brandon vošiel dnu, a Elinor, presvedčená, že ho k nim priviedla starosť o Marianne, a ktorá túto starosť zachytila v jeho rozrušenom a smutnom pohľade a úzkostlivej, aj keď stručnej otázke o jej zdraví, nemohla sestre odpustiť, že si ho tak málo cení.

„Stretol som sa s pani Jenningsovou na Bond Street," povedal potom, čo pozdravil, „a odporúčala mi, aby som prišiel, a to ma povzbudilo o to väčšmi, že som predpokladal, že vás nájdem osamote, a to som si veľmi želal. Mojím dôvodom – mojím prianím, jediným prianím, prečo som si to želal – dúfam, verím, že by som... že by som vám mohol priniesť útechu... nie, nesmiem hovoriť o úteche, – nie priamu útechu, ale presvedčenie, dôležité poznanie pre dušu vašej sestry. Moja úcta k nej, k vám, k vašej matke – dovolíte mi, aby som ju preukázal, keď vám vyrozprávam isté okolnosti, ktoré nič iné, len *skutočne* úprimná náklonnosť, nič iné, len hlboká túžba pomôcť – dúfam, že oprávnene – hoci, keď som strávil toľko času, aby som presvedčil sám seba, že konám správne, nemám azda dôvody sa obávať, že by som sa mohol mýliť?" Stíchol.

„Rozumiem vám," povedala Elinor. „Chcete mi povedať o pánovi Willoughbym niečo, čo má hlbšie odkryť jeho charakter. Ak mi to poviete, bude to najväčší prejav priateľstva, aký môžete Marianne preukázať. *Moju* vďačnosť si získate ihneď, ak vaše informácie budú k tomu smerovať, a *sestrinu* si tým zadovážite časom. Prosím vás, prosím, povedzte mi to."

„Dobre, teda, aby som bol stručný, keď som opúšťal v októbri Barton, – ale to vám nič nepovie, musím zájsť hlbšie do minulosti. Vidíte, slečna Dashwoodová, nie som veľmi dobrý rečník; ani neviem, kde začať. Myslím, že je nevyhnutné, aby som vám porozprával niečo o sebe, a bude to krátke. Ide o skutočnosti," sťažka si vzdychol, „ktoré sa mi veľmi nechce rozširovať."

Na okamih sa zastavil, aby sa trochu zotavil, a potom s ďalším povzdychom pokračoval:

„Už ste pravdepodobne úplne zabudli na náš rozhovor – nedá sa predpokladať, že by mohol vo vás zanechať nejaký dojem –, náš rozhovor v jeden večer v bartonskom kaštieli, v ten večer sa tam tancovalo, vtedy som vám naznačil, že som kedysi poznal dámu, ktorá sa istým spôsobom podobala na vašu sestru Marianne."

„Naozaj," odvetila Elinor, „*nezabudla* som na to." Zdalo sa, že ho táto spomienka potešila, a dodal:

„Ak ma neklamú matné, predpojaté či nežné spomienky, je medzi nimi veľmi jasná podobnosť v zmýšľaní i v zjave. Rovnako vrúcne srdce, dychtivá duša a fantázia. Táto dáma patrila medzi mojich najbližších príbuzných, od detstva bola sirota zverená do poručníctva môjho otca. Boli sme takmer rovnako starí a od prvých rokov sme sa spolu hrávali a priatelili. Ani sa nepamätám, že by som niekedy Elizu neľúbil, a cítil som k nej, ako sme vyrastali, takú lásku, o akej by ste si, možnože, podľa mojej súčasnej opustenosti a zádumčivosti, mysleli, že jej nie som schopný. A ona ku mne prechovávala, myslím, rovnako vrúcnu pripútanosť ako vaša sestra k Willoughbymu, no napokon ju postihlo, hoci z iných príčin, podobné nešťastie. Keď mala sedemnásť, navždy som ju stratil. Vydala sa – proti svojej vôli – za môjho brata. Mala obrovské veno a náš majetok bol nesmierne zadlžený. A obávam sa, že to je všetko, čo môžem povedať o konaní človeka, ktorý bol zároveň jej strýkom i poručníkom. Môj brat si ju nezaslúžil, ba dokonca ju ani neľúbil. Dúfal som, že jej láska ku mne pomôže prekonať trápenie, a istý čas aj pomáhala, ale napokon biedne položenie, lebo si skutočne vytrpela veľa zlého, bolo nad jej sily, a hoci mi sľubovala, že nič... ale hovorím to tak zaslepene! Ešte som vám nepovedal, ako k tomu prišlo. Už nám chýbalo len zopár hodín, a boli by sme ušli do Škótska.* Vierolomnosť, či prerieknutie sesternicinej komornej nás prezradilo. Vykázali ma z domu k vzdialenému príbuznému a jej až do rozhodnutia môjho otca zobrali voľnosť, spoločnosť, rozptýlenie... Príliš som sa spoliehal na jej statočnosť a utŕžil som si hlbokú ranu, ale keby mala šťastné manželstvo, bol som vtedy taký mladý, že by som sa bol o niekoľko mesiacov zotavil, alebo by som sa tým prinajmenšom už dnes netrápil. Ale to nebol jej prípad. Brat si ju vôbec nevšímal; zabával sa vecami, ktorými nemal, a od samého počiatku s ňou zaobchádzal veľmi zle. Na mladej, živej a neskúsenej duši pani Brandonovej to, prirodzene, zanechalo následky. Najprv sa celkom poddala svojmu utrpeniu a bolo by pre ňu šťastím, keby sa nikdy nedožila okamihu, keď prekonala ohľady, ktoré vyvolávala jej spomienka na mňa. Ale môžeme sa čudovať, že s manželom, ktorý neveru provokoval, a bez priateľa, ktorý by jej poradil či zadržal ju (lebo môj otec žil už len pár mesiacov po ich svadbe a mňa s plukom odvelili do Východnej Indie), nakoniec podľahla? Keby som zostal v Anglicku, možno... ale chcel som im obom priniesť šťastie, keď jej na dlhé roky zídem z očí, a práve kvôli tomu som si zariadil výmenu postu. Šok z jej sobáša," pokračoval rozrušeným hlasom, „sa ani nedá porovnať s tým, čo som prežil, keď som sa o dva roky neskôr dopočul

---

* V Škótsku sa mohli zosobášiť bez súhlasu Elizaných rodičov či poručníkov, aj keď ešte nebola plnoletá.

o ich rozvode. Práve *to* vyvolalo túto zádumčivosť – ešte aj dnes, keď si spomeniem, čo som si vytrpel..."

Nedokázal ďalej hovoriť, vstal a niekoľko minút horúčkovito chodil po izbe. Elinor, dojatá jeho rozprávaním a ešte väčšmi jeho zármutkom, tiež nemohla nič povedať. Zbadal jej dojatie, pristúpil k nej, vzal jej ruku, stisol ju a pobozkal s vďačnou úctou. Ďalšie tiché sústredenie mu napokon dovolilo ako-tak vyrovnane pokračovať.

„Trvalo ešte takmer tri roky, kým som sa vrátil do Anglicka. Mojou prvou starosťou, keď som *prišiel*, pravdaže, bolo nájsť ju, ale to pátranie bolo rovnako márne, ako smutné. Dokázal som ju vystopovať len po jej prvého zvodcu, a mal som dôvod sa obávať, že od neho odišla, len aby klesla do ešte hlbšieho hriechu. Vyrovnanie po rozvode nezodpovedalo jej venu, ani nestačilo na pohodlné živobytie, a od brata som sa dozvedel, že splnomocnenie, aby si ho prevzala, už niekoľko mesiacov predtým previedla na inú osobu. Domnieval sa, a iste na to mal dôvod, že jej výstrednosti a neustále ťažkosti ju prinútili, aby sa ho vzdala výmenou za nejakú okamžitú výpomoc. Nakoniec som ju však, po šiestich mesiacoch od môjho príchodu do Anglicka, *našiel*. Úcta k môjmu bývalému sluhovi, ktorého medzitým postretlo nešťastie, ma náhodou priviedla za ním do väzenia pre dlžníkov, kde ho kvôli dlhom zavreli, a práve tam, v tej istej budove, v rovnakom väzení, som našiel svoju nešťastnú švagrinú. Takú zmenenú, zanedbanú, zúboženú hlbokým utrpením! Sotva som mohol uveriť, že to smutné a choré stvorenie pred mojimi očami je pozostatkom živého, žiarivého a zdravím prekypujúceho dievčaťa, ktoré som tak zbožňoval. Čo som si vystál, keď som ju zočil... ale nemám právo zraňovať vás pokusmi opísať to, už som vás dosť potrápil. To, že už bola, podľa všetkých príznakov, v poslednom štádiu tuberkulózy, bolo... áno, v tej situácii mi to prinieslo úľavu. Život už pre ňu nemohol nič vykonať, len dať jej čas, aby sa pripravila na smrť, a ten do-

211

stala. Ubytoval som ju v pohodlnom byte s náležitou obsluhou, každý deň po zvyšok jej krátkeho života som ju navštevoval, bol som pri nej v poslednej chvíli."

Znovu sa zastavil, aby sa upokojil, a Elinor mu precítene vyjadrila svoju hlbokú ľútosť nad osudom jeho nešťastnej priateľky.

„Dúfam, že to vašu sestru neurazí," povedal, „keď som sa nazdával, že sa podobá na moju úbohú potupenú príbuznú. Ich osudy nemôžu byť totožné a keby sa od prírody milá povaha jednej opevnila pevnou mysľou, či šťastnejším manželstvom, mohla byť taká istá, akou raz bude tá druhá. Ale k čomu toto všetko smeruje? Pôsobím, ako by som vás chcel zarmútiť len tak pre nič za nič. Ach! Slečna Dashwoodová, táto téma, štrnásť rokov nedotknutá... je nebezpečné sa jej teraz vôbec dotýkať! Zhrniem to, budem stručnejší. Zverila mi do opatery svoje jediné dieťa, dievčatko, plod jej prvého hriešneho vzťahu, ktoré malo vtedy asi tri roky. Ľúbila ho a vždy si ho nechávala pri sebe. Bolo to pre mňa ocenenie, hlboká dôvera; a veľmi rád by som sa tohto záväzku ujal v plnej miere a osobne dozeral na jej výchovu, keby to moja situácia dovolila, ale nemal som rodinu, domov, a preto som poslal maličkú Elizu do školy. Vídal som ju tam zakaždým, keď sa dalo, a po smrti môjho brata (čo sa stalo pred piatimi rokmi, čím na mňa prešiel rodinný majetok), pravidelne za mnou chodievala do Delafordu. Vydával som ju za svoju vzdialenú príbuznú, no som si plne vedomý, že ma všetci podozrievali z oveľa bližšieho vzťahu k nej. Teraz uplynuli tri roky (len čo dovŕšila štrnásty rok), čo som ju zobral zo školy, zveril ju do starostlivosti veľmi dôveryhodnej dámy bývajúcej v Dorsetshire, ktorá má na starosti ďalších štyri či päť dievčat v rovnakom veku, a dva roky som mal dosť dôvodov tešiť sa z jej položenia. No vlani vo februári, asi pred rokom, náhle zmizla. Dovolil som jej (veľmi nerozumne, ako sa potom ukázalo), na jej naliehavú žiadosť, odcestovať do Bathu s jednou z jej mladých priateliek, ktorá tam sprevádzala otca do liečivých kúpeľov. Poznal som ho ako veľmi dobrého muža a o jeho dcére som si myslel len to najlepšie, hoci si to ani nezaslúžila, lebo vďaka tvrdohlavému a neuváženému mlčaniu nič neprezradila, neposkytla ani stopu, a pritom určite o všetkom vedela. Myslím, že jej otec, dobromyseľný, no neveľmi bdelý muž, naozaj nevedel povedať nič; lebo sa väčšinu času uzatváral doma, kým dievčatá sa túlali po meste a nadväzovali známosti, aké sa im žiadalo; a on sa ma pokúsil presvedčiť, rovnako skalopevne, ako bol presvedčený on sám, že sa jeho dcéra na tejto záležitosti nijako nezúčastnila. Skrátka, nedozvedel som sa nič iné, len to, že odišla; všetko ostatné zostávalo po osem mesiacov len dohadmi. Viete si predstaviť, čo som si myslel, ako som sa cítil, a čo som si aj vytrpel."

„Nebesá!" zvolal Elinor, „azda to bol... mohol to byť Willoughby...?"

„Prvú správu o nej," pokračoval, „mi napísala ona sama v októbri. Poslali ju za mnou z Delafordu a zastihla ma práve v to ráno, keď sme plánovali výlet do Whitwellu, a to bol dôvod, prečo som musel tak náhle odísť z Bartonu, čo, ako som si istý, sa muselo všetkým vidieť veľmi čudné, a podaktorých to, myslím si, aj urazilo. Predpokladám, že si pán Willoughby, keď ma očami karhal za takú nezdvorilosť, že kazím spoločnosti zábavu, sotva mohol predstaviť, že ma odvolala nevyhnutná pomoc niekomu, koho uvrhol do biedy a nešťastia; ale *keby* aj o tom vedel, čo by sa tým dosiahlo? Bol by pre úsmevy vašej sestry menej milý či menej pekný? Nie, už dokonal to, čo by neurobil žiadny človek, ktorý *má* súcit s inými. Opustil dievča, ktoré v jeho mladosti a nevinnosti zviedol, a to v situácii nanajvýš tiesnivej, dievča, ktoré nemalo domáce zázemie, pomoc, priateľov a ktoré ani nevedelo, kam sa podel! Opustil ju s tým, že sa vráti; nevrátil sa, ani nenapísal, ani jej nepomohol!"

„To prekračuje všetky hranice!" vykríkla Elinor.

„Teraz už poznáte jeho pravý charakter: výstredný, zhýralý a horší než oboje. Keď to všetko viete, ako som to vedel ja po celé predchádzajúce týždne, uhádnete, čo som musel cítiť, keď som vídal vašu sestru takú zaľúbenú do neho, a keď ma ubezpečovali, že sa má za neho vydať; uhádnete, čo som musel prežiť kvôli vám všetkým. Keď som k vám minulý týždeň prišiel a zastihol som vás osamote, rozhodol som sa, že zistím pravdu, hoci som si dopredu nerozvážil, čo mám urobiť, keď sa ju naozaj *dozviem*. Moje správanie sa vám muselo vidieť zvláštne, ale teraz už ho iste chápete. Pretrpieť, že vás všetkých oklamal, vidieť vašu sestru... ale čo som mal urobiť? Nemal som nádej, že by sa mi podarilo nejako zasiahnuť, a podchvíľou som si namýšľal, že by ho vaša sestra mohla svojím vplyvom predsa len napraviť. Ale teraz, po takom nehanebnom zneužití, kto môže povedať, aké s ňou mal v skutočnosti plány? Avšak nech boli akékoľvek, teraz môže, a v budúcnosti bezpochyby aj *bude,* veľmi vďačná za svoje súčasné položenie, ak sa to porovná s chuderkou Elizou, keď si uvedomí zúfalú a beznádejnú situáciu toho úbohého dievčaťa, a v mysli si ju vybaví s takou silnou láskou k nemu, presne takou istou, ako je jej, a s dušou plnou mučivých výčitiek svedomia, ktoré ju budú po celý život sprevádzať. Istotne bude takéto prirovnanie užitočné. Zistí, že jej vlastné trápenie nie je také veľké. Nepochádza totiž z hriešneho pomeru a neprinesie jej hanbu. Naopak, každý priateľ jej vďaka nemu musí byť ešte bližší. Súcit s jej nešťastím a ocenenie jej statočnosti zaiste posilní každú náklonnosť. Ale povedzte jej to s vám vlastným taktom. Vy najlepšie viete, aký bude účinok vašich informácií; ale keby som skutočne z celého srdca neveril, že to poslúži dobrej veci, že to zmierni jej žiaľ, nedovolil by som si obťažovať vás trápeniami mojej rodiny takýmto dlhým rozprávaním, ktoré môže vyznieť, ako by som sa chcel na úkor ostatných vyzdvihovať."

Po týchto slovách mu Elinor vrúcne poďakovala a ubezpečila ho, že keď sa o tom Marianne dozvie, bude to mať na ňu silný vplyv.

„Väčšmi ma zabolelo," povedala, „že sa ho pokúšala ospravedlniť, než to ostatné; lebo to trýzni jej dušu oveľa väčšmi, než absolútne presvedčenie o jeho naničhodnosti. No teraz, hoci spočiatku bude veľmi trpieť, som si istá, že sa jej stav začne zlepšovať. Stretli ste sa niekedy," pokračovala po krátkom mlčaní, „s pánom Willoughbym, odkedy ste odišli z Bartonu?"

„Áno," odvetil smrteľne vážne, „raz som sa s ním stretol. Jednému stretnutiu sa nedalo vyhnúť."

Elinor vyplašil jeho tón, úzkostlivo na neho pozrela a spýtala sa:

„Čože? Stretli ste sa s ním v..."

„Inak sa nedalo. Eliza mi priznala, hoci veľmi zdráhavo, meno svojho milenca; a keď sa vrátil do mesta, čo sa stalo asi dva týždne po mojom príchode, dohodli sme si miesto schôdzky,* on, aby sa obránil, ja, aby som potrestal jeho činy. Ani jeden z nás nebol zranený, a tak sa o tom stretnutí nikto nedozvedel."

Elinor si povzdychla, že považoval takýto čin za nevyhnutný, no nepokúšala sa vyčítať ho mužovi a vojakovi.

„Takže taká je podobnosť medzi matkou a dcérou!" povedal plukovník Brandon po krátkej odmlke. „A takto mizerne som splnil svoj záväzok!"

„Ešte je v meste?"

„Nie, len čo sa zotavila po šestonedelí, lebo som ju našiel tesne pred pôrodom, presťahoval som ju aj s dieťaťom na vidiek a tam už zostane."

Krátko nato si uvedomil, že pravdepodobne zdržiava Elinor od starostlivosti o sestru, a tak po jej opätovných slovách vďaky ukončil návštevu a nechal ju s dušou plnou súcitu a úcty k nemu.

---

* Súboja.

DESIATA KAPITOLA

Keď slečna Dashwoodová zopakovala podrobnosti tohto rozhovoru sestre, čo sa stalo takmer vzápätí, nezožala presne tú odozvu, v ktorú dúfala. Nezdalo sa, že by Marianne neverila niečomu z jej rozprávania, pretože ju počúvala sústredene a odovzdane, nevzniesla ani jednu námietku, ani nič nepoznamenala, ba ani sa nepokúšala Willoughbyho obhajovať, len jej slzy prezradili, že sa jej to vidí nemožné. No hoci jej prejavy ubezpečili Elinor, že sa jej *podarilo* vzniesť do sestrinej mysle dôkazy o jeho vine, aj keď s uspokojením videla, že sa od tej chvíle nevyhýbala plukovníkovi Brandonovi, keď k nim zašiel, a ani rozhovoru s ním, ba dokonca sa s ním dobrovoľne rozprávala s akýmsi uznanlivým súcitom; a hoci videla, že jej duša už nie je taká rozorvaná ako predtým, bolo zrejmé, že si stále rovnako zúfa. Jej myseľ sa upokojila, no ustálila sa na pochmúrnej skľúčenosti. Willoughbyho poklesky brala ešte bolestnejšie než stratu jeho srdca; skutočnosť, že zviedol slečnu Williamsovú a ušiel, nešťastie toho úbohého dievčaťa a pochybnosti o tom, aké úmysly *azda* mohol mať aj s ňou, jej natoľko nivočili dušu, že sa nedokázala prinútiť zveriť so svojími pocitmi dokonca ani Elinor, a jej tiché rozjímanie nad svojím žiaľom jej sestru zabolelo ešte ostrejšie, než keby o ňom otvorene hovorila a častejšie sa k nemu priznala.

Keby sa k tomu pridali slová a city pani Dashwoodovej, keď odpovedala na posledný Elinorin list, bolo by to len opakovanie toho, čo jej dcéry už precítili a vyslovili: sklamanie nemenej bolestné než Mariannino a rozhorčenie dokonca rozhodnejšie než Elinorino. Jej dlhánske listy rýchlo nasledovali jeden za druhým, vypovedali všetko, čo si myslela a čím sa trápila, vyjadrovali jej úzkostlivú starosť o Marianne a prosili, aby sa vo svojom nešťastí držala statočne. Mariannina rana musela byť vskutku hlboká, keď jej matka hovorila o statočnosti! A základom týchto prejavov ľútosti iste bolo jej vlastné pokorenie a poníženie, o ktorom si však sama želala, aby si ich Marianne nepripúšťala.

V rozpore so snahou o pokoj vlastnej duše pani Dashwoodová rozhodla, že bude pre Marianne lepšie, keď sa teraz bude zdržiavať hocikde inde, len nie v Bartone, kde by jej každý pohľad na okolie privolával bolestné a mučivé spomienky, neustále by jej pred oči kládol Willoughbyho, ako ho tu zvykla vídať. Odporúčala teda svojim dcéram, aby rozhodne neskracovali svoj pobyt u pani Jenningsovej, ktorý mal podľa vzájomného súhlasu, hoci sa na tom nikdy presne nedohodli, trvať najmenej päť či šesť týždňov. Rozmanité rozptýlenia, záujmy a spoločnosť by boli v Bartone nevyhnutnosťou, no nedali sa zadovážiť, a tie mohli, ako dúfala, Marianne načas vtiahnuť do iných záujmov, než bolo jej trápenie, a dokonca ju mohli azda aj pobaviť, i keď ich asi bude v tejto chvíli odmietať.

Matka sa tiež domnievala, že mesto môže Marianne lepšie ukryť pred nebezpečenstvom, že znovu stretne Willoughbyho, než vidiek, keďže sa k nemu teraz nebudú hlásiť známi, ktorí sa považujú za jej priateľov. Sotva si niekedy vojdú do cesty zámerne; nedbalosť ich len s malou pravdepodobnosťou vystaví takému prekvapeniu a náhoda mu uprostred londýnskeho davu praje ešte menej než v odľahlom Bartone, kde jej ho môže priviesť do cesty počas návštevy v Allenhame po jeho svadbe, čo pani Dashwoodová spočiatku síce iba predvídala, no napokon sa z toho v jej mysli vyvinula zaručená udalosť.

A predsa mala aj iný dôvod želať si, aby jej deti zostali tam, kde sú; z listu od svojho nevlastného syna sa dozvedela, že sa aj s manželkou v polovici februára chystajú do mesta, a považovala za správne, aby sa s bratom občas stretli.

Marianne sľúbila, že sa bude riadiť matkiným želaním, a podvolila sa mu bez reptania, hoci sa vyvŕbilo celkom opačne, než očakávala, a než si priala, a hoci cítila, že nie je celkom správne, zakladá sa na mylných predpokladoch a že keď od nej vyžaduje, aby ďalej pobudla v Londýne, zbavuje ju tým jedinej možnosti na zotavenie sa z trápenia, a to materinskej podpory, a odsúdila ju do spoločnosti a prostredia, ktoré jej nedá ani na okamih vydýchnuť.

Bolo však pre ňu veľkou útechou, že aj keď jej dlhý pobyt tu neprinesie nič dobrého, môže priniesť prospech jej sestre, a Elinor sa naopak v predtuche, že nebude v jej silách celkom sa vyhnúť Edwardovi, upokojovala, že hoci ich zotrvávanie tu mieri proti jej vlastnému šťastiu, bude pre Marianne lepšie, než urýchlený návrat do Devonshire.

Úzkostlivá snaha ochrániť sestru pred tým, aby ešte niekedy začula Willoughbyho meno, nevyšiel nazmar. Hoci o nej Marianne nevedela, naplno si ju užila, lebo ani pani Jenningsová, ani sir John, ba dokonca ani samotná pani Palmerová o ňom pred ňou nikdy nehovorili. Elinor si priala, aby sa tá istá ohľaduplnosť rozšírila aj na ňu, ale to sa nedalo, a tak deň čo deň musela počúvať ich pobúrené reči.

Sir John si vôbec nedokázal predstaviť, že je niečo také možné: ,Muž, o ktorom si vždy myslel len dobré! Taký dobrosrdečný chlapík! Neveril, že by sa v Anglicku našiel odvážnejší jazdec! Bola to nevysvetliteľná záležitosť. Z celého srdca na neho zvolával hromy a blesky. Už mu nepovie ani slovo, ani za svet sa s ním nestretne! Nie, ani keby to bolo na bartonskej postriežke, a zvykli tam spoločne čakávať aj dve hodiny. Taký darebák! Zákerný pes! A pri poslednom stretnutí mu ponúkol jedno z Follinych šteniatok! A takto sa to všetko skončilo!'

Pani Palmerová sa tiež svojím spôsobom hnevala. Rozhodla sa okamžite ukončiť ich známosť a veľmi si pochvaľovala, že sa s ním nikdy osobne nestretla. Z celého srdca si želala, aby Combe Magna nebola tak blízko Clevelandu; ale to nie je podstatné, lebo to bolo aj tak priďaleko na návštevy; tak veľmi ho nenávidela, že sa zapovedala, že nikdy nespomenie jeho meno a chystala sa každému, koho stretne, povedať, čo je to za naničhodníka.

Potom osvedčila zvyšok svojho pochopenia, keď si zadovážila všetky podrobnosti o jeho blížiacej sa svadbe, ktoré sa jej podarilo zohnať, a za čerstva ich oznamovala Elinor. Čoskoro jej vedela povedať, v ktorej dielni vyrábajú nový koč, s ktorým psom sa dal pán Willoughby namaľovať, a v ktorom obchodnom dome si možno prezrieť svadobné šaty slečny Greyovej.

Pokojná a zdvorilá nezúčastnenosť lady Middletonovej v tejto veci znamenala vítanú útechu pre Elinorinu dušu, ubolenú pričastým odolávaním hlučným láskavostiam ostatných. Bolo pre ňu najväčšou úľavou, keď si bola istá, že aspoň u *jednej* osoby spomedzi jej priateľov tieto udalosti nevzbudzujú záujem, odľahlo jej, keď vedela, že je tam *niekto*, kto dokázal pri stretnutí s ňou nevyzvedať podrobnosti, či neprejaviť ani najmenšiu starosť o zdravie jej sestry.

Každá vlastnosť sa podľa momentálnych okolností z času na čas cení väčšmi, než je jej skutočná hodnota, a Elinor občas dotieravá sústrasť natoľko potrápila, že za účinnejšiu pomoc, než dobrosrdečnosť, považovala dobrú výchovu.

Lady Middletonová vyjadrila svoj postoj k celej veci len raz za deň, alebo dvakrát, ak sa téma naniesla do rozhovoru veľmi často, a to týmto spôsobom: „Aké šokujúce!", a vďaka tomuto ustálenému, hoci veľmi jemnému citovému uvoľneniu dokázala od počiatku nielen vídať slečnu Dashwoodovú bez najmenšieho pohnutia, ale veľmi skoro sa s nimi stretávala bez toho, že by si spomenula čo len na slovko z celej záležitosti; a keď takto zdôraznila nadradenosť vlastného pohlavia a vyjadrila svoju ostrú výčitku voči pohlaviu opačnému, cítila sa natoľko oslobodená od okolitého diania, aby sa ďalej zaoberala vlastnými schôdzkami, a napokon sa rozhodla (aj keď celkom proti vôli sira Johna), že keďže pani Willoughbyová bude elegantnou a bohatou dámou, zanechá jej svoju navštívenku, len čo sa vydá.

Nevtieravé a taktné otázky plukovníka Brandona nikdy neboli pre slečnu Dashwoodovú nevítané. Navyše si získal privilégium dôverne sa rozhovoriť o sestrinom sklamaní so svojím priateľským zápalom, ktorým sa ho pokúšal zmierniť, a zakaždým spolu komunikovali vo vzájomnom porozumení. Za svoje odhalenie minulých žiaľov a súčasnej pokory sa mu dostalo odmeny, keď si ho Marianne občas prezerala ľútostivým pohľadom a obracala sa na neho nežným hlasom (hoci sa to nestávalo často), kedykoľvek sa tomu nemohla vyhnúť alebo to považovala za svoju povinnosť. *To* ho presvedčilo, že jeho snaha mu získala u nej priazeň, a tiež naplnilo Elinor nádejou, že Mariannina srdečnosť k plukovníkovi bude ešte rásť; ale pani Jenningsová, ktorá nemala o tom ani potuchy, ktorá len vedela, že je plukovník rovnako vážny ako predtým a že ho ani nedokáže presvedčiť, aby sám požiadal Marianne o ruku, ani nie je oprávnená urobiť to za neho, si na sklonku druhého dňa začala myslieť, že sa nevezmú nielen v deň letného slnovratu, ale ani do Michala, a na konci týždňa, že sa to vôbec nestane. Porozumenie medzi plukovníkom a slečnou Dashwoodovou sa jej zdalo dostatočné, aby z neho usudzovala, že pôžitky moruše, umelého potoka či tisovej besiedky bude užívať práve ona; a preto pani Jenningsová na istý čas prestala myslieť na pána Ferrarsa.

Začiatkom februára, asi dva týždne po doručení Willoughbyho listu, sa Elinor musela ujať bolestnej úlohy oznámiť sestre, že sa oženil. Postarala sa, aby len čo bolo známe, že sa obrad skončil, dostala tú správu najprv sama, lebo jej záležalo na tom, aby sa to Marianne nedozvedela z novín, ktoré ju každé ráno vídala veľmi horlivo prezerať.

Marianne prijala zvesť statočne a vyrovnane, nič nepovedala a spočiatku ani neplakala, ale po krátkej chvíli prepukla do sĺz a po zvyšok dňa sa cítila rovnako poľutovaniahodne, ako keď sa po prvýkrát dopočula, že má tento krok očakávať.

Len čo sa Willoughbyovci zosobášili, odišli z mesta, a Elinor dúfala, že sa jej teraz, keď už nehrozí nebezpečenstvo, že sa Marianne s niekým z nich stretne, prehovorí sestru, ktorá nevychádzala z domu, odkedy sa na ňu tá strašná rana privalila, aby postupne začali chodiť von tak ako predtým.

Asi v tomto čase sa slečny Steelové, ktoré nedávno pricestovali k bratancovi do Bartlettových domov v Holborne,* znovu pripomenuli svojim vznešenejším príbuzným na Conduit Street a Berkeley Street, a privítali ich tam veľmi srdečne.

Jedine Elinor banovala, že ich znovu vidí. Ich prítomnosť jej zakaždým prinášala trápenie a ani nedokázala dostatočne slušne odpovedať na Lucino rozplývanie sa nad skutočnosťou, že ich *ešte* našla v meste.

„Bola by som veľmi sklamaná, keby som vás tu *už* nezastihla," opakovala dokola so značným dôrazom. „Ale stále som si myslela, že vás *zastihnem*. Takmer som si bola istá, že neodídete z Londýna po takom krátkom pobyte; hoci ste mi *povedali*, veď viete, v Bartone, že ne-

_____

* Holborn – štvrť v centre Londýna.

môžete zostať dlhšie než *mesiac*. Ale podchvíľou som si myslela, že asi zmeníte svoj názor, keď k tomu príde. Bola by škoda odísť skôr, než príde váš brat a švagriná. A teraz, pravdupovediac, nemáte dôvod *ponáhľať* sa odtiaľto. Som ohromne rada, že ste nedodržali *svoje slovo*."

Elinor ju dokonale pochopila a bola nútená použiť všetko svoje sebaovládanie, aby sa tvárila, že *nie*.

"Tak, moja drahá, ako ste cestovali?" spýtala sa pani Jenningsová.

"Verte mi, že nie dostavníkom," odvetila slečna Steelová s jasotom, "celú cestu sme šli poštovým kočom a sprevádzal nás veľký švihák. Dr. Davies cestoval do mesta v poštovom koči, a tak sme si pomysleli, že sa k nemu pridáme, a on sa správal tak jemne a zaplatil o desať či dvanásť šilingov viac než my."

"Ó, skutočne veľmi pekné!" zvolala pani Jenningsová. "A ten doktor je, ručím vám za to, slobodný."

"A teraz si ma," povedala slečna Steelová s afektovaným úškrnom, "všetci s doktorom doberajú, a ja neviem prečo. Moji príbuzní hovoria, že sú presvedčení o tom, že si ho chytím, ale pokiaľ ide o mňa, tvrdím, že som na neho ani na sekundu nepomyslela. ,Bože! Tu ide tvoj švihák, Nancy,' povedala mi minule sesternica, keď videla, ako prechádza cez ulicu k domu. ,Aký môj švihák?' spýtala som sa, nevedela som, koho myslí. Doktor nie je môj švihák."

"No, no, to sú síce pekné reči – ale čo z toho? – vidím, že doktor je ten pravý!"

"Nie, naozaj!" odvetila sesternica s predstieranou vážnosťou. "A prosím vás, ak sa o tom niekedy dopočujete, povedzte, že to nie je pravda."

Pani Jenningsová ju radostne ubezpečila, že to určite neurobí, a slečna Steelová žiarila spokojnosťou.

"Očakávala som, slečna Dashwoodová, že keď do mesta príde váš brat a švagriná, budete bývať u nich," povedala Lucy, aby sa po krátkom pokoji zbraniam opäť vrátila k vlastnému záujmu.

„Nie, myslím, že nebudeme."

„Ach áno, odvážim sa tvrdiť, že budete!"

Elinor už nemala chuť ďalej ju zabávať svojím odporovaním.

„To je fantastické, že vás pani Dashwoodová obe pustila od seba na taký dlhý čas."

„Dlhý čas? Eštežečo!" skočila jej pani Jenningsová do reči. „Veď ich návšteva sa len začala!"

To Lucy umlčalo.

„Škoda, že sa nemôžeme stretnúť s vašou sestrou, slečna Dashwoodová," povedala slečna Steelová. „Je mi ľúto, že sa nemá dobre," lebo Marianne odišla z izby tesne pred tým, než vošli.

„Ste veľmi láskavá. Sestru to bude tiež mrzieť, že premárni príležitosť stretnúť sa s vami; ale nedávno ju vážne zasiahli silné migrény, kvôli ktorým sa nemôže venovať spoločnosti a rozhovoru."

„Ach, zlatko, to je veľká škoda! Ale také staré priateľky, ako sme Lucy a ja! Myslím, že sa mohla s *nami* stretnúť; a som si istá, že by sme nepovedali ani slovo."

Elinor nanajvýš zdvorilo odmietla jej návrh. Marianne si už iste ľahla, alebo je len v župane, a preto za nimi nemôže prísť.

„Ach, keď len to," zvolala slečna Steelová, „môžeme my ísť za *ňou*."

Elinor pocítila, že takáto dotieravosť je na jej trpezlivosť prisilná; ale Lucy ju zachránila pred problémami so sebaovládaním ostrým pokarhaním, ktoré rovnako ako pri iných príležitostiach síce nedodali priveľa miloty jednej sestre, no aspoň pomáhali kontrolovať správanie tej druhej.

JEDENÁSTA KAPITOLA

Marianne jedno ráno po krátkom odpore predsa len vyhovela sestriným prosbám a pristala na to, že s ňou a pani Jenningsovou vyjde z domu na pol hodiny. Výslovne však trvala na tom, že nesmú ísť na žiadnu návštevu, a nebola by vykonala nič iné, len ich odprevadila ku Grayovi na Sackville Street, kam sa Elinor vybrala kvôli predaju niekoľkých kúskov starodávnych matkiných šperkov.

Keď sa zastavili vo dverách, pani Jenningsová si spomenula, že na druhom konci ulice býva istá dáma, ktorú by mala navštíviť; a keďže nemala u Graya čo robiť, dohodli sa, že kým si jej mladé priateľky dohodnú svoje záležitosti, vybaví si svoju návštevu a vráti sa po ne.

Vyšli po schodoch a slečny Dashwoodové zistili, že v obchode je toľko ľudí, že sa nenájde ani jediná predavačka, ktorá by mala čas venovať sa im; a tak museli čakať. Mohli si len sadnúť neďaleko pultu, ku ktorému sa azda dostanú najskôr; stál tam len jeden pán, a Elinor azda aj dúfala, že v ňom vzbudí toľko slušnosti, že sa poberie čo najskôr. Ale jeho presné oko a vycibrený vkus dokázali, že zdvorilosť nie je jeho najlepšou stránkou. Objednával si puzdro na špáradlá, a kým sa nerozhodol pre správnu veľkosť, tvar a dekoráciu, a kým sa všetko doslova nezhodovalo s jeho predstavou, najmenej štvrťhodinu skúšal a komentoval všetky puzdra na špáradlá v celom obchode, nemal času venovať dvom dámam inú pozornosť, než tri či štyri skúmavé pohľady, povšimnutie, ktoré sa Elinor vnorilo do pamäti ako výraz a podoba skutočnej a nefalšovanej bezvýznamnosti, aj keď navlečenej do poslednej módy.

Marianne si vôbec nič nevšímala a vďaka tomu necítila nepríjemnú nevôľu a pohŕdanie v dotieravom spôsobe, akým si prezeral ich postavy, a afektovane preberal každú chybu na všetkých puzdrách na špáradlá, ktoré mu predvádzali, pretože bola rovnako schopná pozbierať svoje myšlienky o okolitom svete a rovnako málo si všímala, čo sa okolo nej deje, tak v obchode pána Graya, ako vo svojej izbe.

Napokon si vybral. Slonovina, zlato a perly si zaslúžili jeho záujem, a keď džentlmen konečne ustanovil posledný deň, v ktorom ešte dokázal žiť bez svojho puzdra na špáradlá, veľmi pokojne a starostlivo si natiahol rukavice a venujúc slečnám Dashwoodovým ďalší letmý pohľad, ale taký, ktorý si skôr pýtal, než vyjadroval obdiv, odpochodoval so šťastným výrazom skutočnej povýšenosti a predstieranej ľahostajnosti.

Elinor nestrácala čas, aby pokročila vo svojom obchode, a už ho takmer uzavrela, keď sa pri nej pristavil iný muž. Obrátila zrak na jeho tvár a s veľkým prekvapením zistila, že je to jej brat.

Ich láska a radosť zo stretnutia celkom stačila, aby si získali v obchode pána Graya veľmi dobré meno. John Dashwood skutočne ani zďaleka nebanoval, že znovu vidí svoje sestry, a to ich uspokojilo, a navyše sa veľmi úctivo a starostlivo spýtal na ich matku.

Elinor sa dozvedela, že sú s Fanny v meste už dva dni.

„Veľmi som sa chcel u vás včera zastaviť," povedal, „ale nedalo sa, pretože sme museli zobrať Harryho do Exeteru* prezrieť si divé zvieratá a zvyšok dňa sme strávili s pa-

---

* Exeter – široká aleja v Londýne, kde sa v tých časoch nachádzal zverinec.

ni Ferrarsovou. Harrymu sa to hrozne páčilo. Dnes ráno som plánoval za vami zájsť, keby sa mi podarilo nájsť voľnú polhodinu, ale človek má zakaždým toľko povinností, keď príde do mesta. Sem som prišiel zahovoriť pečať pre Fanny. Ale myslím, že zajtra určite budem môcť prísť na Berkeley Street a zoznámim sa s vašou priateľkou pani Jenningsovou. Dozvedel som sa, že je to veľmi bohatá žena. A aj Middletonovci, musíte ma s *nimi* zoznámiť. Keďže sú to príbuzní mojej nevlastnej matky, bude ma veľmi tešiť, keď im prejavím svoju úctu. Sú to pre vás na vidieku výnimoční susedia, ak dobre rozumiem."

„Skutočne výnimoční. Tak sa starajú o naše pohodlie! Sú k nám v každej drobnosti takí priateľskí, že to ani nedokážem vysloviť."

„Som nesmierne rád, že to tak je, čestné slovo; nesmierne rád. Ale tak by to malo byť, sú to ohromne bohatí ľudia, vaši príbuzní, a máte teda dôvod očakávať akúkoľvek zdvorilosť a službu, ktorú vám môžu preukázať, aby uľahčili vašu situáciu. A tak ste sa už pohodlne usadili vo vašom dome a nič vám nechýba! Edward nám očarujúco opísal to miesto, povedal, že nič dokonalejšie ešte nevidel, a zdalo sa, že sa mu tam páčilo najväčšmi na svete. Ubezpečujem ťa, že sme sa cítili veľmi spokojní, keď sme sa to dozvedeli."

Elinor sa za brata trochu hanbila a neľutovala, že mu nemusí okamžite odpovedať, lebo prišla služobná pani Jenningsovej a povedala, že jej pani ich už čaká pri dverách.

Pán Dashwood ich odprevadil dolu schodmi, dal sa pani Jenningsovej predstaviť vo dverách jej koča, zopakoval svoje presvedčenie, že sa zajtra bude môcť u nich zastaviť, a rozlúčil sa.

Návštevu vykonal, ako sa patrilo. Prišiel s vymysleným ospravedlnením pre ich švagrinú, že neprišla s ním, ‚ale jej matka ju natoľko zamestnáva, že skutočne nemá čas nikam ísť'. Pani Jenningsová ho však hneď ubezpečila, že si nepotrpí na formality, lebo sú všetci príbuzní alebo čosi podobné, a že ona istotne môže pani Fanny Dashwoodovú veľmi skoro navštíviť a jej švagriné vezme so sebou. John sa k *ním* správal veľmi láskavo, aj keď pokojne; k pani Jenningsovej nanajvýš zdvorilo, a keď krátko po ňom vstúpil aj plukovník Brandon, hľadel na neho so zvedavosťou, ktorá prezrádzala, že už potrebuje len vedieť, či je bohatý, aby sa aj k *nemu* správal rovnako pozorne.

Zostal s nimi asi pol hodiny a potom požiadal Elinor, aby sa s ním prešla na Conduit Street a predstavila ho sirovi Johnovi a lady Middletonovej. Počasie bolo obzvlášť príjemné, a tak ochotne súhlasila. Len čo vyšli z domu, začal sa vyzvedať.

„Kto je plukovník Brandon? Je bohatý?"

„Áno, má výnosný majetok v Dorsetshire."

„To ma teší. Vyzerá ako pravý džentlmen a myslím, Elinor, že ti môžem blahoželať k vyhliadke na veľmi úctyhodnú životnú partiu."

„Mne, brat môj, ako to myslíš?"

„Páčiš sa mu. Pozorne som ho pozoroval a som o tom presvedčený. Aký veľký majetok má?"

„Myslím, že asi dvetisíc ročne."

„Dvetisíc ročne," a na to dospel k vrcholu nadšenej šľachetnosti a dodal, „Elinor, z celého srdca ti želám, aby bol, kvôli *tebe*, dvakrát taký veľký."

„Verím ti," odvetila Elinor, „ale som si celkom istá, že plukovník Brandon nemá ani najmenší záujem oženiť sa so *mnou*."

„Mýliš sa, Elinor, veľmi sa mýliš. Stačí trochu snahy a dostaneš ho. Možnože je v súčasnosti ešte nerozhodný; možno kvôli tvojmu malému venu váha; jeho priatelia by ho pre to mohli od teba odhovárať. Ale trošku pozornosti a povzbudenia, ktoré dámy vedia veľmi dobre použiť, ho napriek vlastnej vôli celkom opantá. A nemáš dôvod to neskúsiť. Nedá sa predpokladať, že máš nejakú inú známosť, ktorá by... skrátka, vieš, pokiaľ ide o tamten vzťah, neprichádza do úvahy, odpor je neprekonateľný – máš dosť rozumu, aby si to vedela. Plukovník Brandon je ten správny muž; a čo sa mňa týka, nedokázal by som mu odoprieť nič, čím ho ty či tvoja rodina môže potešiť. Je to partia, ktorá všetkých uspokojí. Skrátka, je to taká vec," stíšil hlas do tajnostkárskeho šepotu, „ktorú by *všetci zúčastnení* nesmierne privítali." Potom sa trochu spamätal a dodal: „Takže, chcem povedať, všetkým tvojim blízkym úzkostlivo záleží na tom, aby si sa dobre vydala; najmä Fanny, lebo jej tvoj osud leží na srdci, buď si istá. A jej matka, pani Ferrarsová tiež, je to veľmi dobrosrdečná dáma, som si istý, že by ju to ohromne potešilo; tak mi to minule povedala."

Elinor neráčila odpovedať.

„Bola by to udalosť," pokračoval, „dosť zábavná, keby sa Fannin brat a moja sestra naraz sobášili. A predsa to nie je veľmi pravdepodobné."

„Ide sa pán Edward Ferrars ženiť?" spýtala sa Elinor rozhodne.

„Ešte to nie je celkom dohodnuté, ale už sa o niečom takom uvažuje. Má výnimočnú matku. Pani Ferrarsová mu nanajvýš veľkodušne vyjde v ústrety a poručí mu tisícku ročne, ak sa sobáš uskutoční. Tou dámou je ctihodná slečna Mortonová, jediná dcéra nebohého lorda Mortona, ktorá má tridsaťtisíc libier. Veľmi výhodná partia z oboch strán a nepochybujem, že sa časom uskutoční. Tisícka ročne je pre matku dosť veľký peniaz, aby sa ho navždy vzdala, ale pani Ferrarsová má šľachetnú dušu. Poviem ti ešte jeden príklad jej veľkodušnosti: nedávno, len čo sme prišli do mesta, keďže vedela, že iste nemáme v tej chvíli pri sebe hromadu peňazí, strčila Fanny do ruky dvestolibrovú bankovku. To je nesmierne vítané, lebo kým sme tu, musíme mať veľké výdavky."

Odmlčal sa, aby si vypýtal jej prikývnutie a súcit, a Elinor sa teda prinútila povedať:

228

„Vaše výdavky, či už v meste alebo na vidieku, sú iste značné, ale máte aj obrovský príjem."

„Azda nie až taký veľký, ako si niektorí ľudia myslia. Nechcem sa však ponosovať, je to bezpochyby pohodlný príjem, a dúfam, že sa to časom ešte zlepší. Sceľovanie norlandských pozemkov, ktoré teraz prebieha, ma celkom vytroví. A potom, v poslednom polroku som odkúpil farmu East Kingham, určite sa na ňu pamätáš, kde býval starý Gibson. Pozemok sa mi vo všetkých ohľadoch tak veľmi páčil, tak tesne susedil s mojím panstvom, že som považoval za svoju povinnosť kúpiť ho. Nedokázal by som prežrieť vedomie, že padol do cudzích rúk. Človek musí za svoje výdobytky platiť a toto ma *skutočne* stálo strašne veľa peňazí."

„Viac, než sa ti vidí skutočne opodstatnené."

„Prečo? Dúfam, že nie. Na druhý deň som to mohol predať za väčšiu cenu, než som zaplatil; ale vzhľadom na kúpnu cenu, mohol som mať naozaj smolu, lebo cenné papiere boli v tom čase také podhodnotené, že keby som náhodou nemal potrebnú sumu zloženú u svojho bankára, musel by som ich predať s obrovskou stratou."

Elinor sa len usmiala.

„Ďalšie veľké a neodkladné výdavky sme mali po našom presťahovaní sa do Norlandu. Náš vážený otec, ako dobre vieš, odkázal všetky stanhillské hnuteľnosti, ktoré zostali v Norlande (a boli veľmi cenné) tvojej matke. Som vzdialený od toho, aby som sa na to ponosoval; mal nepochybne plné právo naložiť s vlastným majetkom, ako sa mu chcelo. Ale v dôsledku toho sme museli urobiť obrovské nákupy bielizne, porcelánu atď., aby sme doplnili všetko, o čo dom prišiel. Teraz iste uhádneš, ako máme po všetkých týchto výdavkoch ďaleko od bohatstva a aká vítaná je pre nás pomoc pani Ferrarsovej."

„Pravdaže," povedala Elinor, „a keďže vám tak veľkodušne pomáha, dúfam, že to prežijete veľmi pohodlne."

„Ešte rok či dva tomu veľmi pomôžu," odpovedal smrteľne vážne, „no musí sa toho ešte veľa vykonať. Doteraz sme nepoložili ani kameň na stavbe Fanninho skleníka a z kvetinovej záhrady ešte nie je nič, iba vytýčený plán."

„A kde má byť skleník?"

„Na vŕšku za domom. Staré orechy musíme vyťať, aby sa získal priestor. Bude sa skvele vynímať z ktorejkoľvek strany parku, a pred ním sa bude zvažovať kvetinový záhon, bude to neobyčajne pekné. Už sme odstránili všetky hlohy, ktoré sa na tom návrší rozrastali."

Elinor si nechala svoju ľútosť a výčitky pre seba, a bola vďačná, že s nimi teraz nie je Marianne, ktorú by to rozhorčilo.

Keď už jej brat dostatočne objasnil veľkosť svojho majetku a zbavil sa nevyhnutnosti kúpiť obom sestrám náušnice pri svojej budúcej návšteve u Graya, rozveselil sa a začal Elinor blahoželať, že má takú priateľku, ako je pani Jenningsová.

„Je to vskutku vzácna žena. Jej dom, životný štýl, všetko prezrádza jej vysoký príjem; a je to nielen známa, ktorá vám bola doteraz veľmi nápomocná, ale napokon vám môže poskytnúť dôležité výhody. Je to pre vás určite obrovský výraz priazne, keď vás pozvala do mesta, a to dokopy skutočne vypovedá o takej veľkej pozornosti k vám, že keď zomrie, s veľkou pravdepodobnosťou na vás nezabudne. Musí mať toho veľa na rozdávanie."

„Skôr si myslím, že vôbec nič, lebo má len vdovské veno, ktoré pripadne jej deťom."

„Ale nedá sa očakávať, že minie všetok svoj majetok. Len málo ľudí, ktorí majú dosť rozumu, by *to* urobilo, a to, čo ušetrí, bude môcť použiť podľa vlastnej vôle."

„A nezdá sa ti pravdepodobnejšie, že by to zanechala radšej svojim dcéram než nám?"

„Obe jej dcéry sú mimoriadne dobre vydaté, a preto sa mi nevidí nevyhnutné, aby na ne ešte pamätala. Podľa môjho názoru, keď už vám venuje toľko starostlivosti

230

a správa sa k vám takto láskavo, tak trochu do vás vkladá isté nároky na jej budúci ohľad k vám, ktoré statočná žena nemôže obísť. Jej správanie je najláskavejšie na svete, a sotva by mohla robiť toto všetko a nebyť si vedomá, že vo vás môže vzbudiť očakávania."

„Ale týmto všetkým žiadne nevzbudzuje. Skutočne, brat môj, vo svojej úzkostlivosti o náš blahobyt a prospech zachádzaš priďaleko."

„No, pravda," povedal a zdalo sa, že sa spamätal, „ľudia majú vo svojej moci veľmi, veľmi málo. Ale, moja drahá Elinor, čo je s Marianne? Vyzerá veľmi zle, je úplne bez farby a hrozne schudla. Je chorá?"

„Nemá sa dobre, už niekoľko týždňov má problémy s nervami."

„To mi je ľúto. Každá choroba v jej veku môže navždy zničiť jej pôvab! Ten jej bol veľmi krátky! V septembri to bolo najkrajšie dievča, aké som kedy videl, a tak sa o ňu muži zaujímali. V jej kráse videli niečo osobité. Spomínam si, ako Fanny vravievala, že sa vydá skôr a lepšie ako ty, akokoľvek nesmierne ťa má rada, to jej len tak náhodou zišlo na um. Asi sa mýlila. Ktovie, či sa Marianne *teraz* vydá za muža, ktorý by mal viac než päť či šesť stovák ročne, nanajvýš, a veľmi sa mýlim, ak sa *ty* nevydáš lepšie. Dorsetshire! Viem o Dorsetshire veľmi málo, ale, moja drahá Elinor, nesmierne by ma potešilo, keby som sa o ňom dozvedel viac, a myslím, že sa môžem zaručiť, že Fanny a ja budeme patriť k prvým a najvďačnejším hosťom."

Elinor sa dôrazne pokúsila presvedčiť brata, že nie je vôbec žiadna pravdepodobnosť, že sa vydá za plukovníka Brandona, ale pre neho to bola priveľká radosť, aby sa jej vzdal, a skutočne sa pevne rozhodol, že sa s tým džentlmenom zblíži a svojou pozornosťou podporí ich sobáš. Samého ho natoľko mučili silné výčitky svedomia, že svojim sestrám nijako nepomohol, že mu nesmierne záležalo na tom, aby pre ne niekto iný urobil čo najviac,

231

a ponuka na sobáš od plukovníka Brandona či dedičstvo pani Jenningsovej bol najistejší spôsob, ako odčiniť zanedbanie vlastnej povinnosti.

Mali veľké šťastie, že zastihli lady Middletonovú doma, a kým sa ich návšteva skončila, prišiel aj sir John. Obe strany prekypovali zdvorilosťou. Sir John bol náchylný mať rád každého, a hoci pán Dashwood podľa všetkého nevedel nič o koňoch, po chvíľke si ho zaradil medzi dobrosrdečných chlapíkov, zatiaľ čo lady Middletonová zaznamenala jeho dostatočne módny zjav a z toho usúdila, že stojí zato, aby ho zahrnula medzi svojich známych, a pán Dashwood odchádzal nimi oboma nadšený.

„Nesiem Fanny ohromné správy," povedal, keď so sestrou kráčali späť. „Lady Middletonová je skutočne veľmi elegantná dáma! Som si istý, že sa Fanny rada zoznámi s takou ženou. A aj s pani Jenningsovou, neskutočne dobre vychovaná žena, aj keď nie taká elegantná ako jej dcéra. Tvoja švagriná nemusí mať žiadne zábrany navštíviť *ju*, čo, aby som pravdu povedal, tak trochu mala, prirodzene, lebo sme vedeli len to, že pani Jenningsová je vdova po mužovi, ktorý všetky svoje peniaze nadobudol nie práve vznešeným spôsobom; a Fanny a pani Ferrarsová sa svätosväte domnievali, že ani ona, ani jej dcéry nepatria k ženám, s ktorými sa Fanny rada stretáva. Ale teraz jej prinesiem nanajvýš uspokojivý popis oboch."

DVANÁSTA KAPITOLA

Pani Fanny Dashwoodová tak veľmi dôverovala úsudku svojho manžela, že hneď na druhý deň navštívila obe: pani Jenningsovú i jej dcéru, a jej dôvere sa dostalo odmeny zistením, že dokonca aj žena, u ktorej bývajú jej švagriné, rozhodne stojí za povšimnutie, a pokiaľ ide o lady Middletonovú, nazvala ju jednou z najočarujúcejších žien na svete!

Pani Dashwoodová sa lady Middletonovej tiež páčila. Obe oplývali akousi chladnokrvnou sebeckosťou, ktorá ich vzájomne upútala, a mali aj iné spoločné vlastnosti – suché, upäté správanie a absolútny nedostatok chápavosti.

Avšak tie isté spôsoby pani Fanny Dashwoodovej, ktoré sa prihovorili lady Middletonovej, nezodpovedali predstavám pani Jenningsovej, a *jej* sa videlo, že táto žena nie je ničím iným, len hrdopýškou s neúprimným vystupovaním, ktorá sa ani nevie srdečne zvítať s manželovými sestrami, a takmer im nemá čo povedať, lebo zo štvrťhodiny, ktoré venovala svojej návšteve na Berkeley Street, najmenej sedem a pol minúty sedela bez slova.

Elinor túžila vedieť, či je aj Edward v meste, hoci sa na to nechcela vypytovať, ale Fanny by nič neprinútilo dobrovoľne pred ňou spomenúť jeho meno, kým jej nemôže oznámiť, že jeho sobáš so slečnou Mortonovou je už hotovou vecou, alebo kým sa nenaplnia manželove očakávania ohľadom plukovníka Brandona, pretože verila, že sú do seba stále tak silno zaľúbení, že sa ani nedá pri každej príležitosti vyvinúť dostatočne úporná snaha na ich odlúčenie slovami či skutkami. No informácia, ktorú nemohla poskytnúť *ona*, sa dostavila z celkom iných končín. Lucy prišla veľmi skoro, aby si vyslúžila Elinorin súcit, že sa nemôže s Edwardom stretnúť, hoci prišiel do mesta s pánom a pani Dashwoodovými. Neodváži sa prísť do Bartlettových domov, lebo sa obáva odhalenia, a hoci sa ich obojstranná nedočkavosť nedá opísať, teraz nemôžu robiť nič iné, len si písať.

Sám Edward im oznámil svoju prítomnosť v meste vo veľmi krátkom čase, keď k nim dvakrát zašiel na Berkeley Street. Dvakrát sa vrátili z dopoludňajších vybavovaní a našli na stolíku jeho navštívenku. Elinor sa síce potešila, že sa ozval, no ešte viac tomu, že sa minuli.

Dashwoodovci boli Middletonovcami takí nadšení, že hoci nemali veľmi vo zvyku čokoľvek rozdávať, rozhodli sa, že budú pre nich podávať večeru, a čoskoro po tom, ako sa zoznámili, ich pozvali na Harley Street, kde mali už tri mesiace prenajatý pekný dom. Sestry a pani Jenningsovú tiež pozvali a John Dashwood si dal veľmi záležať na tom, aby zohnal aj plukovníka Brandona, ktorý, keďže ho vždy potešilo, keď sa nachádzal tam, kde boli prítomné aj slečny Dashwoodové, prijal jeho naliehavé prosby s istým prekvapením, ale o to väčšou radosťou. Mali sa tam stretnúť s pani Ferrarsovou, ale Elinor sa nepodarilo dozvedieť, či na večeru prídu aj jej synovia. No už len to, že sa mala stretnúť s *ňou*, stačilo, aby sa o udalosť živo zaujímala, lebo hoci sa teraz mohla zoznámiť s Edwardovou matkou bez úzkosti, s ktorou by kedysi bola očakávala ich predstavenie, a hoci sa s ňou už mohla stretnúť a nerobiť si starosti o jej názor na ňu, túžba užiť si spoločnosť pani Ferrarsovej, jej zvedavosť, aká je to žena, v nej ožívala väčšmi než inokedy.

234

Záujem, ktorý sústredila na toto stretnutie, sa čoskoro nato ešte znásobil, hoci skôr bolestne, než radostne, keď sa dopočula, že majú prísť aj slečny Steelové.

Tak dobre sa im podarilo zapísať u lady Middletonovej, tak veľmi jej lichotilo ich zaliečanie, že hoci Lucy celkom iste nepatrila medzi elegantné dievčatá a jej sestre dokonca chýbalo slušné vystupovanie, rovnako pohotovo ako predtým sir John ich požiadala, aby u nich na Conduit Street strávili týždeň či dva: a len čo Dashwoodovci oznámili svoje pozvanie, náhodou prišlo slečnám Steelovým veľmi vhod, že sa tam ubytovali len pár dní predtým, než sa večierok uskutočnil.

Skutočnosť, že boli neterami džentlmena, ktorý sa dlhé roky staral o jej brata, ešte neznamenala, že ich pani Dashwoodová vezme na vedomie, a ani veľmi neprispela k tomu, aby si získali miesta pri stole; ale keďže boli hosťami lady Middletonovej, museli byť vítané, a Lucy, ktorá už dávno túžila osobne sa poznať s členmi rodiny, aby sa bližšie oboznámila s ich charaktermi a aj prekážkami, ktoré tam na ňu čakajú, a aby sa jej naskytla príležitosť pokúsiť sa nejako ich získať na svoju stranu, ešte v živote nebola taká šťastná, ako keď dostala od pani Fanny Dashwoodovej navštívenku.

Na Elinor to zaúčinkovalo celkom odlišne. Hneď začala veriť, že Edward, ktorý býval s matkou, musí byť tiež prizvaný na večierok, ktorý usporiada jeho sestra, a stretnúť sa s ním prvýkrát po tom, čo sa všetko prihodilo, v spoločnosti s Lucy – sotva si vedela predstaviť, ako to vydrží!

Tieto obavy však nemali opodstatnenie a celkom určite sa zakladali na mylných predpokladoch. Rozptýlila ich nie jej vlastná vyrovnanosť, ale Lucina dobrá vôľa, keď jej oznámila, že pevne verí, že ju iste postihne strašné sklamanie a že Edward v utorok určite na Harley Street nepríde, a dokonca sa domnievala, že jej smútok bude trvať oveľa dlhšie, a presviedčala ju, že sa tomu vyhne kvôli nesmiernej láske, ktorú by nedokázal pred ostatnými ukryť, keby sa spolu stretli v tejto spoločnosti.

Prišiel ten osudný utorok, ktorý mal predstaviť dve mladé dámy ich hroznej svokre.

„Poľutujte ma, drahá slečna Dashwoodová!" povedala Lucy, keď spolu kráčali hore schodmi – lebo Middletonovci prišli tak tesne pred pani Jenningsovou, že spoločne kráčali za sluhom po schodoch. „Niet tu nikoho, okrem vás, kto by so mnou cítil. Verte mi, sotva sa držím na nohách. Dobrý bože! O chvíľu uvidím osobu, od ktorej záleží celé moje šťastie – ktorá má byť mojou matkou!"

Elinor ju mohla hneď utešiť poznámkou, že to bude skôr matka slečny Mortonovej než jej, ktorej práve prídu na oči, ale namiesto toho ju len ubezpečila, a veľmi úprimne, že ju naozaj ľutuje, k nevýslovnému Lucinmu úžasu, pretože tá sa síce cítila veľmi mizerne, no dúfala, že je pre Elinor objektom prinajmenšom neprekonateľnej závisti.

Pani Ferrarsová bola drobná chudá žena s formálne vystretou postavou a vážnym, kyslým vzhľadom. Mala takmer sinavú pleť a drobné, nepekné črty, ktorým od prírody chýbal výraz, no zvraštené obočie našťastie zachránilo jej tvár pred výčitkou, že vyzerá nudne, lebo jej dodávalo zreteľne pyšný a zlovestný charakter. Nebola ženou dlhých rečí, na rozdiel od ostatných ich primerane prispôsobila počtu svojich myšlienok; a z tých pár slabík, ktoré vypustila z úst, ani jedna nepatrila slečne Dashwoodovej, na ktorú zazerala s neochvejným rozhodnutím nadovšetko ju neznášať.

Teraz sa už Elinor nemohlo dotknúť jej správanie. Pred niekoľkými mesiacmi by ju nesmierne zranilo, no v tejto chvíli už nebolo v moci pani Ferrarsovej znervózniť ju a rozdiel v jej správaní k slečnám Steelovým, rozdiel, ktorý ju mal zámerne ešte viac pokoriť, ju len pobavil. Mohla sa len pousmiať nad priazňou oboch – matky i dcéry – práve k tejto osobe, lebo Lucy vyznačovali najviac, hoci keby vedeli to, čo ona, práve ju by ponížili zo všetkých najväčšmi; zatiaľ čo Elinor, ktorá ich nijako nemohla raniť, obe demonštratívne ignorovali. Ale kým sa takto v duchu usmievala nad zle nasmerovanou priazňou, nemohla si uvedomiť zlomyseľný zámer, z ktorého pramenila, ani sledovať strojenú pozornosť, ktorou ju slečny Steelové provokovali, bez toho, aby všetkými štyrmi hlboko nepohŕdala.

Lucy radostne jasala nad tým, ako jej prejavujú priazeň, a slečne Steelovej k úplnému šťastiu už chýbalo len to, aby si ju začali doberať s doktorom Daviesom.

Večera bola skvelá, služobníctvo nespočetné a všetko svedčilo o veľkej snahe panej domu predviesť sa a schopnosti pána domu jej to umožniť. Napriek zdokonaleniam a prírastkom k norlandskému panstvu a napriek tomu, že jeho majiteľovi len nedávno hrozilo, že kvôli niekoľkým tisíckam libier bude musieť čosi so stratou predať, nikde nebolo vidieť ani náznak biedy, ktorú sa usiloval z nich vyvodiť, neobjavila sa žiadna chudoba a nedostatok, okrem nedostatku konverzácie: ale tá bola nesmierne chudobná. John Dashwood nemohol o sebe povedať nič, čo by stálo za vypočutie, a jeho žena toho mala ešte menej. To samo osebe však ešte nebolo hanbou, hlavná vina ležala na väčšine ich hostí, lebo tí sa všetci predbiehali v takej či onakej nespôsobilosti ukázať sa ako príjemní spoločníci. Nedostatok inteligencie, prirodzenej, či získanej, nedostatok vyberaného vkusu, dôvtipu a charakteru.

Keď sa dámy po večeri odobrali do prijímacieho salónu, spomínané chyby sa prejavili naplno, lebo rozhovor *udržiavali* rozličnými témami len páni – politikou, sceľovaním pôdy, drezúrou koní –, ale napokon ich vyčerpali, a dámy mohla, kým priniesli kávu, zaujať jediná téma, a tou bolo porovnávanie výšky Harryho Dashwooda s druhým synom lady Middletonovej Williamom, ktorí boli približne v rovnakom veku.

Keby tam boli obaja spomínaní chlapci, celú záležitosť mohli rýchlo uzavrieť tým, že by ich hneď primerali, ale keď tam bol len Harry, obe strany iba rozvíjali svoje dohady a každá mala rovnaké právo na správny odhad a jeho opakovanie znovu a znovu dokola tak často, ako sa im páčilo.

Strany trvali na nasledovnom:

Obe matky, hoci každá bola skutočne presvedčená, že jej syn je vyšší, zdvorilo dávali za pravdu tej druhej.

Obe staré mamy, rovnako zaujaté, no oveľa úprimnejšie, tiež vážne podporovali vlastného potomka.

Lucy, ktorej sotva mohlo záležať na tom, aby potešila jednu matku na úkor druhej, si myslela, že obaja chlapci sú na svoj vek pozoruhodne vysokí, a nezdalo sa jej, že by bol medzi nimi čo len maličký rozdiel, a slečna Steelová s ešte väčším dôrazom drukovala každej z nich tak pohotovo, ako sa len dalo.

Keď sa Elinor už raz priklonila na Williamovu stranu, čím ešte viac urazila pani Ferrarsovú a Fanny, nevidela dôvod ďalšími tvrdeniami presadzovať svoj názor, a Marianne, keď ju vyzvali, aby sa vyslovila, vyhlásením, že sa k tomu nemôže vyjadriť, lebo nad tým nikdy nerozmýšľala, urazila všetky dokopy.

Predtým, než sa Elinor odsťahovala z Norlandu, namaľovala svojej švagrinej pár pekných kozubových zásteniek,* ktoré teraz priniesli so sebou a ako výzdobu postavili do prijímacieho salónu, a keď John Dashwood vstupoval za ostatnými pánmi do izby, padol mu na ne pohľad a veľmi obradne na ne upozornil plukovníka Brandona.

„Je to dielo mojej najstaršej sestry," povedal, „a vám sa, trúfam si tvrdiť, ako mužovi so zmyslom pre krásu, budú iste páčiť. Neviem, či ste niekedy mali príležitosť obo-

---

* Kozubová zástenka – kus dekoratívneho textilu, upevneného v ráme, ktorý slúžil na ochranu tváre pred silnou žiarou ohňa.

známiť sa s jej prácami, ale všetci tvrdia, že kreslí mimoriadne dobre."

Plukovník síce poprel, že by bol znalcom v tomto odbore, no plátna srdečne pochválil, ako by pochválil všetko, čo namaľovala slečna Dashwoodová, a keďže to, pravdaže, vzbudilo záujem aj v ostatných, všetci sa dostavili na prehliadku. Keďže pani Ferrarsová nevedela, že sú to Elinorine výtvory, dožadovala sa obzvlášť hlasno, aby si ich mohla prezrieť, a Fanny ich matke ukázala hneď, ako sa o nich veľmi pochvalne vyslovila lady Middletonová, pričom ju starostlivo informovala, že je to práca slečny Dashwoodovej.

„Hm, veľmi pekné," povedala pani Ferrarsová a bez toho, že by si ich vôbec prezrela, vrátila ich dcére.

Fanny si azda v tej chvíli pomyslela, že sa jej matka zachovala dosť hrubo, lebo sa trochu začervenala a rýchlo povedala:

„Sú veľmi pekné, madam, však?" Ale vzápätí sa zhrozila, že je možno príliš zdvorilá a svoju snahu veľmi prehnala, lebo dodala:

„Nemyslíte si, madam, že trochu pripomínajú štýl slečny Mortonovej? *Ona* naozaj maľuje prekrásne. Tie posledné krajinky sú nádherné!"

„Naozaj nádherné! Ale *ona* robí všetko dobre."

Marianne to nedokázala vystáť. Už bola pani Ferrarsovou značne znechutená a táto zle načasovaná chvála cudzej osoby na úkor Elinor, hoci ani netušila, čo mala znamenať, ju vyprovokovala do podráždenej poznámky:

„Toto je veľmi zvláštna pochvala! Čo má slečna Mortonová s nami spoločné? Kto ju pozná, či koho zaujíma? Teraz hovoríme o Elinor!"

A len čo dopovedala, zobrala plátna z rúk svojej švagrinej a pochválila ich sama tak, ako si zaslúžili.

Pani Ferrarsová vyzerala nesmierne nahnevaná, vytiahla sa ešte strnulejšie než predtým, a na oplátku predniesla túto horkú filipiku: „Slečna Mortonová je dcéra lorda Mortona."

Fanny sa tiež tvárila nahnevane a jej manžel sa obával, že sestra zašla priďaleko. Elinor zranil Mariannin výbuch väčšmi než jeho príčina, ale oči plukovníka Brandona, upreté na Marianne, hovorili, že pre neho bol jej výstup milý, jej láskyplné srdce nedokázalo zniesť, aby sa sestre dostalo poníženia ani v najnepatrnejšej veci.

Mariannino rozrušenie sa ešte neskončilo. Chladná bezočivosť v správaní sa pani Ferrarsovej k jej sestre bola podľa nej predzvesťou takých prekážok a bolesti pre Elinor, aké si len vo svojom ubolenom srdci s hrôzou dokázala predstaviť, a naliehavo pocítila láskyplné nutkanie prejaviť sestre nežnosť, po chvíli podišla k jej stoličke, objala ju okolo krku, pritisla si líce na jej líce, a potom tichým, no zápalistým hlasom povedala:

„Drahá, drahá Elinor, nič si z nich nerob. Nedovoľ im, aby ti spôsobili žiaľ."

Už viac nemohla povedať ani slovo, city ju celkom premohli, skryla si tvár na Elinorino pleco a prepukla do sĺz. Všetkých to upútalo a takmer každému to prišlo ľúto. Plukovník Brandon mimovoľne vstal a podišiel k nim. Pani Jenningsová s veľmi chápavým „ach, dušička," jej okamžite podala voňavku, a sira Johna tento nervový kolaps tak zúfalo vyviedol z miery, že okamžite zmenil miesto, prisunul sa bližšie k Lucy Steelovej a pošepky jej celý šokujúci okamih v skratke vyrozprával.

O niekoľko minút sa však Marianne natoľko spamätala, aby prestala plakať, a usadila sa medzi ostatných, hoci v jej mysli pretrvávala predchádzajúca udalosť po celý večer.

„Chúďa Marianne," povedal jej brat potichu plukovníkovi Brandonovi, len čo sa mu podarilo upútať jeho pozornosť. „Nemá také pevné zdravie ako jej sestra, má slabé nervy, nie je tak dobre stavaná ako Elinor, a človek musí pripustiť, že to je iste veľmi ťažké pre mladú ženu, ktorá bola kedysi krásavica, keď stratí svoj šarm. Asi by ste si to nepomysleli, ale Marianne *bola* ešte pred pár mesiacmi pozoruhodne pekná, celkom taká ako Elinor. Ako vidíte, je to preč."

TRINÁSTA KAPITOLA

Elinor uspokojila svoju zvedavosť na pani Ferrarsovú. Zistila, že má všetky dôvody považovať ich ďalšie vzťahy za neželané. Dozvedela sa dosť o jej pýche, podlosti a hlbokých predsudkoch voči nej, aby pochopila, aké prekážky by sa im plietli do zasnúbenia a zdržiavali ich sobáš, jej a Edwardov, keby bol ešte voľný, a videla toho dosť, aby kvôli *sebe* bola takmer povďačná, že ju jedna ešte väčšia prekážka ochránila pred tým, aby sa trápila výmyslami pani Ferrarsovej, zabránila tomu, aby bola celkom vystavená jej rozmarom či sa snažila získať jej dobrú mienku. Alebo prinajmenšom, aj keď sa jej nepodarilo presvedčiť seba samú, aby sa tešila, že je Edward zasnúbený s Lucy, myslela si, že keby bola Lucy milšia, iste by sa z toho tešila.

Čudovala sa, že sa Lucy cítila tak povznášajúco pri pozornostiach pani Ferrarsovej, že ju jej záujem a samoľúbosť až natoľko zaslepili, aby pokladala priazeň, ktorú jej venovala len preto, lebo to nebola Elinor, za kompliment, a nechala sa povzbudiť práve tou láskavosťou, ktorú jej pani Ferrarsová preukázala, pretože vôbec netušila o jej skutočnom postavení. Ale že to tak bolo, prezradili v tej chvíli nielen Lucine oči, ale sama sa k tomu otvorene priznala na druhý deň ráno, keď ju na jej výslovnú žiadosť lady Middletonová odviedla na Berkeley Street v nádeji, že vystihne príležitosť a osamote sa stretne s Elinor a prezradí jej, aká je šťastná.

242

Vystihla tú správnu chvíľu, lebo pani Jenningsová čoskoro po jej príchode odvolal list od pani Palmerovej.

„Moja drahá priateľka," zvolala Lucy len čo osameli, „prišla som vám povedať, aká som šťastná. Mohlo by byť niečo vítanejšie než to, ako sa ku mne včera pani Ferrarsová správala? Bola taká nesmierne blahosklonná! Viete, ako som sa hrozila myšlienky, že sa s ňou stretnem, ale vo chvíli, keď ma predstavili, jej správanie bolo také vľúdne, že by sa skutočne dalo povedať, že si ma celkom obľúbila. Povedzte, nebolo to tak? Videli ste to a neprekvapilo vás to?"

„Určite k vám bola veľmi zdvorilá."

„Zdvorilá? Nevideli ste v tom nič iné, len zdvorilosť? Ja som si všimla oveľa, oveľa viac. Taká láskavá nebola k nikomu, iba ku mne! Nijaká pýcha, nijaká povýšenosť, a vaša švagriná presne tak isto – len milota a vľúdnosť."

Elinor chcela hovoriť o niečom inom, ale Lucy ju stále nútila priznať, že má dôvod cítiť sa šťastná, a Elinor preto musela pokračovať:

„Bezpochyby, keby vedeli o vašom zasnúbení," povedala, „nebolo by nič priaznivejšie než ich správanie k vám, ale keďže to nevedeli..."

„Tušila som, že to poviete," odvetila pohotovo Lucy, „ale na svete neexistuje dôvod, prečo by sa pani Ferrarsová mala tváriť, že sa jej páčim, keby to tak nebolo, a to, že sa jej páčim, je najdôležitejšie. Nevyhovoríte mi moju spokojnosť. Som si istá, že sa všetko dobre skončí, a nevyskytnú sa prekážky, na aké som často myslievala. Pani Ferrarsová je očarujúca žena, a vaša švagriná tiež. Obe sú skutočne rozkošné! Čudujem sa, že som od vás nikdy nepočula, aká je pani Dashwoodová príjemná!"

Na to Elinor nemala čo povedať a ani sa o to nepokúsila.

„Ste chorá, slečna Dashwoodová? Vyzeráte slabá, nič nehovoríte, naozaj nie ste v poriadku."

„Nikdy som sa necítila zdravšie."

„Tomu sa zo srdca teším, ale skutočne ste tak nevyzerali. Veľmi by ma mrzelo, keby ste boli chorá, *vy*, ktorá ste mojou najväčšou útechou na svete! Bohvie, čo by som si počala bez vášho priateľstva."

Elinor sa pokúsila slušne jej odpovedať, hoci pochybovala, že sa jej to podarí. Zdalo sa však, že Lucy to uspokojilo, lebo hneď odvetila:

„Skutočne som úplne presvedčená o vašej ohľaduplnosti ku mne a hneď po Edwardovej láske je to pre mňa najväčšia útecha. Chudák Edward! Ale teraz je tu jedna dobrá vec: môžeme sa stretnúť a stretávať dosť často, lebo lady Middletonová si tak obľúbila pani Dashwoodovú, že budeme veľmi veľa chodiť na Harley Street, dúfam, a Edward trávi polovicu času u svojej sestry, okrem toho, lady Middletonová a pani Ferrarsová ju teraz idú navštíviť, a pani Ferrarsová a vaša švagriná boli také láskavé, že mi viac ako raz povedali, že sa vždy potešia, keď ma uvidia. Sú to také očarujúce dámy! Som si istá, že ak niekedy poviete vašej švagrinej, čo si o nej myslím, ani to nebudete vedieť vyjadriť dostatočne výstižne."

Ale Elinor nemala náladu povzbudzovať ju v nádeji, že o nej niekedy *bude* hovoriť svojej švagrinej. Lucy pokračovala:

„Som si istá, že by som to zbadala, keby som sa pani Ferrarsovej nepáčila. Keby sa mi, napríklad, len formálne uklonila, bez slova, a viac by si ma nevšímala, a nikdy by na mňa prívetivo nepozrela – viete, čo mám na mysli –, keby so mnou zaobchádzala takým odmietavým spôsobom, v zúfalstve by som ustúpila. To by som nevydržala. Lebo ak k niekomu *pociťuje* odpor, viem, že je hrozne krutý."

Elinor nestihla odpovedať na tento opatrne vyslovený triumf, lebo sa rozleteli dvere a sluha ohlásil pána Ferrarsa a hneď za ním vošiel Edward.

Bol to neskutočne trápny okamih a výraz tváre všetkých troch to vystihoval. Všetci vyzerali nesmierne po-

244

chabo a zdalo sa, že Edward je rovnako blízko k tomu, aby ihneď z izby zmizol, ako pokročil ďalej. Zastihla ich práve tá udalosť, ktorej sa všetci traja úzkostlivo vyhýbali, a vo svojej najneznesiteľnejšej forme. Nielen že sa ocitli pokope, ale aj bez prítomnosti inej osoby. Dámy sa spamätali prvé. Lucy sa nepatrilo vyjsť mu v ústrety a stále bolo potrebné udržať zdanie tajomstva. Mohla preto svoju radosť vyjadriť len *pohľadom*, stručne ho pozdravila a mlčala.

Ale Elinor musela vykonať viac, a tak veľmi jej kvôli nemu a kvôli sebe záležalo na tom, aby to urobila dobre, že sa po chvíľkových rozpakoch prinútila privítať ho takmer s pokojom v očiach i spôsobe, a takmer úprimne, a ďalšie trápenie a ďalšia snaha jej vyrovnanosť ešte zväčšili. Nepripustila, aby jej Lucina prítomnosť, ani vlastné vedomie istej nespravodlivosti k nej samej zabránilo vyjadriť, aká je šťastná, že ho vidí, a že ju veľmi mrzí, ak nebola doma, keď k nim na Berkeley Street v predchádzajúcich dňoch zašiel. Nedala sa zastrašiť, aby mu venovala všetku pozornosť, ktorá mu ako priateľovi a takmer príbuznému patrila, len preto, že ju Lucy sleduje pohľadom, hoci si hneď uvedomila, že ju pozoruje veľmi pozorne.

Jej vystupovanie vrátilo Edwardovi odvahu, a to až toľkú, že sa odhodlal sadnúť si, no jeho rozpaky svojimi rozmermi naďalej nesmierne prevyšovali tie, ktoré pociťovali dámy, čo bolo v tejto situácii prirodzené, hoci u mužov možno zriedkavé; keďže jeho srdce nebolo ľahostajné Lucinmu, a jeho svedomiu patrila útecha Elinorinho.

Lucy sa tvárila veľmi neochotne a zaťato, zdalo sa, že sa rozhodla žiadnym krokom neprispieť k uľahčeniu situácie, a nepovedala ani slovo, takmer všetko, čo v izbe *zaznelo*, vyšlo od Elinor, ktorá musela dobrovoľne porozprávať o matkinom zdraví, ich ceste do mesta atď., na čo sa mal spýtať Edward, no sám to nedokázal.

Jej námaha sa tým však neskončila, pretože po chvíli sa už cítila tak hrdinsky vyrovnaná, že sa pod zámienkou, že privedie Marianne, rozhodla nechať ich osamote a skutočne to vykonala, a to tým najpríjemnejším spôsobom, lebo najprv niekoľko minút veľkodušne postávala na chodbe, a až potom išla po sestru. Vo chvíli, keď to dokonala, sa prípadné Edwardove vyznania museli skončiť, lebo radosť ihneď vyhnala Marianne do prijímacieho salónu. Jej nadšenie sa podobalo všetkým jej ostatným citom, silné samo zo seba, a vyjadrené zodpovedajúcim spôsobom. Privítala ho vystretou rukou, ktorú stisol, a v hlase jej znela sesterská láska.

„Drahý Edward!" volala. „Toto je pre mňa taká šťastná chvíľa! To mi všetko vynahradí!"

Edward sa pokúsil oplatiť jej láskavosť, ako si zaslúžila, ale pred neželanou svedkyňou sa neodvážil vysloviť ani polovicu z toho, čo cítil. Znovu si všetci sadli a chvíľu či dve mlčali; a Marianne s výrečnou nežnosťou hľadela chvíľu na Edwarda a chvíľu na Elinor, ľutujúc len to, že svoju radosť musia kvôli nevítanej prítomnosti Lucy ovládať. Edward prehovoril prvý, začal postrehom, že sa Marianne zmenila, a vyjadril obavy, že jej Londýn vôbec nesvedčí.

„Ach! Nemyslite na mňa!" odpovedala živo, hoci sa jej oči pritom zaliali slzami, „nemyslite na *moje* zdravie. Vidíte, že Elinor sa má dobre. To nám obom musí stačiť."

Jej poznámka nemierila k tomu, aby utešila Edwarda či Elinor, ani nemala získať Lucinu dobrú vôľu, lebo tá na Marianne nehľadela práve blahosklonne.

„Páči sa vám Londýn?" povedal Edward, ktorý sa snažil povedať čokoľvek, len aby zmenil tému.

„Vôbec nie. Čakala som, že tu nájdem viac potešenia, ale žiadne som nenašla. Pohľad na vás, Edward, je jedinou útechou, ktorú mi môže poskytnúť, a vďakabohu, ste taký, aký ste bývali!"

Odmlčala sa – nikto nič nehovoril.

„Myslím, Elinor," dodala po chvíli, „že by sme mali Edwarda využiť, aby na nás dával pozor, keď sa budeme vracať do Bartonu. O týždeň či dva, tuším, pôjdeme, a verím, že by sa Edward neujal tejto úlohy veľmi neochotne."

Chudák Edward čosi zamrmlal, ale nikto nevedel, čo to bolo, dokonca ani on sám. No Marianne zaznamenala jeho rozrušenie, a keďže si ho zaradila k príčinám, ktoré ju samu najväčšmi tešili, celkom sa uspokojila a začala hovoriť o niečom inom.

„Včera sme strávili taký večer na Harley Street, Edward! Taký nudný, taký mizerný večer! Musím vám o tom povedať hromadu vecí, no teraz nemôžem."

A s týmto obdivuhodným taktom odložila svoje vyhlásenia o tom, že ich vzájomní príbuzní sú ešte protivnejší než predtým, a o tom, ako strašne ju znechutila jeho matka, kým sa budú môcť porozprávať v súkromí.

„Ale prečo ste tam neboli, Edward? Prečo ste neprišli?"

„Mal som iné povinnosti."

„Povinnosti! Aké povinnosti, keď sa máte stretnúť s takýmito priateľmi?"

„Slečna Marianne," zvolala Lucy v horlivej snahe pomstiť sa jej, „hádam si nemyslíte, že mladí muži nikdy nedržia svoje slovo, ak sa im ho nechce dodržať, či už je to drobnosť alebo dôležitá vec!"

Elinor sa veľmi nahnevala, ale Marianne sa zatvárila, že si nevšimla jej pichnutie, lebo pokojne odvetila:

„Naozaj nie; lebo, a vážne, som si celkom istá, že len svedomie mohlo Edwardovi zabrániť prísť na Harley Street. A skutočne verím, že má to najjemnejšie svedomie na svete, najsvedomitejšie v dodržiavaní aj tých najdrobnejších záväzkov, a to aj vtedy, ak smerujú proti jeho záujmu či radosti. Strašne sa bojí, že niekomu ublíži, či zmarí niečie očakávania, a zo všetkých ľudí, čo poznám, je úplne najneschopnejší sebectva. Edward, je to tak a poviem to. Vari sa vám nepáči, keď vás chvália? Potom asi nie ste mojím priateľom, lebo tí, ktorým sa dostane mo-

247

jej lásky a úcty, sa musia podrobiť mojim úprimným pochvalám."

Povaha jej chválospevu však v tomto prípade prišla obzvlášť nevhod citom dvoch tretín z jej poslucháčov, a pre Edwarda bola taká žalostná, že sa po chvíli zdvihol k odchodu.

„Odísť tak skoro!" povedala Marianne. „Drahý Edward, to nesmiete!"

A odtiahla ho trochu nabok a pošepkala mu, že je presvedčená, že Lucy už nezostane dlho. Ale aj toto povzbudenie zlyhalo, lebo odišiel, a Lucy, ktorá by tu vysedávala, aj keby jeho návšteva trvala dve hodiny, sa čoskoro pobrala tiež.

„Čo ju sem vodí tak často?" spýtala sa Marianne, len čo bola preč. „Nevidí, že chceme, aby odišla? Edwarda to tak otravuje!"

„A to prečo? Všetky sme jeho priateľky a Lucy sa s ním pozná najdlhšie. Je prirodzené, že ju vidí rovnako rád ako nás."

Marianne na ňu odhodlane pozrela a povedala: „Vieš Elinor, že teraz rozprávaš spôsobom, aký neznášam. Ak ale dúfaš, že budem popierať tvoje tvrdenia, ako sa nazdávam, že dúfaš, mala by si si spomenúť, že ja som posledná osoba na svete, ktorá by to urobila. NezNížim sa k tomu, aby som sa dala obalamutiť vyhláseniami, ktorým sa nedá veriť."

Potom vyšla z izby a Elinor si netrúfala ísť za ňou a prezradiť jej viac, lebo keďže bola viazaná svojím sľubom Lucy, že bude mlčať, nemohla poskytnúť Marianne nijakú informáciu, ktorá by ju skutočne presvedčila, a hoci ju bolelo, že sa Marianne musí aj naďalej mýliť, musela sa tomu podrobiť. Mohla len dúfať, že Edward nebude často vystavovať seba či ju útrapám z Marianninej zaslepenej vrúcnosti, a ani nebude opakovať nič z tej bolesti, ktorá sprevádzala práve sa skončené stretnutie – a mala sto dôvodov v to dúfať.

ŠTRNÁSTA KAPITOLA

V priebehu niekoľkých dní po tomto stretnutí oznamovali noviny celému svetu, že manželka cteného pána Thomasa Palmera bez komplikácií porodila syna a dediča; veľmi zaujímavý a uspokojivý odstavec, prinajmenšom pre tých blízkych známych, ktorí to už vedeli.

Táto udalosť, ktorá veľmi prispela k šťastiu pani Jenningsovej, si vyžiadala dočasnú zmenu v jej časovom rozvrhu a príznačne ovplyvnila povinnosti jej mladých priateliek, keďže si želala tráviť čo najviac času s Charlotte, každé ráno totiž, len čo sa obliekla, utekala k nej a nevrátila sa do neskorého večera; a slečny Dashwoodové na osobitnú žiadosť lady Middletonovej strávili u nej na Conduit Street každučký boží deň. Kvôli vlastnému pohodliu by oveľa radšej zostali aspoň celé dopoludnie v dome pani Jenningsovej; ale nemohli na tom trvať, keď sa to všetkým priečilo. Svoj čas preto venovali lady Middletonovej a dvom slečnám Steelovým, ktoré si ich spoločnosť cenili práve tak málo, ako horlivo tvrdili, že ju vyhľadávajú.

Mali však dosť rozumu, aby boli vítanými spoločníčkami tej prvej, a tie druhé na ne hľadeli žiarlivým zrakom ako na votrelcov na *ich* území, čo im uberajú z láskavosti, na ktorú chceli získať monopol. Hoci sa ťažko dalo predstaviť, že by sa k Elinor a Marianne niekto správal vľúdnejšie než lady Middletonová, v skutočnosti ich vôbec nemala rada. Pretože nelichotili ani jej, ani jej deťom, nazdávala sa, že nie sú dobrosrdečné, a keďže rady čítali, domnievala sa, že sú satiričky: a možnože ani nevedela, čo znamená byť satirikom; ale *to* naozaj nie je podstatné. Bola to všeobecne používaná a ľahko použiteľná pohana.

Ich prítomnosť Lucy aj jej prekážala. Jednej v záhaľke a druhej v zámeroch. Lady Middletonová sa hanbila pred nimi nič nerobiť a obávala sa, že budú opovrhovať Lucy za to, že je hrdá na lichôtky, ktoré vymýšľa a čas od času rozdáva. Slečnu Steelovú ich prítomnosť vyrušovala najmenej z tých troch a v silách slečien Dashwoodových bolo celkom jej to vynahradiť. Keby jej len bola niektorá podrobne vyrozprávala priebeh celého vzťahu medzi Marianne a pánom Willoughbym, považovala by to za štedrú odmenu za to, že kvôli ich príchodu po večeri obetovala najlepšie miesto pri kozube. Ale tejto útechy sa jej nedostalo, lebo hoci pred Elinor často trúsila poznámky o tom, ako jej je ľúto jej sestry, a viac než raz jej pred Marianne vykĺzlo, aká je krása nestála, nedosiahla iný účinok, než nezúčastnený pohľad od prvej či znechutený od druhej. No ešte menšie úsilie, než bolo jej, by z nej urobilo ich priateľku. Keby sa im len chcelo doberať si ju s doktorom! Ale im sa chcelo vyhovieť jej práve tak málo ako ostatným, a ak sir John nevečeral doma, strávila celý deň bez toho, aby čo len začula iné vtipkovanie než to, ktoré si rada venovala sama sebe.

Pani Jenningsová však nemala ani tušenia o všetkej tej žiarlivosti a nespokojnosti, a domnievala sa, že byť pokope znamená pre dievčatá najväčšiu radosť, a každý večer preto zablahoželala svojim mladým priateľkám, že na dlhý čas ušli spoločnosti starej pochabej ženy. Občas sa s nimi stretla u sira Johna a niekedy u nej doma, ale kedykoľvek sa to stalo, vždy mala vynikajúcu náladu, plnú radosti a pocitu užitočnosti, pripisovala Charlottin dobrý zdravotný stav vlastnej starostlivosti, a ochotne im porozprávala také presné a podrobné detaily o jej stave, na aké bola zvedavá najmä slečna Steelová. Len jedna vec ju *skutočne* rozčuľovala a denne sa na ňu ponosovala. Pán Palmer naďalej zastával bežný, no nie práve otcovský názor, rozšírený medzi príslušníkmi jeho pohlavia, že všetky decká sú rovnaké; a hoci sama v rozličných chvíľach jasne vídala nápadnú podobnosť medzi jeho bábätkom a každým členom jeho príbuzenstva na oboch stranách, nikto by o tom nepresvedčil jeho otca, nikto ho nedokázal prehovoriť, že nevyzerá presne tak isto ako každé iné dieťa v jeho veku, a ani sa nedal priviesť k tomu, aby pripustil čo len taký jednoduchý predpoklad, že je to najkrajšie dieťa na svete.

Prichádzam teraz k vylíčeniu nešťastia, ktoré sa asi v tomto čase privalilo na pani Fanny Dashwoodovú. Tak sa stalo, že keď ju jej dve švagriné spolu s pani Jenningsovou po prvýkrát navštívili na Harley Street, iná jej známa sa tam práve v tej chvíli zastavila – na tejto okolnosti samej osebe ešte nebolo nič zvláštne. Ale kým ostatných ich predstavivosť odvádza od zlého úsudku o našom konaní a nerozhodujú sa podľa vonkajších príznakov, ľudské šťastie v istej miere vždy závisí od šťastnej náhody. V tomto prípade sa príchodzia dáma dala uniesť fantáziou až natoľko, že predbehla pravdu a pravdepodobnosť, a len čo sa dopočula mená slečien Dashwoodových a pochopila, že sú sestry pána Dashwooda, okamžite si z toho vyvodila, že bývajú na Harley Street, a toto nedorozumenie im o deň či dva neskôr prinieslo pozvanie, rovnako ako pre ich brata a švagrinú, na malý hudobný večierok v jej dome. Následkom toho sa Fanny musela podrobiť nielen obrovskej nepríjemnosti: poslať po slečny Dashwoodové koč, ba čo horšie, postihla ju taká pohroma, že sa musela tváriť, že je k nim veľmi pozorná; a ktovie, či nebudú chcieť ísť s ňou von aj po druhýkrát? Pravdou bolo, že v jej moci vždy bolo sklamať ich. Ale to ešte nestačilo, lebo keď sa ľudia raz rozhodnú pre konanie, o ktorom vedia, že nie je správne, cítia sa dotknutí, ak od nich niekto očakáva čosi lepšie.

Marianne si postupne natoľko zvykla chodiť von každý deň, že jej začalo byť celkom ľahostajné, či ide alebo nie, a pokojne a mechanicky sa pripravovala na každovečernú zábavu, hoci od nej neočakávala ani najmenšie pobavenie, veľmi často ani netušila, kam sa chystá.

K svojmu zovňajšku sa stala natoľko nedbanlivou, že mu po celý čas jeho prípravy nevenovala ani polovicu pozornosti, ktorú si, keď bola hotová, získala u slečny Steelovej počas prvých piatich minút, odkedy sa stretli. Nič neuniklo *jej* podrobnému skúmaniu a ohromenému začudovaniu; videla všetko, na všetko sa vypytovala, nemala pokoja, kým sa nevyzvedela, koľko stála každá časť Marianniných šiat, uhádla počet všetkých jej večerných rób s oveľa lepším prehľadom než Marianne sama, a nádejala sa, že kým sa rozlúčia, podarí sa jej zistiť, koľko ju týždenne stojí pranie a koľko na seba za rok minie. Toto bezočivé vyšetrovanie navyše zavŕšila komplimentom, ktorý síce myslela ako darček, no Marianne ho považovala za najväčšiu drzosť zo všetkých, lebo najprv musela vystáť inšpekciu ceny a spôsobu ušitia jej šiat, farby topánok a účesu, a potom si bola takmer istá, že si vypočula, že: „čestné slovo, vyzerá veľmi moderne a trúfam si tvrdiť, že bude mať úspech."

S takýmto povzbudením ju teraz prepustila do bratovho koča, do ktorého pohotovo nastúpili päť minút potom, čo zastal pred dverami, a ich dochvíľnosť nebola veľmi po chuti ich švagrinej, ktorá prišla do domu svojej známej pred nimi a dúfala, že budú trochu meškať, čo nemuselo prísť vhod ani jej, ani jej kočišovi.

Na udalostiach toho večera nebolo nič pozoruhodné. Večierok, ako iné hudobné stretnutia, si vyžadoval veľmi početné publikum, ktoré vie oceniť predvedené výkony, a ešte viac takých prítomných, ktorí to nevedia vôbec, a tak ocenenie účinkujúcich, ako zvyčajne, spočívalo na nich samých, prvých súkromných umelcoch v Anglicku, a na ich blízkych priateľoch.

Keďže Elinor nemala hudobné nadanie a ani sa netvárila, že ho má, nezdráhala sa odvrátiť oči od klavíra zakaždým, keď sa jej to hodilo, a pretože ju neobmedzila ani prítomnosť harfy a violončela, s radosťou ich upierala na iné objekty v miestnosti. Pri týchto skúmavých pohľadoch si v skupine mladých pánov všimla práve toho muža, ktorý im u Graya uštedril lekciu z puzdier na špáradlá. Čoskoro si všimla, že sa na ňu pozerá a familiárne sa zhovára s jej bratom, a práve sa rozhodla, že od brata vyzvie jeho meno, keď sa k nej obaja priblížili a pán Dashwood jej ho predstavil ako pána Roberta Ferrarsa.

Oslovil ju neformálne zdvorilo a sklonil hlavu do úklonu, ktorý ju presvedčil rovnako zreteľne, ako by to urobili aj jeho reči, že je presne takým frajerom, ktorého opisovala Lucy. Bolo by pre ňu šťastím, keby jej úcta k Edwardovi záležala menej od jeho dobrých stránok, než od kvalít jeho najbližších príbuzných! V takom prípade by totiž úklon jeho brata pridal poslednú ranu tomu, čo začala zlomyseľnosť jeho matky a sestry. Ale keď sa čudovala rozdielu medzi týmito dvoma mužmi, vôbec nevysvitlo, že by ju prázdnota a nadutosť jedného vyviedla z vľúdneho postoja ku skromnosti a hodnotám druhého. Prečo sú *takí* odlišní, jej v priebehu prvej štvrťhodiny ich rozhovoru vysvetlil Robert sám; keď hovoril o bratovi, posťažoval sa na jeho strašnú *ťarbavosť*, o ktorej bol presvedčený, že Edwarda odvádza od správnej spoločnosti, a otvorene a šľachetne to pripísal skôr smole, že sa mu dostalo súkromného vzdelávania, než jeho povahovým nedostatkom, kým on sám, hoci brata pravdepodobne ničím zvláštnym a závažným neprevyšuje, práve preto, že mal tú výhodu, že navštevoval súkromnú internátnu školu, je vo svete oveľa spôsobilejší než hocijaký iný muž.

„Namojdušu," dodal, „myslím, že v tom nie je nič iné; a tak to aj často hovorievam mojej matke, keď ju to mrzí. ‚Dráhá madam,‘ vravím jej, ‚musíte sa uspokojiť. Tá chyba sa už nedá odčiniť a bola len vaša vlastná. Prečo ste sa dali presvedčiť strýkovi sirovi Robertovi, aby ste Edwarda proti vašej vôli poslali k súkromnému učiteľovi v najháklivejšom období života? Keby ste ho boli poslali do Westminsteru, tak ako mňa, namiesto k pánovi Prattovi, tomuto všetkému by ste predišli.‘ Takto zakaždým hľadím na celú záležitosť a matka si je úplne istá, že urobila chybu.“

Elinor mu neoponovala, pretože akokoľvek si vo všeobecnosti cenila výhody súkromných internátnych škôl, nemohla myslieť na Edwardov pobyt u rodiny pána Pratta s uspokojením.

„Myslím, že bývate v Devonshire,“ nasledovala jeho poznámka, „v letnom dome neďaleko Dawlishu.“

Elinor ho opravila, pokiaľ išlo o ich bydlisko, a zdalo sa, že ho poriadne prekvapilo, že niekto žije v Devonshire a nebýva neďaleko Dawlishu. Potom vyslovil srdečný súhlas s typom domu, v ktorom bývajú.

„Pokiaľ ide o mňa,“ povedal, „mám letné domy nesmierne rád; je tam zakaždým toľko pohodlia, toľko elegancie. A tvrdím, že keby som mal nejaké voľné peniaze, kúpil by som pozemok a nejaký by som postavil neďaleko Londýna, kam by som mohol kedykoľvek zájsť a zobrať so sebou zopár priateľov a cítiť sa šťastne. Každému, kto sa chystá stavať, radím, aby si postavil letný dom. Nedávno prišiel môj priateľ lord Courtland, aby som mu poradil, a rozložil predo mnou tri rozličné Bonomiho* projekty. Chcel, aby som vybral najlepší z nich. ‚Môj drahý Courtland,‘ povedal som mu a hneď som ich všetky hodil do ohňa, ‚neriaď sa žiadnym z nich a postav si letný dom.‘ A myslím, že tak sa to aj skončilo.

Niektorí ľudia si myslia, že bývanie v letnom dome je nepohodlné a nie je tam dosť miesta, ale to sa mýlia. Mi-

---

* Joseph Bonomi (1739 – 1808), taliansky architekt, ktorý sa usadil v Londýne a prispel k výraznému oživeniu klasickej anglickej architektúry.

nulý mesiac som bol u svojho kamaráta Elliotta neďaleko Dartfordu. Lady Elliottová chcela usporiadať tanečný večierok. ,Ale ako to urobíme?' spýtala sa. ,Môj drahý Ferrars, poraďte mi, ako to mám zariadiť. V tomto dome niet dosť miesta, aby sa sem zmestilo desať párov, a kde budeme podávať večeru?' Ja som hneď videl, že to nemôže byť problém, tak som jej povedal: ,Moja drahá lady Elliottová, neznepokojujte sa. Večerná jedáleň pokojne pojme osemnásť párov, kartové stolíky môžete umiestniť do prijímacieho salónu, knižnicu zariadite na podávanie čaju a ostatného občerstvenia, a nech sa druhá večera podáva v salóne.' Lady Elliottová bola nadšená. Premerali sme jedáleň a zistili, že sa tam zmestí práve osemnásť párov a celú záležitosť zorganizovali presne podľa môjho plánu. Takže, naozaj vidíte, ak len ľudia vedia, ako priestor rozšíriť, v letnom dome si môžu vychutnať rovnaké pohodlie ako v najrozľahlejšom príbytku."

Elinor na všetko prikývla, lebo si pomyslela, že si nezaslúži, aby mu sústredene oponovala.

John Dashwood nemal rád hudbu o nič viac než jeho najstaršia sestra a jeho myseľ sa tiež pokojne zaoberala inými záujmami; a počas večera mu zišla na um myšlienka, ktorú po ceste domov predniesol svojej žene, aby ju schválila. Uvažoval o omyle pani Dennisonovej, keď sa domnievala, že jeho sestry u neho aj bývajú, uvedomil si, že by bolo správne, keby ich naozaj pozvali, kým povinnosti zdržiavajú pani Jenningsovú mimo domu. Stáť ich to nebude nič, ani im to nepríde nevhod, a okrem toho to bola pozornosť, ktorú mu jeho svedomie zdôraznilo ako nevyhnutnú podmienku, aby konečne splnil svoj sľub otcovi. Fanny tento návrh vyplašil.

„Neviem si predstaviť, ako by sme to urobili tak, aby sme neurazili lady Middletonovú," povedala, „lebo u nej trávia každý deň; inak by som bola nesmierne šťastná, keby sa to dalo. Vieš, že im zakaždým venujem všetku pozornosť, aká je v mojich silách, ako som ich aj dnes večer predviedla v spoločnosti. Ale teraz sú hosťami lady Middletonovej. Akoby som jej ich mohla odvábiť?"

Jej manžel síce reagoval veľmi pokorne, predsa však nepovažoval jej námietku za dostatočne silnú. „Takto už strávili na Conduit Street celý týždeň a lady Middletonovej nemôže prekážať, keď venujú rovnaký počet dní svojim najbližším príbuzným."

Fanny chvíľu mlčala a potom odvetila rovnako presvedčivo:

„Miláčik, z celého srdca by som ich pozvala, keby to bolo v mojej moci. Ale práve som sa rozhodla, že požiadam slečny Steelové, aby u nás strávili niekoľko dní. Sú to výborne vychované, dobré dievčatá; a myslím, že táto pozornosť im patrí, pretože ich strýko vykonal veľmi veľa pre Edwarda. Môžeme pozvať tvoje sestry niektorý iný rok, veď to vieš, ale slečny Steelové sa už do mesta nemusia dostať. Som si istá, že si ich obľúbiš, naozaj, veď už sa ti predsa veľmi páčia, a aj mojej matke; a Harry ich zbožňuje!"

Pán Dashwood sa dal prehovoriť. Pochopil, že je nevyhnutné ihneď pozvať slečny Steelové, a rozhodnutie, že sestry pozve ďalší rok, jeho svedomie celkom spacifikovalo, aj keď tajne tušil, že budúci rok to už nebude potrebné, lebo Elinor príde do mesta ako manželka plukovníka Brandona a Marianne ako *ich* hosť.

Fanny naradovaná, že sa jej podarilo uniknúť, a pyšná na vlastnú duchaplnosť, ktorá jej to zariadila, hneď na druhé ráno napísala Lucy, a na niekoľko dní ju aj so sestrou požiadala o spoločnosť u nich na Harley Street, len čo ich môže lady Middletonová uvoľniť. To stačilo, aby sa Lucy cítila skutočne a odôvodnene šťastná. Zdalo sa, akoby pani Dashwoodová sama pracovala na jej úspechu, udržiavala všetky jej nádeje a napomáhala jej plány! Príležitosť byť s Edwardom a jeho rodinou bola pre jej záujmy dôležitejšia než čokoľvek iné, a táto pozvánka radostne oblažila jej dušu! Bola to však výhoda, ku ktorej sa nemohla priznať s takou vďakou, akú cítila, a ani sa jej prirýchlo chopiť; a zrazu vyšlo najavo, že hoci návšteva u lady Middletonovej doteraz nebola presnejšie ohraničená, podľa pôvodného plánu sa mala skončiť už o dva dni.

Keď Lucy ukázala Elinor lístok, čo urobila asi desať minút potom, čo ho doručili, Elinor musela po prvýkrát priznať, že Lucine nádeje sú oprávnené, lebo takýto prejav neobyčajnej láskavosti preukázaný po ich krátkej známosti navonok prezrádzal, že veľkodušnosť voči Lucy pochádza z niečoho závažnejšieho, než zo zlomyseľnosti voči Elinor, a časom a zaliečaním sa môže Lucy dosiahnuť všetko, čo si želá. Jej lichôtky si už podrobili pýchu lady Middletonovej a vnikli aj do chladného srdca pani Dashwoodovej, a toto bol dôsledok, ktorý otvoril dvere ešte nehanebnejšiemu nadbiehaniu.

Slečny Steelové sa presťahovali na Harley Street a zo všetkého, čo sa Elinor o ich vplyve na rodinu dopočula, očakávala istú udalosť ešte väčšmi. Sir John k nim zašiel viac ako raz, a tak nadšene popisoval priazeň, ktorej sa slečnám Steelovým dostávalo, až to bilo do očí. Pani Dashwoodová si ešte v živote nikoho neobľúbila tak veľmi ako ich, každej darovala kazetu s potrebami na šitie, ktorú vyrobili nejakí prisťahovalci, volala Lucy jej krstným menom a nevedela, či sa niekedy dokáže s nimi rozlúčiť.

DIEL TRETÍ

PRVÁ KAPITOLA

Pani Palmerová sa koncom druhého týždňa cítila tak dobre, že jej matka usúdila, že už ďalej nie je nevyhnutné tráviť s ňou celé dni, a uspokojila sa s jednou či dvoma návštevami denne, vrátila sa domov k svojim zvykom a zistila, že slečny Dashwoodové sú ochotné opäť sa na nich zúčastňovať.

Asi na tretie či štvrté ráno po svojom znovuusadení na Berkeley Street sa pani Jenningsová vrátila zo svojej zvyčajnej návštevy u pani Palmerovej a vbehla do prijímacieho salónu, kde osamote sedela Elinor, tak náhlivo a taká rozrušená, že Elinor bolo hneď jasné, že sa dopočuje čosi ohromujúce, a stará dáma jej nechala len toľko času, aby si to stihla uvedomiť, a prešla priamo k veci:

„Preboha! Moja drahá slečna Dashwoodová! Počuli ste tú novinu?"

„Nie, madam. O čo ide?"

„Niečo strašné! Ale hneď sa všetko dozviete. Keď som prišla k Palmerovcom, našla som Charlotte bezradne pobiehať okolo bábätka. Tvrdila, že je veľmi choré, plakalo a mrvilo sa, a celé bolo vyhádzané. Okamžite som ho prezrela a ,Panebože! Moja drahá, veď to má len žihľavku,' povedala som a dojka to tiež dosvedčila. Ale Charlotte sa nechcela uspokojiť a poslala po pána Donavana, a našťastie sa práve vracal z Harley Street, takže hneď prišiel, a len čo zbadal dieťatko, povedal to isté, čo my, že

261

to nie je nič iné len vyrážky od zažívania, a tak sa Charlotte konečne upokojila. A potom, keď odchádzal, zišlo mi na um, som si istá, že vôbec neviem, ako ma to mohlo napadnúť, ale prišlo mi na um, aby som sa ho spýtala, či je niečo nové. No a na to sa on zaškeril a vystrúhal grimasu a zatváril vážne a bolo jasné, že čosi vie, a nakoniec pošepkal: ,Z obavy, že sa mladé dámy, ktoré sú pod vašou ochranou, stretnú s nepríjemnými správami o chorobe ich švagrinej, myslím, že je rozumnejšie povedať vám, že dúfam, že nie je nijaký dôvod znepokojovať sa, verím, že sa pani Dashwoodová rýchlo zotaví.'"

„Čože? Fanny je chorá?"

„Presne tak som sa spýtala aj ja, moja drahá. ,Panebože!' povedala som, ,pani Dashwoodová je chorá?' A potom vyšlo všetko najavo; skrátka, zo všetkého, čo som sa dozvedela, mi vychádza toto: pán Edward Ferrars, práve ten mladý muž, s ktorým som si vás toľko doberala (ale teraz, keď už to viem, som strašne rada, že na tom nikdy nebolo ani zrnko pravdy), zdá sa, že pán Edward Ferrars je už rok zasnúbený s mojou sesternicou Lucy! Musí to byť pre vás rana, srdiečko! A ani živá duša o tom netušila, okrem Nancy! Verili by ste, že je niečo také možné? Nemožno sa veľmi čudovať, že sa jeden druhému páčia, ale museli sa tajne dohovoriť a nikto o tom ani netušil! *To* je na tom čudné! Nikdy som ich pokope nevidela, inak by som to bola hneď zistila, v tom som si istá. Tak, museli to udržať v hlbokej tajnosti kvôli pani Ferrarsovej a ani ona, ani váš brat a jeho žena nemali o tom ani potuchy, až do dnešného rána, kedy to chudera Nancy, viete, aká je to dobrá duša, no nie dosť jasnozrivá, všetko vysypala. Iste si pomyslela: ,Panebože! Lucy sa im tak veľmi páči, len čo je pravda, nebudú robiť problémy,' alebo niečo podobné, a pobrala sa za vašou švagrinou, ktorá sedela osamote a vyšívala a ani netušila, čo ju čaká, lebo práve povedala vášmu bratovi, len päť minút predtým, že si myslí, že sa podarí dosiahnuť Edwardov sobáš s dcérou ktoréhosi lorda, zabudla som, ktorého. Takže si viete predstaviť, aká to musela byť rana pre jej samoľúbosť a pýchu. Okamžite upadla do strašnej hystérie a začala tak jačať, že to začul aj váš brat, a ten sedel vo svojej obliekárni o poschodie nižšie a rozmýšľal o liste, ktorý má napísať svojmu správcovi na vidiek. Letel hneď k nej a naskytla sa mu otrasná scéna, lebo aj Lucy práve v tej chvíli pribehla a ani sa jej nesnívalo, čo sa stane. Duša drahá! Tak mi *jej* je ľúto! A musím povedať, že s ňou zaobchádzala hrozne, lebo vaša švagriná jej začala nadávať ako fúria a Lucy omdlela. Nancy padla na kolená a horko plakala a váš brat chodil po izbe a tvrdil, že nevie, čo má robiť. Pani Dashwoodová vyhlásila, že nesmú zostať v dome ani minútu, a váš brat bol nútený tiež sa hodiť na *kolená* a presviedčal ju, aby im dovolila zostať, aspoň kým si zbalia šaty. *Vtedy* znovu dostala hysterický záchvat a on sa tak vyplašil, že poslal po pána Donavana a pán Donavan našiel dom v tomto zmätku. Koč už stál predo dvermi pripravený odviezť moje sesternice preč a ony práve schádzali po schodoch, keď pán Donavan vychádzal, chuderka Lucy, bola v takom stave, povedal, že sotva vládala ísť, a Nancy skoro tak isto. Prehlasujem, že vašu švagrinú vôbec neľutujem, a z celého srdca dúfam, že sa ten sobáš napriek jej vôli uskutoční! Bože môj! Ako Edward vybuchne, keď sa to dopočuje! Takto opovržlivo sa zachovať k jeho milej! Lebo sa hovorí, že je do nej strašne zaľúbený, ako by sa aj patrilo. Nebudem sa čudovať, ak sa veľmi rozzúri! A pán Donavan si myslí to isté. Dlho sme o tom spolu hovorili, a najlepšie zo všetkého je, že sa znovu vrátil na Harley Street, aby bol poruke, keď sa o tom dozvie pani Ferrarsová, lebo po ňu poslali, len čo moje sesternice opustili dom, keďže vaša švagriná si bola istá, že aj ona dostane hysterický záchvat, a to teda môže, to by som jej aj želala. Neľutujem ani jednu z nich. Nemyslím si o ľuďoch, ktorí robia taký rozruch pre peniaze a postavenie, nič dobré. Niet dôvodu, prečo by sa pán Edward a Lucy nemali zosobášiť, lebo som si istá, že pani Ferrarsová môže urobiť pre svojho syna veľmi veľa, a hoci Lucy nemá vôbec nič, lepšie než hocikto iný vie, ako zo všetkého vyťažiť, a odvážim sa tvrdiť, že keby mu pani Ferrarsová dala hoci len päťsto libier ročne, dokázala by si s nimi poradiť tak dobre, ako iný s ôsmimi stovkami. Bože! Ako útulne by sa dokázali zabývať v podobnom domčeku ako je váš, či o kúštik väčšom, s dvoma komornými a dvoma sluhami, a myslím, že by som im mohla poslúžiť chyžnou, lebo moja Betty má sestru bez miesta, ktorá by sa pre nich presne hodila."

Tu pani Jenningsová zmĺkla, a keďže Elinor mala dosť času usporiadať si myšlienky, mohla tak aj odpovedať a poznamenať, čo sa pri podobnej téme dá očakávať. Upokojilo ju, keď zistila, že ju pani Jenningsová neupodozrieva, že sa o túto záležitosť mimoriadne zaujíma, aj to, že sa prestala domnievať (ako si donedávna často želala), že je do Edwarda zaľúbená, a spokojná aj s tým ostatným, keď tu nebola Marianne, cítila sa schopná hovoriť bez rozpakov a vyjadriť, ako dúfala, nestranne svoj názor o konaní každého zainteresovaného.

Nevedela posúdiť, čo od tejto udalosti v skutočnosti očakával, hoci sa vážne pokúšala vyvodiť si pre seba záver, že sa to nakoniec môže skončiť celkom inak, než sobášom Edwarda a Lucy. Túžila vedieť, čo povie pani Ferrarsová a čo urobí, hoci sa nedalo pochybovať, že zakročí prísne; a ešte väčšmi: čo vykoná Edward sám. K *nemu* pociťovala nežný súcit, – k Lucy len nepatrný, a aj to ju stálo trochu námahy –, a k zvyšku zúčastnených vôbec žiadny.

Keďže pani Jenningsová nedokázala hovoriť o ničom inom, Elinor čoskoro pochopila, že je potrebné pripraviť Marianne na jej reči. Nesmela strácať čas, musela ju zbaviť ilúzií a oboznámiť ju s celou pravdou, a pokúsiť sa požiadať ju, aby si vypočula, čo o tom ostatní hovoria a neprezradila, že prechováva súcit k sestre a rozhorčenie k Edwardovi.

Elinor mala teraz podstúpiť strastiplnú úlohu. Vedela, že zaženie nádej, ktorá bola pre jej sestru jedinou útechou v jej žiali – obávala sa, že jej o Edwardovi prezradí podrobnosti, ktoré ho navždy zničia v sestriných očiach –, a podobnosťou ich situácie, ktorá bola v *jej* predstavách nápadná, znovu privodí Marianne hlboké sklamanie. Ale hoci pre ňu bola takáto úloha nanajvýš nevítaná, musela ju splniť, a preto sa ponáhľala ju vykonať.

Vôbec si neželala rozoberať vlastné pocity, ani sa predvádzať, ako veľmi trpí, a keďže sebaovládanie, odkedy sa po prvýkrát dozvedela o Edwardovom zasnúbení, si už nacvičila, musí skúsiť hocičo iné, než ukázať Marianne city, ktoré by hneď využila. Rozprávala jasne a priamo, a hoci sa jej celkom nepodarilo zachovať pokoj, nehovorila s veľkým vzrušením ani trpkým bôľom. *Také* niečo patrilo len k jej poslucháčke, lebo Marianne počúvala s hrôzou a usedavo plakala. Elinor sa vo vlastnom smútku, ktorý nebol o nič menší než sestrin, musela stať utešiteľkou žiaľu iných a ochotne vložila do svojej roly naliehavé uistenia o vlastnom pokoji a vážne očistila Edwarda od všetkých obvinení, okrem nerozvážnosti.

Ale Marianne hodnú chvíľu neverila ani jednému. Edward sa pre ňu stal druhým Willoughbym, a keď sa už Elinor priznala, že ho *naozaj* veľmi vrúcne ľúbila, mohla by trpieť menej než ona? A pokiaľ išlo o Lucy Steelovú, považovala ju za takú strašne nesympatickú, takú absolútne neschopnú zaujať nejakého rozumného muža, že sa najprv takmer vôbec nedala presvedčiť, a potom nebola ochotná prepáčiť mu, že ju, hoci aj dávno, ľúbil. Dokonca nechcela pripustiť, že by to mohlo byť prirodzené; a Elinor ju nechala, aby si to myslela, no s jediným argumentom, ktorý ju mohol presvedčiť: že mužov pozná lepšie.

Prvý rozhovor nesiahal ďalej než po vylíčenie faktov o ich zasnúbení a o tom, ako dlho už trvá. Potom sa Mariannine city zlomili a zastavili všetky detaily, a hodnú chvíľu sa nedalo robiť nič iné, len utišovať jej zármutok, rozptyľovať jej znepokojenie a bojovať s jej rozhorčením. Prvá otázka, ktorou sa vrátila k podrobnostiam, znela:

„Ako dlho to už vieš, Elinor? Napísal ti?"

„Viem o tom už štyri mesiace. Keď vlani v novembri po prvýkrát Lucy prišla do Bartonu, dôverne mi prezradila, že je zasnúbená."

Pri týchto slová sa v Marianniných očiach objavil úžas, ktorý jej ústa nedokázali vysloviť. Po chvíli začudovane vykríkla:

„Štyri mesiace! Už to vieš štyri mesiace?"

Elinor prikývla.

„Čože? Starala si sa o mňa v mojom utrpení a vo svojom srdci si nosila toto? A ja som ti vyčítala, že si šťastná!"

„Nehodilo sa, aby som ti vtedy hovorila, že je to celkom naopak!"

„Štyri mesiace!" zvolala Marianne znovu. „Taká pokojná! Taká veselá! Ako si to mohla uniesť?"

„Vedomím, že robím, čo musím. Sľub, ktorý som Lucy dala, ma nútil udržať tajomstvo. Jej som bola dlžná vyhýbať sa akémukoľvek prezradeniu pravdy a svojej rodine a priateľom nespôsobovať starosť o mňa, ktorá by ma veľmi mrzela."

Zdalo sa, že Marianne to celkom premohlo.

„Tak často som si želala prezradiť to tebe a matke," dodala Elinor, „a raz či dvakrát som sa o to pokúsila, ale kým som nesmela povedať celú pravdu, nebola by som vás presvedčila."

„Štyri mesiace! A aj tak si ho ľúbila!"

„Áno, ale nielen jeho, a kým mi záležalo na pokoji ostatných, bola som rada, že ich môžem ušetriť vedomia, ako zle to znášam. Teraz už na to myslím a môžem o tom hovoriť bez bolesti. Nechcem, aby si sa pre mňa trápila, lebo sa už sama veľmi netrápim, ver mi. Posilňuje ma mnoho vecí. Nie som si vedomá, že by som niekoho sklamala vlastnou nerozumnosťou, a vydržala som to, ako sa len dalo, a pritom som to nikomu nepovedala. Edward sa voči mne nijako neprevinil. Želám mu veľa šťastia, a som si taká istá, že si vždy splní svoju povinnosť, že hoci teraz môže prechovávať istú ľútosť, nakoniec určite bude šťastný. Lucy nechýba cit a na takom základe sa dá postaviť všetko dobré. A napokon, Marianne, vo všetkom, čo je očarujúce na myšlienke jedinej a nehynúcej lásky, a všetkom, čo sa dá povedať o tom, ako ľudské šťastie závisí iba na konkrétnej osobe, neznamená to... nehodí sa to... nie je možné, aby to tak muselo byť. Edward sa ožení s Lucy; ožení sa so ženou, ktorá zjavom a inteligenciou prevyšuje polovicu ostatných žien, a čas a zvyk ho prinúti zabudnúť, že si niekedy myslel, že iná žena prevyšuje *ju.*"

„Ak premýšľaš takto," povedala Marianne, „ak svoju najväčšiu stratu tak ľahko prekryješ niečím iným, tvojej rozhodnosti, tvojmu sebaovládaniu sa možno nedá veľmi čudovať. Začínam ich lepšie chápať."

„Rozumiem ti. Neveríš, že moje city boli silné. Štyri mesiace, Marianne, mi to vŕtalo v hlave a nesmela som o tom povedať ani živej duši; vedela som, že z toho budete ty i matka veľmi nešťastné, keď ti to raz prezradím, a predsa som ťa nemohla na to ani v najmenšom pripraviť. Dozvedela som sa to, istým spôsobom mi to vnútila práve tá osoba, ktorej prednostné zasnúbenie zničilo všetky moje nádeje, a povedala mi to, ako som vyrozumela, triumfálne. Musela som preto odolať aj jej podozreniam a tváriť sa ľahostajne, hoci sa ma to najhlbšie dotýkalo – a nestalo sa to len raz –, musela som znovu a znovu počúvať jej nádeje a nadšené výlevy. Vedela som, že som navždy prišla o Edwarda, a nedozvedela som sa ani jedinú okolnosť, ktorá by ma prinútila menej si želať ten zväzok. Nič nedokazovalo, že je nečestný, a nič mi nevravelo, že mi je ľahostajný. Musela som zápasiť s nevľúdnosťou jeho sestry a bezočivosťou jeho matky, a zniesť trest za vzťah, ktorý sa nenaplní. A to všetko v čase, keď, ako dobre vieš, musela som znášať ešte iné nešťastie. Ak si myslíš, že som schopná citov, *teraz* už musíš vedieť, že som naozaj trpela. Pevná myseľ, s ktorou teraz pristupujem k úvahám o tejto záležitosti, útecha, že som bola ochotná to pripustiť, je dôsledkom neustáleho a bolestivého úsilia, nevytryskli samy zo seba, neobjavili sa hneď na začiatku, aby mi priniesli úľavu. Nie, Marianne. Keby som nebola zaviazaná mlčaním, možnože by ma nič, – aj keď som musela brať ohľad na svojich najbližších –, nebolo udržalo, aby som otvorene dala najavo, že som *veľmi* nešťastná."

Marianne už bola celkom zdrvená.

„Ach, Elinor!" zvolala. „Kvôli tebe sa budem navždy nenávidieť. Zachovala som sa k tebe barbarsky! K tebe, ktorá si bola mojou jedinou útechou, ktorá si so mnou znášala moje nešťastie, tvárila si sa, že sa trápiš len pre mňa! A toto je moja vďačnosť! Len takto ti to vrátim? Pretože tvoj charakter prevyšuje môj, pokúšala som sa ho zničiť."

Po tomto priznaní sa k nej vrúcne pritúlila. V takomto Marianninom rozpoložení nemala Elinor problém vymámiť od nej akýkoľvek sľub, ktorý žiadala, a po jej prosbe Marianne prisľúbila, že nikdy nebude hovoriť o tejto záležitosti čo len s náznakom horkosti, že sa s Lucy stretne bez toho, aby čo len v najmenšom prezradila, že ju ešte viac neznáša, a dokonca so samotným Edwardom, ak ho náhoda k nej niekedy privedie, bez toho, aby mu prejavovala menej srdečnosti než predtým. Boli to obrovské ústupky, ale keď Marianne pocítila, že sestre ublížila, žiadne odškodnenie sa jej nevidelo priveľké.

Obdivuhodne statočne sľúbila, že sa bude správať ohľaduplne. Vystála všetko, čo pani Jenningsová mala o tejto téme povedať, s nepohnutou tvárou, v ničom jej neodporovala a trikrát od nej začuli: „Áno, madam." Počúvala jej chválospevy na Lucy a len raz sa presunula z jednej stoličky na druhú, a keď pani Jenningsová hovorila o Edwardovej láske, len sa jej zovrelo hrdlo. Takýto pokrok v hrdinstve u sestry aj Elinor priviedol k rovnakému u nej samej.

Nasledujúce ráno prinieslo novú skúšku trpezlivosti, keď ich navštívil ich brat, ktorý prišiel so smrteľne vážnou tvárou, aby im vyrozprával hroznú záležitosť a doniesol správy o svojej žene.

„Predpokladám, že ste už počuli," povedal veľmi obradne, len čo sa usadil, „o šokujúcom objave, ktorý sa odohral včera pod našou strechou."

Výrazom tváre to dosvedčili, bol to príliš ťažký okamih, aby hovorili.

„Vaša švagriná neskutočne trpí," pokračoval. „Aj pani Ferrarsová, skrátka, bola to scéna veľmi komplikovaného nešťastia, ale nádejam sa, že búrka prehrmí skôr, než kohokoľvek z nás celkom premôže. Úbohá Fanny! Celý včerajší deň trpela hystériou. Ale nechcem vás veľmi plašiť. Donavan tvrdí, že sa niet čoho obávať; má dobrú telesnú konštitúciu a pevná je ako skala. Všetko to prestála statočne ako anjel! Hovorí, že už si nikdy nebude o nikom nič dobré myslieť, a človek sa jej nemôže čudovať, keď sa tak sklamala! Stretnúť sa s takou nevďačnosťou po tom, čo preukázala toľko láskavosti, vkladala toľko dôvery! Jej láskavá duša nedokáže pochopiť, ako mohla pozvať tieto mladé ženy do svojho domu; urobila to len preto, lebo si myslela, že si zaslúžia istú pozornosť, že sú to neškodné, dobre vychované dievčatá a že budú príjemnými spoločníčkami; lebo inak by sme si obaja veľmi želali pozvať k nám teba a Marianne, kým sa vaša láskavá priateľka starala o svoju dcéru. A teraz takáto odmena! ‚Z celého srdca by som si želala,' hovorí chuderka Fanny svojím láskyplným tónom, ‚aby sme radšej boli pozvali tvoje sestry namiesto nich.'"

Tu sa zastavil, aby vyčkal na poďakovanie, ktorého sa mu aj dostalo, a potom pokračoval:

„Čo si vytrpela pani Ferrarsová, keď jej to Fanny prvýkrát podala, sa nedá ani opísať. Po celý čas, čo z čírej lásky plánovala pre syna najvítanejšiu partiu, mala vlastne predpokladať, že bol tajne zasnúbený s inou! Takáto myšlienka by jej nikdy nebola zišla na um! Ak aj u neho tušila *nejaký* záujem, rozhodne nie v *týchto* končinách. ‚Smerom k tamtým,‘ povedala, ‚som bola celkom pokojná.‘ Prežívala také muky! Dohadovali sme sa, čo robiť, a napokon sa rozhodla poslať po Edwarda. Prišiel. Ale ľúto mi je už len vyličiť, čo nasledovalo. Všetko, čo mohla pani Ferrarsová žiadať, bolo, aby zrušil svoje zasnúbenie, a môžete si domyslieť, že som jej pomáhal argumentmi a Fanny prosbami, ale bezvýsledne. Nebral ohľad na povinnosť, lásku, na nič. Nikdy som si o Edwardovi nemyslel, že je taký tvrdohlavý, taký necitlivý. Matka mu vysvetlila svoje veľkodušné plány na sobáš so slečnou Mortonovou; povedala mu, že by na neho prepísala panstvo Norfolk, ktorý po odpočítaní dane z pôdy vynáša ročne pekných pár tisíc, dokonca mu ponúkla, keď už sa vec ukazovala stratená, že ich navýši o dvanásť stoviek, a na oplátku, ak stále trvá na tomto nehodnom zväzku, varovala ho, že jeho sobáš bude sprevádzať istý trest. Dostane len svojich dvetisíc libier, nikdy viac ho nechce vidieť a natoľko sa vzdiali od svojej ochoty podporovať ho, že ak si vyberie nejaké povolanie kvôli lepším príjmom, urobí všetko, čo bude v jej silách, aby mu zabránila v ňom postupovať.“

V tej chvíli Marianne rozhorčene spľasla rukami a zvolala: „Dobrý bože! Je toto možné?“

„Naozaj sa môžeš čudovať, Marianne,“ odvetil jej brat, „zanovitosti, ktorá vydrží takéto argumenty. Tvoje rozhorčenie je prirodzené.“

Marianne už-už niečo odsekla, no spomenula si na svoj sľub a zháčila sa.

„Darmo sme však naliehali," pokračoval, „Edward hovoril málo, ale to, čo povedal, povedal nadmieru rozhodne. Nič ho vraj nemôže presvedčiť, aby zrušil svoje zasnúbenie. Dodrží sľub, nech ho to stojí, čo chce."

„Tak potom," zvolala pani Jenningsová drsne, no úprimne, už dlhšie nebola schopná mlčať, „sa zachoval ako poctivý muž! Prosím o prepáčenie, pán Dashwood, ale keby urobil niečo iné, považovala by som ho za darebáka. Mám v tejto veci tiež istý záujem, tak ako vy, lebo Lucy Steelová je moja sesternica, a verím, že na svete ani niet lepšieho dievčaťa, ba ani takého, ktoré by si viac zaslúžilo dobrého manžela."

Johna Dashwooda to nesmierne ohromilo, ale mal pokojnú povahu, nedal sa vyprovokovať, a skutočne si nikdy neželal niekoho uraziť, najmä nie niekoho bohatého. Odpovedal preto bez známky rozčúlenia:

„Rozhodne by som si nedovolil neúctivo sa vyjadrovať o žiadnom z vašich príbuzných. Slečna Lucy Steelová je, trúfam si povedať, veľmi príjemná mladá dáma, ale v tomto prípade, viete, ich manželstvo nie je možné. A tajne sa zasnúbiť s mladým mužom, ktorý je zverený do starostlivosti jej strýka, synom dámy, obzvlášť s takým veľkým majetkom, ako je pani Ferrarsová, je azda vcelku trochu výstredné. Skrátka, nechcem hodnotiť správanie žiadnej osoby, ku ktorej prechovávate náklonnosť, pani Jenningsová. Všetci jej želáme, aby bola veľmi šťastná, a konanie pani Ferrarsovej v celej záležitosti zodpovedalo konaniu veľmi statočnej a dobrej matky v podobnej situácii. Dôstojné a veľkorysé. Edward si vybral svoj údel, a ja sa obávam, že zle."

Marianne si v podobnej obave vzdychla a Elinor stislo srdce nad úbohým Edwardom, ktorý vzdoruje matkiným hrozbám kvôli žene, ktorá ho za to ničím neodmení.

„Dobre, pane," povedala pani Jenningsová, „a ako sa to skončilo?"

„Mrzí ma, madam, že musím povedať, že veľmi nešťastne. Edward je navždy vylúčený z matkinej pozornosti. Včera odišiel z jej domu, ale kam išiel, alebo či je ešte v meste, neviem, lebo *my* sme to, pravdaže, nezisťovali."

„Úbohý mladý muž! A čo sa s ním stane?"

„Veru, madam, čo? Je to smutné pomyslenie. Narodil sa s vyhliadkou na také bohatstvo! Neviem si predstaviť žalostnejšiu situáciu. Úroky z dvoch tísícok libier – ako z toho môže nejaký muž vyžiť? A keď si človek spomenie, že nebyť jeho pochabosti, v priebehu troch mesiacov mohol dostať dvetisícpäťsto ročne (lebo slečna Mortonová má tridsaťtisíc libier), neviem si vybaviť mizernejšie postavenie. Všetci s ním musíme mať súcit, a tým viac, že mu nijako nemôžeme pomôcť."

„Úbohý mladý muž!" zvolala pani Jenningsová. „Som si istá, že ho rada privítam na byt a stravu v mojom dome, a to mu aj poviem, ak ho uvidím. Nehodí sa, aby býval kde kade na vlastné útraty v podnájmoch a krčmách."

Elinor jej v duchu ďakovala za toľkú láskavosť voči Edwardovi, hoci nad jej formou sa musela usmiať.

„Keby bol pre seba urobil toľko," povedal John Dashwood, „koľko boli ochotní pre neho vykonať jeho blízki, mohol byť teraz vo vhodnejšej situácii a nič by mu nechýbalo. Ale keď je to tak, nikto mu nesmie pomáhať. A pripravuje sa proti nemu ešte jedna vec, ktorá bude zo všetkých najhoršia – jeho matka sa rozhodla, veľmi prirodzene vo svojom rozpoložení, okamžite prepísať ten majetok, ktorý mal byť v lepšom prípade Edwardov, na Roberta. Dnes ráno, keď som od nej odchádzal, sa o tom práve radila s právnikom."

„Dobre!" povedala pani Jenningsová, „to je *jej* pomsta. Každý má svoje zvyky. Ale k mojim by určite nepatrilo zaopatriť jedného syna len preto, že ma druhý trápi."

Marianne vstala a začala sa prechádzať po izbe.

„Môže mladého muža niečo naštvať viac," pokračoval John, „než keď jeho mladší brat dostane majetok, ktorý mal byť jeho? Úbohý Edward! Úprimne s ním súcitím."

Niekoľkými minútami podobných výlevov a opakovanými uisteniami, že si skutočne myslí, že nie je dôvod obávať sa o Fannino zdravie a že sa preto nemusia znepokojovať, ukončil svoju návštevu a odišiel; a za sebou zanechal tri dámy s rovnakými pocitmi zo súčasnej situácie, prinajmenšom čo sa týkalo konania pani Ferrarsovej, Dashwoodovcov a Edwarda.

Mariannino rozhorčenie vybuchlo, len čo vyšiel z izby, a keďže jeho prudkosť spôsobila, že zdržanlivosť sa stala pre Elinor nemožnou a pre pani Jenningsovú nevítanou, začali zápalisto kritizovať všetkých zúčastnených.

DRUHÁ KAPITOLA

Pani Jenningsová celým srdcom schválila Edwardovo konanie, no len Elinor a Marianne vedeli, ako draho zaň zaplatil. Len ony vedeli, aké slabé pohnútky mal pre svoju neposlušnosť a aká chabá útecha, okrem vedomia, že koná správne, mu pri strate priateľov a majetku zostávala. Elinor oceňovala jeho poctivosť a Marianne mu zo súcitu k jeho trestu odpustila všetky prehrešky. Ale hoci sa týmto verejným odhalením obnovila potrebná dôvera medzi sestrami, ani jednej sa, keď osameli, nechcelo o tejto téme priveľa hovoriť. Elinor sa jej zo zásady vyhýbala, keďže Marianne ju zakaždým príliš vrúcne a príliš nástojčivo ubezpečovala, že je presvedčená, že ju Edward naďalej ľúbi, s čím by sa Elinor už radšej navždy vysporiadala, a čo ju v skutočnosti nútilo ešte väčšmi sa pohrúžiť do vlastných myšlienok, a Marianne čoskoro opustila odvaha rozprávať o tom, čo jej prinieslo ešte väčšiu nespokojnosť s vlastným správaním než predtým, lebo ho nevyhnutne musela porovnávať s Elinoriným.

Toto porovnávanie prežívala príliš hlboko, no nie tak, aby ju to prinútilo väčšmi sa vzchopiť, v čo jej sestra tajne dúfala; neprestajne pociťovala bolestné výčitky svedomia, trpko ľutovala, že sa nikdy viac nesnažila, no od ľútosti sa len hlbšie utápala v mučivom pokání bez nádeje na rozhrešenie. Natoľko klesala na duchu, že aj teraz považovala akékoľvek úsilie pozbierať sa za nemožné, a to ju len ešte viac skľúčilo.

Nasledujúci deň či dva nepočuli nič nové o záležitostiach z Harley Street, ani Bartlettových domov. Ale hoci už doteraz toho vedeli dosť, aby mala pani Jenningsová dosť práce s rozšírením novej správy po okolí bez toho, aby sa potrebovala dozvedať viac, od začiatku sa rozhodla, že len čo bude môcť, navštívi svoje sesternice, aby ich utešila a spýtala sa, ako sa majú, a jediná prekážka – viac hostí než zvyčajne, jej zabránila vybrať sa k nim okamžite.

Tretí deň potom, čo sa dozvedeli podrobnosti, bola taká príjemná, krásna nedeľa, že vytiahla množstvo ľudí do Kensingtonských záhrad, hoci bol len druhý marcový víkend. Pani Jenningsová a Elinor sa k nim pripojili, no Marianne, ktorá vedela, že Willoughbyovci sú už zase v meste a neustále sa hrozila, že ich niekde stretne, radšej zostala doma, ako by riskovala pohyb na takom rušnom mieste.

Len čo vošli do záhrad, pripojila sa k nim dôverná priateľka pani Jenningsovej a Elinor prišlo vhod, že bude mať viac priestoru pre vlastné rozjímanie, keď sa oná dáma bude s nimi prechádzať a zamestná pani Jenningsovú klebetením. Willoughbyovcov nezazrela, ani Edwarda, a hodnú chvíľu nikoho, kto by ju náhodou, či už vážne alebo veselo, zaujal. Napokon ju však prekvapujúco prebralo zo zadumania oslovenie slečny Steelovej, ktorá, hoci sa tvárila trochu nesmelo, bola veľmi spokojná, že ich stretla, a povzbudená mimoriadnou láskavosťou pani Jenningsovej sa na chvíľu odpojila od vlastnej spoločnosti a pridala sa k nim. Pani Jenningsová hneď Elinor pošepkala:

„Vytiahnite z nej všetko, moja drahá. Ak sa jej spýtate, všetko vám vysype. Vidíte, že nemôžem nechať pani Clarkovú tak."

275

Našťastie pre zvedavosť pani Jenningsovej a aj Elinorinu, slečna Steelová by prezradila všetko aj *bez* pýtania, lebo inak by sa asi nič nedozvedeli.

„Som taká šťastná, že som vás stretla," povedala a familiárne ju vzala pod pazuchu, „lebo som sa chcela stretnúť najmä s vami." A tichšie dodala: „Predpokladám, že pani Jenningsová už o všetkom počula. Hnevá sa?"

„Na vás vôbec nie."

„To je dobre. A lady Middletonová, *tá* sa hnevá?"

„Nezdá sa mi, že by sa hnevala."

„Som strašne rada. Dobrý bože! To vám bola taká chvíľa! Nikdy v živote som Lucy nevidela tak zúriť. Prisahala, že mi už nikdy neprizdobí nový klobúk, ani pre mňa neurobí nič iné, pokiaľ budem žiť; ale teraz už je to hádam preč a zase sme také dobré sestry ako predtým. Pozrite sa, včera večer mi prišila na klobúk túto stuhu a zastokla pero. A teraz sa mi budete smiať aj *vy*. Ale prečo by som nemohla nosiť ružové mašle? Čo ma po tom, že je to doktorova obľúbená farba. Pokiaľ ide o mňa, som si istá, že by som sa nikdy nedozvedela, že sa mu ružová *páči* viac než iné farby, keby to náhodou nebol povedal. Moji príbuzní ma s tým tak potrápili! Tvrdím, že niekedy neviem, ako sa mám pred nimi tváriť."

Zabŕdla do témy, o ktorej jej Elinor nemohla nič povedať, a tak čoskoro usúdila, že bude užitočnejšie nájsť cestu späť k tej prvej.

„Tak, slečna Dashwoodová," víťazoslávne vyhlásila, „ľudia si môžu vravieť, čo chcú, o tvrdeniach pani Ferrarsovej, že si Edward Lucy nevezme, lebo to sa nestane, to vám hovorím, a je to hanba rozširovať takéto jedovaté reči. Nech si Lucy o tom myslí, čo chce, viete, ľudia nemajú právo považovať to za istú vec."

„Ubezpečujem vás, že som doteraz o tom nezačula ani slovíčko, ktoré by také niečo naznačovalo," povedala Elinor.

„Ach! Nepočuli ste? Ale dobre viem, že *to* niekto povedal, a nielen jedna osoba, lebo slečna Godbyová povedala slečne Sparksovej, že nikto so zdravým rozumom nemôže čakať, že sa pán Ferrars vzdá takej ženy, ako je slečna Mortonová, s tridsiatimi tisíckami libier vena, kvôli Lucy Steelovej, ktorá nemá vôbec nič, a sama to viem od slečny Sparksovej. A okrem toho aj môj bratanec Richard povedal, že keď k tomu príde, obáva sa, že pán Ferrars odskočí, a keď sa k nám Edward už tri dni nepriblížil, sama som nevedela, čo si mám myslieť, a v srdci cítim, že sa Lucy už zmierila s touto stratou, lebo sme sa od vášho brata vrátili v stredu a po celý štvrtok, piatok i sobotu sme ho nevideli a ani sme netušili, čo sa s ním stalo. Raz mu Lucy chcela napísať, no potom sa jej duša vzbúrila. Ale dnes ráno, práve keď sme sa vrátili z kostola, prišiel a všetko vyšlo najavo, ako po neho v stredu poslali na Harley Street a ako na neho jeho matka a všetci ostatní zaútočili, a ako sa im ku všetkému priznal, že neľúbi nikoho iného, len Lucy, a nikoho iného okrem Lucy si ani nevezme. A že ho tak rozrušilo, čo sa stalo, že len čo odišiel z matkinho domu, sadol na koňa a cválal sem a tam po krajine a zostal v akejsi krčme celý štvrtok a piatok, aby sa upokojil. A keď si to všetko znovu a znovu lepšie rozvážil, povedal, že sa mu to javí tak, že keď teraz nemá majetok a vlastne vôbec nič, že by bolo veľmi nepekné udržiavať ju v takomto záväzku, lebo by jej to muselo priniesť len nešťastie, lebo nemá nič iné, len dvetisíc libier a žiadnu nádej, že bude mať viac, a keby sa aj dal vysvätiť, ako zamýšľal, nedostane lepšie než kaplánske miesto, a ako z toho môžu vyžiť? Nemôže vraj zniesť, že by sa jej nepovodilo lepšie, preto ju prosil, ak jej to čo len v najmenšom prekáža, aby hneď ukončila celú záležitosť a nechala ho postarať sa samého o seba. Sama som počula, že to povedal, celkom jasne. A to, že vôbec žiadal, aby ho zbavila záväzku, bolo len kvôli *nej*, a pre *jej* dobro, nie kvôli nemu. Prisahám, že ani raz nepovedal ani slovko o tom, že by ju nechcel, alebo že by sa chcel oženiť so slečnou Mortonovou, či čosi podobné. Ale, pravdupovediac, Lucy nedopriala sluchu takýmto rečiam a hneď mu odvetila (s celým tým cukrovaním, veď viete – ach jaj, iste viete, že sa to nedá opakovať), priamo mu povedala, že nemá ani najmenšieho pomyslenia, aby zrušila sľub, lebo s ním dokáže žiť aj za drobné, a akokoľvek málo bude v živote mať, veľmi rada to s ním pretrpí, viete, či niečo podobné. Tak vtedy bol strašne šťastný a potom sa hodnú chvíľu radili o tom, čo treba urobiť, a dohodli sa, že by sa mal dať vysvätiť a potom musia so svadbou počkať, kým sa mu naskytne nejaká fara. A od tej chvíle už som nič nepočula, lebo ma zdola volala moja sesternica, že práve prichádza koč s pani Richardsonovou a zoberie jednu z nás do Kensingtonských záhrad; tak som musela vojsť do izby a prerušiť ich, aby som sa Lucy spýtala, či chce ísť, ale ona sa ešte nechcela rozlúčiť s Edwardom, tak som vybehla hore schodmi, natiahla si pančuchy a išla von s Richardsonovcami.“

„Nechápem, čo ste mysleli tým prerušiť ich,“ povedala Elinor, „boli ste predsa všetci v jednej izbe, či nie?“

„Nie, naozaj nie. Och, slečna Dashwoodová, vari si myslíte, že si ľudia vyznávajú lásku, keď je niekto s nimi? Preboha! Musíte o tom predsa vedieť viac!“ Afektovane sa zasmiala. „Nie, nie, zavreli sa spolu v izbe a všetko som počula za dverami.“

„Čože?“ zvolala Elinor. „Vy ste mi prezradili, čo ste si vypočuli iba načúvaním za dverami? Je mi ľúto, že som o tom predtým nevedela, lebo inak by som vás určite netrápila podrobnosťami konverzácie, o ktorej ani sama nemáte vedieť. Ako sa môžete k svojej sestre zachovať tak nepoctivo?“

„Ach, jaj, na tom nič nie je. Iba som stála za dverami a počula, čo sa dalo. A som si istá, že Lucy by urobila to isté, keby išlo o mňa, lebo pred rokom či dvoma, keď sme mali s Marthou Sharpovou spolu veľa tajomstiev, nikdy sa jej nepodarilo poriadne skryť ani v záchode, ani za kozubovou výplňou*, len preto, aby mohla načúvať, o čom hovoríme."

Elinor sa pokúsila zmeniť tému, no slečna Steelová sa nedokázala sústrediť na nič iné, než čo najväčšmi ťažilo jej myseľ, dlhšie než dve minúty.

„Edward vraví, že čoskoro odíde do Oxfordu," povedala, „ale teraz býva v podnájme na Pall Mall. Jeho matka je taká zlomyseľná žena, či nie? A váš brat a švagriná sa nezachovali práve láskavo! Ale *vám* nebudem proti nim nič hovoriť, a pravdupovediac, poslali nás domov vo vlastnom koči, nečakala som ani to. A čo sa mňa týka, hrozne som sa bála, že si vaša švagriná od nás naspäť vypýta kufríky na šitie, ktoré nám dala deň alebo dva predtým, ale o nich nepovedala nič a ja som sa postarala, aby som svoj dobre ukryla pred jej očami. Edward vraví, že si musí v Oxforde čosi vybaviť, takže tam musí na nejaký čas odísť, a potom, len čo predstúpi pred biskupa, vysvätia ho. Som zvedavá, čo za kaplánske miesto dostane! Dobrý bože! (zachichotala sa), dala by som život za to, keby som vedela, čo na to povedia moji príbuzní, keď sa to dozvedia. Povedia mi, aby som napísala doktorovi, aby dal Edwardovi kaplánstvo na jeho novej fare. Viem, že to povedia; ale veru by som také niečo nespravila ani za svet. ,No,' poviem im priamo, ,čudujem sa, ako vám taká vec mohla zísť na um. *Ja* aby som písala doktorovi, to určite!'"

„Tak," povedala Elinor, „je dobré pripraviť sa na najhoršie. Máte pohotové odpovede."

Slečna Steelová už chcela na to odpovedať, no priblížila sa jej spoločnosť a musela povedať niečo iné.

---

* Kozubová výplň – veľký kus dekoratívneho textilu, ktorý sa v lete napínal do otvoru kozuba.

„Ach, jaj! Tu idú Richardsonovci. Musím vám toho povedať eštę oveľa viac, ale nesmiem sa už dlhšie od nich zdržiavať. Ubezpečujem vás, že sú to veľmi príjemní ľudia. On zarába strašne veľa peňazí a držia si vlastný koč. Už nemám čas sama to povedať pani Jenningsovej, ale prosím vás, povedzte jej, že som hrozne šťastná, že sa na nás nehnevá, a aj lady Middletonovej, a keby sa náhodou prihodilo niečo, čo by vás a vašu sestru od nej odviedlo, a pani Jenningsová by potrebovala spoločnosť, boli by sme určite veľmi rady, keby sme k nej mohli prísť a zostať u nej tak dlho, ako len bude chcieť. Predpokladám, že nás lady Middletonová už túto sezónu nepozve. Zbohom, je mi ľúto, že slečna Marianne neprišla. Láskavo ma jej pripomeňte. Ach! Veru ste si nemali obliecť tento prvotriedny bodkovaný mušelín! Čudujem sa, že ste sa nebáli, že si ho roztrhnete."

To bola jej reč na rozlúčku; lebo hneď nato mala čas už len na zopár zdvorilostí k pani Jenningsovej, kým sa pani Richardsonová začala dožadovať jej spoločnosti, a zanechala Elinor s nákladom informácií, ktoré ju na dlhú dobu zbavili schopnosti sústrediť sa, hoci sa dozvedela len o trochu viac, než mohla sama predvídať a očakávať. Edwardov sobáš s Lucy bol tak pevne dohodnutý, a čas, kedy sa to stane, taký neurčitý, ako si mohla vyvodiť aj predtým, všetko záležalo, presne podľa jej očakávania, od jeho vysviacky, na ktorú v tejto chvíli nemal ani najmenšiu nádej.

Len čo sa vrátili ku koču, pani Jenningsová sa nedočkavo začala vypytovať, ale keďže Elinor nechcela rozširovať správy, ktoré boli získané takým nečestným spôsobom, obmedzila sa na stručné opakovanie holých faktov, pri ktorých sa cítila istá, že by ich Lucy kvôli vlastnému prospechu tiež chcela zverejniť. Hovorila len o ich pretrvávajúcom zasnúbení a spôsobe, akým ho chcú zavŕšiť, a to prirodzene vytiahlo z pani Jenningsovej nasledujúcu poznámku:

„Čakať, kým bude mať faru! Nuž, všetci vieme, ako sa *to* skončí, usadí sa na kaplánskom mieste s päťdesiatimi librami ročne, úrokmi zo svojich dvoch tisícok a s tým málom, čo jej pán Steel a pán Pratt môžu dať. Potom môžu mať každý rok dieťa! A pán boh im pomáhaj! Takí budú chudobní! Musím sa poobzerať po dome, čo z nábytku by som im mohla dať. Skutočne dve komorné a dvoch sluhov! Ako som minule povedala. Nie, nie, musia mať dobre stavané dievča pre všetko. Bettina sestra by to pre nich *teraz* nemohla urobiť."

Na druhé ráno doručili dvojpencovou poštou Elinor list od Lucy samotnej. Znel takto:

Bartlettove domy, marec
Dúfam, že ma moja drahá slečna Dashwoodová ospravedlní, že si dovolím jej písať, ale viem, že si vďaka nášmu priateľstvu rada prečíta také dobré správy o mne a mojom drahom Edwardovi, po všetkom tom trápení, ktorým sme nedávno prešli, preto sa nebudem ďalej ospravedlňovať, ale priamo poviem, že, vďakabohu, hoci sme hrozne trpeli, teraz sa už máme celkom dobre a sme takí šťastní, akí aj musíme byť z našej vzájomnej lásky. Prešli sme ťažkými skúškami a prenasledovaním, no zároveň sme s vďakou zistili, že máme aj mnoho priateľov, Vás, na ktorých láskavosť budem vždy vďačne spomínať, rozhodne nevynímajúc, a Edward, ktorému som všetko vyrozprávala, tiež. Som si istá, že Vás a rovnako aj drahú pani Jenningsovú poteší, keď sa dozviete, že som s ním včera popoludní strávila dve hodiny, nechcel ani počuť o našom rozchode, hoci som na neho vážne naliehala, že to bude rozumné, keďže som to považovala za svoju povinnosť, a bola by som sa kvôli tomu s ním navždy rozlúčila, keby s tým súhlasil; ale Edward povedal, že to sa nikdy nestane, že nehľadí na matkin hnev, kým má moju lásku; naše vyhliadky nie sú také žiarivé, len čo je pravda, no musíme počkať, a dúfam, že sa všetko dobre skon-

čí; rýchlo sa dá vysvätiť a keby bolo niekedy vo Vašej mo-
ci odporúčať ho niekomu, kto mu môže zveriť faru, som
si istá, že na nás nezabudnete, a ani drahá pani Jen-
ningsová, verím, že za nás stratí slovko u sira Johna či
pána Palmera, alebo u iných priateľov, ktorí by nám moh-
li pomôcť. Chuderke Anne som musela zazlievať, čo uro-
bila, ale urobila to v dobrej viere, a tak už nič nevravím;
dúfam, že by pani Jenningsová nepovažovala za priveľ-
kú námahu, keby nás prišla navštíviť, môže k nám prísť
kedykoľvek dopoludnia, bola by to veľká láskavosť a naši
príbuzní by boli veľmi pyšní, keby ju spoznali. Papier mi
pripomína, že musím končiť, a vďačne a úctivo ju pro-
sím, aby na mňa pamätala, a aj sir John a lady Middle-
tonová, a ich milé deti, ak budete mať príležitosť sa s ni-
mi stretnúť, a láskavý pozdrav slečne Marianne,

Vaša atď.

Len čo ho Elinor dočítala, vykonala, čo vyrozumela
z listu ako pisateľkin skutočný zámer, a podala ho pani
Jenningsovej, ktorá ho nahlas prečítala a s uspokojením
a chválou okomentovala.

„Naozaj veľmi pekný! Ako pekne píše! Nuž, to bolo
celkom správne, že ho chcela zbaviť sľubu, keby chcel.
To sa presne podobá na Lucy. Úbohá duša! Keby som
mu len *mohla* dať faru. Vidíte, oslovuje ma ako drahá pa-
ni Jenningsová. Je to to najdobrosrdečnejšie dievča na
svete. Tak teda, namojdušu. Tá veta sa jej veľmi vydari-
la. Áno, áno, pôjdem ju pozrieť, určite. Aká je pozorná,
myslí na každého! Ďakujem, moja drahá, že ste mi to da-
li prečítať. To je najkrajší list, aký som kedy videla, a ro-
bí dobré meno Lucinej mysli i srdcu.“

TRETIA KAPITOLA

Slečny Dashwoodové už boli v meste o hodne dlhšie než dva mesiace a Mariannina nedočkavosť vrátiť sa domov každým dňom rástla. Túžila po čerstvom vzduchu, voľnosti a tichu vidieka a domnievala sa, že ak jej nejaké miesto môže poskytnúť pokoj, bude to jedine Barton. Elinor si želala odísť o trochu menej, ale len o toľko menej bola náchylná urýchliť ich odchod, nakoľko si uvedomovala, že cesta je dlhá a namáhavá, čo Marianne nebola ochotná priznať. Začala sa však sústreďovať na uskutočnenie ich plánu a už sa o tom aj zmienila ich láskavej hostiteľke, ktorá im však, keď jej Elinor svoj plán predniesla, so všetkou výrečnosťou vlastnej dobrosrdečnosti vzdorovala, čo sa Elinor, hoci ich to ešte na niekoľko týždňov zadržalo, videlo vcelku vhodnejšie ako iné riešenie. Koncom marca sa mali Palmerovci presunúť do Clevelandu, aby tam strávili Veľkú noc, a pani Jenningsová a obe jej priateľky dostali veľmi srdečné pozvanie od Charlotte, aby išli s nimi. Toto ešte samo osebe pocitom slečny Dashwoodovej nestačilo, no návrh predniesol samotný pán Palmer s toľkou zdvorilou úprimnosťou, ktorá, keď sa pridala k obrovskému zvratu v jeho správaní k nim, odkedy sa dozvedel o trápení jej sestry, podnietila Elinor, aby pozvanie s radosťou prijala.

Povedala Marianne, ako sa rozhodla, ale tá nebola veľmi nadšená.

„Do Clevelandu!" rozrušene skríkla. „Nie, nemôžem ísť do Clevelandu."

„Zabúdaš," povedala jemne Elinor, „že neleží pri... že nesusedí s..."

„Ale je to v Somersetshire. Nemôžem ísť do Somersetshire. Tak, keď sa teším, že odídeme... Nie, Elinor, nemôžeš odo mňa chcieť, aby som tam šla."

Elinor jej nechcela dohovárať, že by bolo lepšie prekonať takéto pocity, len sa pokúsila prehlušiť ich pôsobením iných, a preto jej návrh predstavila ako ustanovenie skoršieho termínu, keď sa Marianne vráti k svojej mame, ktorú veľmi chcela vidieť, a to oveľa vhodnejšie a pohodlnejšie, než podľa iného plánu, a možnože aj bez veľkého odkladu. Z Clevelandu, čo bolo len niekoľko míľ od Bristolu, to do Bartonu trvalo už len jeden, hoci celý deň; a ich sluha môže pokojne prísť a odprevadiť ich domov, a keďže niet dôvodu, aby zostávali v Clevelande dlhšie než týždeň, môžu sa tak dostať domov len o čosi viac ako o tri týždne. Keďže Marianne už skutočne matka veľmi chýbala, s malými ťažkosťami to muselo zvíťaziť nad zdanlivou pohromou, ktorá ju vyplašila.

Pani Jenningsová sa so svojimi hosťami ani zďaleka nenudila, a preto na obe dievčatá naliehala, aby sa s ňou z Clevelandu opäť vrátili do mesta. Elinor jej poďakovala za toľkú pozornosť, ale ich plány sa zmeniť nedali a čoskoro s nimi aj ich matka ochotne súhlasila; všetko, čo sa týkalo ich návratu sa dohodlo do takých detailov, aké len boli možné, a Marianne sa celkom uľavilo, keď sa čas, ktorý ju ešte delil od príchodu do Bartonu, presne stanovil.

„Ach, plukovník, neviem, čo tu budeme robiť bez slečien Dashwoodových," oslovila ho pani Jenningsová, keď k nej prišiel po prvýkrát odvtedy, čo sa rozhodlo, že odídu, „lebo sa celkom rozhodli od Palmerovcov ísť domov, a my budeme takí opustení, keď sa vrátime! Bože! Budeme tu sedieť a znudene na seba gániť ako dvaja kocúri."

Možnože sa nádejala, že ho týmto energickým číslom o ich otravnej budúcnosti vyprovokuje k návrhu, ktorý by mu umožnil únik od nej; a ak áno, čoskoro mala dobrý dôvod myslieť si, že sa jej to podarilo, lebo keď sa Elinor presunula k oknu, aby získala viac priestoru pre strih, ktorý sa chystala svojej priateľke prekresliť, zašiel za ňou s výrečným výrazom tváre a niekoľko minút sa s ňou vážne rozprával. A ani účinok, ktorý na dáme tento rozhovor zanechal, nemohol uniknúť jej pozornosti, lebo hoci bola priveľmi čestná, aby načúvala, a dokonca si presadla, aby nič *nezačula* ani náhodou, počas jednej prestávky v Marianninej hre na klavíri sa nemohla ubrániť, aby nezbadala, ako sa Elinor od rozrušenia začervenala, a potom sa tak veľmi sústredila na to, čo povedal, že sa prestala venovať svojej práci. Pri nasledujúcej prestávke, keď Marianne prechádzala od jednej etudy k druhej, nevyhnutne k nej zaletelo niekoľko plukovníkových slov, a tie jej nádej ešte hlbšie utvrdili, lebo zneli, akoby sa ospravedlňoval za nepohodlnosť svojho domu. To postavilo vec mimo pochybnosti. Čudovala sa síce, že plukovník považuje za potrebné sa o niečom takom zmieňovať, no predpokladala, že je to súčasť etikety. Nemohla rozoznať, čo Elinor odpovedala, ale podľa pohybu jej pier usúdila, že proti *tomu* nejako závažnejšie nenamietala, a pani Jenningsová ju za to v duchu pochválila. Potom ešte hovorili niekoľko minút, no nezachytila ani hlásku, keď našťastie ďalšie zastavenie Marianninho prednesu zanieslo k nej tieto plukovníkove pokojné slová:

„Obávam sa, že sa nemôže uzavrieť skoro."

Užasnutá a šokovaná takou rečou, ktorá nepripomínala nápadníka, takmer chcela vykríknuť: ‚Panebože! Čo vám bráni?', ale ovládla sa a uspokojila sa s takýmto tichým výlevom:

‚To je veľmi čudné! Veď predsa nepotrebuje čakať, kým bude starý.'

Takýto plukovníkov odklad však ani v najmenšom neurazil, ba ani neponížil jeho milú spoločníčku, lebo keď krátko na to skončili rozhovor a ona sa presúvala inde, pani Jenningsová veľmi jasne začula, ako Elinor hlasom, ktorý prezrádzal, že naozaj hovorí, čo cíti, povedala:

„Navždy vám budem veľmi zaviazaná."

Pani Jenningsovú potešila jej vďačnosť a len sa čudovala, že sa plukovník potom, čo začul takúto vetu, dokázal s nanajvýš chladnou hlavou od nich odobrať, ako aj hneď urobil, a odišiel bez toho, aby na ňu odpovedal! Nenazdala by sa, že je jej starý priateľ takým ľahostajným pytačom!

V skutočnosti sa stalo práve toto:

„Dopočul som sa," povedal plukovník veľmi súcitne, „o veľkej neprávosti, ktorú si od svojej rodiny vytrpel váš priateľ pán Ferrars, lebo ak rozumiem tej záležitosti správne, vykázali ho z domu, pretože nástojil na svojom zasnúbení s veľmi ctihodnou mladou ženou. Informovali ma správne? Je to tak?"

Elinor odpovedala, že je.

„Krutosť," odpovedal s pohnutím, „nerozumná krutosť odlúčiť, pokúsiť sa odlúčiť dvoch mladých ľudí, ktorí sú už dávno do seba zaľúbení, je hrozná. Pani Ferrarsová ani nevie, čo robí, k čomu môže syna dohnať. Stretol som pána Ferrarsa na Harley Street dva či tri razy, a veľmi sa mi páčil. Nepatrí k mladým mužom, s ktorými sa dá v krátkom čase dôverne zoznámiť, ale videl som dosť, aby som mu želal všetko najlepšie, a keďže je vaším priateľom, tým skôr mu to želám. Vyrozumel som, že sa chce dať vysvätiť. Boli by ste taká dobrá a povedali mu, že fara v Delaforde, teraz bez farára, ako som sa dozvedel z dnešnej pošty, je jeho, ak ju bude považovať za hodnú, aby ju prijal, ale o *tom*, keďže sa nachádza v takom nešťastnom položení, je azda nezmyslom pochybovať; prial by som si len, aby bola výnosnejšia. Je to síce rektorská fa-

ra*, ale farnosť je malá, myslím, že nebohý duchovný z nej
nezískal viac než dvesto libier ročne, a hoci sa dá zveľa-
ďovať, obávam sa, že nie do takých rozmerov, aby mu
umožnila veľmi pohodlný príjem. Ale aj tak, ako to je,
som nesmierne rád, že mu ju môžem ponúknuť. Prosím,
ubezpečte ho o tom."

Elinorino ohromenie nad týmto poverením by sotva
bolo väčšie, keby ju plukovník skutočne požiadal o ru-
ku. Povýšenie, ktoré pre Edwarda ešte pred dvoma dňa-
mi považovala za beznádejné, mu teraz umožňovalo ože-
niť sa; a práve *ona*, spomedzi všetkých ľudí na svete, mu
ho má sprostredkovať! Práve tomuto dojatiu pripisovala
pani Jenningsová celkom odlišnú príčinu, no akékoľvek
nepatrné city, menej čisté či menej radostné, by mali po-
diel na jej dojatí, jej úctu k takejto dobročinnosti, a vďač-
nosť za mimoriadne priateľstvo, ktoré spoločne podnie-
tili plukovníka Brandona takto konať, boli dosť silné
a vrúcne, aby ich vyslovila. Z celého srdca mu ďakova-
la, povedala mu o Edwardovej zásadovosti a schopnos-
tiach s toľkou chválou, akú si podľa nej zaslúžil, a sľúbi-
la, že poverenie s radosťou odovzdá, ak skutočne chce
zveriť takúto príjemnú službu niekomu inému. No záro-
veň nezabudla poznamenať, že nikto takúto ponuku ne-
prednesie lepšie než on sám. Bola to skrátka služba, ktorej
by bola rada ušetrená, keďže nechcela spôsobiť Edwar-
dovi žiaľ, že prijíma takýto záväzok od *nej*, no plukov-
ník Brandon to z rovnako jemnocitného dôvodu tiež od-
mietol, a natoľko si naďalej prial, aby mu to oznámila
ona, že mu už v žiadnom prípade viac neodporovala. Ve-
rila, že Edward je stále v meste, a našťastie sa od slečny
Steelovej dozvedela aj jeho adresu. Mohla sa teda pokú-
siť oznámiť mu to v priebehu dňa. Len čo sa dohodli, plu-
kovník Brandon vyjadril svoju spokojnosť, že si zadová-

---

* Rektor, správca farnosti, mal právo vyberať všetky desiatky vo far-
nosti.

287

ži úctyhodného a príjemného suseda, a *potom* poľutovanie, že dom je malý a obyčajný, čo bola nevýhoda, ktorú Elinor, ako pani Jenningsová uhádla, veľmi nadľahčila, aspoň pokiaľ išlo o jeho veľkosť.

„Malé rozmery domu," povedala, „im podľa mňa nebudú prekážať, lebo budú zodpovedať veľkosti ich rodiny a príjmu."

Vtedy plukovník s prekvapením zistil, že *Elinor* považuje sobáš pána Ferrarsa za nevyhnutný následok jeho uvedenia do úradu, no sám nepredpokladal, že fara v Delaforde môže vyniesť taký príjem, pri akom by si človek v jeho postavení trúfol oženiť sa, a aj jej to povedal.

„Tento rektorát *nedokáže* vykonať viac, než zabezpečiť živobytie pánovi Ferrarsovi, kým bude slobodný, neumožní mu oženiť sa. Je mi ľúto, že moje patrónstvo sa tu končí; a moja účasť ďalej nesiaha. Keby však nejakou šťastnou náhodou bolo v mojej moci pomáhať mu aj neskôr, musel by som o ňom zmýšľať celkom opačne než teraz, keby som nebol pripravený vyhovieť mu aj v takom prípade rovnako, ako si úprimne želám v tejto chvíli. Čo pre neho teraz robím, neznamená vôbec nič, lebo ho to môže len o kúsok posunúť k jeho základnému, jeho jedinému cieľu. Jeho sobáš teda musí zostať len vzdialeným šťastím, či prinajmenšom, nemôže sa uzavrieť skoro."

To bola veta, ktorá, keďže si ju pani Jenningsová vyložila nesprávne, spravodlivo rozhorčila jej city; no po vyjasnení skutočností, ktoré zazneli v rozhovore medzi plukovníkom Brandonom a Elinor, kým stáli pri okne, slová jej vďačnosti, keď sa lúčili, sa vo všeobecnosti nemôžu javiť ani menej odôvodnené, ani menej vhodné, ako keby vzišli z ponuky na sobáš.

ŠTVRTÁ KAPITOLA

„No tak, slečna Dashwoodová," povedala pani Jenning-
sová s prefíkaným úsmevom, len čo sa džentlmen odo-
bral, „nebudem sa vás pýtať, čo vám plukovník hovoril,
lebo hoci som sa, čestné slovo, *snažila* udržať, aby som
nepočula, nemohla som nezachytiť dosť na to, aby som
pochopila jeho zámery. A ubezpečujem vás, že ma ešte
v živote nič tak veľmi nepotešilo, a z celého srdca vám
želám veľa šťastia."

„Ďakujem, madam," odvetila Elinor. „Je to pre mňa veľ-
mi radostná záležitosť a zo srdca si nesmierne vážim dob-
rotu plukovníka Brandona. Nie je veľa mužov, ktorí by
takto konali. Len málo ľudí má také súcitné srdce! Ešte
som nezažila toľké prekvapenie."

„Panebože, moja drahá, ste priveľmi skromná! Ja nie
som ani trochu prekvapená, lebo som si donedávna čas-
to myslela, že sa to pravdepodobne stane."

„Mohli ste tak usúdiť podľa toho, že dobre poznáte
plukovníkovu dobročinnosť, ale nemohli ste prinajmen-
šom predpovedať, že sa takáto príležitosť naskytne tak
skoro."

„Príležitosť!" zopakovala pani Jenningsová, „Ach, po-
kiaľ ide o to, ak sa raz muž pre také niečo rozhodne, tak
či onak si čoskoro príležitosť nájde. Tak dobre, moja dra-
há, želám vám veľa, veľa šťastia, a keby raz žil na svete
šťastný pár, viem, kde by som ho mala hľadať."

„Hádam tým myslíte, že by ste šli za nimi do Delafordu?" povedala Elinor s chabým úsmevom.

„Nuž, moja drahá, uhádli ste. A pokiaľ ide o to, že dom je zlý, neviem, kam plukovník mieri, lebo ten je lepší, než som kedy videla."

„Povedal, že je v zlom stave."

„No, a čia je to chyba? Prečo ho neopraví? Kto to má urobiť, ak nie on?"

Prerušil ich sluha, ktorý prišiel oznámiť, že koč už stojí pred domom, a pani Jenningsová, okamžite pripravená na odchod, dodala:

„Nuž, moja drahá, musím ísť, a nepovedala som ani polovicu z toho, čo som mala na srdci. Môžeme si to však prebrať večer, lebo budeme celkom samy. Nežiadam vás, aby ste šli so mnou, lebo vašu myseľ určite zamestnáva priveľa vecí na to, aby vám chýbala spoločnosť, a okrem toho, iste túžite všetko vyrozprávať sestre."

Marianne vyšla z izby predtým, než sa ich rozhovor začal.

„Pravdaže, madam, poviem to Marianne, ale nateraz sa o tom nebudem zmieňovať nikomu inému."

„Ach, to je dobre," povedala pani Jenningsová poriadne sklamaná. „Takže nechcete, aby som to teraz povedala Lucy, lebo dnes pomýšľam zájsť až do Holbornu."

„Nie, madam, prosím vás, ani Lucy. Jeden deň odkladu veľmi nezaváži, a kým nenapíšem pánovi Ferrarsovi, myslím, že by sa to nemal dozvedieť nikto iný. *Urobím* to hneď. Je to také dôležité, že nesmie strácať čas, pretože toho, pravdaže, musí ešte veľa vykonať, kým ho vysvätia."

Jej slová najprv pani Jenningsovú nesmierne zmiatli. Nevedela hneď pochopiť, prečo by o tom mala tak rýchlo písať pánovi Ferrarsovi. Chvíľu premýšľala, a potom dostala dobrý nápad a vykríkla:

„Aha! Rozumiem. Bude to pán Ferrars. Nuž, tým lepšie pre neho. Nuž tak potom sa musí dať pohotovo vysvätiť a som veľmi rada, že veci medzi vami tak pokročili. Ale, moja drahá, nie je to trochu bezcharakterné? Nemal by to plukovník napísať sám? Samozrejme, on je ten správny človek!"

Elinor spočiatku celkom nerozumela slovám pani Jenningsovej, ale ani sa jej nevidelo, že sa jej má vypytovať na ich význam, a preto odpovedala len na posledné vety.

„Plukovník Brandon je taký taktný muž, že si želá, aby radšej niekto iný oznámil pánovi Ferrarsovi jeho ponuku, než on sám."

„A preto prinútil *vás*. Nuž, *to* je akási čudná taktnosť! No, ale nebudem vás vyrušovať (videla, že sa chystá písať). Vy najlepšie poznáte vaše záležitosti. Tak dovidenia, moja drahá. Nepočula som takú radostnú správu odkedy Charlotte zľahla."

A odišla preč, no vzápätí sa vrátila.

„Práve som myslela na Bettinu sestru, moja drahá. Bola by som šťastná, keby som jej zadovážila takú dobrú službu. Ale či by vedela robiť komornú dáme, to veru neviem. Môžete si to však premyslieť, keď budete mať čas."

„Pravdaže, madam," odvetila Elinor, ktorá ani nepočula všetko, čo povedala, a skôr jej záležalo na tom, aby už bola sama, než aby bola paňou nad práve povedaným.

Teraz sa musela sústrediť len na to, ako začne, ako má svoj odkaz Edwardovi formulovať. Zvláštny vzťah medzi nimi jej priniesol ťažkosti vo veciach, ktoré by boli pre kohokoľvek iného najľahšími na svete, ale rovnako sa obávala prezradiť priveľa či primálo, a tak hútajúc sedela nad hárkom papiera s perom v ruke, kým jej do myšlienok vnikol príchod samotného Edwarda.

Keď niesol na rozlúčku svoju navštívenku, vo dverách stretol pani Jenningsovú, ako kráča ku koču, ktorá sa hneď ospravedlnila, že sa sama nevráti do domu, a naliehala, aby vošiel dnu, a povedala mu, že je tam slečna Dashwoodová a musí mu niečo mimoriadne dôležité oznámiť.

Elinor si práve uprostred vlastnej dilemy blahoželala, že akokoľvek je ťažké presne sa vyjadriť písomne, je to prinajmenšom výhodnejšie, než odovzdať mu informáciu ústne, keď vtom vošiel jej hosť, a prinútil ju k tej najväčšej námahe. Nesmierne ju ohromilo a zmiatlo, že sa objavil tak nečakane. Ešte sa s ním nestretla, odkedy sa rozkríklo jeho zasnúbenie, a teda ani odvtedy, čo si bol Edward vedomý, že o tom vie, a preto sa, keď si spomenula, na čo práve myslela, a čo mu má povedať, na niekoľko minút ocitla v mimoriadne nepríjemnej situácii. Aj on sa cítil trápne, a tak sa obaja usadili s vyhliadkou na neprekonateľné rozpaky. Edward si nedokázal ani spomenúť, či ju požiadal o prepáčenie, že ju svojím príchodom vyrušil, ale len čo bol schopný si sadnúť a otvoriť ústa, rozhodol sa pre istotu o tom ubezpečiť, a znovu sa náležite ospravedlnil.

„Pani Jenningsová mi povedala,“ ozval sa, „že chcete so mnou hovoriť, aspoň som to tak pochopil – inak by som vás určite nebol takto obťažoval, hoci zároveň by ma nesmierne mrzelo, keby som odišiel z Londýna a nerozlúčil sa s vami a vašou sestrou, najmä, ak to pravdepodobne bude trvať dlho –, nie je pravdepodobné, že by som mal to potešenie, skoro sa s vami stretnúť. Zajtra odchádzam do Oxfordu.“

„No neodišli by ste,“ povedala Elinor, keď sa spamätala a rozhodla, že bude najlepšie prehrýzť sa cez to, čoho sa tak hrozila, čo najskôr, „bez toho, aby sme vám zaželali šťastnú cestu, aj keby sme to nemohli urobiť osobne. Pani Jenningsová mala úplnú pravdu. Mám pre vás niečo veľmi dôležité a práve som sa vám to chystala napísať. Poverili ma veľmi príjemnou úlohou (dýchala rýchlejšie než zvyčajne). Plukovník Brandon, ktorý tu bol len pred desiatimi minútami, si želá, aby som vám oznámila, že, keďže vyrozumel, že sa chcete dať vysvätiť, s veľkou radosťou vám ponúka faru v Delaforde, teraz bez duchovného, a prial by si len, aby bola výnosnejšia. Dovoľte mi, aby som vám zablahoželala k takému úctyhodnému a spravodlivému priateľovi, a pripojila sa k jeho želaniu, aby fara – je to asi dvesto libier ročne –, bola oveľa rozsiahlejšia a taká, aby vám lepšie umožnila... keďže bude pre vás azda viac než dočasným ubytovaním, skrátka taká, aby ste si na nej založili všetko šťastie, v ktoré dúfate."

To, čo Edward cítil, nedokázal povedať sám, a nedalo sa očakávať, že by to niekto iný mohol vysloviť miesto neho. V tvári sa mu zračil všetok úžas, ktorý taká neočakávaná, taká netušená informácia zaručene musela vzbudiť, no povedal len tieto dve slová:

„Plukovník Brandon?"

„Áno," pokračovala Elinor zbierajúc odvahu, keďže to najhoršie už bolo za nimi, „plukovník Brandon to zamýšľa urobiť ako dôkaz vlastnej účasti s udalosťami, ktoré sa vám nedávno prihodili – lebo kruté položenie, do ktorého vás uvrhlo neospravedlniteľné správanie vašej rodiny –, účasti, ktorú, som si istá, aj Marianne, ja a všetci vaši priatelia musia cítiť, a rovnako ako výraz ocenenia vášho charakteru, pretože úplne schvaľuje vaše konanie v tejto situácii."

„Plukovník Brandon mi dáva faru! Je to možné?"

„Kvôli nevľúdnosti vašich blízkych vás udivuje, že inde máte priateľov?"

„Nie," odvetil a náhle si všetko uvedomil, „nie to, že ich nachádzam u *vás*, lebo nemôžem necítiť, že za to vďačím vám, vašej dobrote. Cítim to, vyslovil by som to, keby som mohol, ale ako dobre viete, nie som žiadny rečník."

„Veľmi sa mýlite. Uisťujem vás, že za to vďačíte výhradne, teda takmer výhradne vašim schopnostiam, a tomu, že si ich plukovník Brandon všimol. Ja v tom prsty nemám. Dokonca som ani netušila, že je tá fara voľná, kým som sa nedozvedela, aké sú jeho úmysly, ani mi nikdy nezišlo na um, že má k dispozícii nejakú faru, ktorú môže darovať.

Ako môj priateľ, a priateľ našej rodiny, azda môže mať, a viem, že *má* ešte väčšiu radosť, keď vám ju zveruje, ale, čestné slovo, nedlhujete mi za žiadne prosby."

Len pravda ju donútila prezradiť svoj nepatrný podiel na celej veci, ale zároveň sa tak málo chcela tváriť ako Edwardov dobrodinec, že aj ten priznala len váhavo, čím ešte väčšmi upevnila podozrenie, ktoré mu pred chvíľou skrslo v hlave. Keď Elinor dohovorila, Edward hodnú chvíľu zadumane sedel a napokon namáhavo, akoby to vyžadovalo nadľudské úsilie, povedal:

„Zdá sa, že plukovník Brandon je veľmi vzácny a úctyhodný muž. Počul som to o ňom a viem, že aj váš brat si ho veľmi váži. Je to nepochybne rozumný muž a spôsobmi dokonalý džentlmen."

„Skutočne verím," odvetila Elinor, „že sám zistíte, keď sa s ním bližšie spoznáte, že je presne taký, ako ste o ňom počuli, a keďže budete blízkym susedom (lebo som vyrozumela, že fara stojí v tesnej blízkosti jeho sídla), je mimoriadne dôležité, aby takým aj *bol.*"

Edward neodpovedal, ale keď obrátila hlavu, pozrel sa na ňu tak vážne, tak sústredene, tak neveselo, že sa zdalo, akoby chcel povedať, že by si radšej želal, aby vzdialenosť medzi farou a kaštieľom bola oveľa väčšia.

„Myslím, že plukovník Brandon býva na St. James Street," povedal krátko na to a vstal zo stoličky.

Elinor mu povedala číslo domu.

„Musím tam teda bežať, aby som mu vyjadril vďaku, ktorú mi nedovolíte venovať *vám,* a ubezpečiť ho, že ma urobil veľmi – nesmierne šťastným mužom."

Elinor sa ho nechystala zdržiavať a rozlúčili sa; *ona* ho veľmi úprimne ubezpečila, že mu naďalej želá veľa šťastia v akejkoľvek situácii, ktorá by ho postihla, *on* sa pokúšal vrátiť jej jej dobrosrdečnosť väčšmi, než sa mu to podarilo vyjadriť.

‚Keď ho znovu uvidím,' povedala si Elinor, keď sa za ním zavreli dvere, ‚bude Luciným manželom.'

A s takouto radostnou predtuchou si sadla, aby si zvážila, čo sa stalo; vyvolávala si späť jednotlivé slová a snažila sa pochopiť Edwardove city, a pravdaže, s vlastnými spokojná nebola.

Keď sa pani Jenningsová vrátila domov, hoci sa vrátila z návštevy u ľudí, ktorých nikdy predtým nevidela a o ktorých preto mala čo rozprávať, jej myseľ natoľko zamestnávalo tajomstvo, ktoré v nej prechovávala, že sa k nemu vrátila zo všetkého najskôr, len čo sa Elinor objavila.

„Nuž, moja drahá," zvolala, „poslala som vám toho mladého muža. Neurobila som dobre? A dúfam, že vám to nespôsobilo ťažkosti. Hádam ste sa nedozvedeli, že neprijme vašu ponuku?"

„Nie, madam, *to* nebolo veľmi pravdepodobné."

„No a kedy bude pripravený? Lebo sa zdá, že všetko záleží len od toho."

„Skutočne," odvetila Elinor, „viem tak málo o podobných ceremóniach, že sotva môžem odhadnúť, koľko času či prípravy potrebuje, ale predpokladám, že o dva alebo tri mesiace bude po vysviacke."

„Dva alebo tri mesiace!" zvolala pani Jenningsová. „Panebože! Moja drahá, ako pokojne to hovoríte, a plukovník môže čakať dva či tri mesiace! Prepána! Som si istá, že to *moja* trpezlivosť nevydrží! A hoci človek musí byť veľmi rád, keď sa robí pánovi Ferrarsovi láskavosť, vôbec si nemyslím, že stojí za to čakať na neho dva alebo tri mesiace. Jasné, dá sa nájsť niekto iný, kto to vykoná rovnako dobre, niekto, kto už je vysvätený."

„Moja drahá madam," povedala Elinor, „na čo myslíte? Veď plukovník Brandon chcel len pomôcť pánovi Ferrarsovi."

„Prepánakráľa! Naozaj ma chcete presvedčiť, že sa plukovník ide s vami oženiť len preto, aby dal pánovi Ferrarsovi desať guineí?"

Po tomto výleve už omyl nemohol žiť ďalej, a okamžite nasledovalo vysvetľovanie, ktoré obidve na chvíľu poriadne rozosmialo bez akejkoľvek ujmy na ich šťastí, lebo pani Jenningsová len zamenila jednu podobu radosti za druhú a za jej pôvodné očakávania sa jej neušlo žiadnej pokuty.

„Tak, tak, fara je len malá," povedala, keď vyšumelo prvé prekvapenie a spokojnosť, „a veľmi pravdepodobne *naozaj* v zlom stave, ale vari môžem počúvať, ako sa za to ospravedlňuje, ako som sa domnievala, keď dom má podľa mojich vedomostí päť obývacích izieb na prízemí a vidí sa mi, že mi gazdiná povedala, že sa tam zmestí pätnásť postelí! A vy vari tiež, keď bývate v letnom dome v Bartone? Je to celkom smiešne. No moja drahá, musíme plukovníka popchnúť, aby pre tú faru niečo urobil, trošku ju upravil, kým tam Lucy príde."

„Ale plukovníkovi Brandonovi sa nezdá, že by tá fara stačila na to, aby sa mohli zosobášiť."

„Plukovník je truľko, moja drahá, lebo sám má dvetisíc ročne a myslí si, že ani iný sa nemôže oženiť za menej. Spoľahnite sa, že ak dožijem, navštívim ich na delafordskej fare do Michala, a som si istá, že tam nepôjdem, kým tam Lucy nebude."

Elinor si tiež myslela, že nie je potrebné ešte na niečo čakať.

PIATA KAPITOLA

Edward odovzdal svoje poďakovanie plukovníkovi Brandonovi a celý uveličený sa ponáhľal za Lucy, a jeho šťastie, keď dorazil do Bartlettových domov, natoľko prekračovalo všetky medze, že keď pani Jenningsová na druhý deň navštívila Lucy, aby jej zablahoželala, mohla Lucy skonštatovať, že nikdy v živote nevidela Edwarda v takej dobrej nálade.

Jej vlastné šťastie a dobrá nálada už preto boli prinajmenšom také zaručené, že si srdečne osvojila nádej pani Jenningsovej, že sa na Michala všetci radostne stretnú na delafordskej fare. Zároveň neváhala poslať Elinor svoje poďakovanie, ktoré *by* jej venoval aj Edward, a nadmieru vrúcne sa vyjadrovala o jej priateľstve k nim obom, ochotne priznala, že jej je zaviazaná, a otvorene vyhlásila, že ju nikdy viac u slečny Dashwoodovej neprekvapí žiadna snaha o ich dobro, či už súčasná alebo budúca, lebo verí, že je schopná vykonať čokoľvek na svete pre tých, ktorých si skutočne váži. A pokiaľ išlo o plukovníka Brandona, nielen, že bola hotová uctievať ho takmer ako svätého, ale navyše jej úprimne záležalo na tom, aby sa k nemu všetci ostatní správali ako k výnimočnému človeku, aby jeho desiatky* vzrástli do závratných výšok,

---

* Tu sa Lucy mýlila, desiatky nepatrili patrónovi, ale farárovi – rektorovi.

a tajne sa rozhodla, že keď bude v Delaforde, využije z toho pre seba čo najviac: sluhov, koče, kravy a hydinu, ak to len bude možné.

Už prešiel týždeň odvtedy, čo John Dashwood navštívil Berkeley Street, a keďže od tých čias sa nedopočuli nič o zdravotnom stave jeho ženy, okrem toho, že sa raz na ňu ústne vypytovali, Elinor začala uvažovať, že je potrebné ju navštíviť. Táto povinnosť sa však priečila nielen jej, ale ani jej spoločníčky ju do nej nepovzbudzovali. Marianne sa dokonca neuspokojila len s tým, že tam odmietla ísť, ale zo všetkých síl sa v tom snažila zabrániť aj sestre; a pani Jenningsová, hoci jej koč bol stále Elinor k dispozícii, tak veľmi Fanny neznášala, že ani jej zvedavosť dozvedieť sa, čo si pani Dashwoodová myslí o posledných udalostiach, ba ani jej silná túžba uraziť ju tým, že sa Edwarda zastane, nemohla prekonať jej nechuť znovu pobudnúť v jej spoločnosti. Elinor sa teda sama vybrala na návštevu, na ktorú sa jej v skutočnosti chcelo ísť najmenej zo všetkých, a podstúpila riziko, že sa medzi štyrmi očami stretne so ženou, ktorú mala dokonca najväčší dôvod neznášať.

Pani Dashwoodovú zapreli, no kým sa koč stihol obrátiť chrbtom k domu, náhodou prišiel jej manžel. Nahlas sa zaradoval, že Elinor vidí, povedal jej, že sa práve chystal na návštevu k nim na Berkeley Street, a ubezpečil ju, že sa jej Fany veľmi poteší, a pozval ju ďalej.

Vyšli hore schodmi do prijímacieho salónu. Nikto tam nebol.

„Predpokladám, že Fanny je vo svojej izbe," povedal, „idem hneď za ňou, lebo som si istý, že nebude mať ani najmenšej námietky, aby sa s *tebou* stretla. Skutočne ani najmenšej. Najmä *teraz* nie, no vy dve s Marianne ste boli vždy jej obľúbenkyne. Prečo neprišla Marianne?"

Elinor si rýchlo vymyslela nejakú výhovorku.

„Nemrzí ma, že sa s tebou stretávam osamote," odvetil. „Musím ti toho veľa povedať. Tá fara plukovníka Brandona, môže byť na tom niečo pravdy? Naozaj ju zveril Edwardovi? Náhodou som to včera začul, a preto som sa za tebou vybral, aby som sa o tom dozvedel niečo bližšie."

„Je to čistá pravda. Plukovník Brandon dal faru v Delaforde Edwardovi."

„Skutočne? No, to je ohromujúce! Veď nie sú príbuzní! Nemajú nič spoločné! A teraz dávajú za fary toľké peniaze! Koľko vynáša táto?"

„Asi dve stovky ročne."

„Dobre, a za nasledovné uvedenie do úradu farára s týmto výnosom – ak predpokladáme, že posledný duchovný bol starý alebo chorý a pravdepodobne by ju čoskoro uvoľnil –, mohol by dostať hádam aj štrnásť stovák libier. A ako to, že si takú vec nedohodol predtým, než ten človek zomrel? *Teraz* už by bolo naozaj prineskoro ju predávať, ale človek s inteligenciou plukovníka Brandona! Čudujem sa, že mohol byť taký neprezieravý v takej bežnej, takej normálnej záležitosti! Nuž, som presvedčený, že v každom charaktere sa nájde hrozne veľa rozporov. Keď nad tým však uvažujem, domnievam sa, že to bude asi *tento* prípad: Edward má tú faru len podržať, kým človek, ktorému ju plukovník Brandon predal, dosiahne potrebný vek, aby ju prevzal. Tak, tak, tak je to, na to sa spoľahni."

Elinor to však rozhodne poprela a vyrozprávala mu, že ona sama tlmočila Edwardovi ponuku plukovníka Brandona, a preto určite dobre chápe podmienky, za ktorých bola zverená, a donútila brata, aby uveril jej slovám.

„To je skutočne ohromujúce!" zvolal, len čo ju vypočul. „Aký mohol mať plukovník motív?"

„Veľmi jednoduchý – pomôcť pánovi Ferrarsovi."

„Dobre teda, nech je plukovník Brandon, aký chce, Edward má šťastie! No nezmieňuj sa o tom pred Fanny, lebo hoci som jej to už oznámil, a znáša to veľmi dobre, nebola by rada, keby sa o tom priveľmi hovorilo."

Elinor mala trochu problém udržať sa, aby nepoznamenala, že si myslí, že by Fanny mala znášať pokojne, keď jej brat získa majetok, ktorý pravdepodobne neochudobní ani ju, ani jej dieťa.

„Pani Ferrarsová," dodal jej brat a stíšil hlas do šepotu, ktorý mal naznačovať dôvernú informáciu, „o tom ešte nič nevie, a verím, že kým sa bude dať, bude najlepšie celkom to pred ňou zatajiť. Keď sa sobáš uskutoční, obávam sa, že sa bude musieť o všetkom dozvedieť."

„Ale načo taká obozretnosť? Nedá sa síce predpokladať, že pani Ferrarsovú čo len v najmenšom uspokojí vedomie, že jej syn má dosť peňazí na živobytie, lebo na to sa nedá ani pomyslieť, ale prečo po jej nedávnom správaní očakávaš, že k nemu vôbec niečo cíti? Už raz o synovi rozhodla: navždy ho vykázala z domu a prinútila všetkých, na ktorých má vplyv, aby ho zavrhli tiež. Po všetkom, čo vykonala, sa nemožno domnievať, že by bola kvôli nemu schopná pocítiť akýkoľvek žiaľ či radosť, určite sa nezaujíma o nič, čo sa mu prihodí. Nebola by taká nedôsledná, aby odvrhla svoje dieťa a pritom naďalej pociťovala materinskú starostlivosť!"

„Ach, Elinor," povedal John, „tvoje argumenty sú síce správne, ale založené na neznalosti ľudského charakteru. Keď sa Edward nerozumne ožení, spoľahni sa, že to jeho matka pocíti tak, ako by ho nikdy nebola vyhodila, a preto sa každá okolnosť, ktorá môže ešte zhoršiť jej hrozné trápenie, musí pred ňou udržať v tajnosti, kým sa bude dať. Pani Ferrarsová nikdy nemôže zabudnúť, že Edward je jej synom."

„Prekvapuješ ma, myslela som si, že to *teraz* takmer vyšumelo z jej pamäti."

„Nesmierne sa v nej mýliš. Pani Ferrarsová patrí k najmilujúcejším matkám na svete."

Elinor mlčala.

„*Teraz* pomýšľame," povedal pán Dashwood po krátkom mlčaní, „na Robertovu svadbu so slečnou Mortonovou."

Elinor sa usmiala nad smrteľne vážnym a rozhodným tónom svojho brata a pokojne odvetila:

„Vidí sa mi, že tá dáma nemá v tomto prípade inú voľbu."

„Voľbu! Čo tým myslíš?"

„Len to, že podľa tvojho tónu predpokladám, že pre slečnu Mortonovú neznamená nijaký rozdiel, či si vezme Edwarda alebo Roberta."

„Pravdaže, nie je v tom rozdiel, lebo Robert teraz bude v zámeroch a cieľoch považovaný za najstaršieho syna – a predovšetkým, obaja sú veľmi príjemní mladí muži, neviem o tom, že by niektorý z nich prevyšoval toho druhého."

Elinor neodpovedala a John tiež chvíľu mlčal. Jeho úvahy vyústili v nasledujúcom:

„O *jednej* veci, moja drahá sestra," láskavo ju chytil za ruku a hovoril nesmierne ticho, „ťa môžem ubezpečiť, a aj to *urobím*, pretože viem, že ťa to poteší. Mám dobrý dôvod sa domnievať – naozaj to mám z najlepšieho zdroja, a nepodával by som to ďalej, lebo inak vôbec by nebolo správne o tom hovoriť –, no mám to od najpovolanejšej osoby, nie, že by som niekedy doslova počul pani Ferrarsovú samotnú to povedať, ale jej dcéra to *počula*, a viem to od nej, že, skrátka, akékoľvek námietky by mala proti istému konkrétnemu zväzku – chápeš, bol by pre ňu vítanejší, nerozčúlil by ju ani spolovice tak ako *toto*. Mňa to nesmierne potešilo, že sa na to pani Ferrarsová díva z tohto uhla, vieš, je to pre nás všetkých veľmi radostná okolnosť. ,Nedalo by sa to ani porovnať,' povedala, ,menšie zlo a *teraz* by bola radšej, keby sa nebolo stalo toto horšie.' Ale na to sa už nedá ani pomyslieť – ani myslieť, ani spomínať –, vieš, o nejakom inom vzťahu... to by nikdy nebolo... už je to všetko preč. Ale myslím, povedal som ti to len preto, lebo som vedel, ako veľmi ťa to poteší. Nie preto, že by si mala dôvod banovať, moja drahá Elinor. Niet pochýb, že si sa zachovala neuveriteľne správne, presne tak, alebo azda ešte lepšie, keď sa vezme všetko do úvahy... Navštívil ťa niekedy nedávno plukovník Brandon?"

Elinor už počula dosť, ak aj nie na to, aby to oblažilo jej samoľúbosť či zvýšilo sebavedomie, určite dosť na to, aby ju to rozčúlilo a zahltilo celú myseľ, a preto bola rada, že ju od nevyhnutnosti komplikovane bratovi odpovedať, a od nebezpečenstva, že sa od neho ešte niečo ďalšie dozvie, ušetril príchod pána Roberta Ferrarsa. John Dashwood s ním prehodil zopár viet a potom si spomenul, že Fanny stále nevie, že je u nich jeho sestra, odišiel za ňou a nechal Elinor, aby sa lepšie spoznala s Robertom, ktorý si s veselou bezstarostnosťou a blaženým sebauspokojením užíval skrivodlivo nadelenú materinskú lásku a veľkodušnosť, čo si na úkor vykázaného brata zaslúžil jedine svojím roztopašným životom, a práve poctivosť tohto brata v nej utvrdila najnepriaznivejšiu mienku o jeho rozume a srdci.

Ešte neboli spolu osamote ani dve minúty a už začal hovoriť o Edwardovi, lebo aj on sa dopočul o fare a chcel sa o tom prezvedieť. Elinor mu zopakovala podrobnosti, ako ich predtým vyložila Johnovi, a hoci na Roberta zaúčinkovali celkom inak než na *neho*, dôsledok bol rovnako nápadný. Nahlas sa rozrehotal. Myšlienka, že sa Edward stane duchovným a bude bývať na malej fare ho nadmieru pobavila, a keď si k tomu vybavil pestrú predstavu, ako v bielom rúchu číta modlitby a oznamuje ohlášky Johna Smitha a Mary Brownovej, nedokázal si predstaviť nič smiešnejšie.

Kým Elinor mlčky a nepohnute čakala na koniec jeho bláznovstva, nezabránila svojim očiam, aby sa na neho upierali s výrazom, ktorý prezrádzal všetko pohŕdanie, ktoré v nej vzkypelo. Bol to však pohľad veľmi náležitý, lebo uľavil jej citom, a jemu neodovzdal žiadnu správu. Od smiechu k rozumu ho preto nepriviedla jej výčitka, ale vlastný zmysel.

„Môžeme to zobrať ako vtip," povedal napokon, keď ovládol svoj afektovaný smiech, ktorým značne prehnal svoju skutočnú veselosť, „no namojdušu, je to veľmi vážna vec. Chudák Edward! Je navždy po ňom! Je mi to nesmierne ľúto, lebo ho poznám ako ohromne dobrosrdečného tvora, najdobroprajnejšieho chlapíka, aký kedy chodil po svete. Nesmiete ho odsudzovať, slečna Dashwoodová, podľa *vašej* zbežnej známosti. Chudák Edward! Nemá síce od prírody tie najvyberanejšie spôsoby, ale, viete, nerodíme sa s tými istými schopnosťami, tým istým vystupovaním. Chudáčisko! Vidieť ho uprostred cudzích ľudí! Celkom iste je to poľutovaniahodné! Ale, namojdušu, má také dobré srdce ako nikto v tomto kráľovstve, a tvrdím a vyhlasujem pred vami, že ma v živote nič tak nešokovalo, ako keď sa to všetko prevalilo. Nemohol som tomu uveriť! Matka bola prvá osoba, od ktorej som sa to dozvedel, a ja, cítil som povinnosť konať veľmi rozhodne, a hneď som jej povedal: ‚Drahá matka, neviem, čo chcete v tejto veci urobiť, ale za seba musím povedať, že ak sa Edward naozaj s tou ženou ožení, ja ho viac nechcem vidieť.' Presne to som okamžite povedal, bol som skutočne neobyčajne šokovaný! Chudák Edward! Vyviedol si to celkom sám, navždy sa vyradil zo slušnej spoločnosti! Ale ako som priamo matke povedal, ani v najmenšom ma to neprekvapuje, z charakteru jeho výchovy sa to vždy dalo predpovedať. Úbohá matka takmer zúrila."

„Stretli ste sa niekedy s tou dámou?"

„Áno, raz, kým bývala v tomto dome, náhodou som sa tu zastavil na desať minút a mal som jej dosť. Najbezvýznamnejšie trápne vidiecke dievča, bez štýlu a elegancie, a takmer vôbec nie pekné. Dobre sa na ňu pamätám. Presne ten typ dievčaťa, o ktorom som si vždy myslel, že asi Edwarda priťahuje. Len čo mi matka oznámila tú aféru, ponúkol som sa, že sa s ním sám porozprávam a odhovorím ho od sobáša, ale *vtedy* už bolo príliš neskoro čokoľvek urobiť, ako som zistil, lebo nanešťastie som najprv nebol pri tom, a dozvedel som sa o tom až potom, čo odišiel, viete, keď už som nemohol zasiahnuť. Ale keby som to bol vedel len o pár hodín skôr, myslím, že je celkom pravdepodobné, že by sa niečo bolo podarilo. Určite by som mu všetko vyložil vo veľmi jasnom svetle. ‚Kamarát,‘ povedal by som, ‚uvažuj, čo robíš. Zaväzuješ sa nanajvýš zahanbujúcim spôsobom, a to takým, ktorý tvoja rodina jednohlasne neschvaľuje.‘ Nemôžem sa ubrániť dojmu, že nejaké prostriedky by sa našli. Ale teraz už je prineskoro. Určite bude hladovať – to je isté –, doslova hladovať.“

Práve celkom rezolútne vybavil tento bod, keď ich rozhovor ukončil príchod Fanny. Ale hoci sa *ona* o tejto téme pred svojou rodinou nikdy otvorene nevyjadrovala, Elinor podľa výrazu, s akým vstupovala do izby, ktorý pripomínal zmätok, a podľa jej pokusu správať sa k nej srdečne, rozoznala, že má na jej myseľ zreteľný vplyv. Dokonca sa podujala vysloviť svoje poľutovanie, že sa Elinor so sestrou čoskoro chystajú odísť z mesta, keďže vraj dúfala, že ich častejšie uvidí; úsilie, v ktorom jej manžel, sprevádzajúc ju pohľadom a zaľúbene visiac na jej perách, určite videl len samé vľúdne a pôvabné stránky.

ŠIESTA KAPITOLA

Ďalšia krátka návšteva na Harley Street, pri ktorej pán Dashwood zablahoželal Elinor, že cestujú tak ďaleko smerom k Bartonu bez akýchkoľvek výdavkov a že ich plukovník Brandon bude o dva či tri dni do Clevelandu nasledovať, ukončila styky medzi bratom a sestrami v meste, a jedinou predzvesťou, že by sa mohli stretnúť aj niekde na vidieku, bolo nejasné pozvanie od Fanny, aby sa zastavili v Norlande, kedykoľvek ho náhodou budú mať po ceste, čo bola azda najmenej pravdepodobná vec na svete, a Johnovo ubezpečenie, že je pripravený navštíviť Elinor v Delaforde, o to vrúcnejšie, že ho nepovedal tak nahlas, aby ho ostatní počuli.

Pobavilo ju, že sa všetci jej priatelia rozhodli poslať ju do Delafordu, na miesto, ktoré sa jej zo všetkých najmenej chcelo navštíviť, či dokonca usídliť sa tam; no jej brat a pani Jenningsová ho považovali za jej budúci domov, a dokonca aj Lucy, keď sa lúčili, ju naliehavo pozývala, aby ju tam prišla pozrieť.

Začiatkom apríla a pomerne zavčasu ráno sa dve spoločnosti z Hanover Square a Berkeley Street jednotlivo vybrali zo svojich domov, aby sa podľa dohody stretli na ceste. Kvôli pohodliu Charlotte a jej bábätka mala cesta trvať viac než dva dni, a pán Palmer, ktorý spolu s plukovníkom Brandonom cestoval rýchlejšie než ostatní, sa k nim mal pripojiť v Clevelande krátko po ich príchode.

Marianne, ktorá v Londýne zažila len zopár šťastných hodín a horúčkovito túžila odísť, keď k tomu prišlo, bez štipky žiaľu dala zbohom domu, v ktorom si ešte naposledy pripomenula svoje minulé nádeje a svoju dôveru vo Willoughbyho, ktoré práve teraz navždy zhasli. A nedokázala ani roniť slzy nad mestom, kde nechávala Willoughbyho, zamestnaného svojimi novými povinnosťami a novými plánmi, ktoré sa *jej* už nijako netýkali.

Elinor ich odchod uspokojil oveľa väčšmi. Nebolo tu predmetu, ku ktorému by sa upínali jej usedavé myšlienky, nezanechávala tu za sebou nikoho, za kým by čo len na chvíľu smútila, tešila sa, že sa oslobodí od Lucinho dotieravého priateľstva, bola vďačná, že odvádza sestru preč bez toho, aby sa stretla s Willoughbym po jeho svadbe, a s nádejou sa tešila, že niekoľko pokojných mesiacov v Bartone prinavráti Marianne pokoj v duši a upevní jej vlastný.

Cesta prebiehala celkom bezpečne. Druhý deň ich priviedol do milovaného, aj zakázaného kraja Somerset, lebo do takýchto polôh striedavo zachádzali Mariannine pocity k nemu v jej predstavivosti; a na poludnie tretieho dňa dorazili do Clevelandu.

Panský dom Cleveland bola priestorný, moderný, postavený na rozľahlom trávniku. Chýbal mu park, no miesta na prechádzky bolo neúrekom, a podobne ako u iných miest rovnakej dôležitosti, patrila k nemu skupina voľne rastúcich kríkov a neďaleký lesík, okolo domu sa hadila upravená štrková cesta a viedla k jeho prednej časti, trávnik ohraničoval drevený plot, samotný dom strážili jedle, jarabiny a agáty tvoriace spolu mohutnú záštitu, a vysoké čierne topole roztrúsené medzi nimi bránili nevítanej pozornosti zvedavcov.

Marianne vstúpila do domu s plesajúcim srdcom, lebo si bola vedomá, že do Bartonu to je už len osemdesiat míľ a ani tridsať od Combe Magny, a po piatich minútach pobytu tam, kým ostatní pomáhali Charlotte ukazovať bábätko jej gazdinej, znovu vyšla von, predrala sa cez husté kroviská, ktoré v tomto období len začali nadobúdať svoju plnú krásu, dorazila k altánku na neďalekej vyvýšenine, a očami putovala po rozľahlej krajine k juhovýchodu, kde ich naradovane uprela o hrebene pohoria na horizonte, a predstavovala si, že z ich vrcholkov dovidieť do Combe Magny.

V okamihu hlbokého, nekonečného smútku ju zaliali horúce slzy a potešila sa, že je v Clevelande; a keď sa inou cestou vracala do domu, pocítila blaženosť vidieckej voľnosti, výsadu slobodne sa túlať v prekypujúcej samote, a rozhodla sa, že kým bude u Palmerovcov, každý deň takmer celý strávi vychutnávaním takýchto samotárskych potuliek.

Vrátila sa práve včas, aby sa pridala k ostatným pri odchode na exkurziu po okolitých pozemkoch, a všetci spoločne minuli zvyšok dopoludnia veľmi príjemne postávaním v úžitkovej záhrade pani Palmerovej, obzeraním jej kvitnúcich múrov a počúvaním záhradníkových ponôs na akési plesne, motaním sa v skleníku, kde sa Charlotte do chuti vysmiala nad tým, že jej obľúbené rastliny vyhynuli, lebo ich nerozvážne vystavili posledným mrazom, ktoré ich načisto spálili, a nato si aj na hydinovom dvore vypočuli, aká je jej hydinárka sklamaná, že sliepky skoro opustili hniezda alebo ich uchmatla líška, či mladé kuriatka rýchlo pokapali na akúsi chorobu. Pani Palmerová vo všetkom našla nový zdroj veselosti.

Ráno bolo pekné a suché, a Marianne vo svojich plánoch na potulky po čerstvom vzduchu vôbec nepočítala so zmenou počasia počas ich návštevy v Clevelande. Nesmierne ju preto prekvapilo, keď jej hustý dážď zabránil ísť po obede von. Počítala s tým, že sa za súmraku prejde k altánku, a možno aj po celom okolí, a mohol ju odradiť len studený a uplakaný večer, no prudký a vytrvalý dážď ani *ona* nepokladala za suché a príjemné počasie na prechádzku.

Spoločnosť nebola veľká a hodiny ubiehali pokojne jedna za druhou. Pani Palmerová sa zaoberala dieťaťom a pani Jenningsová vyšívaním prestierania, hovorili o priateľoch, ktorých nechali v meste, predvídali povinnosti lady Middletonovej a dohadovali sa, či sa pán Palmer a plukovník Brandon dostali v ten večer ďalej než do Readingu. Elinor sa, akokoľvek málo ju to zaujímalo, pridala k ich rozhovoru, a Marianne, ktorá si vždy v novom dome veľmi šikovne našla cestu ku knižnici, a to aj vtedy, keď sa tomu rodina chcela vyhnúť, si čoskoro zaobstarala knihu.

Pani Palmerová bola natoľko priateľská, dobrosrdečná a pohostinná, že sa jej hostia museli cítiť vítaní. Jej úprimné a srdečné správanie viac než odčiňovalo nedostatky v uvažovaní a vkuse, ktoré sa často ukazovali aj v jej zdvorilosti; jej láskavosť, doplnená peknou tvárou, pôsobila príťažlivo; jej pochabosť, hoci očividná, nevyvolávala nechuť, pretože nebola povýšená; a Elinor jej dokázala odpustiť všetko, okrem jej smiechu.

Páni za nimi dorazili na druhý deň tesne pred večerou, príjemne rozšírili spoločnosť a vítaným spôsobom obohatili konverzáciu, ktorú ubilo dlhé upršané predpoludnie.

Elinor doteraz videla z pána Palmera len málo, a aj to málo sa prejavovalo takými rozdielmi v správaní k nej a jej sestre, že vôbec nevedela, čo má od neho v kruhu jeho vlastnej rodiny očakávať. Zistila však, že ku všetkým svojim hosťom sa správa ako dokonalý džentlmen, a len príležitostne je hrubý k svojej žene a jej matke; prišla na to, že vie byť príjemným spoločníkom, a aby bol taký zakaždým mu bránil prisilno vyvinutý talent pokladať sa za lepšieho, než sú ostatní, keďže sa v spoločnosti pani Jenningsovej a Charlotte musel tak cítiť. V ostatných jeho vlastnostiach a zvykoch, pokiaľ si Elinor všímala, nemohla vystopovať nič, čo by bolo pre muža v jeho veku nezvyčajné. Stoloval spôsobne, čas si nijako neorganizoval, ľúbil svoje dieťa, hoci predstieral, že ho prehliada, a celé dopoludnie, ktoré mal venovať práci, premárnil pri biliarde. Páčil sa jej však vcelku oveľa väčšmi, než pôvodne očakávala, a v srdci ju vôbec nemrzelo, že sa jej nepáči ešte viac, a ani to, že ju sledovanie jeho epikurejstva*, sebeckosti či povýšenosti priviedlo k hrejivej spomienke na Edwardov šľachetný charakter, prostý vkus a ostýchavosť.

O Edwardovi, či skôr o jeho záležitostiach, jej priniesol správy plukovník Brandon, ktorý nedávno navštívil Dorsetshire a ktorý jej ako nezainteresovanej priateľke pána Ferrarsa a zároveň akejsi svojej dôverníčke porozprával veľa podrobností o fare v Delaforde, opísal jej nedostatky, a vyzradil, čo sám zamýšľa vykonať, aby ich odstránil. Jeho správanie k nej v tejto veci, ako aj vo všetkých ostatných, jeho úprimná radosť, že sa s ňou stretáva len po desiatich dňoch, jeho ochota hneď s ňou nadviazať rozhovor a jeho ohľad na jej názory, naozaj mohli oprávňovať pani Jenningsovú k presvedčeniu o jeho láske k nej, a celkom by to stačilo, aby tomu uverila aj sama Elinor, keby naďalej tak ako od samého začiatku nebola presvedčená, že jeho skutočnou obľúbenkyňou je Marianne. A keďže to bolo tak, podobné myšlienky by jej, nebyť poznámok pani Jenningsovej, sotvakedy zišli na um, a nemohla sa ubrániť dojmu, že z nich dvoch je lepšou pozorovateľkou práve ona; sledovala jeho oči, kým pani Jenningsová vyvodzovala závery z jeho správania; a kým jeho pohľady, vyjadrujúce úzkostlivú starosť o Mariannine bolesti hlavy a hrdla, znamenajúce začiatok prudkej nádchy, celkom ušli pozornosti prvej dámy, pretože ich nevyslovil, *ona* v nich videla bystrý cit a prehnané znepokojenie zaľúbeného.

Dve Mariannine nadšené prechádzky za súmraku na tretí a štvrtý večer po príchode nie práve po suchom štrkovom chodníku pomedzi kríky, ba po celom okolí, a naj-

---

* Epikurejstvo – pôžitkárstvo a výstrednosť.

mä po tých vzdialenejších kútoch, kde bol porast oveľa bujnejší než inde a kde rástli staršie stromy a vyššia a vlhšia tráva, keď sa k nim pridalo ešte nerozumnejšie posedávanie v mokrých topánkach a pančuchách, jej priniesli takú silnú nádchu, že hoci to deň či dva obchádzala či popierala, pred očami všetkých sa nádcha premenila na chorobu a prinútila aj Marianne samú, aby si ju všimla. Rady sa sypali zo všetkých strán a ako zvyčajne, všetky odmietla. Hoci sa cítila prechorená a celá horela, kašlala a boleli ju ruky a nohy, aj hrdlo, tvrdila, že ju dobrý spánok rýchlo vylieči, a keď si išla ľahnúť, Elinor ju len s námahou prehovorila, aby si zobrala jednu či dve najbežnejšie domáce medecíny.

SIEDMA KAPITOLA

Na druhé ráno Marianne vstala vo zvyčajnom čase, na všetky otázky odvetila, že jej je lepšie, a pokúsila sa to dokázať tým, že sa pustila do svojich každodenných činností. Ale celý deň strávený v zimnici pri kozube a s knihou v ruke, ktorú ani nemohla čítať, či nevládnym a malátnym polihovaním na pohovke, veľmi nesvedčil o náprave, a keď napokon, čím ďalej tým väčšmi chorá, zavčasu odišla do postele, plukovník Brandon sa nemohol vynačudovať, že to jej sestra znáša tak pokojne, hoci ju celý deň napriek Marianninmu odmietaniu obsluhovala a obskakovala, naliehala, aby si na noc zobrala náležitú medicínu, a rovnako ako Marianne verila v liečivú silu spánku, no inak necítila žiadne vážne znepokojenie.

Noc prebdená v horúčkach však sklamala nádeje ich oboch, a keď sa Marianne ráno vytrvalo snažila vstať z postele, musela priznať, že si nedokáže ani sadnúť, a dobrovoľne si opäť ľahla, Elinor prijala radu pani Jenningsovej a dala poslať po lekára pána Palmera.

Prišiel, pacientku vyšetril a hoci povzbudzoval slečnu Dashwoodovú v nádeji, že stačí pár dní, aby prinavrátili jej sestre zdravie, predsa len ju vystrašil, keď skonštatoval, že to vyzerá na „infekciu", a už tým, že dovolil tomuto slovu vykĺznuť zo svojich pier, vyvolal u pani Palmerovej okamžitú paniku kvôli jej bábätku. Pani Jenningsová od začiatku cítila, že je Mariannina choroba vážnejšia, než sa Elinor nazdávala, teraz sa po správe pána Harrisa zatvárila smrteľne vážne, potvrdila Charlottine obavy a opatrnosť, a trvala na tom, že je nevyhnutné, aby sa aj s potomkom z domu okamžite odsťahovala; a pán Palmer, hoci odvrhol jej obavy ako nepodložené, zistil, že úzkosť a naliehavé prosby jeho ženy sú prisilné na to, aby im odporoval. Dohodli sa preto, že z domu odídu, a asi hodinu po tom, čo prišiel pán Harris, sa Charlotte aj s chlapčekom a opatrovateľkou odobrala do domu blízkej príbuznej pána Palmera, ktorá bývala len niekoľko míľ na opačnej strane Bathu. Jej manžel po naliehavých prosbách prisľúbil, že za ňou o deň či dva príde, a pani Palmerová rovnako nástojčivo prosila aj matku, aby išla s ňou. No pani Jenningsová veľmi srdečne, za čo ju Elinor skutočne mala rada, vyhlásila, že sa rozhodla nepohnúť z Clevelandu dovtedy, kým je Marianne chorá, a pokúsi sa vlastnou starostlivou opaterou nahradiť jej matku, od ktorej ju prevzala, a Elinor v nej našla v každom ohľade najochotnejšiu a najaktívnejšiu pomocníčku, žiadostivú prevziať časť z jej únavy, a často vďaka lepším skúsenostiam pri opatrovaní chorých aj nesmierne užitočnú.

Úbohá Marianne, zoslabnutá a apatická pre svoju chorobu, a cítiac sa skutočne veľmi zle, už nemohla dúfať, že jej nasledujúci deň prinesie zotavenie, a aj samotná myšlienka, čo by zajtrajšok mohol priniesť, nebyť tejto nešťastnej choroby, jej stav ešte zhoršila, lebo práve zajtra mali odcestovať domov, a v sprievode sluhu pani Jenningsovej mali prekvapiť matku svojím príchodom na druhý deň okolo poludnia. To málo, čo povedala, boli ponosy na tento nevyhnutný odklad, hoci Elinor sa ju pokúšala rozveseliť a presvedčiť ju, že to bude trvať len krátko, čomu *vtedy* aj ona sama verila.

Na ďalší deň nenastala takmer žiadna zmena; Marianne sa celkom určite nemala lepšie, ale ani horšie. Spoločnosť v tomto čase schudobnela, lebo pán Palmer sa síce z rýdzej ľudskosti a dobrej výchovy, a rovnako z odporu k tomu, aby to nevyzeralo, že ho odplašila jeho žena, veľmi neochotne, no predsa len nechal plukovníkom Brandonom presvedčiť, aby splnil svoj sľub a išiel za ňou, a kým sa chystal na odchod, aj plukovník sám, no s oveľa väčším sebazaprením, začal hovoriť, že odíde tiež. Do toho sa však veľmi vítane a láskavo vložila pani Jenningsová, lebo poslať preč plukovníka, kým je jeho láska nanajvýš zronená sestriným stavom, by veľmi oslabilo, ako si myslela, pohodu ich oboch, preto mu okamžite namietla, že je pre ňu nevyhnutné, aby v Clevelande zostal, že ho potrebuje večer do partie piketu*, kým sa slečna Dashwoodová bude starať o svoju sestru, atď., naliehala na neho tak nástojčivo, že plukovník, ktorý svojím podvolením sa v skutočnosti vyhovel najvrúcnejšiemu želaniu svojho srdca, sa dokonca ani nevydržal dlho tváriť, že vzdoruje, najmä keď prosby pani Jenningsovej podporil aj pán Palmer, ktorému sa naozaj uľavilo, keď mohol doma zanechať niekoho, kto by bol schopný pomôcť či poradiť slečne Dashwoodovej v nejakom nebezpečenstve.

K Marianne sa, pravdaže, nedostalo nič z týchto opatrení. Nevedela, že sa stala prostriedkom na vykázanie majiteľov Clevelandu z vlastného domu len sedem dní potom, čo prišli. Nijako ju neprekvapilo, že nevída pani Palmerovú, a keďže jej za ňou nebolo smutno, ani len nespomenula jej meno.

Od odchodu pána Palmera sa minuli dva dni a jej stav zostával s malými obmenami rovnaký. Pán Harris ju navštevoval každý deň a ešte vždy smelo hovoril o skorom uzdravení, a aj slečnu Dashwoodovú napĺňal optimizmus, ale ostatní rozhodne neboli takí pokojní. Pani Jenningsová sa od počiatku utvrdzovala v predtuche, že sa z toho Marianne nikdy nedostane, a plukovník Brandon, kto-

---

* Piket – kartová hra pre dvoch hráčov s 32 kartami.

rý bol hlavným poslucháčom jej predpovedí, svojím duševným rozpoložením nedokázal vzdorovať ich vplyvu. Pokúsil sa rozumom prekonať obavy, ktoré sa podľa lekárovho úsudku zdali absurdné, no keďže čas, ktorý každý deň trávil osamote, sa predlžoval, príliš životodarne pôsobil na jeho depresívne myšlienky, a tak si z mysle nedokázal vymazať presvedčenie, že Marianne už viac neuvidí.

Ráno tretieho dňa však takmer zahnalo obe pochmúrne predpovede, pretože keď prišiel pán Harris, vyhlásil, že pacientka sa má podstatne lepšie. Pulz bol oveľa silnejší, všetky príznaky priaznivejšie, než pri predchádzajúcej návšteve. Elinor sa nesmierne rozveselila, keď sa jej optimistické nádeje potvrdili, potešila sa, že vo svojich listoch matke sa nechala viesť radšej vlastným úsudkom než obavami priateľov, a len mierne jej opísala nevoľnosť, ktorá ich zadržala v Clevelande, a takmer stanovila termín, kedy bude Marianne schopná cestovať.

Ale deň sa neskončil tak veselo, ako sa začal. K večeru sa Marianne choroba opäť vrátila, upadala do ešte väčšej slabosti, nepokoja a apatie. Jej sestra, stále plná optimizmu, nechcela túto zmenu pripísať ničomu inému, len únave z toho, že kým jej upravili posteľ, musela sedieť, starostlivo jej podávala predpísané posilňujúce lieky a s uspokojením hľadela, ako sa napokon ponára do driemot, od ktorých očakávala najväčší úžitok. Mariannin spánok však trval pomerne dlho, hoci nespala tak pokojne, ako si Elinor želala, a keďže úzkostlivo chcela vidieť jeho výsledky, rozhodla sa, že bude po celý čas sedieť pri nej. Pani Jenningsová nevedela o zhoršení, ktoré pacientku postihlo, išla si ľahnúť nezvyčajne zavčasu, a jej komorná, ktorá patrila k hlavným opatrovateľkám, sa uložila na odpočinok v izbe gazdinej, takže Elinor zostala pri Marianne sama.

Mariannin spánok sa však stával čoraz nepokojnejším, a jej sestra, ktorá s rastúcim nepokojom sledovala, ako sa prehadzuje, a počúvala pravidelné, no neartikulované sto-

314

ny, predierajúce sa z jej pier, ju takmer chcela zobudiť z tohto bolestného odpočinku, keď sa Marianne zrazu po akomsi náhodnom zvuku v dome prebudila, vyskočila a horúčkovito vykríkla:

„Ide mama?"

„Ešte nie," odvetila sestra ukrývajúc strach a pomohla Marianne opäť si ľahnúť, „ale dúfam, že tu bude onedlho. Je to ďaleká cesta, vieš, odtiaľto do Bartonu."

„Ale nesmie ísť okolo Londýna," volala Marianne tým istým horúčkovitým hlasom, „už ju nikdy neuvidím, ak pôjde cez Londýn."

Elinor si s úzkosťou uvedomila, že sestra nie je celkom pri zmysloch, a kým sa pokúšala utíšiť ju, merala jej pulz. Bol tichší a rýchlejší než kedykoľvek predtým, a keď Marianne stále blúznila o mame, jej panika natoľko narástla, že sa rozhodla okamžite poslať po pána Harrisa a odoslať posla pre matku do Bartonu. Vzápätí jej zišlo na um poradiť sa s plukovníkom Brandonom, ako to vykonať čo najlepšie, a len čo zazvonila na komornú, aby zaujala jej miesto pri sestre, ponáhľala sa dolu do prijímacieho salónu, pretože vedela, že ho tam možno nájsť aj v oveľa pokročilejšej hodine než teraz.

Nebolo času nazvyš. Okamžite mu vysypala všetok svoj strach a starosti. Pokiaľ išlo o jej obavy, plukovník Brandon nemal odvahu, ani dosť viery, aby sa pokúšal ich rozptýliť, vypočul si ich s tichým smútkom, ale starostí ju mohol zbaviť hneď, lebo sa ochotne, ako si situácia vyžadovala, ponúkol, že sa sám ujme úlohy doviesť pani Dashwoodovú, keďže túto službu už mal predtým premyslenú. Elinorin odpor sa dal ľahko prekonať. Stručne, no vrúcne sa mu poďakovala, a kým plukovník odišiel poslať sluhu so správou pánovi Harrisovi a s objednávkou na dostavníkové kone, Elinor napísala matke zopár riadkov.

Bola to úľava mať v tejto chvíli pri sebe takého priateľa, akým bol plukovník Brandon, a pre matku aj spoločníka na cestu – cítila k nemu takú vďačnosť! –, spoločníka, ktorého úsudok matku povedie, ktorého prítomnosť jej prinesie útechu a ktorého priateľstvo ju môže utešiť, ak je vôbec *možné* nejako zmenšiť jej šok z takého náhleho volania, jeho správanie, jeho pomoc ho iste zmierni.

On, nech už cítil čokoľvek, medzitým konal veľmi rozhodne a sústredene, urobil všetky nevyhnutné prípravy na takú naliehavú cestu a presne vypočítal, kedy by sa asi mohol vrátiť. Nestratili ani okamih. Kone dorazili dokonca skôr, než očakávali, a plukovník Brandon jej len ustarostene stisol ruku, povedal zopár sotva počuteľných slov a rýchlo nastúpil do koča. Bolo to okolo polnoci a Elinor sa vrátila do sestrinej izby, aby tam počkala na lekára a prebdela pri nej zvyšok noci. Tejto noci obe trpeli takmer rovnako. Kým sa objavil pán Harris, hodina za hodinou ubiehala v Marianninej bezsennej bolesti a blúznení a Elinorinej úzkosti. Nesmiernym strachom platila za svoj predchádzajúci pokoj, a slúžka, ktorá tu s ňou teraz sedela, pretože nedovolila, aby zavolala pani Jenningsovú, ju ešte viac trápila svojím lamentovaním, že jej pani po celý čas očakávala takýto koniec.

Marianne podchvíľou volala zo sna a jej nesúvislé výkriky sa zakaždým upierali k matke, a kedykoľvek ju spomenula, pichlo úbohú Elinor pri srdci, pretože si vyčítala, že tak dlho zľahčovala sestrinu chorobu, a teraz, keď zúfalo hľadala nejakú úľavu, domnievala sa, že akákoľvek pomoc bude už onedlho zbytočná, že všetko sa príliš dlho odkladalo, a v duchu už videla, že jej utrápená matka príde príliš neskoro, aby videla svoje milované dieťa, či aby ju ešte zastihla pri zmysloch.

Už-už sa chystala znovu poslať po pána Harrisa, alebo ak *on* nebude môcť prísť, po nejakú inú pomoc, keď vtom, nie však skôr ako o piatej, prišiel. Jeho nález však trochu ospravedlnil jeho neskorší príchod, lebo hoci pripustil veľmi neočakávanú a nepriaznivú zmenu stavu svojej pacientky, odmietol, že je nebezpečenstvo vážne, a poznamenal, že celkom nová kúra určite prinesie úľavu, a povedal to tak presvedčivo, že svoju dôveru, hoci v menšej miere, preniesol aj na Elinor. Sľúbil, že sa o tri či štyri hodiny znovu zastaví a nechal pacientku i jej úzkostlivú opatrovateľku o čosi pokojnejšie, než ich našiel pri svojom príchode.

S veľkou ľútosťou a početnými výčitkami, že ju nezavolali na pomoc, sa ráno pani Jenningsová dozvedela, čo sa stalo. Jej predchádzajúce obavy sa obnovili s ešte väčším odôvodnením a už vôbec nepochybovala, že sa potvrdia, a hoci sa snažila Elinor utešiť, jej presvedčenie o tom, že sa jej sestra nachádza v nebezpečenstve života, jej nedovolilo, aby ju kŕmila planými nádejami. Jej srdce skutočne smútilo. Taký rýchly koniec, predčasná smrť mladého dievčaťa, takého milého ako Marianne, by zasiahlo aj menej zainteresovanú osobu. Marianne mala aj iné právo na súcit pani Jenningsovej. Tri mesiace jej robila spoločnosť, stále bola v jej starostlivosti, a vedelo sa, že utrpela ťažkú ujmu a dlho bola nešťastná. Videla aj úzkosť jej sestry – a to tej obľúbenej –, a pokiaľ išlo o jej matku, keď si pani Jenningsová uvedomila, že Marianne by mohla pre *ňu* znamenať toľko, čo Charlotte znamená pre ňu samotnú, pocítila veľký súcit s *jej* utrpením.

Pán Harris bol pri svojej druhej návšteve dochvíľny, – ale keď prišiel, najnovší vývoj ho sklamal. Jeho lieky zlyhali, horúčka neklesla a Marianne len pokojnejšie, nie väčšmi pri vedomí, zotrvávala v hlbokých mdlobách. Elinor v okamihu zachytila všetky jeho obavy, ba ešte viac, a navrhla mu, aby zavolali na pomoc niekoho ďalšieho. No on to nepovažoval za nevyhnutné, ešte vždy sa mohol o niečo pokúsiť, mal po ruke nejaký nový prostriedok, a v jeho úspech veril s takou istotou ako naposledy, a prehliadku uzavrel povzbudzujúcimi ubezpečeniami, ktoré zasiahli uši, no nie srdce slečny Dashwoodovej. Okrem okamihov, keď si spomenula na matku, zachovávala pokoj, ale nezostávala jej takmer žiadna nádej, a takto sedela až do poludnia, sotva sa pohla od sestrinej postele, myšlienkami prelietala od jednej žalostnej predstavy, jednej ubolenej duše k druhej, a jej duša bola ešte väčšmi zronená rozhovorom s pani Jenningsovou, ktorá sa nerozpakovala pripísať vážnosť Marianninej choroby toľkým týždňom trápenia, ktoré jej prinieslo sklamanie v láske. Elinor pocítila, že jej tvrdenie je oprávnené, a to ju uvrhlo do ešte väčšieho zúfalstva.

Avšak okolo poludnia začala, hoci z obavy zo sklamania len opatrne, a preto nedala ani pred priateľkou nič najavo, dúfať, veriť, že zachytáva ľahučké zlepšenie v sestrinom pulze, čakala, sledovala a znovu a znovu sa presviedčala, a napokon, keď už bolo ťažšie pochovať pod vonkajší pokoj vlastné vzrušenie, než všetok jej dovtedajší smútok, trúfla si vysloviť svoju nádej nahlas. Aj keď pani Jenningsová po obhliadke musela priznať, že sa Marianne dočasne uľavilo, pokúsila sa zadržať svoju mladú priateľku, aby sa príliš neoddávala planým nádejam, a Elinor, keď v duchu prekonala všetky dôvody, pre ktoré tomu sama nemá veriť, tiež si povedala, že nemôže dúfať. Ale už bolo neskoro. Nádej sa už vkradla, a tak sa Elinor v úzkostlivom chvení nakláňala nad sestrinou posteľou, aby videla, ani sama nevedela čo. Uplynula polhodina a priaznivé príznaky ju stále blažili. A dokonca pribúdali ďalšie. Mariannin dych, pleť, pery, všetko sa Elinor odvďačovalo náznakmi zotavovania, a Marianne zrazu uprela na ňu oči vedomým, i keď zoslabnutým pohľadom. Úzkosť a nádej sa jej teraz zmocnili rovnakou silou a nenechali ju na pokoji ani na chvíľu, kým o štvrtej prišiel pán Harris a až jeho ubezpečenia, jeho blahoželania k zlepšeniu sestrinho stavu, dokonca prekonávajúcemu jeho očakávania, jej dodali poslednú vieru, úľavu a vyvolali slzy radosti.

Marianne sa cítila vo všetkých ohľadoch podstatne lepšie a pán Harris vyhlásil, že už je mimo nebezpečenstva.

Pani Jenningsová, možnože uspokojená, že sa jej predtuchy, vychádzajúce z ich nedávnych obáv, splnili len čiastočne, si dovolila veriť jeho úsudku, a úprimne sa zaradovala, a onedlho na to so svojou výrečnou veselosťou pripustila, že hádam úplne vyzdravie.

Elinor nedokázala jasať. Jej radosť sa niesla v inom duchu a viedla k čomukoľvek inému než jasotu. V srdci pocítila nesmiernu úľavu pri pomyslení na Mariannin návrat do života, zdravia, k blízkym, a na ich milujúcu matku, a táto úľava prerastala do vrúcnej vďaky, no nenútila ju k vonkajším prejavom radosti, ani k slovám či úsmevom. Elinor cítila zadosťučinenie, tiché a hlboké.

Celé popoludnie s krátkymi prestávkami presedela pri sestrinej posteli, upokojovala svoje obavy, odpovedala na všetky otázky jej oslabenej mysle, dodávala jej sily a sledovala takmer každý jej pohľad a vdych. Možnosť recidívy jej, pravdaže, tu i tam, pripomenula, akú úzkosť prežila, ale keď pri pravidelných a podrobných vyšetreniach videla, že každý náznak zotavovania pretrváva, a keď okolo šiestej zbadala, že sa Marianne ponorila do pokojného, hlbokého a podľa všetkých príznakov aj liečivého spánku, umlčala svoje pochybnosti.

Pomaly sa blížil čas, kedy sa mal plukovník Brandon vrátiť. Verila, že o desiatej, či prinajmenšom nie oveľa neskôr, sa aj jej matke uľaví od hrozných múk, v ktorých teraz určite cestuje k nim. A plukovníkovi tiež! On je azda v nemenej poľutovaniahodnom stave! Ach! Ako pomaly sa vlečie čas, ktorý ich udržiava v nevedomosti!

O siedmej nechala Marianne v sladkom spánku a pripojila sa k pani Jenningsovej pri čaji v prijímacom salóne. Od raňajok ju odviedol strach a od večere jeho náhle opadnutie, a preto jej teraz, keď ju tento obrat upokojil, veľmi dobre padlo drobné občerstvenie. Po ňom ju pani Jenningsová chcela prehovoriť, aby si trochu odpočinula, kým príde matka, a nechala *ju*, aby zaujala miesto pri Marianne, ale Elinor nevnímala únavu a v tejto chvíli nebola schopná zaspať, a nič by ju ani na okamih nezdržalo ďaleko od sestry, ak to nebolo potrebné. Pani Jenningsová ju teda odprevadila hore schodmi do izby chorej, aby sa ubezpečila, že všetko prebieha, ako má, tam ju znovu prenechala jej úlohe a myšlienkam, a odobrala sa do svojej izby napísať pár listov a spať.

Noc bola studená a strhla sa búrka. Vietor hučal okolo domu a dážď búšil do okien, no Elinor bola taká šťastná, že si z toho nič nerobila. Marianne sa nezobudila ani pri jednom nápore vetra a cestovateľov čakala bohatá odmena za nepohodu.

Hodiny odbili ôsmu. Keby bila desiata, Elinor by bola presvedčená, že v tej chvíli počuje zvuk koča prichádzajúceho k domu, a jej presvedčenie bolo také silné, že ho naozaj *počula*, napriek tomu, že bolo *takmer* nemožné, aby už dorazili, pohla sa k susednej obliekárni a otvorila okenicu, aby zistila pravdu. Ihneď zbadala, že ju uši neklamali. Zazrela jasný lampáš koča. Ale v jeho slabom svetle nemohla rozoznať, či ho ťahajú štyri kone, a to naznačovalo, že matkin strach ešte chvíľu potrvá, a poskytovalo isté vysvetlenie pre taký neočakávane rýchly príchod.

V živote Elinor nepadlo tak zaťažko zachovať pokoj ako teraz. Keď si pomyslela, čo jej matka musí prežívať, keď sa koč zastaví pri dverách – jej obavy, úzkosť, možnože aj zúfalstvo! A čo jej musí povedať! S takýmto vedomím bolo nemožné zostať pokojná. Zostávalo jej iba ponáhľať sa, a preto sa zdržala, iba kým zavolala k sestre komornú pani Jenningsovej, a bežala dolu.

Ako prechádzala chodbou, šuchot vo vestibule ju presvedčil, že už sú v dome. Utekala do prijímacieho salónu, vbehla dnu – a zazrela len Willoughbyho.

ÔSMA KAPITOLA

Keď ho Elinor zbadala, s hrôzou cúvla, poslúchla prvý impulz okamžite sa obrátiť a ujsť, a ruku už aj položila na kľučku, no Willoughby zadržal jej pohyb náhlivým vykročením k nej a tónom, skôr prikazujúcim, než prosebným, povedal:

„Slečna Dashwoodová! Prosím vás, zostaňte na pol hodinu – desať minút."

„Nie, pane," odpovedala pevným hlasom, „*nezostanem. Mne* nemáte čo povedať. Služobníctvo vám asi zabudlo povedať, že pán Palmer nie je doma."

„Keby mi boli povedali, že je pán Palmer so všetkými jeho príbuznými hoci aj v pekle, nebolo by ma to zavrátilo od dverí!" zvolal prudko. „Mám vám, a len vám, čo povedať!"

„Mne!" ohromil ju úžas. „Dobre, pane, buďte stručný, a ak môžete, aj menej hrubý."

„Sadnite si a budem."

Elinor zaváhala, nevedela, čo robiť. Strašila ju možnosť, že sa plukovník Brandon vráti a nájde ho tam. Ale sľúbila mu, že ho vypočuje, a ovládla ju zvedavosť o nič menšia, než boli jej obavy. Chvíľu sa spamätávala a potom usúdila, že rozvážnosť žiada urýchliť túto záležitosť, a že ak sa podvolí, vybaví to skôr; mlčky teda podišla k stolu a sadla si. Sadol si oproti nej a pol minúty nikto nepovedal ani slovo.

„Ponáhľajte sa, pane, prosím vás," ozvala sa Elinor netrpezlivo. „Nemám času nazvyš."

Sedel v hlbokom zadumaní a zdalo sa, že ju nepočuje.

„Vaša sestra už je mimo nebezpečenstva," povedal náhle po chvíli. „Počul som to od sluhu. Chvála bohu! Ale je to pravda? Je to naozaj pravda?"

Elinor nechcela odpovedať. Zopakoval svoju otázku ešte dychtivejšie.

„Preboha živého, povedzte mi, je už mimo nebezpečenstva, či nie?"

„Dúfame, že je."

Vyskočil sa začal chodiť po izbe.

„Keby som to bol vedel pred pol hodinou! Ale už som tu," prinútil sa do živšieho tónu, keď si opäť sadol, „čo to znamená? Po prvé, slečna Dashwoodová, bude to naposledy, azda, čo sa môžeme spolu radovať. Mne sa chce jasať. Povedzte mi úprimne," a tvár mu zažiarila jasnejšie, „myslíte si, že som väčší podliak, alebo blázon?"

Elinor na neho pozrela ohromenejšie než kedykoľvek predtým. Začínala si myslieť, že má vypité – nepochopiteľnosť jeho návštevy a takéto správanie sa nedalo inak vysvetliť, a pod týmto dojmom okamžite vstala a povedala:

„Pán Willoughby, radím vám, aby ste sa teraz vrátili do Combe. Nemám na vás viac času. Čokoľvek ste chceli so mnou vybaviť, bude lepšie si to premyslieť a vysvetliť zajtra."

„Chápem," odvetil s výrečným úsmevom a úplne pokojným tónom. „Áno, som veľmi opitý. Krčah piva k studenej hovädzine v Marlborough celkom stačil, aby mi zatemnil hlavu."

„V Marlborough?" zvolala Elinor a čím ďalej menej chápala, o čo mu ide.

„Áno, odišiel som z Londýna dnes ráno o ôsmej a odvtedy som strávil len asi desať minút mimo svojho koča, aby som niečo zhltol v Marlborough."

Hovoril to tak rozhodne a jeho oči vysielali taký jasný signál, až Elinor presvedčili, že nech už ho do Clevelandu priviedla akákoľvek neospravedlniteľná pochabosť, nebola to opitosť, a po chvíľke uvažovania povedala:

„Pán Willoughby, *musíte* tak ako *ja* cítiť, že po všetkom, čo sa stalo, váš príchod sem a naliehanie, aby som vás vypočula, si vyžaduje veľmi pádne vysvetlenie. Takže, čo si želáte?"

„Želám si," povedal rozhodne, „ak môžem, presvedčiť vás, aby ste ma nenávideli len o stupienok menej než *teraz*. Chcem vám ponúknuť akési vysvetlenie, akési ospravedlnenie, za to, čo sa stalo, otvoriť vám celé svoje srdce a ukázať vám, že hoci som bol vždy hlupák, nebol som vždy darebák, a získať čosi ako odpustenie od Ma-..., od vašej sestry."

„To je skutočný dôvod vašej návštevy?"

„Namojdušu je," znela jeho vrúcna odpoveď, ktorá jej znovu pripomenula bývalého Willoughbyho a proti jej vôli k nemu pocítila istú srdečnosť.

„Ak ide len o to, môžete byť spokojný, lebo Marianne vám *odpustí*, už *dávno* vám odpustila."

„Odpustila?" zvolal tým istým dychtivým hlasom. „Potom mi odpustila skôr, než mala. Ale odpustí mi znova a odôvodnenejšie. *Teraz* si ma vypočujete?"

Elinor úklonom hlavy naznačila svoju ochotu.

„Neviem," povedal po chvíli jej čakania a svojho uvažovania, „ako si *vy* vykladáte moje správanie k vašej sestre, či aký diabolský motív mi pripisujete. Možno, že ani nebudete o mne lepšie zmýšľať, ale za pokus to stojí, a dozviete sa všetko. Keď som sa dôverne zoznámil s vašou rodinou, nemal som iné ciele, žiadne iné zámery, než stráviť príjemne čas, kým som musel zotrvávať v Devonshire, oveľa príjemnejšie než kedykoľvek predtým. Svieži zjav a príťažlivé spôsoby vašej sestry sa mi museli zapáčiť, a takmer od začiatku sa ku mne správala tak... Ohromuje ma, že moje srdce dokáže byť také bezcitné, keď si spomeniem, ako to bolo, a aká *ona* bola! Ale musím priznať, že to spočiatku len povzbudzovalo moju samoľúbosť. Nestaral som sa o jej šťastie, myslel som len na vlastnú zábavu, nechal som priechod citom, ktorých užívanie si až priveľmi patrilo k mojim zvykom, všetkými prostriedkami, aké som len mohol použiť, som sa snažil jej zapáčiť, bez úmyslu opätovať jej lásku."

V tom okamihu k nemu slečna Dashwoodová obrátila oči plné rozhorčeného pohŕdania a prerušila ho slovami:

„Toto je sotva vhodný okamih, pán Willoughby, aby ste mi to ďalej vysvetľovali, a ja aby som počúvala. Po takomto úvode už nič nemôže nasledovať. Nemali by ste ma už ďalej trápiť týmto rozprávaním."

„Trvám na tom, aby ste si to vypočuli celé," odvetil. „Nikdy som nemal veľký majetok, a vždy som si žil na vysokej nohe, zakaždým som sa zvykol pridružiť k ľuďom s vyšším príjmom, než bol môj. Každý rok, odkedy som dosiahol plnoletosť, a myslím, že dokonca aj tie predtým, rástli moje dlhy, a hoci ma mala oslobodiť smrť mojej starej sesternice pani Smithovej, ten okamih zostával hmlistý a pravdepodobne veľmi vzdialený, istý čas som sa zaoberal myšlienkou, že svoju situáciu zlepším sobášom so ženou s vysokým venom. Na pripútanie sa k vašej sestre som preto nemohol ani pomyslieť – a tak som podlo, sebecky, kruto, čo žiadne rozhorčenie, žiadne pohŕdanie, dokonca ani od vás, slečna Dashwoodová, nemôže dostatočne odsúdiť, takto som konal, pokúšajúc sa získať jej náklonnosť a ani som nepomyslel na to, že jej ju opätujem. Ale jednu vec musím uviesť aj vo vlastný prospech: dokonca ani v tejto strašne sebeckej samoľúbosti som si nevedel predstaviť, akú hlbokú ranu jej spôsobím, pretože *vtedy* som ešte netušil, čo znamená ľúbiť. No vedel som to vôbec niekedy? Dá sa o tom úspešne pochybovať, lebo keby som niekedy skutočne ľúbil, vari by som dokázal obetovať svoje city márnomyseľnosti, chamtivosti? Alebo, čo je ešte horšie, dokázal by som obetovať jej city? Ale urobil som to. Aby som sa vyhol nepredstaviteľnej chudobe, ktorej by som sa vďaka jej láske a spoločnosti vôbec nemusel báť, vyšvihol som sa do blahobytu a stratil som všetko, vďaka čomu by som mohol byť aj šťastný."

„Takže ste k nej niekedy cítili náklonnosť," spýtala sa Elinor trochu miernejšie.

„Odolať takej príťažlivosti, vzdorovať toľkej nežnosti! Je azda na svete muž, ktorý by to dokázal? Áno, v podvedomí som vedel, že ju mám úprimne rád, a strávil som s ňou najšťastnejšie hodiny svojho života, v ktorých som mal najčestnejšie úmysly a najčistejšie city. Avšak aj *vtedy*, keď som sa pevne rozhodol požiadať ju o ruku, som si nerozvážne dovolil odkladať ten okamih zo dňa na deň, lebo som sa nechcel zasnúbiť, kým je moje postavenie také nesmierne neisté. Nebudem to odôvodňovať, ani *vás* zdržiavať širokým vykladaním takej absurdnosti, ba väčšmi než absurdnosti, ako sú moje zábrany tváriť sa poctivo, keď som česť už dávno stratil. Udalosti dokázali, že som bol prefíkaný blázon, ktorý veľmi prezieravo využil príležitosť navždy zo seba urobiť zavrhnutiahodného zúfalca. Napokon som však pozbieral svoje sily a rozhodol som sa, len čo som s ňou mohol byť osamote, vyznať jej city, ktoré som neustále prejavoval, a otvorene som ju ubezpečil o svojej láske, pre vyjadrenie ktorej som si už toľko vytrpel. No medzitým, v priebehu pár hodín, ktoré len mali prísť, objavila sa okolnosť – veľmi nešťastná, ktorá zničila moje odhodlanie a s ním aj moje šťastie. Vyšlo najavo," tu zaváhal a zahľadel sa do zeme, „že sa pani Smithová tak či onak dozvedela, nazdávam sa, že od nejakých vzdialených príbuzných, ktorí mali záujem na tom, aby ma zbavili jej priazne, o záležitosti, vzťahu – ale toto už naozaj nemusím vysvetľovať sám," dodal a pozrel sa na ňu s červeňou v tvári a spýtavými očami, „vaše dôverné priateľstvo... pravdepodobne už dávno poznáte celú tú históriu."

„Poznám," odvetila Elinor a tiež sa začervenala, a srdce jej nanovo oťaželo odmietnutím súcitu k nemu, „všetko som počula. A ako by ste sa pokúsili zbaviť viny v tejto hroznej záležitosti, to si, priznám sa, nedokážem predstaviť."

„Spomeňte si," zvolal Willoughby, „kto vám to povedal. Mohol byť nezaujatý? Priznávam, že jej situáciu a jej charakter som mal rešpektovať. Nechcem sa vyhovárať, ale zároveň ani vás nechať v presvedčení, že sa nemám na čo odvolávať, že len preto, že utrpela ujmu, jej niet čo vyčítať, a že len preto, že *ja* som bol spustlík, *ona* je svätica. Nechcem sa však brániť jej hriešnou vášňou, či slabosťou jej ducha! Jej láska ku mne si zaslúži lepšie zaobchádzanie a často si plný výčitiek svedomia v mysli vybavujem nežnosť, ktorá vo mne na veľmi krátky čas vyvolala odozvu. Želám si, zo srdca si želám, aby sa to nikdy nestalo. Ale zranil som nielen ju, zranil som aj tú, ktorej láska ku mne (smiem to povedať?) bola sotva menšia než jej a ktorej duša... Ach! Ako nekonečne ju prevyšuje!"

„No vaša ľahostajnosť k tomu nešťastnému dievčaťu – musím to povedať, akokoľvek nepríjemný je pre mňa rozhovor na túto tému –, vaša ľahostajnosť nie je ospravedlnením pre vaše kruté odvrhnutie. Nemyslite si, že jej chybami, či vrodenými nedostatkami v inteligencii ospravedlníte takú zreteľnú nemravnú krutosť vášho konania. Museli ste vedieť, že kým sa zabávate v Devonshire, naháňate nové plány, neustále veselý, neustále šťastný, ona upadla do nepredstaviteľného zúfalstva."

„Ale, namojdušu, *nevedel* som to," horúčkovito odvetil, „nespomenul som si, že som jej zabudol dať moju adresu, a aj obyčajný zdravý rozum by jej bol prezradil, ako sa ju dozvedieť."

„Dobre, pane, a čo povedala pani Smithová?"

„Okamžite ma obvinila z priestupku a iste uhádnete moje rozpaky. Nedotknutosť jej spôsobu života, formálnosť jej názorov a neznalosť sveta – všetko sa proti mne sprisahalo. Záležitosť ako takú som nemohol poprieť a márne boli všetky snahy uhladiť ju. Myslím, že vždy bola náchylná pochybovať o mravnosti všetkých mojich skutkov, a navyše nebola spokojná, že som jej pri tejto návšteve venoval tak málo pozornosti a času. Skrátka, skončilo sa to úplnou roztržkou. V jednej veci som sa mohol zachrániť. Z výšky svojej mravnosti, dobrá to žena!, mi navrhla, že mi všetko odpustí, ak sa s Elizou ožením. To neprichádzalo do úvahy, a tak ma oficiálne vykázala zo svojej priazne i z domu. Celú nasledujúcu noc – mal som odísť na druhé ráno –, som strávil rozvažovaním, čo urobím. Zápas bol ťažký, no skončil sa priskoro. Moja láska k Marianne, moje hlboké presvedčenie o jej oddanosti ku mne, to všetko ešte nestačilo vyvážiť strach z chudoby, či premôcť tie falošné predstavy o nevyhnutnosti bohatstva, ktoré som dlho nosil v sebe, a vysoká spoločnosť ich ešte upevnila. Mal som dôvody cítiť sa istý svojou terajšou ženou, keby som ju požiadal o ruku, a presvedčil som sám seba, že mi podľa zdravého rozumu nič iné nezostáva. Očakávala ma však náročná úloha, kým odídem z Devonshire, práve v ten deň som bol k vám pozvaný na večeru, potreboval som preto nejakú výhovorku, aby som nemusel dodržať sľub. Ale dlho som sa nevedel rozhodnúť, či ju mám napísať, alebo doručiť osobne. Cítil som, že bude hrozné stretnúť Marianne, a dokonca som pochyboval, či ju smiem ešte vidieť a či mi vydrží moje odhodlanie. V tejto veci som však precenil svoju šľachetnosť, ako ukázali nasledujúce udalosti, lebo som šiel, videl som ju a videl som, aká je zúfalá, a takú zúfalú som ju zanechal – a zanechal som ju vo viere, že ju už nikdy neuvidím."

„Prečo ste prišli, pán Willoughby?" spýtala sa Elinor vyčítavo, „odkaz by celkom postačil. Prečo bolo potrebné prísť?"

„Potrebovala to moja pýcha. Nezniesol som, aby som opustil kraj spôsobom, z ktorého by ste vy, či ktokoľvek zo susedov, mohli vytušil čo len časť z toho, čo sa stalo medzi mnou a pani Smithovou, a preto som sa rozhodol k vám zájsť po ceste do Honitonu. Pohľad na vašu drahú sestru však bol skutočne hrozný, a keď som ju našiel samú, situáciu to ešte zhoršilo. Vy ostatné ste odišli, neviem kam. Len večer predtým som sa s ňou rozlúčil s takým pevným, takým dokonalým presvedčením, že konám správne! Len niekoľko hodín nás delilo od zasnúbenia navždy a pamätám sa, aký šťastný a veselý som bol, keď som kráčal späť do Allenhamu, spokojný sám so sebou a očarený ostatnými! Ale v tomto našom poslednom priateľskom rozhovore, som k nej pristúpil s vedomím viny, a to mi takmer zobralo silu zatajiť pravdu. Na jej žiaľ, sklamanie, na jej hlbokú ľútosť, keď som jej oznámil, že musím náhle odísť z Devonshire, na to nikdy nezabudnem, a ani na jej dôveru a blízkosť! Ach, bože! Taký bezcitný podliak som bol!"

Niekoľko minút obaja mlčali. Elinor sa ozvala prvá.

„Povedali ste jej, že sa čoskoro vrátite?"

„Neviem, čo som jej povedal," odvetil rozmrzene. „Menej, než som bol povinný jej s ohľadom na všetko predchádzajúce povedať, bezpochyby, a s najväčšou pravdepodobnosťou oveľa viac, než ma oprávňovala povedať budúcnosť. Nedokážem na to myslieť. Nedá sa to. Potom ma prišla potrápiť vaša matka so všetkou svojou láskavosťou a dôverou. Vďaka bohu! *Naozaj* ma potrápila. Cítil som sa mizerne. Slečna Dashwoodová, neviete si predstaviť, ako sa mi uľaví, keď sa obzriem za svojím trápením. Tak veľmi si dlhujem ten trest za vlastnú hlúposť, podlú pochabosť vlastného srdca, že všetko moje predchádzajúce trápenie je pre mňa teraz len radostným triumfom. Takže som odišiel, zanechal som všetko, čo som ľúbil, a odišiel k ľuďom, ktorým som, v najlepšom prípade, úplne ľahostajný. Moja cesta do mesta – cestoval som s vlastnými koňmi, a preto tak zdĺhavo –, ani živej duše, ktorá by sa so mnou rozprávala, len vlastné šťastné spomienky – keď som hľadel dopredu, všetko také lákavé! –, keď som sa obzrel za Bartonom, taká útecha! Ach, to bola požehnaná cesta!"

Zastavil sa.

„Tak, pane," povedala Elinor, ktorá ho síce ľutovala, no netrpezlivosť, aby už odišiel, v nej narastala, „a to je všetko?"

„Všetko? Nie, zabudli ste, čo sa stalo v meste? Ten nehanebný list. Ukázala vám ho?"

„Áno, čítala som všetky odkazy."

„Keď som od nej dostal prvý – čo sa stalo okamžite, lebo som bol v meste po celý čas –, čo som cítil... bežnými slovami sa to nedá vyjadriť; jednoduchšie... možno príliš jednoducho, aby to vyvolalo súcit –, veľmi, veľmi ma to zabolelo. Každý riadok, každé slovo bolo... požičiam si metaforu, ktorú by drahá pisateľka, keby tu bola, určite zavrhla –, bolo dýkou do môjho srdca. Vedieť, že je Marianne v meste, tými istými slovami: blesk z jasného neba. Blesk z jasného neba a dýka! Tá by mi ale dala! Jej vkus, jej názory, verím, že ich poznám lepšie než svoje, a som si istý, že sú mi aj drahšie."

Elinorino srdce, ktoré prekonalo toľko obratov v priebehu ich neobyčajného rozhovoru, sa teraz opäť zohrialo, no predsa pocítila ako svoju povinnosť zavrátiť také myšlienky jej spoločníka, ako boli tie posledné.

„Toto nie je správne, pán Willoughby. Spomeňte si, že ste ženatý. Hovorte len to, čo je podľa vášho svedomia potrebné mi povedať."

„Mariannin odkaz ma ubezpečil, že som jej bol stále taký drahý ako predtým, že napriek toľkým týždňom nášho odlúčenia neustále prechováva rovnaké city a rovnako sa spolieha na moju vernosť, ako kedykoľvek predtým, a to vo mne vyvolalo výčitky svedomia. Povedal som vyvolalo, lebo čas a Londýn, povinnosti a záhaľka, ich medzitým v istej miere utíšili, a stával sa zo mňa vyberaný zatvrdilý ničomník, nahováral som si, že mi na nej nezáleží a bol som náchylný veriť, že ani jej na mne nemôže záležať, prehováral som sám seba, že naša láska bola len pletka, nevinná záležitosť, krčil som plecami, aby som si dokázal, že to tak bolo, a umlčal som každú výčitku, prekonal všetky zábrany, a v duchu som si tu a tam povedal: ‚Budem zo srdca rád, keď sa dopočujem, že sa dobre vydala.‘ Ale vďaka tomuto odkazu som sa lepšie spoznal. Pocítil som, že mi je nekonečne drahšia než všetky ženy sveta a že som ju nehanebne oklamal. Ale medzi mnou a slečnou Greyovou už bolo všetko dohodnuté. Ustúpiť sa nedalo. Jediné, čo som mohol urobiť, bolo obom sa vám vyhnúť. Marianne som neodpovedal, aby som predišiel jej ďalšej pozornosti, a istý čas som sa dokonca rozhodol vôbec nechodiť na Berkeley Street; no napokon, usúdiac, že múdrejšie než čokoľvek iné bude vyvolať zdanie chladnej, bezvýznamnej známosti, jedno ráno som dával pozor, kým určite nebudete doma, a nechal som u vás navštívenku.“

„Dávali ste pozor, kým odídeme?“

„Dokonca som dával pozor! Boli by ste prekvapená, keby ste vedeli, ako často som vás sledoval, ako často som sa s vami takmer zrazil. Vošiel som do toľkých obchodov, aby ste ma nezazreli, keď koč prechádzal okolo mňa. Zriedka prešiel deň, kedy som jednu či druhú nezazrel zo svojho bytu na Bond Street, a jedine moja ostražitosť a neustála túžba udržať sa z vášho dohľadu nás mohla oddeliť na taký dlhý čas. Vyhýbal som sa Middletonovcom, ako sa len dalo, a rovnako aj všetkým, ktorí by sa hlásili k našim spoločným známym. No nevediac, že je v meste, náhodou som natrafil na sira Johna, myslím, že hneď v ten deň, keď prišiel, a deň potom, ako som zašiel k pani Jenningsovej. Pozval ma na tanečný večierok u neho doma v ten večer. Keby mi *neoznámil*, čo považuje za lákadlo pre mňa, že tam budete aj vy a vaša sestra, zdalo by sa mi celkom pravdepodobné, že by som prišiel. Nasledujúce ráno mi doručili od Marianne ďalší odkaz, ešte vždy láskyplný, úprimný, nenútený, dôverčivý, plný dôkazov, ktoré svedčili o odpornosti *môjho* konania. Nemohol som odpovedať. Pokúšal som sa –, no nedokázal som sformulovať ani vetu. Ale myslel som na ňu, tuším, každú minútu. Ak ma *môžete* poľutovať, slečna Dashwoodová, poľutujte moju *vtedajšiu* situáciu. S hlavou a srdcom plnými vašej sestry som musel hrať úlohu zaľúbeného nápadníka inej! Tieto tri či štyri týždne boli najhoršie zo všetkých. Nuž, napokon, ako vám nemusím pripomínať, ste ma pristihli, a akej drahej osobe som ublížil! Aký mučivý večer to bol! Marianne, krásna ako anjel na druhej strane miestnosti, volajúc ma Willoughby takým tónom! Ach, bože! Podávala mi ruku, žiadala vysvetlenie s takými očarujúcimi očami upretými so spýtavou ustarostenosťou do mojej tváre! A na druhej strane miestnosti Sophia, žiarlivá ako čert, všetko to sledujúc... No, to nie je dôležité; už je to preč... Takýto večer! Ušiel som od vás, len čo som mohol, no nie skôr, než som zazrel Mariinnu sladkú tvár zblednúť ako stena. To bol posledný, posledný pohľad na ňu, posledná spomienka, aká mi zostala v pamäti. Bol to hrozný pohľad! A predsa, keď som si dnes pomyslel, že naozaj umiera, bola to istým spôsobom útecha, keď som si predstavil, že presne viem, ako ju zazrú tí, čo budú pri nej naposledy na tomto svete. Mal som ju pred očami, neustále pred očami, kým som cestoval sem, ten istý výraz tváre a farbu."

Nastala krátka zadumaná prestávka na oboch stranách. Willoughby sa prebral prvý a takto ju prerušil:

„Dobre, poponáhľam sa a pôjdem. Určite sa má vaša sestra lepšie, určite je mimo nebezpečenstva?"

„Ubezpečili nás o tom."

„Aj vaša úbohá matka! Tak veľmi Marianne ľúbi."

„Ale ten list, pán Willoughby, váš list, k nemu nemáte čo povedať?"

„Áno, áno, k *tomu* obzvlášť. Vaša sestra mi znovu napísala, veď viete, na druhé ráno. Viete, čo písala. Raňajkoval som u Ellisonovcov, a jej list mi spolu s ďalšími priniesli z môjho bytu. Náhodou ho zachytili Sophiine oči skôr než moje – a jeho veľkosť, úhľadný papier, písmo, všetko dokopy okamžite vzbudilo jej podozrenie. Čosi neurčité sa už predtým dopočula o mojom vzťahu k istej mladej dáme v Devonshire, a to, čo sa stalo pred jej očami večer predtým jej tú dámu ukázalo, a začala žiarliť väčšmi, než kedykoľvek predtým. Nasadila teda ten ihravý výraz, čo poteší len toho, kto je do tej ženy zaľúbený, hneď list otvorila a prečítala. Dostala, čo si za svoju drzosť zaslúžila. Čo si prečítala, ju zronilo. Jej zármutok by som zniesol, ale jej zúrivosť, zlomyseľnosť... V každom prípade je potrebné ju uchlácholiť. A skrátka, čo si myslíte o štýle korešpondencie mojej ženy? Taktný, jemný, skutočne ženský, azda taký nebol?"

„Vaša žena? Bol to váš rukopis."

„Áno, no mojou jedinou zásluhou bolo otrocky napísať vety, pod ktoré som sa hanbil podpísať. Pochádzali od nej, jej vlastné myšlienky a jemná dikcia. Ale čo som mal robiť? Boli sme zasnúbení, všetko sa pripravovalo, termín bol takmer stanovený. Hovorím ako blázon. Prípravy! Termín! Po pravde, potreboval som jej peniaze a v takej situácii človek urobí hocičo, aby predišiel rozkolu. A napokon, čo zmení štýl mojej odpovede na mojom charaktere v Marianniných očiach a očiach jej blízkych? Všetko smerovalo len k jednému koncu. Mojou úlohou bolo vyhlásiť sa za darebáka a či to urobím s úklonom alebo vrieskaním, na tom nezáležalo. ,Navždy som v jej očiach znemožnený,' povedal som si, ,navždy som vylúčený z jej spoločnosti, už si o mne aj tak myslia, že som bezzásadový chlap, tento list im povie len to, že som darebák.' Tak som si to odôvodnil, keď som v čudnej zúfalej bezmyšlienkovosti zapisoval ženine slová a rozlúčil som sa s poslednými pamiatkami na Marianne. Jej tri odkazy – naneštastie som ich mal všetky v náprsnej taške, no nemohol som poprieť ich existenciu a navždy si ich odložiť –, musel som ich vytiahnuť a dokonca som ich nesmel ani pobozkať. A prameň jej vlasov som si tiež stále uchovával v tej istej taške, a teraz ich madam hľadala s najsladšou jedovatosťou, drahý pramienok, všetko, každú pripomienku mi vyrvala!"

„Ste nespravodlivý, pán Willoughby, a to trestuhodne," povedala Elinor hlasom, ktorý proti jej vôli prezrádzal jej súcit k nemu, „nesmiete takto rozprávať ani o pani Willoughbyovej, ani o mojej sestre. Vy sám ste si vybrali. Nikto vás nenútil. Vaša žena si zaslúži vašu zdvorilosť, či prinajmenšom úctu. Musela k vám niečo cítiť, inak by sa za vás nevydala. Ak sa k nej budete správať neúctivo, ak o nej budete hovoriť znevažujúco, neodčiníte tým, čo ste vykonali Marianne, a ani si nemyslím, že by to uľavilo vášmu svedomiu."

„Nehovorte mi o mojej žene," povedal s hlbokým povzdychom. „Nezaslúži si váš súcit. Vedela, že ju neľúbim, keď sme sa brali. Dobre, vzali sme sa, odišli sme do Combe Magny užívať si šťastie, a potom sme sa vrátili do mesta, aby sme sa veselili. A ešte ma ľutujete, slečna Dashwoodová? Či som vám to všetko vyrozprával bez účinku? Som – čo len o jediný stupienok –, vo vašich očiach menej vinný než predtým? Moje úmysly neboli vždy pochybné. Nezmyl som svojím vysvetlením ani kúsok svojej viny?"

„Áno, niečo sa vám určite podarilo, trochu. Urobili ste sa vcelku menej vinným, než som si myslela. Ukázali ste, že vaše srdce je menej skazené, o hodne menej. Ale neviem celkom – nešťastie, ktoré ste spôsobili... ani neviem, čo horšie sa dalo vykonať."

„Prezradíte svojej sestre, keď sa uzdraví, čo som vám vyrozprával? Nech som trochu očistený aj v jej očiach, tak ako vo vašich. Vravíte, že mi už odpustila. Dovoľte mi veriť, že keď lepšie spozná moje srdce a moje terajšie city, privolá to spontánnejšie, prirodzenejšie, jemnejšie, menej blahosklonné odpustenie. Povedzte jej o mojom nešťastí a pokání, povedzte jej, že moje srdce jej nikdy nebolo neverné, a keď budete taká dobrá, aj to, že mi je v tejto chvíli rovnako drahá ako predtým."

„Poviem jej všetko, čo bude potrebné ohľadne vášho, povedzme, zdôvodnenia. Ale ešte ste mi nevysvetlili mimoriadny dôvod, pre ktorý ste prišli, ani to, ako ste sa dopočuli o jej chorobe."

„Včera večer som sa vo vestibule divadla v Drury Lane míňal so sirom Johnom Middletonom, a keď si uvedomil, kto som – po prvýkrát po dvoch mesiacoch –, ma oslovil. Neprekvapilo ma, že ma vytesnil zo svojho vedomia, odkedy som sa oženil, a ani som mu to nezazlieval. Teraz však jeho dobrosrdečná, poctivá, hlúpa duša, plná rozhorčenia voči mne a ľútosti k vašej sestre, nemohla odolať pokušeniu a povedal mi, čo považoval za svoju povinnosť – hoci sám pravdepodobne nečakal, že mi to povie –, hrozne mi vynadal. Teda bez všetkých škrupúľ mi povedal, že Marianne Dashwoodová umiera na infekčnú horúčku v Clevelande, list, ktorý dostal ráno od pani Jenningsovej, vyjadroval, že jej hrozí bezprostredné nebezpečenstvo, všetci Palmerovci od strachu odišli atď. Priveľmi ma to ohromilo, aby som sa dokázal predviesť ako bezcitný človek dokonca aj pred nevšímavým sirom Johnom. Keď videl, ako trpím, jeho srdce trochu zmäklo a stratil toľký kus zo svojej zášti, že keď sme sa lúčili, kým mi pripomínal starý sľub, že mi daruje šteňa svojho stavača, takmer mi potriasol ruku. Čo som cítil, keď som sa dopočul, že vaša sestra umiera – a umiera vo viere, že som najväčší naničhodník pod slnkom, nadávajúc mi, nenávidiac ma vo svojej poslednej chvíli –, ako som len mohol vedieť, aké strašné úmysly mi môže pripisovať? *Jediná* osoba, ktorá, ako som si bol istý, by ma mohla vnímať ako človeka, ktorý nie je schopný všetkého. Bolo hrozné, čo som cítil! Rýchlo som sa rozhodol a o ôsmej ráno už som sedel v koči. Teraz už viete všetko."

Elinor neodpovedala. Jej myšlienky sa v duchu sústredili na nenapraviteľnú ujmu, ktorú skorá nezávislosť a jej následky v záhaľke, rozpustilosti a prepychu spôsobili na duši, charaktere a šťastí muža, u ktorého sa inak všetky prednosti inteligencie a talentu spojili s od prírody úprimnou, čestnou a citlivou, láskyplnou povahou. Svet ho vychoval k výstrednosti a márnivosti. Výstrednosť a samoľúbosť ho zmenili na chladnokrvného a sebeckého. Samoľúbosť, vyhľadávajúca trestuhodné víťazstvá na úkor druhého, ho zatiahla do skutočnej lásky, ktorú výstrednosť, či prinajmenšom jej dieťa – núdza – žiadala obetovať. Všetky zlé sklony vedúce k hriechu, ho priviedli aj k trestu. Láska, od ktorej sa napriek cti, napriek citom, napriek vlastným záujmom navonok odtrhol, teraz, keď už nie je povolená, určuje každú jeho myšlienku; a zväzok kvôli ktorému s drobnými zábranami zanechal jej sestru vlastnému nešťastiu, mu pravdepodobne prinesie oveľa nevyliečiteľnejšie nešťastie. Jej hĺbanie sa už chýlilo ku koncu, keď ju z neho odvolal Willoughby, ktorý sa prebral z prinajmenšom rovnako bolestného dumania, vyrušil ju, keď sa zberal na odchod a povedal:

„Nemá význam, aby som tu ešte zostával, musím sa pobrať.“

„Vraciate sa do mesta?“

„Nie, do Combe Magny. Mám tam povinnosti, a odtiaľ do mesta o deň či dva. Zbohom.“

Podal jej ruku. Nemohla svoju odmietnuť, dojato ju stisol.

„A *naozaj* o mne zmýšľate o trochu lepšie než *predtým?*“ povedal, kým nechal ruku klesnúť, a oprel sa o kozubovú rímsu, akoby zabudol, že odchádza.

Elinor ho ubezpečila, že naozaj, že mu odpustila, poľutovala ho, zaželala mu veľa šťastia, dokonca jej na jeho šťastí záležalo, a pridala zopár jemných rád, o ktoré by sa mohol vo svojej situácii oprieť. Jeho odpoveď však neznela veľmi povzbudivo.

„Pokiaľ ide o to," povedal, „budem sa pretĺkať svetom, ako len budem môcť. Manželské šťastie neprichádza do úvahy. Ak, pravda, mi bude dovolené veriť, že vy a vaši blízki cítite záujem o môj osud a kroky, môže to byť prostriedok – azda ma to prinúti viac sa strážiť –, aspoň bude pre čo žiť. Marianne je pravdupovediac pre mňa navždy stratená. Keby som aj nejakou šťastnou náhodou znovu mohol..."

Elinor ho výčitkou zastavila.

„Dobre!" odvetil. „Niekedy dovidenia. Teraz odídem a budem žiť v strachu z jedinej udalosti."

„Čo máte na mysli?"

„Sobáš vašej sestry."

„Veľmi sa mýlite. V budúcnosti pre vás bude rovnako stratená, ako je teraz."

„Ale získa ju niekto iný. A ak tým niekým bude práve ten, ktorého znesiem najmenej zo všetkých... Ale nebudem tu už dlhšie, aby som sa neobral o všetok váš dobrosrdečný súcit predvádzaním, že tam, kde som najviac zranený, najmenej dokážem odpúšťať. Zbohom, Boh vám žehnaj!"

A s týmito slovami takmer vybehol z izby.

DEVIATA KAPITOLA

Dlho po tom, čo odišiel, a dokonca dlho po tom, čo hrkotanie jeho koča zatíchlo v diaľke, tiesnili Elinor mračná myšlienok, značne rozporuplných vo svojej podstate, no ich hlavným výsledkom bol smútok, dokonca aj keď si spomenula na svoju sestru.

Willoughby, ten, ktorým ešte pred polhodinou pohŕdala ako najnehodnejším zo všetkých mužov, Willoughby, napriek všetkým jeho chybám, v nej vzbudil istý súcit k trápeniu, ktoré mu tie chyby priniesli, prinútil ju myslieť na neho teraz, keď je navždy odlúčený od jej rodiny, s nežnosťou, s ľútosťou, ako si čoskoro musela sama priznať, patriacou skôr jeho želaniam, než jeho dobrým stránkam. Cítila, že jeho vplyv na jej myseľ narástol okolnosťami, ktoré sa rozumom nedajú zvážiť, tým neobyčajne príťažlivým zjavom, tými úprimnými, láskyplnými a sviežimi spôsobmi, ktoré sa nedajú považovať za prednosti, a svojou pretrvávajúcou vrúcnou láskou k Marianne, ktorej oddávať sa bolo hriechom. No vedela aj, že už dávno, veľmi dávno, dokáže jeho vplyvu odolať.

Keď sa napokon vrátila k nič netušiacej Marianne, zastihla ju práve sa občerstvenú prebúdzať z dlhého a liečivého spánku, a jej nádeje narástli. Elinorino srdce plesalo. Minulosť, prítomnosť, budúcnosť, Willoughbyho návšteva, Mariannina záchrana a matkin očakávaný príchod, ju spolu uvrhli do rozrušenia, ktoré odháňalo akékoľvek náznaky únavy, a obávala sa len toho, aby sa pred sestrou neprezradila. No jej obavy ju znepokojovali len krátko, lebo v priebehu pol hodiny po Willoughbyho odchode ju zvuk prichádzajúceho koča znovu odvolal dolu. V nedočkavosti zbaviť matku každej nadbytočnej minúty jej hroznej predtuchy okamžite utekala do vestibulu a dobehla k vonkajším dverám práve včas, aby sa s ňou zvítala a utešila ju hneď, ako vstúpila do domu.

Pani Dashwoodová, ktorú, ako sa blížili k domu, strach takmer presvedčil, že Marianne už niet na tomto svete, keď sa mala na ňu popýtať, nemohla vydať ani hláska, nedokázala dokonca ani osloviť Elinor, no *tá* nečakala ani na pozdrav, ani na otázky, a okamžite zo seba vychrlila radostnú správu, – matka ju zachytila so svojou zvyčajnou vrúcnosťou a v tej chvíli ju premohlo také silné šťastie, aké strašné boli predtým jej obavy. Dcéra a priateľ ju podopreli a odviedli ju do prijímacieho salónu, kde ju zaliali slzy radosti, a hoci ešte vždy nebola schopná hovoriť, znovu a znovu Elinor objímala, podchvíľou sa obracala k plukovníkovi Brandonovi a stískala mu ruku, a v jej pohľade sa zračila vďačnosť i presvedčenie, že s ňou v tejto požehnanej chvíli prežíva jej pocity. Svoju účasť vyjadroval ešte hlbšou mlčanlivosťou.

Len čo sa pani Dashwoodová spamätala, zo všetkého najprv si želala vidieť Marianne, a o dve minúty už bola pri svojom milovanom dieťati, odlúčením, nešťastím a ohrozením života ešte drahšom, než kedykoľvek predtým. Elinorinu radosť, keď videla, s akou láskou sa všetci zvítali, ovládli len obavy, že oberajú Marianne o spánok, no pani Dashwoodová, keď bol v stávke život jej dieťaťa, dokázala zachovať pokoj, ba aj rozvahu, a Marianne, spokojná, že je matka pri nej, a vedomá si, že je stále príliš slabá na rozhovor, ochotne sa podvolila tichu a odpočinku, ktoré jej predpísali všetky opatrovateľky v dosahu. Pani Dashwoodová *sedela* pri nej celú noc a Elinor, aby vyhovela matkiným prosbám, si šla ľahnúť. Ale odpočinok, taký potrebný po prebdenej noci a toľkom čase strávenom v hroznej úzkosti, zahnala jej rozbúrená myseľ. Willoughby, ,chudák Willoughby‘, ako si teraz dovolila ho nazývať, zaujal jej myšlienky, mohla len znovu počúvať jeho obhajobu pred svetom a vyčítala si, a obviňovala sama seba, že ho predtým tak príkro odsúdila. No jej sľub, že to povie sestre, ju neustále ťažil. Hrozila sa splniť ho, hrozila sa, ako na Marianne zaúčinkuje jej rozprávanie, pochybovala, či by po takomto vysvetlení ešte niekedy vedela byť šťastná s iným, a na okamih Willoughbymu želala, aby ovdovel. Potom si spomenula na plukovníka Brandona a pokarhala sa za takú myšlienku, uvedomila si, že za *svoje* trápenie a *svoju* vernosť, nepomerne väčšiu, než bola stálosť jeho soka, si od sestry zaslúži odmenu, a želala si potom čokoľvek iné, len nie smrť pani Willoughbyovej.

Šok pani Dashwoodovej z posolstva plukovníka Brandona v Bartone v skutočnosti zmiernil jej predchádzajúci strach, lebo sa tak strašne o Marianne bála, že už bola rozhodnutá nečakať na ďalšie správy a práve v ten deň sa vybrať do Clevelandu, a mala svoju cestu natoľko dohodnutú už pred jeho príchodom, že v každom okamihu očakávala Careyovcov, ktorí mali odviesť Margaret, lebo matka ju nechcela vziať so sebou do domu, kde sa azda šíri nákaza.

Mariannin stav sa zo dňa na deň zlepšoval a žiarivá veselosť v očiach a mysli pani Dashwoodovej dokazovala, že naozaj patrí, ako o sebe často vyhlasovala, k najšťastnejším ženám na svete. Elinor počúvala jej vyhlásenia a videla, že sú pravdivé, a v duchu by bola zvedavá, či si matka niekedy spomenie na Edwarda. Ale pani Dashwoodová, dôverujúc Elinorinmu zdržanlivému líčeniu sklamania, ktoré jej napísala, sa nechala od svojej prekypujúcej radosti odviesť len tými myšlienkami, ktoré ju znásobovali. Marianne sa zotavovala z ohrozenia, do ktorého ju, ako to teraz cítila, uvrhol jej vlastný chybný úsudok, keď ju povzbudzovala v nešťastnej láske k Willoughbymu; a v jej uzdravení našla ešte iný zdroj radosti, na ktorý Elinor nepomyslela. Oznámila jej ho, len čo sa im naskytla príležitosť porozprávať sa medzi štyrmi očami.

„Konečne sme samy. Elinor moja, ešte nevieš o všetkých dôvodoch, prečo som taká šťastná. Plukovník Brandon ľúbi Marianne. Sám mi to povedal."

Jej dcéra sa striedavo čudovala aj nečudovala, tešila i smútila, no predsa zbystrila pozornosť.

„Vôbec sa na mňa nepodobáš, Elinor, lebo teraz ma udivuje tvoj pokoj. Keby som sa niekedy podujala priať si čo najlepšie pre svoju rodinu, upla by som sa na sobáš plukovníka Brandona s niektorou z vás ako na veľmi žiaducu udalosť. A verím, že z vás dvoch s ním bude šťastnejšia práve Marianne."

Elinor mala chuť spýtať sa matky, aký má dôvod si to myslieť, pretože si bola vedomá, že keď sa nezaujato porovná ich vek, povahy a cítenie, žiadny uspokojivý dôvod sa jej nájsť nepodarí, no vedela, že jej matka sa zakaždým nechá uniesť predstavivosťou pri téme, ktorá ju zaujíma, a tak to namiesto vypytovania prešla len s úsmevom.

„Keď sme včera cestovali, otvoril mi celé svoje srdce. Stalo sa to tak nepredvídane, celkom neúmyselne. Ja, ako mi iste uveríš, som nemohla hovoriť o ničom inom, len o svojom dieťati, a on nedokázal zakryť svoje utrpenie, videla som, že je rovnako veľké ako moje, a on, možnože si myslel, že jedine priateľstvo v tomto svete ho neoprávňuje k takým vrúcnym citom – či azda vôbec na nič nemyslel, hádam –, povolil uzdu neovládateľným citom, priznal sa mi k hlbokej, nežnej, nekonečnej láske k Marianne. Ľúbi ju, Elinor moja, od prvej chvíle, čo ju videl."

Tu si však Elinor všimla – nie slová, nie vyhlásenia plukovníka Brandona, ale prikrášlenie vlastné matkinej fantázii, ktorá všetko, čo si želala, vykreslila v najkrajšom svetle.

„Jeho vzťah k nej presahuje všetko, čo k nej kedy cítil či predstieral Willoughby, je o toľko vrúcnejší, o toľko srdečnejší a stabilnejší – tak by sme to mohli nazvať –, a pretrval celý ten čas, čo vedel o Marianninom nešťastnom blúznení o tom nehodnom mladom mužovi! A bez sebectva, bez štipky nádeje! Dokázal by zniesť, aby bola šťastná s iným. Taká výnimočná duša! Taká úprimnosť, srdečnosť! V *ňom* sa nikto nesklame."

„Plukovník Brandon sa všeobecne považuje za takmer dokonalého muža," povedala Elinor.

„Viem," odpovedala matka vážne, „no po nedávnom varovaní, bola by som *ja* posledná, kto by povzbudzoval takúto lásku, či sa z nej dokonca tešil. Ale jeho príchod k nám, s takým živým, obetavým priateľstvom stačí, aby dokázal, že patrí k najvzácnejším mužom."

„O jeho charaktere však nesvedčí len tento *jeden* prejav láskavosti," povedala Elinor, „ku ktorému ho prinútila láska k Marianne, ak nespomínam jeho ľudskosť. Pani Jenningsová a Middletonovci ho už dlho a dôverne poznajú; tiež ho majú radi a ctia si ho, a aj môj názor na neho, hoci som sa s ním zoznámila nedávno, je priaznivý; a tak vysoko si ho *sama* vážim a ctím, že ak s ním Marianne bude môcť byť šťastná, budem rovnako ako vy považovať naše príbuzenstvo za najväčšie požehnanie na svete. Čo ste mu odpovedali? Dali ste mu nádej?"

„Ach, zlatko, vtedy som nemohla hovoriť o nádeji ani pre seba, nieto ešte pre neho. Marianne predsa mohla práve v tej chvíli zomrieť. Ale on nežiadal nádej ani povzbudenie. Len sa mi mimovoľne zdôveril, bol to len mimovoľný výlev trúchliacej priateľke, nie žiadosť o rodičovské požehnanie. No predsa som mu po čase povedala, lebo najprv som sa nezmohla na slovo, že ak to Marianne prežije, v čo som verila, s najväčšou radosťou budem podporovať ich sobáš, a po našom príchode, po tom, čo sa nám uľavilo, zopakovala som mu to ešte zreteľnejšie a povzbudila som ho, ako som len vedela. Čas, veľmi krátky čas, vravím, všetko vykoná. Mariannino srdce sa predsa nemôže navždy umárať kvôli takému mužovi, ako je Willoughby. Brandonove prednosti to určite čoskoro zariadia."

„Podľa plukovníkovho rozpoloženia usudzujem, že vaša odpoveď nebola až taká optimistická."

„Nie. Myslí si, že je Mariannina láska tak hlboko zakorenená, že akákoľvek zmena môže nastať len po veľmi dlhom čase, a dokonca aj vtedy, keď bude jej srdce znovu voľné, je príliš opatrný, aby veril, že pri takých rozdieloch vo veku a povahách ju niekedy získa. V tom sa však trochu mýli. Je len o toľko starší od nej, že to bude výhoda, lebo jeho povaha a zásady sú už pevne vyformované, a som presvedčená, že svojimi schopnosťami je presne tým mužom, s ktorým bude tvoja sestra šťastná. A jeho zjav a spôsoby tiež svedčia v jeho prospech. Nezaslepuje ma predpojatosť, rozhodne nie je taký pekný ako Willoughby, no aj tak je vo výraze jeho tváre čosi milšie. Ak sa pamätáš, Willoughby mal vždy v očiach niečo, čo sa mi nepáčilo."

Elinor si na to *nemohla* spomenúť, ale matka ani nečakala, kým prikývne, a pokračovala:

„A jeho spôsoby, teda plukovníkove spôsoby, sú príjemnejšie než Willoughbyho, nielen pre mňa, ale majú v sebe čosi, čo, dobre to viem, zaujmú Marianne oveľa hlbšie. Jeho neha, skutočná pozornosť k druhým a jeho mužsky nepredstieraná jednoduchosť sa oveľa lepšie hodí k jej skutočnej povahe, než živosť toho druhého, často hraná a často zle načasovaná. Skutočne som presvedčená, že keby sa ukázalo, že je Willoughby naozaj taký dobrý, ako sa potom z neho vykľul pravý opak, Marianne by s *ním* aj tak nemohla byť taká šťastná, ako bude s plukovníkom Brandonom."

342

Odmlčala sa. Jej dcéra s ňou celkom nesúhlasila, no jej nesúhlas počuť nebolo, a preto ani nikoho neurazil.

„V Delaforde by bola ku mne pomerne blízko," dodala pani Dashwoodová, „aj keby som zostala v Bartone, a s najväčšou pravdepodobnosťou – lebo som počula, že je to veľká dedina –, tam istotne bude nejaký malý domček, tesne pri nej, ktorý by sa nám hodil celkom tak isto, ako naše súčasné bydlisko."

Úbohá Elinor! Tu sa črtal ďalší plán, ako ju dostať do Delafordu! No ani ten neotriasol jej odhodlaním nevyhovieť mu.

„A jeho majetok! Vieš, v mojom veku sa každý stará o *také* veci, a hoci ani neviem, ani nechcem vedieť, aký je veľký, som si istá, že je určite značný."

Tu ich prerušil príchod tretej osoby a Elinor sa vzdialila, aby si všetko osamote premyslela; želala priateľovi u sestry úspech, a keď mu to dopriala, predsa len ju kvôli Willoughbymu pichlo pri srdci.

DESIATA KAPITOLA

Mariannina choroba bola síce vyčerpávajúca, no netrvala tak dlho, aby sa z nej zotavovala veľmi pomaly, a pri svojej mladosti, pevnej konštitúcii a v matkinej prítomnosti jej liečba pokračovala tak hladko, že sa po štyroch dňoch mohla preniesť do obliekárne pani Palmerovej. A keď už bola tam, nevedela sa dočkať, kedy zasype plukovníka Brandona svojou vďačnosťou, preto naliehala na matku, aby ho priviedla.

Vstúpil do izby, zazrel jej ubiedenú tvár a stisol jej bielu ruku, ktorú mu okamžite podala, s dojatím, ktoré podľa Elinoriných dohadov muselo pochádzať z niečoho hlbšieho, než z jeho lásky k Marianne a vedomia, že už o nej všetci vedia; a zakrátko, ako na jej sestru hľadel, v jeho smutných očiach a meniacej sa farbe tváre objavila spomienky na nedávne muky v duši, ktoré mu určite ostrejšie pripomenuli už spomínanú podobnosť medzi Marianne a Elizou, lebo Mariannine prepadnuté oči, bledosť, slabosť a vrúcne prejavy nesmiernej vďačnosti ju teraz ešte zvýrazňovali.

Pani Dashwoodová si rovnako ako jej dcéra pozorne všímala, čo sa deje, no jej mysľou sa preháňali celkom iné želania, a preto aj jej pozorovanie prinášalo celkom iné výsledky: v správaní plukovníka Brandona nevidela nič iné, len priame a očividné dojatie, kým v Marianninom vystupovaní a slovách, ako sama seba presviedčala, už svitalo aj čosi iné než vďačnosť.

V nasledujúcom dni či dvoch Marianne z večera do rána a od rána do večera navidomoči silnela a začala spomínať návrat do Bartonu. Od jej stavu závisel pohyb jej dvoch priateľov; pani Jenningsová nemohla z Clevelandu odísť, kým tam boli Dashwoodovci, a plukovník Brandon tiež musel na ich svornú žiadosť považovať svoj pobyt tam za rovnako predurčený, ak aj nie rovnako nevyhnutný. A na oplátku sa on a pani Jenningsová spojili v prosbe, aby sa pani Dashwoodová dala presvedčiť a prijala na odchod domov jeho koč, aby jej choré dieťa mohlo cestovať pohodlnejšie; a po jednohlasnom pozvaní pani Dashwoodovej a pani Jenningsovej, ktorá sa vďaka svojej živej dobrosrdečnosti správala rovnako priateľsky a pohostinne k iným ako k sebe, plukovník s radosťou prisľúbil, že si ho sám preberie pri svojej návšteve u nich v priebehu niekoľkých týždňov.

Prišiel deň odchodu a rozlúčky a Marianne sa tak srdečne a dlho lúčila s pani Jenningsovou, napĺňalo ju toľko vďačnosti, úcty a láskavých prianí, koľko dlhovala svojmu svedomiu, lebo v duchu si priznala, že sa k nej doteraz správala nevľúdne; a dala priateľské srdečné zbohom plukovníkovi Brandonovi, ktorý ju odprevadil do koča a očividne mu záležalo na tom, aby zabrala aspoň polovicu z neho. Pani Dashwoodová a Elinor nastúpili po nej a nechali ostatných samých, aby mohli prehodiť zopár viet o odchádzajúcich a potrápili sa tak s vlastnou nudnosťou, až kým pani Jenningsovú neodvolali do jej koča, kde sa mohla svojej komornej dosýta vyžalovať zo straty svojich dvoch mladých spoločníčok, a kým sa plukovník Brandon vzápätí za ňou nevydal na svoju osamelú cestu do Delafordu.

Dashwoodovci strávili na ceste dva dni a Marianne to vydržala bez vážnejšej únavy. Všetko pohodlie, ktoré jej mohla poskytnúť vrúcna láska a úzkostlivá starostlivosť, si vzali na starosť jej bedlivé spoločníčky, a odmenou im bola jej spokojnosť a dobrá nálada. Elinor to pozorovala a obzvlášť ju to blažilo. Práve ona, ktorá toľké týždne sledovala sestrino neustále trápenie, sužovaná mučivými úzkosťami v srdci, o ktorých sa ani neodvážila hovoriť, ani v sebe nenašla dosť sily ich skrývať, teraz s radosťou, o ktorú sa nemohla s nikým podeliť, hľadela na Marianninu očividnú vyrovnanosť, ktorá, keďže ako verila, bola výsledkom hlbokých úvah, napokon musela viesť k spokojnosti a veselej mysli.

Keď sa však blížili k Bartonu a vošli do kraja, kde Marianne každé pole a každý strom prinášal osobité a bolestné spomienky, mlčky sa pohrúžila do vlastných myšlienok, snažila sa ich nevnímať a len vážne civela von oknom. Ale tomu sa Elinor nečudovala, ba ani jej to nezazlievala, a keď pomáhala Marianne vystúpiť z koča a všimla si, že plakala, videla v tom len prirodzené dojatie, ktoré samo osebe vzbudzovalo nežnú ľútosť a za svoju nevtieravosť si zaslúžilo pochvalu. V celom jej nasledujúcom správaní vybadala, že sa jej myseľ uberá správnym smerom, lebo len čo doma vstúpili do salónu, Marianne ju preletela pevným pohľadom, akoby sa rozhodla ihneď si zvyknúť na to, že bude mať neustále na očiach predmety, ktoré jej spomienky spoja s Willoughbym. Hovorila málo, ale v každej vete sa usilovala byť veselá, a hoci jej občas unikol slabý povzdych, nikdy nevykĺzol bez toho, aby ho neodčinila úsmevom. Po večeri sa pokúsila zahrať niečo na klavíri. Podišla k nemu, no prvá kniha, na ktorej spočinul jej zrak, obsahovala operu, ktorú jej daroval Willoughby, a v nej zopár ich obľúbených duet, a na vonkajšom obale bolo jeho rukou napísané jej meno. Nešlo to. Pokrútila hlavou, odložila noty nabok, prebehla rýchlo po klávesoch, požalovala sa na svoje zoslabnuté prsty a znovu klavír zatvorila, no kým to urobila, rozhodne vyhlásila, že odteraz bude veľa cvičiť.

Nasledujúce ráno ukázalo, že tieto nádejné príznaky nevyprchali. Naopak, s mysľou a telom občerstvenými

spánkom vyzerala a hovorila oveľa oduševnenejšie, tešila sa na Margaretin návrat domov a na drahé chvíle rodinnej pohody, ktoré sa zase vrátia, na ich spoločné záujmy a veselú spoločnosť, akoby to pre ňu znamenalo
jediné šťastie, ktoré si môže želať.

„Keď sa trochu oteplí a vráti sa mi sila," povedala, „každý deň sa spolu vyberieme na dlhú prechádzku. Prejdeme sa až k farme na konci údolia a pozrieme sa, ako sa
tam majú deti, prejdeme sa k novému sadu sira Johna
v Barton-Crosse a Abbeylande; a častejšie zájdeme až
k zrúcaninám kláštora a pokúsime sa vystopovať jeho základy až po to miesto, kam vraj kedysi siahali. Viem, že
sa nám to bude páčiť. Viem, že nám leto prejde šťastlivo.
Nemienim vstávať neskôr než o šiestej, a od tej chvíle až
do večera si čas rozdelím medzi hudbu a knihy. Urobila
som si plán a rozhodla som sa, že sa vrhnem na sústredené štúdium. Našu knižnicu už poznám pridobre, aby
som v nej hľadala viac než zábavu. Ale v kaštieli majú
veľmi hodnotné diela, ktoré stoja za prečítanie, a viem
o niekoľkých iných modernejších vydaniach, ktoré si
môžem požičať od plukovníka Brandona. Keď budem
denne čítať len šesť hodín, v priebehu dvanástich mesiacov naberiem tú hromadu vedomostí, ktoré mi teraz podľa mňa chýbajú."

Elinor ocenila takýto ušľachtilý plán, len sa musela
usmiať nad rovnako prihorlivou fantáziou, aká ju už predtým k jednej krajnosti – nerozvážnej ľahostajnosti a sebeckému nariekaniu –, priviedla, a teraz plánom na zaujatie mysle a dôslednú sebakontrolu otvárala cestu
k druhej. Jej úsmev však prešiel do povzdychu, keď si
spomenula, že ešte nesplnila sľub, ktorý dala Willoughbymu, lebo sa obávala, že to, čo má povedať, znovu Marianninu dušu rozruší a prinajmenšom načas zničí takéto
úprimné vyhliadky na pokojnú činnosť. Chcela preto odložiť nepríjemnú hodinku a rozhodla sa, že počká aspoň
dovtedy, kým sa sestrino zdravie celkom upevní, a po

vie jej to potom. No toto predsavzatie prijala len preto, aby ho porušila.

Marianne strávila doma dva či tri dni, kým sa počasie natoľko umúdrilo, aby si aj taká neduživá osoba ako ona trúfla vyjsť von. Napokon však svitlo krásne slnečné ráno, presne také, aké zodpovedalo dcériným túžbam a matkinmu očakávaniu, a Marianne, opierajúcej sa o Elinorino rameno, dovolili zájsť po chodníku pred domom iba tak ďaleko, aby sa neunavila.

Sestry sa vybrali takým pomalým krokom, ako si pri dávno netrénovanej chôdzi vyžadoval Mariannin oslabený organizmus, a dostali sa len tak ďaleko od domu, aby sa im naskytol úplný výhľad na kopec, na ten najmohutnejší kopec na obzore, a keď Marianne kráčala s očami upretými naň, pokojne povedala:

„Tamto, presne tam," ukazovala jednou rukou, „na tom vyčnievajúcom vŕšku, tam som spadla, a tam som po prvýkrát uvidela Willoughbyho."

Pri tých slovách sa jej zlomil hlas, no okamžite sa pozbierala a dodala:

„S radosťou zisťujem, že sa môžem pozerať na to miesto bez bolesti! Budeme o tom niekedy hovoriť, Elinor?" povedala váhavo. „Alebo by to nebolo správne? Teraz o tom *môžem* hovoriť, dúfam, a aj musím."

Elinor ju jemne vyzvala, aby sa jej zverila.

„Pokiaľ ide o ľútosť," povedala Marianne, „s tým som sa vyrovnala, teda čo sa *jeho* týka. Nechcem ti rozprávať o tom, čo som k nemu cítila vtedy, ale o tom, čo cítim *teraz*. V súčasnosti, keby som mohla byť spokojná s jednou vecou, keby som si mohla myslieť, že nehral *zakaždým* divadlo, že ma *vždy* neklamal, no predovšetkým, keby som si mohla byť istá, že niekedy nebol taký *strašne* skazený, ako mi občas hovoria moje predstavy, odkedy príbeh toho nešťastného dievčaťa..."

Zarazila sa. Elinor v svojej odpovedi naradovane ocenila jej slová:

„Keby si si mohla byť v tom istá, myslíš si, že by sa ti uľavilo."

„Áno. Pokoj mojej duše je v tom zainteresovaný dvojnásobne, lebo je nielen hrozné podozrievať osobu, ktorá je niekomu taká drahá, ako bol *on mne*, z podobných úmyslov. Ale do akého svetla to stavia mňa v mojej mysli? Čomu by ma, v mojej situácii, taká nehanebne nestrážená láska vystavila..."

„Ako si teda vysvetľuješ jeho správanie?" spýtala sa sestra.

„Ja si myslím... Ach, ako rada by som si myslela, že je len prelietavý, veľmi, veľmi prelietavý."

Elinor už nič nevravela. Sama so sebou sa dohadovala, či je vhodné púšťať sa do rozprávania priamo, alebo to odložiť, až bude Marianne celkom zdravá, a tak sa šuchtali ďalej niekoľko minút mlčky.

„Neželám mu priveľa šťastia," napokon povedala Marianne s povzdychom, „keď mu prajem, aby ho jeho tajné myšlienky potrápili aspoň tak ako mňa. Bude nimi dosť trpieť."

„Porovnávaš svoje správanie s jeho správaním?"

„Nie. Porovnávam ho s tým, aké malo byť, porovnávam ho s tvojím."

„Naše príbehy sa veľmi nepodobajú."

„Väčšmi, než naše správanie. Moja najdrahšia Elinor, láskavo neobraňuj to, o čom viem, že tvoj rozum musí odsúdiť. Choroba ma prinútila premýšľať. Poskytla mi dostatok času a samoty pre hlboké rozjímanie. Dávno predtým, než som sa dostatočne zotavila, aby som mohla hovoriť, som bola plne schopná myslieť. Uvažovala som o tom, čo sa stalo, nenašla som v svojom správaní od samého začiatku známosti s ním minulú jeseň nič iné, len sled nerozvážností voči sebe a nevľúdnosti k iným. Videla som, že moje vlastné city mi pripravili utrpenie a že neschopnosť im čeliť ma takmer priviedla do hrobu. Chorobu, a to dobre viem, som si privodila sama zanedbávaním vlastného zdravia, hoci som dokonca vždy cítila, že to nie je správne. Keby som bola zomrela, vlastne by som si sama vzala život. Nevedela som, že mi hrozí nebezpečenstvo, kým nepominulo, ale keď vezmem do úvahy city, ktoré mi priniesli tieto myšlienky, čudujem sa, že som vyzdravela – čudujem sa, že ma nezahubila už samotná túžba po živote, túžba mať dosť času odčiniť všetko pred Bohom, a vynahradiť to tebe a matke. Keby som umrela, v akom strašnom trápení by som zanechala teba, moju opatrovateľku, priateľku, sestru! Teba, ktorá si sledovala moje sebecké zožieranie sa v mojich posledných dňoch, ktorá si poznala všetko to, čo som dusila v srdci! Aká by som zostala v *tvojich* spomienkach! A matka! Ako by si ju utešila? Ani neviem vyjadriť, aká som zo seba zhrozená. Kedykoľvek sa obzriem späť, vidím sa zanedbávať nejakú povinnosť, či vychutnávať si nejakú nerozvážnosť. Zdá sa, že som ublížila všetkým. Láskavej, neprestajne vľúdnej pani Jenningsovej som sa odvďačila nevďačným pohŕdaním. K Middletonovcom, Palmerovcom, Steelovým, ku všetkým našim známym som sa správala bezočivo a bezohľadne, srdce sa mi búrilo proti ich dobrým stránkam a rozum rozčuľovala už aj ich pozornosť. Johnovi a Fanny – áno, aj keď si to veľmi nezaslúžia –, som venovala menej, než som mala. No tebe, najviac zo všetkých, ešte viac než mame, som ukrivdila. Ja, a len ja, som vedela o žiali v tvojom srdci, a predsa, ako to na mňa zapôsobilo? Žiadny súcit, ktorý by poslúžil tebe i mne. Slúžila si mi za vzor: ale aký som si vzala príklad? Bola som ohľaduplnejšia k tebe a tvojej duši? Napodobnila som azda tvoju trpezlivosť, alebo zmenšila tlak na tvoje sebaovládanie pri všetkých tých nevyhnutných zdvorilostiach či ohromnej vďačnosti, ktorú si tam musela preukazovať sama, a vzala som časť z nich na seba? Nie, ani vtedy, keď som vedela, že si nešťastná, a ani vtedy, keď som verila, že sa cítiš dobre, som sa neprestala odvracať od všetkých povinností v spoločnosti či medzi priateľmi, sotva som pripustila, že existuje iný žiaľ než môj, ľutovala som jedine *to* srdce, ktoré ma opustilo a odvrhlo, a teba, o ktorej som vyhlasovala, že ťa nekonečne ľúbim, som nechala trápiť sa kvôli mne."

Tu zastavila rýchly prúd výčitiek voči sebe samej a Elinor v snahe utíšiť ich, hoci priveľmi poctivá, aby jej ich vyhovárala, okamžite odpovedala takou pochvalou a podporou, akú si jej úprimnosť a kajúcnosť istotne zaslúžila. Marianne jej stisla ruku a odvetila:

„Si taká dobrá. Beriem si budúcnosť za svedka. Ustanovila som si program, a keď ho dokážem dodržať, naučím sa strážiť svoje city a zlepším svoju povahu. Už nebudem trápiť iných, ani mučiť sama seba. Odteraz budem žiť výlučne pre našu rodinu. Ty, matka a Margaret budete pre mňa všetkým, len vám bude patriť všetka moja láska. Už ma nikdy neprepadne ani najmenšie pokušenie opustiť vás, či náš domov, a ak sa ešte niekedy vyberiem do spoločnosti, bude to len preto, aby som ukázala, že sa moja duša upokojila, srdce pookrialo a že dokážem prejaviť slušné správanie a potrebnú zdvorilosť jemne a trpezlivo. A pokiaľ ide o Willoughbyho, tvrdiť, že na neho skoro, či vôbec niekedy dokážem zabudnúť, by nemalo zmysel. Spomienku na neho neprekryje ani zmena prostredia, ani názorov. Ale ovládnem ju, nábožnosť, rozum a neustále zamestnanie ju potlačí."

Odmlčala sa a potom tichým hlasom dodala: „Keby som len vedela, čo zostalo v *jeho* srdci, všetko by bolo ľahšie."

Elinor, ktorá sa už hodnú chvíľu rozhodovala, či je vhodné odvážiť sa pohotovo jej všetko vyrozprávať, alebo nie, no o nič viac než predtým sa nepriblížila k istote, si ju vypočula, a uvedomila si, že keď ju už uvažovanie nikam nevedie, musí to vykonať jej rozhodnosť, a po chvíli sa pristihla, že už kráča priamo k cieľu.

Usporiadala svoju reč, ako dúfala, veľmi obratne, najprv si obozretne pripravila svoju horlivú poslucháčku, vylíčila jej priamo a pravdivo hlavné okolnosti, na ktorých Willoughby postavil svoju obhajobu, ocenila jeho kajanie sa, a zjemnila len jeho vyhlásenia, že ju stále ľúbi. Marianne nepovedala ani slovo. Chvela sa, oči upierala do zeme a pery jej zbledli ešte väčšmi, než ich zanechala choroba. Zo srdca jej tryskalo tisíc otázok, no žiadnu sa neodvážila vysloviť nahlas. Každú hlásku zachytávala s nedočkavým rozochvením, jej ruka samovoľne tisla sestrinu a líca jej zaliali slzy.

Elinor sa bála, že sa unaví, a viedla ju do domu, a kým dorazili k vstupným dverám, ľahko uhádla, aký úžas sestru ovládol, hoci sa neunúvala položiť ani jednu otázku, a tak nehovorila o ničom inom, len o Willoughbym a ich poslednom rozhovore, a starostlivo jej dopodrobna vyrozprávala, akým tónom hovoril a ako sa pritom tváril, v tých častiach, kde si podrobnosti mohla s istotou dovoliť. Len čo vošli do domu, Marianne bozkom vyjadrila sestre svoju vďačnosť a cez slzy zo seba vytisla len tieto dve slová: „Povedz mame," vymanila sa spod sestrinho ramena a pomaly kráčala hore schodmi. Elinor nechcela rušiť jej samotu, lebo teraz na ňu mala plné právo, a v duchu sa rozhodla poslúchnuť jej posledné slová, lebo Marianne by to sama nedokázala, a hneď aj predvídala, aké to vyvolá účinky; obrátila sa do salónu, aby vykonala, čo bolo potrebné.

JEDENÁSTA KAPITOLA

Pani Dashwoodová veru nepočúvala pokojne obhajobu jej bývalého obľúbenca. Potešila sa, že ho môže zbaviť niektorých častí viny, ktorú mu predtým pripisovala, poľutovala ho, želala mu, aby bol šťastný. Ale jej niekdajšie city k nemu sa už vrátiť nedali. Marianne nič nemohlo vrátiť nenaštrbenú dôveru k nemu, ani presvedčenie o jeho bezchybnom charaktere. Nič nedokázalo zakryť vedomie, čo si pre neho vytrpela, ani odčiniť jeho vinu voči Elize. Nemohla si ho už preto ceniť tak ako kedysi, a nič v jej očiach ani neohrozovalo záujem plukovníka Brandona.

Keby si pani Dashwoodová vypočula Willoughbyho príbeh ako jej dcéra od neho samotného, keby na vlastné oči videla jeho zármutok a vplýval by na ňu jeho prejav a výraz tváre, pravdepodobne by pocítila väčší súcit. Ale nebolo v Elinorinej moci týmto vysvetľovaním vzbudiť v niekom inom podobné pocity, aké spočiatku vyvolalo v nej samej, a ani si to neželala. Premýšľanie jej umožnilo posudzovať vec pokojne a vytriezvieť z vlastných názorov na Willoughbyho dezerciu, chcela preto len povedať holú pravdu a predostrieť len tie fakty, ktoré si jeho charakter skutočne zaslúžil, a bez zbytočného prikrášlenia zabrániť neopodstatneným predstavám.

Keď večer sedeli spolu všetky tri, Marianne o ňom sama od seba znovu začala hovoriť, ale nešlo to bez námahy, bez neustálej neutíchajúcej zádumčivosti, v ktorej predtým strávila pomerne dlhý čas, ani bez rumenca a navidomoči neistého hlasu.

„Chcela by som vás obe ubezpečiť," povedala, „že to všetko vidím tak, ako si želáte, aby som videla."

Pani Dashwoodová by ju okamžite prerušila svojimi chlácholivými rečami, no Elinor, ktorá si naozaj chcela potvrdiť, že sa už sestra zbavila svojej zaslepenosti, ju horlivým posunkom umlčala. Marianne pomaly pokračovala:

„Je to pre mňa veľká úľava, čo mi Elinor dnes ráno prezradila. Dozvedela som sa presne to, čo som potrebovala počuť." Na pár okamihov jej hlas zanikol, no spamätala sa a pokojnejšie než predtým dodala: „Teraz som úplne spokojná a neželám si, aby sa to zmenilo. Nikdy by som s ním nemohla byť šťastná, keby som sa to všetko dozvedela, čo by sa skôr či neskôr muselo stať. Nedokázala by som mu veriť, ani si ho vážiť. Nič by to nedokázalo v mojich citoch prekryť."

„Ja viem, viem," zvolala matka. „Byť šťastná s takým zhýralcom! S niekým, kto pripravil nášho najdrahšieho priateľa a najlepšieho muža na svete o pokoj v duši! Nie, moja Marianne nenosí v hrudi srdce, ktoré by dokázalo byť šťastné s takýmto mužom! Jej svedomie, jej citlivá duša by musela pocítiť výčitky, ktoré by mali trápiť svedomie jej manžela."

Marianne si vzdychla a zopakovala: „Nechcem, aby sa to zmenilo."

„Uvažuješ o tom presne tak," povedala Elinor, „ako musí uvažovať bystrý rozum a hlboká inteligencia, a odvážim sa povedať, že rovnako ako ja vidíš, nielen v tomto, ale aj vďaka iným okolnostiam, dostatok dôvodov, aby si sa presvedčila, že tvoj sobáš by ťa zaručene uvrhol do ohromného množstva problémov a sklamaní, v ktorých by ti tvoja láska sotva pomohla, a tá jeho je oveľa menej istá. Keby ste sa vzali, vždy by ste boli chudobní. Svoju výstrednosť priznal aj sám a celé jeho konanie svedčí o tom, že sebazaprenie je slovo, ktoré vôbec nepozná. Jeho nároky a tvoja neskúsenosť dokopy by vás pri veľmi malom príjme museli uvrhnúť do trápení, ktoré by si neznášala *lepšie* len preto, že si ich predtým nepoznala a neočakávala. Viem, že *tvoj* zmysel pre česť a dôstojnosť, keby si si uvedomila svoju situáciu, by ťa donútil pokúsiť sa šetriť, kde by sa podľa teba dalo, a možnože, pokiaľ by tvoja hospodárnosť ohrozovala iba tvoje pohodlie, azda by si ho pretrpela, no na druhej strane, ako by aj to najväčšie úsilie, ktoré by si podstúpila len ty sama, mohlo zastaviť úpadok, ktorý sa začal pred svadbou? Okrem *toho*, keby si sa aj odôvodnene pokúsila obmedziť *jeho* zábavky, niet azda dôvodu sa obávať, že namiesto toho, aby tomu svoje sebecké cítenie podriadil, skôr by si stratila vplyv na jeho srdce a donútila ho oľutovať manželstvo, ktoré ho uvrhlo do týchto ťažkostí?"

Mariannine pery sa zachveli a zopakovala slovo „sebecké," tónom, ktorý naznačil: ‚naozaj si myslíš, že je sebecký?'

„Celé jeho správanie v tejto záležitosti," odvetila Elinor, „bolo od začiatku do konca založené na sebectve. Sebectvo ho na začiatku viedlo zahrávať sa s tvojimi citmi, a potom, keď sa sám zaľúbil, prinútilo ho odložiť svoje vyznanie lásky a nakoniec ho odviedlo z Bartonu. Vlastná zábava či vlastné pohodlie boli v každom kroku jeho hlavnou zásadou."

„To je svätá pravda. O *moje* šťastie mu nikdy nešlo."

„Teraz už ľutuje, čo urobil," pokračovala Elinor. „A prečo to ľutuje? Lebo zistil, že mu to nevyhovuje. Neurobilo ho to šťastným. Jeho situácia ho nemrzí, netrpí pre nič podobné, len sa domnieva, že sa oženil s menej príjemnou ženou, než si ty. Ale azda z toho vyplýva, že keby sa oženil s tebou, bol by šťastný? Len problémy by boli iné. Trápili by ho finančné ťažkosti, ktoré teraz, keďže sa ich zbavil, pre neho nič neznamenajú. Mal by ženu, na ktorej povahu by sa nemohol sťažovať, ale žil by v neustálom nedostatku, stále chudobný, a pravdepodobne by sa čoskoro naučil ceniť si nesčíselné výdobytky stabilného majetku a dobrého príjmu ako podstatne dôležitejšie, dokonca aj pre domáce šťastie, než je povaha jeho ženy."

„O tom nepochybujem," povedala Marianne, „a nemám čo ľutovať, okrem mojej pochabosti."

„Radšej povedz nerozvážnosti tvojej matky, dieťa moje," povedala pani Dashwoodová, *ju* treba brať na zodpovednosť."

Marianne jej nedovolila povedať viac, a Elinor, spokojná, že obe si uvedomujú vlastnú chybu, sa chcela vyhnúť pátraniu po tých minulých udalostiach, ktoré by mohli oslabiť sestrino oduševnenie, preto sa vrátila k svojej prvej téme a hneď pokračovala:

„Myslím si, že z celého príbehu možno vyvodiť *jeden* záver, že všetky Willoughbyho ťažkosti pochádzajú z prvého prehrešku voči cti, z jeho správania k Elize Williamsovej. Tento hriech je pôvodcom všetkých menších priestupkov a celej jeho súčasnej nespokojnosti."

Marianne veľmi citlivo schválila tento postreh a matka sa nechala doviesť k vypočítavaniu bezpráví na plukovníkovi Brandonovi a jeho predností tak vrúcne, ako jej to diktovalo priateľstvo a vlastné záujmy dokopy. Jej dcéra sa však netvárila, že by z toho dačo počula.

Elinor podľa svojich očakávaní v nasledujúcich dvoch či troch dňoch videla, že Marianne nenadobúda sily tak ako predtým, ale kým sa nestrácalo jej odhodlanie a naďalej sa snažila byť veselá a pokojná, jej sestra pevne verila, že čas priaznivo zapôsobí na jej zdravie.

Margaret sa vrátila a rodina sa opäť scelila, znovu pokojne usadená vo svojom dome, a ak sa aj nevenovali svojim zvyčajným činnostiam s rovnakým zápalom, ako keď sa do Bartonu prisťahovali, aspoň si naplánovali ich energické vykonávanie v budúcnosti.

Elinor začínala netrpezlivo vyčkávať nové správy o Edwardovi. Od jeho odchodu z Londýna o ňom nič nepočula, nevedela nič o jeho plánoch, dokonca ani nič určitého o mieste jeho terajšieho pobytu. Vymenila si zopár listov s bratom o následkoch Marianninej choroby a v prvom Johnovom sa nachádzala táto veta: *„Nevieme nič o našom nešťastnom Edwardovi a nemôžeme sa ani prezvedať na túto zapovedanú tému, ale dohadujeme sa, že sa stále nachádza v Oxforde",* čo bola jediná zmienka o Edwardovi, ktorú jej táto korešpondencia priniesla, lebo v žiadnom ďalšom liste už nespomenul ani len jeho meno. Nebolo jej však súdené nevedieť o ňom príliš dlho.

Jedno ráno poslali sluhu čosi vybaviť do Exeteru, a keď sa vrátil a obsluhoval pri stole, odpovedal na otázky svojej panej, ako splnil svoju úlohu, a mimovoľne oznámil aj toto:

„Predpokladám, madam, že už viete, že sa pán Ferrars oženil."

Marianne sa prudko strhla, uprene sa zadívala na Elinor a videla, ako zbledla a ohromená klesla na stoličku. Kým pani Dashwoodová sluhovi odvetila, jej oči sa inštinktívne obrátili tým istým smerom, a šokovalo ju, keď zistila, ako veľmi to Elinor zasiahlo, a o pár minút neskôr, rovnako sužovaná Marianniným rozpoložením, nevedela, ku ktorému dieťaťu má skôr skočiť.

Sluha, ktorý videl len to, že sa slečne Marianne priťažilo, zachoval duchaprítomnosť a zavolal jednu z komorných, ktorá ju spolu s pani Dashwoodovou odprevadila z izby. Medzitým sa už Marianne vzchopila, a tak ju matka nechala v opatere Margaret a komornej a vrátila sa k Elinor, ktorá, hoci ešte stále rozrušená, už natoľko ovládla svoj rozum a hlas, aby sa pokúsila Thomasa spýtať na zdroj jeho informácie. Pani Dashwoodová však okamžite prevzala túto úlohu na seba a Elinor sa podarilo dostať nové správy bez toho, aby po nich sama pátrala.

„Kto vám povedal, že sa pán Ferrars oženil, Thomas?"

„Videl som pána Ferrarsa na vlastné oči, madam, dnes ráno v Exeteri, a aj jeho pani, predtým slečnu Steelovú. Sedeli v koči pred dverami hostinca Nový Londýn, keď som tam vošiel s odkazom od Sally z kaštieľa pre jej brata, ktorý robí postilióna*. Náhodou som nazrel dnu, keď som kráčal povedľa koča, a tak som hneď videl, že je to mladšia slečna Steelová, zdvihol som teda klobúk a ona ma spoznala a zavolala na mňa a vypytovala sa na vás, madam, a na slečny, najmä na slečnu Marianne a kázala mi, aby som jej odovzdal pozdrav od nej a pána Ferrarsa, najúctivejšie pozdravy, a bolo jej ľúto, že nemá čas prísť k vám, lebo sa veľmi ponáhľali, mali prejsť kus cesty veľmi rýchlo, no keď sa vraj budú vracať, určite vás navštívia.“

„Ale naozaj vám povedala, že sa vydala, Thomas?“

„Áno, madam, usmiala sa a povedala, že odkedy bola naposledy v týchto končinách, zmenila priezvisko. Vždy to bola veľmi prívetivá a nenútená mladá dáma, a veľmi zdvorilá. Tak som si dovolil jej zablahoželať.“

„Bol s ňou v koči aj pán Ferrars?“

„Áno, madam, zazrel som ho práve, keď sa vykláňal von, ale nepozrel sa na mňa – nikdy nebol veľmi na reči.“

Elinor si v duchu vedela ľahko vysvetliť, prečo sa nechcel veľmi ukazovať a pani Dashwoodová si to pravdepodobne vysvetlila rovnako.

„Nebol s nimi v koči nikto iný?“

„Nie, madam, len oni dvaja.“

„Viete, odkiaľ prišli?“

„Išli priamo z mesta, ako mi povedala slečna Lucy, vlastne pani Ferrarsová.“

„A pokračovali na západ?“

„Áno, madam, no nie na dlho. Čoskoro sa vrátia a potom sa tu určite zastavia.“

---

* Postilión – kočiš poštových vozov.

Pani Dashwoodová pozrela na dcéru, ale Elinor dobre vedela, že ich nemusia očakávať. V správe spoznala pravú Lucy a pevne verila, že Edward sa k nim nikdy nepriblíži. Tichým hlasom matke poznamenala, že pravdepodobne išli k pánovi Prattovi neďaleko Plymouthu.

Zdalo sa, že im Thomas už nemá čo povedať. No Elinor sa tvárila, akoby sa chcela dozvedieť viac.

„Kým ste odchádzali, boli už preč?"

„Nie, madam, kone len vypriahali, ale ja som sa už nemohol zdržiavať, bál som sa, aby som neprišiel neskoro."

„Vyzerala pani Ferrarsová dobre?"

„Áno, madam, povedala, že sa má veľmi dobre, a podľa mňa to vždy bola veľmi pekná mladá dáma, a vyzerala nesmierne spokojná."

Pani Dashwoodová si už nedokázala vymyslieť žiadnu otázku a Thomasa aj s obrusom, ktorý sňal zo stola, poslala preč. Už ich nebolo treba. Marianne medzitým odkázala, že nebude jesť. Aj pani Dashwoodovú a Elinor prešla chuť do jedla, a Margaret si možno pomyslela, že konečne obišla dobre, lebo ani pri toľkom trápení, čo jej sestry nedávno prežili, a toľkých dôvodoch, pre ktoré často nemali na jedlo ani pomyslenie, ešte nikdy nesmela odísť od stola bez večere.

Keď naservírovali dezert a víno a pani Dashwoodová s Elinor osameli, zotrvali spolu dlho v podobných myšlienkach a mlčali. Pani Dashwoodová sa bála riskovať akúkoľvek poznámku a neodvážila sa jej ani prejaviť svoju ľútosť. Zrazu zistila, že sa zmýlila, keď sa spoliehala na Elinorinu vyrovnanosť, a správne usúdila, že Elinor svoje city načas doslova potláčala, aby ju ušetrila ešte väčšieho nešťastia a trápenia, keď si toľko vytrpela pre Marianne. Uvedomila si, že ju starostlivá a uvážlivá pozornosť jej dcéry naviedla, aby považovala vzťah, ktorému kedysi tak dobre rozumela, v skutočnosti za menej vážny, než zvykla veriť, že je, či než sa teraz ukázal. Vo svojom presvedčení sa obávala, že bola nespravodlivá, nepozorná, ba dokonca nevľúdna k svojej Elinor, že Mariannino sužovanie, lebo ho bolo väčšmi vidno a okamžite o ňom vedela, priveľmi ovládlo jej nežnosť a dovolilo jej zabudnúť, že v Elinor tiež môže mať dcéru, trpiacu takmer rovnako, hoci určite menej sebazničujúco a statočnejšie.

DVANÁSTA KAPITOLA

Elinor zrazu zistila, že je rozdiel medzi očakávaním nepríjemnej udalosti, akokoľvek jej rozum hovoril, aby ju považovala za istotu, a istotou samotnou. Uvedomila si, že napriek vlastnej vôli v sebe do poslednej chvíle, kým bol Edward slobodný, prechovávala nádej, že sa stane niečo, čo by zabránilo jeho sobášu s Lucy, že nejaké jeho rozhodnutie, nejaký zásah priateľov, či akási výhodnejšia partia pre tú dámu prispeje ku šťastiu všetkých. Ale teraz už bol ženatý a ona odsúdila vlastné srdce za takúto striehnucu zaslepenosť, ktorá len znásobila jej bolesť, keď sa tú správu dozvedela.

Najprv ju trochu prekvapilo, že sa oženil tak skoro, skôr (ako sa domnievala), než ho mohli vysvätiť, a preto aj skôr, než dostal do správy faru. Ale hneď si uvedomila, že bolo veľmi pravdepodobné, že Lucy vo svojej starostlivosti o vlastný prospech a nedočkavosti zabezpečiť si ho pre seba prehliadla všetky ťažkosti, okrem rizika, že sa ich sobáš odloží. Zosobášili sa, zosobášili sa v meste a teraz sa ponáhľali k jej strýkovi. Čo musel Edward cítiť, keď sa nachádzal len štyri míle od Bartonu, videl sluhu jej matky a počul Lucin odkaz!

Predpokladala, že onedlho sa usadia v Delaforde. Delaford – miesto, v ktorom sa všetko strojilo vzbudiť jej záujem, s ktorým si želala sa zoznámiť, a predsa túžila sa mu vyhnúť. V okamihu si ich predstavovala na ich fare, v Lucy videla aktívnu, vynaliezavú gazdinú, v ktorej sa zároveň spája túžba po dokonalom zjave a krajnej šetrnosti, a zahanbila sa, že dokáže vytušiť aspoň polovicu jej úsporných opatrení: každou myšlienkou bude sledovať vlastné záujmy a vtierať sa do priazne plukovníka Brandona, pani Jenningsovej a všetkých bohatých priateľov. No pri Edwardovi nevedela, čo si má myslieť, ani to, akého by si ho chcela predstaviť – šťastného či nešťastného –, všetky vidiny odvrhla, nepáčila sa jej ani jedna.

Elinor sa nádejala, že im niekto z ich londýnskych známych napíše, oznámi túto udalosť a poskytne ďalšie podrobnosti, ale deň po dni sa míňal a nepriniesol ani list, ani iné správy. Hoci si nebola istá, či z toho môže niekoho obviňovať, zazlievala to všetkým vzdialeným priateľom. Považovala ich za bezohľadných a nedbanlivých.

„Kedy ste písali plukovníkovi Brandonovi, madam?" položila matke otázku, ktorá pramenila z dychtivosti dozvedieť sa niečo bližšie.

„Písala som mu minulý týždeň, zlatko, a očakávam, že skôr príde, než že zase napíše. Vážne som naliehala, aby prišiel, a neprekvapí ma, keď ho k nám uvidím kráčať dnes, zajtra, či v niektorý z nasledujúcich dní."

V tejto odpovedi našla aspoň niečo, na čo sa mohla tešiť. Plukovník Brandon *musí* vedieť, čo je nové.

Ani si to poriadne nestačila uvedomiť, keď jej oči upútala postava na koni, ktorú zazrela cez okno. Zastavila sa v ich bránke. Bol to muž, samotný plukovník Brandon. Teraz sa dozvie viac, a pri tomto očakávaní sa zachvela. Ale *nebol* to plukovník Brandon, ani jeho výzor, ani jeho výška. Keby to bolo možné, pomyslela by si, že to musí byť Edward. Pozrela sa znovu. Práve zoskočil z koňa – nemohla sa mýliť, *bol* to Edward! Odskočila od okna a sadla si. ‚Ide k nám od pána Pratta. *Zachovám* pokoj, *budem* svojou paňou!'

362

V okamihu zbadala, že aj ostatné sa pomýlili a teraz si uvedomili svoj omyl. Videla, ako matka a Marianne zbledli, pozreli sa jedna na druhú a pošepkali si zopár viet. Dala by celý svet za to, keby mohla hovoriť a vysvetliť im, že dúfa, že v ich správaní k nemu sa neobjaví ani náznak chladu, ani štipka ľahostajnosti, no výrečnosť ju opustila a musela sa spoľahnúť na ich taktnosť.

Nezaznel ani hlások. Všetky mlčky čakali, kým sa ich hosť objaví. Začuli jeho kroky po štrkovom chodníku, v nasledujúcej chvíli už vstúpil do chodby a v ďalšej stál pred nimi.

Keď vstupoval do izby, netváril sa príliš šťastne, dokonca ani keď zbadal Elinor. Tvár mal bledú od rozrušenia a vyzeral, akoby sa bál ich privítania a uvedomoval si, že ani nemá nárok, aby ho prijali vľúdne. No pani Dashwoodová sa, ako verila, prispôsobila želaniam tej dcéry, ktorá si vo svojom srdci vrúcne želala, aby zobrala situáciu do svojich rúk, prinútila sa do radostného uvítania, podala mu ruku a blahoželala mu.

Začervenal sa a čosi nezrozumiteľne zajachtal. Elinorine pery sa pohybovali s matkinými a keď mali úvodné vety za sebou, banovala, že mu aj ona nepotriasla ruku. No už bolo neskoro, a tak si s úprimným výrazom v tvári znovu sadla a začala hovoriť o počasí.

Marianne sa, aby ukryla svoje rozpaky, ako sa len dalo, utiahla z jeho dohľadu, a Margaret, ktorá zo situácie čo-to pochopila, no predsa len nie všetko, usúdila, že práve teraz sa jej patrí správať dôstojne, sadla si čo najďalej od neho na stoličku a po celý čas napäto mlčala.

Keď Elinor vyčerpala svoju radosť, že už dávno nepršalo, nasledovala veľmi trápna odmlka. Skoncovala s ňou pani Dashwoodová, ktorá považovala za svoju povinnosť spýtať sa, či sa má pani Ferrarsová dobre. Veľmi rýchlo odpovedal kladne.

Ďalšie ticho.

Hoci sa Elinor obávala zvuku vlastného hlasu, pevne sa rozhodla, že vynaloží všetko svoje úsilie a spýtala sa: „Je pani Ferrarsová v Longstapli?"

„V Longstapli?" zopakoval a zatváril sa prekvapene. „Nie, matka je v meste."

„Myslela som," povedala Elinor a vzala zo stola akúsi výšivku, „chcela som sa spýtať na *mladšiu* pani Ferrarsovú."

Neodvážila sa zdvihnúť zrak, ale matka a Marianne upreli na neho oči. Začervenal sa, zdalo sa, že je zmätený, tváril sa neveriacky a po krátkom váhaní povedal:

„Možnože máte na mysli ženu môjho brata, chcete povedať pani... manželku *Roberta* Ferrarsa."

„Manželku Roberta Ferrarsa?" v nevýslovnom úžase zopakovali zároveň Marianne i matka, a aj keď Elinor nedokázala pokračovať, aj *jej* oči, upreté na neho, prezrádzali nedočkavú zvedavosť. Vstal zo stoličky a podišiel k oknu, očividne preto, že nevedel, čo robiť, zdvihol nožnice, ktoré tam ležali, a vzápätí ich pokazil, a aj puzdro na ne, lebo kým náhlivo hovoril, na kusy ho rozstrihal:

„Možno ešte neviete – azda ste sa ešte nedopočuli, že sa môj brat nedávno oženil s... mladšou... so slečnou Lucy Steelovou."

Jeho slová sa ako ozvena v nepredstaviteľnom ohromení odrazili od všetkých okrem Elinor, ktorá len zaborila tvár do výšivky a premohlo ju také dojatie, že ani nevedela, kde je.

„Áno," povedal, „zosobášili sa minulý týždeň a teraz sú v Dawlishi."

Elinor už neobsedela. Takmer vytrielila z izby, a len čo za sebou zavrela dvere, od radosti prepukla do plaču, a spočiatku si myslela, že sa nikdy neutíši. Edward, ktorý dovtedy hľadel všade, len nie na ňu, videl, ako ušla, a možno videl, či skôr počul aj jej dojatie, lebo sa okamžite pohrúžil do vlastných myšlienok, do ktorých žiadne poznámky, žiadne vypytovanie, žiadne láskyplné slová pani Dashwoodovej nedokázali preniknúť, a napokon bez jediného slova vyšiel z izby a vykročil smerom k dedine zanechajúc ich všetky obrovskému údivu a zmätku zo zmeny jeho situácie, takej neuveriteľnej a náhlej, zmätku, ktorý nemohli zmierniť ničím iným, len vlastnými dohadmi.

TRINÁSTA KAPITOLA

Hoci okolnosti Edwardovho oslobodenia boli pre všetkých nevysvetliteľné, bolo isté, že je voľný, a ako svoju slobodu využije, dokázali ľahko predpovedať, lebo po tom, čo zažil požehnania *jedného* nerozvážneho zasnúbenia, ktoré na seba zobral napriek matkinmu nesúhlasu v minulých viac ako štyroch rokoch, po uvoľnení z *tohto* sa nedalo očakávať nič menej závažné, ako jeho okamžité zasnúbenie s inou.

Jeho poslanie v Bartone bolo preto v skutočnosti jednoduché. Mal len požiadať Elinor, aby sa za neho vydala, a keď sa vezme do úvahy, že nebol v tejto otázke neskúsený, zdalo sa čudné, že ju v tomto prípade niesol tak ťažko, ako ju skutočne niesol: že na to potreboval veľkú odvahu a silu.

Ako dlho trvalo, kým dospel k potrebnému odhodlaniu, kým sa mu naskytla príležitosť ho vykonať, ako sa vyjadril a ako ho prijali, však netreba rozprávať podrobne. Treba povedať len toto: keď si všetci o štvrtej, asi tri hodiny po jeho príchode, sadali k stolu, už si bol istý svojou ženou, získal súhlas jej matky, nielenže rozdával zaľúbené vyznania, ale pri plnom rozume a podľa pravdy patril medzi najšťastnejších mužov na svete. Jeho položenie bolo skutočne väčšmi než jednoznačne radostné. Dosiahol viac, než zvyčajné víťazstvo z opätovanej lásky, ktoré napĺňalo jeho srdce a blažilo jeho dušu. Bez jedinej výčitky svedomia sa oslobodil zo zápletky, ktorá mu tak dlho prinášala utrpenie, od ženy, ktorú už dávno prestal ľúbiť, a len čo na to začal túžobne pomýšľať, podarilo sa mu získať inú, na ktorú predtým musel myslieť takmer v zúfalstve. K šťastiu sa vyšvihol nie z pochybností či podozrení, no zo zúfalstva – a tento obrat vyjadroval s takou skutočnou, plynulou, vďačnou veselosťou, akú u neho jeho priatelia ešte nezažili.

Teraz otvoril Elinor svoje srdce, vyzradil všetky jeho slabosti a omyly a na svoj prvý mladícky vzťah k Lucy hľadel s náležitým filozofickým nadhľadom dvadsiatich štyroch rokov.

„U mňa išlo o pochabú náklonnosť z ničnerobenia," povedal, „dôsledok úplnej neznalosti života, a nedostatok povinností. Keby mi matka, keď ma ako osemnásťročného zobrala zo starostlivosti pána Pratta, umožnila získať nejaké činorodé zamestnanie, myslím, ba som si istý, že by sa to nebolo stalo, lebo aj keď som odchádzal z Longstaplu, ako som sa v tom čase domnieval, s nepotlačiteľným uprednostňovaním jeho netere, predsa len, keby som mal nejakú prácu, čokoľvek, čo by mi zaplnilo čas a udržalo ma od nej na niekoľko mesiacov v dostatočnej vzdialenosti, čoskoro by som z poblúznenia vyrástol vďaka pohybu v spoločnosti, čomu by som sa v takom prípade nevyhol. Ale namiesto toho, aby som mal čo robiť, namiesto toho, aby mi vybrali nejakú profesiu alebo mi samému dovolili nejakú si vybrať, vrátil som sa domov len preto, aby som nekonečne zaháľal, a v prvom roku po mojom návrate som skutočne nemal ani len slovné úlohy, ktoré by mi uložila univerzita, lebo do Oxfordu ma poslali až ako devätnásťročného. Veru som nemal do čoho pichnúť, len som si navrával, že som zaľúbený, a keďže matka rozhodne neurobila nič, čím by mi spríjemnila pobyt doma, a nemal som priateľa ani spoločníka v svojom bratovi, a neznášal som nové známosti, nebolo na tom nič zvláštne, že som chodil do Longstaplu, kde som sa cítil ako doma a vždy som bol vítaný, veľmi často; a tak som väčšinu času medzi osemnástym a devätnástym rokom života strávil práve tam: a Lucy sa mi ukazovala ako najmilšie a najúslužnejšie dievča. Bola aj pekná, aspoň som si to *vtedy* myslel, a stretával som tak málo žien, že som nemohol ani porovnávať, ani vidieť jej chyby. Keď to všetko zvážim, verím, že naše bláznivé zasnúbenie, ako sa odvtedy ukázalo, vo všetkých smeroch bláznivé, bolo v tom čase prirodzeným, hoci neospravedlniteľným rozmarom."

Obrat, ktorý niekoľko hodín pôsobil na mysle a dušu Dashwoodovcov, bol taký ohromný, že im všetkým sľuboval zadosťučinenie za prebdenú noc. Pani Dashwoodovú príliš ovládlo šťastie, aby zachovala pokoj, ani nevedela, ako dostatočne Edwarda ľúbiť, či chváliť Elinor, ani ako byť vďačná za to, že sa Edward oslobodil bez škvrnky na cti, ani to, ako im má dopriať dostatok času na otvorený rozhovor medzi štyrmi očami a zároveň si vychutnávať, čo sa jej samej žiadalo, ich spoločnosť a pohľad na nich.

Marianne dokázala vysloviť *svoje* šťastie len slzami. Núkalo sa jej porovnanie, rástla v nej ľútosť, a jej radosť, i keď úprimná ako jej láska k sestre, jej zobrala dych, aj výrečnosť.

A Elinor? Ako sa dajú opísať *jej* city? Od okamihu, ako sa dozvedela, že sa Lucy vydala za iného, že je Edward voľný, až do chvíle, keď predniesol svoju žiadosť o ruku, čo nasledovalo hneď potom, striedavo ňou otriasalo všetko iné, len nie pokoj. No keď sa pominul druhý nával citov, keď zistila, že všetky pochybnosti a starosti sú preč – videla, že sa zo svojho záväzku vymanil čestne, pochopila, že svoje uvoľnenie okamžite využil, aby požiadal o ruku ju, a vyznal jej takú nežnú, takú pevnú lásku, ako vždy verila, že cíti – ovládlo ju, zavalilo ju vlastné šťastie, a jej dobrá nálada, keďže ľudská duša sa ľahko prispôsobí zmene k lepšiemu, potrebovala už len niekoľko hodín, aby sa jej city ustálili a srdce aspoň trochu upokojilo.

Edward sa u nich pevne zabýval prinajmenšom na týždeň, lebo nech boli na neho uvalené akékoľvek nároky, bolo nemožné, aby si užíval Elinorinu spoločnosť kratšie, či stihol za taký krátky čas povedať čo len polovicu z toho, čo bolo potrebné prebrať o minulosti, súčasnosti a budúcnosti, lebo hoci aj zopár hodín strávených náročným výkonom neustáleho rozprávania môže odpraviť viac tém, než zvyčajne v skutočnosti leží medzi dvoma rozumnými bytosťami, medzi zaľúbenými je to celkom naopak. *Tí* nikdy nevyčerpajú žiadnu tému, žiadne informácie nie sú odovzdané, kým ich neprejdú prinajmenšom dvadsaťkrát.

Prvou témou rozhovoru medzi zaľúbencami bola, pravdaže, Lucina svadba, ktorá u všetkých vyvolala neutíchajúci a odôvodnený úžas, a keďže Elinor oboch novomanželov dobre poznala, považovala ju vo všetkých ohľadoch za najnezvyčajnejšiu a najnevysvetliteľnejšiu udalosť, o akej kedy počula. Čo ich zviedlo dokopy a čo presvedčilo Roberta, aby sa oženil s dievčaťom, o ktorého kráse ho zakaždým počula hovoriť bez štipky obdivu – dievča, ktoré už bolo aj zasnúbené s jeho bratom, a kvôli ktorému tohto brata vykázali od vlastnej rodiny –, bolo pre ňu absolútne nepochopiteľné. Jej srdcu to ulahodilo, jej predstavivosti sa to videlo smiešne, ale pre rozum a úsudok to bola úplná záhada.

Edward sa mohol pokúsiť len o také vysvetlenie, že sa azda najprv stretli len náhodou, na samoľúbosť jedného možno zapôsobilo lichotenie druhej a to postupne viedlo k ostatnému. Elinor sa pamätala, ako jej Robert na Harley Street rozprával, čím by brata od sobáša s Lucy odhováral, keby to stihol včas. Zopakovala to Edwardovi.

„*To* sa na Roberta presne podobá," poznamenal bez prekvapenia. „A *to* isté mal pravdepodobne za lubom, keď sa zoznámili. A Lucy asi spočiatku myslela len na to, ako si získať jeho služby v môj prospech. Ostatné vzniklo až potom."

Ako dlho trvalo, kým sa ich vzťah začal, si však nevedel domyslieť ani on, ani Elinor, lebo v Oxforde, kde sa zámerne zdržiaval od svojho odchodu z Londýna, nemal iné zdroje dozvedať sa o Lucy, než od nej samotnej, a jej listy až do posledného nechodili ani menej často, ani nezneli menej láskyplne než zvyčajne. Preto v ňom neskrsla ani štipka podozrenia, ktorá by ho pripravila na udalosti, čo nasledovali, a keď ho to napokon dostihlo v liste od samotnej Lucy, istý čas bol, ako veril, napoly ohlúpnutý z ohromenia, hrôzy a radosti z takéhoto vykúpenia. Podal ten list Elinor.

Drahý pane,

kedže som si úplne istá, že som už dávno stratila Vašu lásku, považovala som sa za oprávnenú tú svoju venovať niekomu inému, a nepochybujem, že s ním budem taká šťastná, ako som si kedysi zvykla myslieť, že by som bola s Vami, no zdráhala som sa prijať jeho ruku, kým moje srdce patrilo inému. Úprimne Vám želám, aby ste boli šťastný s tou, ktorú si vyberiete, a nebude to moja chyba, ak nezostaneme navždy dobrými priateľmi, čo by sa teraz, keď sme blízkymi príbuznými, hodilo. S istotou môžem povedať, že Vám nemám čo zazlievať, a som si istá, že aj Vy budete priveľmi šľachetný na to, aby ste nám chceli škodiť. Váš brat navždy získal moju lásku, a keďže nedokážeme bez seba žiť, práve sme sa vrátili od oltára a chystáme sa na pár týždňov odcestovať do Dawlishu, miesta, na ktoré je Váš brat veľmi zvedavý, no myslí si, že by som Vás najprv mala obťažovať týmito riadkami, a navždy zostávam,
Vaša úprimná dobroprajníčka, priateľka a švagriná

Lucy Ferrarsová

Spálila som všetky Vaše listy a vrátim Vám obrázok pri prvej príležitosti. Zničte, prosím, moje čmáraniny, ale ak si prsteň ponecháte, bude to veľmi vítané.

Elinor list prečítala a vrátila mu ho bez komentára.

„Nebudem sa pýtať na váš názor na jeho skladbu," povedal Edward. „Kedysi by som *vám* jej list nedal prečítať ani za svet. Je to dosť zlé aj od švagrinej, nieto ešte od manželky! Ako som sa len červenal nad každou stránkou, ktorú mi napísala! A myslím, že môžem povedať, že od prvého polroku našej bláznivej záležitosti, toto je jediný jej list, ktorého obsah vynahradí všetky nedostatky v štylistike."

„Akokoľvek už sa to stalo," povedala Elinor po krátkej odmlke, „je isté, že sú manželia. A vaša matka si privodila zaslúžený trest. Nezávislosť, ktorú Robertovi venovala prostredníctvom svoje nevôle k vám, mu umožnila slobodne si vybrať, a v skutočnosti tisíckou ročne podplatila jedného syna, aby vykonal ten istý skutok, pre ktorý vydedila druhého v čase, keď ho iba plánoval. Sotva ju Robertov sobáš s Lucy zranil menej, než keby ste sa s ňou oženili vy."

„Zranilo ju to ešte viac, lebo Robert vždy bol jej obľúbencom. Bude to bolieť väčšmi, a práve preto mu aj oveľa skôr odpustí."

Ako sa veci medzi nimi vyvíjali, Edward vôbec nevedel, lebo sa doteraz nepokúsil spojiť s nikým zo svojej rodiny. Dvadsaťštyri hodín po tom, čo dorazil Lucin list, odišiel z Oxfordu, a keďže pred sebou videl jediný cieľ: najkratšiu cestu do Bartonu, nemal dosť času premyslieť si konanie, s ktorým jeho cesta priamo nesúvisela. Nechcel sa obracať na svoju rodinu, kým si nebol istý svojou spoločnou budúcnosťou so slečnou Dashwoodovou, a podľa rýchlosti, s akou sa ju pokúsil získať, sa napriek žiarlivosti, ktorú kedysi pociťoval k plukovníkovi Brandonovi, napriek skromnosti, s ktorou posudzoval sám seba, a napriek hanblivosti, s akou sa vyjadroval o vlastných pochybnostiach, dá predpokladať, že vcelku neočakával príliš tvrdé prijatie. Patrilo sa však tvrdiť, že ho *očakával*, a aj to nesmierne pôvabne tvrdil. Čo by na túto tému mohol povedať o rok neskôr, už treba prenechať predstavivosti manželov a manželiek.

Elinor už bolo úplne jasné, že ich Lucy chcela oklamať, keď poslala po Thomasovi svoj odkaz: bola to premyslená zlomyseľnosť voči Edwardovi, a pochopil to aj Edward samotný, ktorý si až teraz ozrejmil jej pravý charakter a zbavil sa posledných zábran veriť, že je schopná takej podlosti a úmyselnej uštipačnosti. Hoci už dávno predtým, než sa zoznámil s Elinor, sa mu otvorili oči a videl jej nevzdelanosť a obmedzenosť, kým nedostal jej posledný list, stále veril, že je to dobrosrdečné a milé dievča, navyše jemu veľmi oddané. Nič iné, len toto jeho presvedčenie dokázalo zabrániť zrušeniu zasnúbenia, ktoré už dávno predtým, než ho jeho odhalenie vystavilo matkinmu hnevu, neustále pociťoval ako zdroj svojho nepokoja a ľútosti.

„Keď ma matka zaprela," povedal, „v domnení, že som zostal na svete sám bez jediného priateľa, ktorý by mi pomohol, považoval som za svoju povinnosť, dať jej bez ohľadu na moje city na výber, či chce, aby naše zasnúbenie pokračovalo, alebo nie. Nachádzal som sa v situácii, ktorá nemala čo ponúknuť chamtivosti či samoľúbosti žiadnej živej duše, a keď tak úprimne a vrúcne trvala na tom, že so mnou bude znášať môj osud, nech sa stane čokoľvek, ako som mohol tušiť, že môže mať iné pohnútky než nezaujatú lásku? A ani teraz nechápem, aké mala motívy k svojmu konaniu, čo sa nazdávala, že získa, keď si vezme muža, ku ktorému ju nepúta ani najmenší cit, a ktorý má dokopy len dvetisíc libier. Nemohla predsa predvídať, že mi plukovník Brandon zverí farnosť!"

„To nie, ale mohla predpokladať, že sa objaví nejaká šťastná náhoda, ktorá vás vytiahne z núdze, či že sa nad vami vaša rodina časom zľutuje. A v každom prípade, keď trvala na vašom zasnúbení, rozhodne nič nestratila, lebo sama dokázala, že sa nevžilo ani do jej sklonov, ani do jej konania. Určite to bola pre ňu výhodná partia a pravdepodobne jej získala úctu medzi priateľmi, a keby sa aj neobjavilo nič výhodnejšie, bolo pre ňu predsa lepšie vydať za *vás*, než zostať slobodná."

Edwarda jej slová samozrejme okamžite presvedčili, že nič nemohlo byť prirodzenejšie než Lucino konanie, ani nič očividnejšie než jej motívy.

Elinor mu vyčítala, tak príkro, ako dámy zakaždým karhajú nerozvážnosť, ktorá im zloží poklonu, že s nimi strávil toľko času v Norlande, keď sa pritom musel cítiť ako neverník.

„Správali ste sa určite celkom nevhodne," povedala mu, „pretože – ak nebudem hovoriť o vlastnom cítení –, celá naša rodina sa nechala uniesť predstavami a očakávala *udalosť*, ku ktorej, podľa vašej vtedajšej situácie, nikdy nesmelo prísť."

Edward sa mohol len vyhovoriť, že ešte nepoznal vlastné srdce a navrával si, že je jeho záväzok pevný.

„Bol som dosť hlúpy, keď som si myslel, že len preto, že moja vernosť už patrí inej, nie je nebezpečné byť s vami, a že moje vedomie, že som zasnúbený, uchová moje srdce rovnako bezpečné a nepoškvrnené, ako je moja česť. Cítil som k vám obdiv, no povedal som si, že je to len priateľstvo, a kým som vás nezačal porovnávať s Lucy, netušil som, ako ďaleko som zašiel. Potom som azda už *nekonal* správne, keď som tak dlho zostával v Sussexe, a argument, ktorým som si ospravedlnil taký dlhý pobyt, znel takto: Je to nebezpečenstvo len pre mňa, neubližujem nikomu inému, iba sebe."

Elinor sa usmiala a pokrútila hlavou.

Edwarda potešilo, keď sa dozvedel, že u Dashwoodovcov očakávajú plukovníka Brandona, lebo si želal nielen sa s ním lepšie zoznámiť, ale aj chopiť sa príležitosti a presvedčiť ho, že mu už nezazlieva, že mu zveril farnosť v Delaforde. „Lebo teraz," povedal, „po tom, čo som sa mu tak nezdvorilo poďakoval za jeho ústretovosť, sa istotne domnieva, že mu nikdy neodpustím, že mi ju ponúkol."

Zrazu sa aj sám čudoval, že sa tam ešte nebol pozrieť. No zatiaľ sa tak málo zaujímal o vlastné záležitosti, že za všetky vedomosti o svojej budúcej fare, záhrade a prináležiacej pôde, veľkosti farnosti, stave pozemkov či výške desiatkov, vďačil Elinor, ktorá sa o tom veľmi veľa dozvedela od samotného plukovníka Brandona, a načúvala jeho informáciam s toľkou pozornosťou, akoby práve ona mala byť paňou celej farnosti.

Len jednu otázku ešte nemali spoločne vyriešenú, mali prekonať už len jediný problém. Dokopy ich zviedla vzájomná láska, vrúcne ju schválili všetci ich skutoční blízki, zdalo sa, že sa tak dôverne poznajú, že ich spoločné šťastie je zaručené – a už len potrebovali vedieť, z čoho budú žiť. Edward vlastnil dve tisícky libier a Elinor jednu, a to bolo všetko, čo mohli spolu s delafordskou farnosťou považovať za svoje, lebo bolo nemožné, aby im pani Dashwoodová nejako prispela, a ani jeden z nich nebol tak bezhlavo zaľúbený, aby sa nazdávali, že im tristopäťdesiat libier ročne vystačí na spokojný život.

Nádej, že Edwardova matka zmení svoj postoj k synovi, stále tlela, a na *nej* postavili zvyšok svojho príjmu. No Elinor sa na to vôbec nespoliehala, keďže Edward naďalej nebol ochotný oženiť sa so slečnou Mortonovou, a to, že si vybral ju, pani Ferrarsová pri pokuse o lichôtku vyhlásila len za menšie zlo, než keby si vybral Lucy Steelovú, obávala sa preto, že Robertova urážka poslúži jedinému cieľu – obohatí Fanny.

Asi štyri dni po Edwardovom príchode sa objavil plukovník Brandon, aby zavŕšil spokojnosť pani Dashwoodovej a poskytol jej blažené vedomie, že po prvýkrát od jej presťahovania sa do Bartonu má okolo seba väčšiu spoločnosť, než poberie jej dom. Edwardovi prisúdili privilégium prvého príchodzieho, a plukovník Brandon preto každý večer pešo prešiel do svojich starých končín v kaštieli, odkiaľ sa ráno vrátil zvyčajne tak skoro, že vyrušil zaľúbencov v ich súkromnom rozhovore pred raňajkami.

Trojtýždňový pobyt v Delaforde, kde prinajmenšom po večeroch nemal čo robiť, leda ak vymeriavať rozdiel medzi tridsiatimi šiestimi a sedemnástimi, ho priviedol do Bartonu v takom stave mysle, že pre rozveselenie potreboval práve Mariannine pohľady, jej láskavé privítanie a povzbudzujúce reči jej matky. Uprostred takýchto priateľov a ich vľúdnosti znovu začal ožívať. Správa o Lucinej svadbe ho doteraz nedostihla, nevedel nič o tom, čo sa stalo, a preto prvé hodiny svojej návštevy strávil výhradne počúvaním a čudovaním sa. Pani Dashwoodová mu všetko vyrozprávala, a tak našiel nový dôvod tešiť sa zo svojej pomoci pánovi Ferrarsovi, keď do nej napokon priamo zahrnul aj Elinor.

Je zbytočné hovoriť o tom, že si páni zlepšili dobrú mienku jeden o druhom, pretože pokročili vo svojej známosti, inak to ani nešlo. Ich podobnosť v zásadovosti a zdravom rozume, v povahe a spôsobe uvažovania, by pravdepodobne stačila na to, aby ich spojila priateľstvom bez ďalších dôvodov, ale keďže boli navyše zaľúbení do sestier, a do sestier, ktoré sa navzájom zbožňovali, stala sa ich vzájomná úcta, ktorá by si inak musela počkať na výsledok pôsobenia času a úsudku, bezprostredne nevyhnutnou.

Listy z mesta, ktoré by ešte pred pár dňami rozochveli všetky nervy Elinorinho tela, dorazili práve v týchto dňoch, aby si ich prečítali s väčším smiechom než dojatím. Pani Jenningsová im líčila ohromujúci príbeh, uľavovala svojmu poctivému rozhorčeniu na záletné dievčisko a vylievala si svoj súcit k úbohému Edwardovi, ktorý, ako si bola istá, bol do nehodnej pobehlice celkom zbláznený a teraz, podľa všetkého, so zlomeným srdcom trpí v Oxforde. *Naozaj si myslím,* ' pokračovala, *'že ešte nič neprebehlo v takej tajnosti, pretože len pred dvoma dňami sa tu Lucy zastavila a zopár hodín so mnou posedela. Ani živá duša nič netušila, dokonca ani Nancy, ktorá, chuderka, prišla ku mne hneď na druhý deň s plačom a hrozným strachom z pani Ferrarsovej, a nevedela ani to, ako sa dostať do Plymouthu, lebo sa zdá, že si Lucy požičala všetky jej peniaze, kým odišla z domu na sobáš, a domnievame sa, že sa nimi chcela ukázať, a úbohá Nancy nemala ani sedem šilingov, tak som jej s radosťou dala päť guineí, aby sa dostala do Exeteru, kde sa chce zdržať tri alebo štyri týždne u pani Burgessovej v nádeji, ako som jej vravela, že tam znovu natrafí na doktora. A musím povedať, že Lucina priečnosť, keď ju nezobrali so sebou kočom, je najhoršia zo všetkého. Úbohý pán Edward! Nedokážem ho spustiť z mysle, ale Vy musíte po neho poslať, aby prišiel do Bartonu, a slečna Marianne by sa mala pokúsiť trochu ho utešiť.*

Pán Dashwood spustil vážnejšiu pesničku. Pani Ferrarsová vraj bola najnešťastnejšia žena na svete – úbohá Fanny trpela nervovými záchvatmi –, a čudoval sa a zároveň ďakoval Bohu, že obe vôbec prežili takú ranu. Robertova urážka sa nedala prepáčiť, no Lucina bola zaručene ešte horšia. Ani jedného viac nesmú pred pani Ferrarsovou spomenúť, a dokonca, ak sa aj niekedy uráči odpustiť synovi, jeho ženu nikdy neuzná za dcéru, ani sa nesmie objaviť v jej blízkosti. Utajenie, v akom sa celá vec medzi nimi odohrala, ešte prehĺbila ich previnenie, pretože keby ktokoľvek pojal akékoľvek podozrenie, urobili by náležité kroky, aby tomu sobášu zabránili, a vyzýval Elinor, aby sa k nemu pridala svojou ľútosťou, že Lucy radšej nedostála svojmu zasnúbeniu s Edwardom, než sa takýmto spôsobom stala prostriedkom, ako sa nešťastie rozšírilo na ďalšieho člena rodiny. A ďalej takto pokračoval:

Pani Ferrarsová ešte vždy nespomenula Edwardovo meno, čo nás neprekvapuje, no na náš nesmierny úžas, doteraz sme nedostali od neho ani riadok. Možno sa však drží v ústraní, aby ju znovu neurazil, a preto mu pošlem do Oxfordu odkaz, v ktorom mu naznačím, že jeho sestra a ja si obaja myslíme, že vhodný pokorný list, adresovaný azda Fanny, ktorý by matke ukázala, by jej nemusel prísť nevhod, lebo všetci dobre poznáme jemnocitné srdce pani Ferrarsovej, a aj to, že si nič neželá tak veľmi, ako dobré vzťahy so svojimi deťmi.

Tento odstavec vyznel pre Edwardove vyhliadky a ďalšie kroky pomerne dôležito. Našuškal mu, aby sa pokúsil o zmierenie, hoci nie doslova takým spôsobom, ako mu naznačovali švagor so sestrou.

„Vhodný pokorný list!" zopakoval. „Chceli by, aby som od matky žiadal prepáčenie za to, že sa k nej Robert zachoval nevďačne, a pošpinil moju česť? Nemôžem sa kajať! Nemám sa za čo ani ponižovať, ani odprosovať. Som veľmi šťastný, ale to ich nezaujíma. Neviem, prečo by som musel prejavovať nejakú pokoru."

„Celkom iste môžete požiadať o odpustenie," požiadala Elinor, „lebo ste ju naozaj urazili, a nazdávam sa, že práve teraz by ste sa *mali* dokonca pokúsiť priznať istú ľútosť, že ste sa niekedy zasnúbili spôsobom, ktorý vyvolal matkin hnev."

Pripustil, že by azda mohol.

„A ak vám už odpustila, možno by nezaškodilo trochu pokory, kým sa priznáte k druhému zasnúbeniu, ktoré bude v *jej* očiach vyzerať rovnako nerozvážne ako to prvé."

Edward nemal dôvod oponovať, no ešte vždy odolával myšlienke na list plný náležitej kajúcnosti, a aby si to uľahčil, vyhlásil, že je ochotný vykonať takýto podlý ústupok radšej ústne než na papieri, rozhodol sa, že namiesto toho, aby Fanny napísal, vyberie sa do Londýna a osobne si vyžiada náležité kroky vo svoj prospech. „A ak sú *naozaj* natoľko zainteresovaní na zmierení," povedala Marianne vo svojej novej ústretovosti, „pomyslím si, že dokonca ani Johnovi a Fanny nechýbajú dobré vlastnosti."

Návšteva plukovníka Brandona trvala len tri či štyri dni, a po nej sa obaja džentlmeni spoločne pobrali z Bartonu. Išli priamo do Delafordu, aby sa s ním Edward ako s budúcim domovom aspoň trochu oboznámil, a pomohol svojmu patrónovi a priateľovi rozhodnúť, aké opravy potrebuje, a odtiaľ po dvoch nociach pokračoval vo svojom putovaní do mesta.

ŠTRNÁSTA KAPITOLA

Pani Ferrarsová po náležitom vzdore, dostatočne prudkom a rozhodnom, aby ju ochránil pred tými výčitkami, ktorých sa vždy hádam najviac obávala, výčitkami, že je príliš mäkká, dovolila Edwardovi prísť jej na oči a opäť ho uznala za syna.

Jej rodina prekonala v poslednom čase nevídané pohyby. Po veľký kus života mala dvoch synov; no Edwardov priestupok a jeho vyhnanie ju pred niekoľkými týždňami obralo o jedného z nich, podobne vykázala Roberta, a asi na dva týždne zostala celkom bez synov, a keď vzápätí oživila toho prvého, aspoň jedného mala späť.

Napriek tomu, že matka po druhýkrát uznala, že Edward žije, on sám, kým sa nepriznal k súčasnému zasnúbeniu, predsa len nemohol považovať svoju ďalšiu existenciu za celkom istú, lebo sa obával, že zverejnenie tejto okolnosti môže jeho situáciu prudko zvrátiť a odohnať ho presne tak rýchlo, ako predtým. Prezradil jej to preto bojazlivo a obozretne: pani Ferrarsová ho vypočula nečakane pokojne. Spočiatku sa len veľmi mierne, všetkými argumentmi, ktoré len bola schopná ponúknuť, pokúšala odhovoriť ho od svadby so slečnou Dashwoodovou, povedala mu, že v slečne Mortonovej bude mať ženu s vysokým postavením a obrovským majetkom, poznamenala, že slečna Mortonová je dcérou šľachtica s tridsiatimi tisíckami libier, kým slečna Dashwoodová je len dcérou nižšie postaveného muža a má iba tri tisícky, ba podarilo sa jej vymámiť Edwardovo uznanie, že je to pravda, no keď zistila, že síce pravdivosť jej tvrdení pripúšťa, v žiadnom prípade sa však nimi nemieni riadiť, usúdila, že po všetkom, čo nedávno zažila, bude najmúdrejšie sa podvoliť, a po nepríjemnom odkladaní, ktoré bola dlžná vedomiu vlastnej dôležitosti a ktoré jej poslúžilo, aby ju nikto nemohol podozrievať z dobrej vôle, vyhlásila rozsudok: schválila Edwardov sobáš s Elinor.

Ďalej bolo potrebné považovať, ako môže prispieť k navýšeniu ich príjmu, a tu sa jasne ukázalo, že hoci bol Edward teraz jej jediným synom, rozhodne sa nepovažoval za najstaršieho, lebo keďže Roberta podľa vlastných predchádzajúcich rozhodnutí musela dotovať tisíckou libier ročne, nevzniesla ani najmenšiu námietku, aby sa Edward dal kvôli úbohým dvom stovkám a päťdesiatim librám ročne vysvätiť, a nič mu nesľúbila ani teraz, ani do budúcnosti, len mu prostredníctvom Fanny dala desaťtisíc libier.

To však bolo práve toľko, koľko potrebovali, ba dokonca viac, než Edward a Elinor očakávali, a zdalo sa, že pani Ferrarsová je pri svojich výhovorkách nakoniec jedinou osobou, ktorá sa čuduje, že nedáva viac.

Keď už mali dostatočný príjem pre živobytie zabezpečený, nemali po tom, čo Edward dostal farnosť, na čo čakať, iba ak na to, kedy bude ich dom, v ktorom plukovník Brandon v horlivej túžbe zariadiť ho k Elinorinej spokojnosti, vykonal značné úpravy, pripravený, aby sa do neho mohli nasťahovať, a tak po dlhom čakaní na jeho dokončenie a, ako to zvyčajne chodí, po tisícke drobných sklamaní a odkladaní, keďže robotníkom išla práca nevysvetliteľne pomaly, Elinor napokon predsa len prelomila svoje pôvodné rozhodnutie nevydávať sa, kým nebude všetko hotové, a sobáš sa uskutočnil v bartonskom kostole začiatkom jesene.

Prvý mesiac po svadbe strávili u svojho priateľa v panskom sídle, odkiaľ už sami dozerali na budovanie ich fary a všetko riadili tak, ako sa im páčilo, mohli si vybrať tapety, projektovali krovinaté partie v záhrade a vymýšľali prístupovú cestu pre koče.

Hoci sa proroctvá pani Jenningsovej poriadne pomotali, z najväčšej časti sa naplnili, lebo mohla navštíviť Edwarda a jeho ženu v ich fare už na Michala, a v Elinor a jej manželovi, ako verila, našla najšťastnejší pár pod slnkom. V skutočnosti si už nemohli želať viac, iba ak sobáš plukovníka Brandona s Marianne a oveľa lepšiu pašu pre svoje kravy.

Len čo sa na fare zabývali, navštívili ich takmer všetci ich príbuzní a priatelia. Pani Ferrarsová prišla skontrolovať ich šťastie, a takmer sa zahanbila, keď musela priznať, že ho u nich aj našla, a dokonca aj Dashwoodovci sa uráčili preukázať im tú česť a podniknúť k nim cestu zo Sussexu.

„Nebudem tvrdiť, že som sklamaný, moja drahá sestra," povedal John, keď sa jedno ráno spolu prechádzali popri bráne do kaštieľa v Delaforde, „preháňal by som, lebo teraz si určite jedna z najšťastnejších žien na svete. Ale priznám sa, že by som nesmierne rád nazýval plukovníka Brandona svojím švagrom. Jeho tunajší majetok, miesto, dom, všetko je v takom vynikajúcom a chvályhodnom stave! A jeho lesy! Toľko dreva som nevidel v celom Dorsetshire, ako stojí tu v Delafordskom zráze! A i keď možno Marianne nevyzerá presne ako žena, ktorá by ho mohla zaujať, predsa si myslím, že by bolo celkom užitočné, keby tu u teba teraz bývala dosť často, keďže sa zdá, že plukovník Brandon trávi doma ohromne veľa času, a nikto nevie, čo sa môže stať – lebo, vieš, keď sú ľudia dlho pokope a nevidia takmer nikoho iného... a vždy si ju dokázala napraviť na správnu cestu, a tak ďalej, skrátka, aj ty jej môžeš poskytnúť príležitosť, rozumieš..."

No hoci ich pani Ferrarsová *navštívila* a zakaždým sa k nim správala s náležitou predstieranou láskavosťou, nikdy ich neurazila skutočnou priazňou a uprednostňovaním. *Tá* patrila Robertovej pochabosti a prefíkanosti jeho ženy, a obaja ju získali skôr, než uplynulo niekoľko mesiacov. Sebecká vypočítavosť tej druhej, ktorou najprv vtiahla do patálií Roberta, bola hlavným nástrojom, ktorým ho odtiaľ aj vydriapala, lebo jej úctyhodná pokora, vytrvalá pozornosť a nekonečné pochlebovanie, len čo sa naskytla čo najmenšia štrbinka, aby ich mohla predviesť, zmierila pani Ferrarsovú so synovou voľbou a v plnej miere mu prinavrátila jej priazeň.

Lucino správanie v celej záležitosti a blahobyt, ktorý ho korunoval, sa dá vyložiť ako najpovzbudzujúcejší príklad toho, čo dokáže premyslená a neutíchajúca starostlivosť o vlastný prospech, akékoľvek domnelé prekážky by jeho nadobudnutie mohlo pretrpieť, vykonať, aby si zaobstarala všetky výdobytky bohatstva, a nemusí pritom obetovať nič iné, len čas a svedomie. Keď ju Robert po prvý raz súkromne navštívil v Bartlettových domoch, urobil to len so zámerom, ktorý mu pripisoval jeho brat. Chcel ju iba presvedčiť, aby zrušila zasnúbenie, a keďže nebolo potrebné prekonať nič iné, len ich vzájomnú náklonnosť, prirodzene očakával, že jeden či dva rozhovory celú vec vyriešia. V tejto veci sa však, no iba v tejto jedinej, zmýlil, lebo hoci mu Lucy čoskoro dala slabú nádej, že ju *časom* jeho argumenty presvedčia, zakaždým musel prísť znova a podstúpiť ďalší rozhovor, aby sa o tom ubezpečil. Pri každej rozlúčke v jej mysli ešte pretrvávali zvyšky pochybností, ktoré mohla rozptýliť len ďalšia polhodinová debata s ním. Takýmto spôsobom si zabezpečila jeho pravidelné návštevy a ostatné nasledovalo v priebehu nich. Namiesto toho, aby hovorili o Edwardovi, postupne začali rozprávať len o Robertovi, čo bola téma, o ktorej vždy mal viac čo povedať než o ktorejkoľvek inej a o ktorú Lucy onedlho preukázala takmer taký veľký záujem, ako bol jeho vlastný; a, skrátka, čoskoro im obom bolo zrejmé, že Robert celkom nahradil svojho brata. Bol pyšný na svoje víťazstvo, pyšný, že Edwarda vyhodil zo sedla, a nesmierne pyšný, že sa bez matkinho súhlasu tajne oženil. Čo sa stalo potom je známe. Strávili niekoľko veľmi šťastných mesiacov v Dawlishi, keďže Lucy mala množstvo príbuzných a starých známostí, s ktorými chcela skoncovať – a Robert nakreslil niekoľko plánov na veľkolepé domy –, odtiaľ sa vrátili do mesta a zadovážili si odpustenie pani Ferrarsovej jednoduchým krokom: na Lucin podnet oň požiadali. Odpustenie sa spočiatku, pravdaže, ako sa patrilo, týkalo len Roberta a Lucy, ktorá nebola jeho matke zaviazaná poslušnosťou, a preto sa proti nej ani nijako neprehrešila, zostala ešte zopár týždňov neomilostená. Ale vytrvalá poníženosť v jej správaní a odkazoch, a v sebaodsúdení za Robertovu urážku, jej po čase priniesla blahosklonné prijatie, ktoré ju svojou vznešenosťou celkom premohlo, a hneď nato míľovými krokmi viedlo k láske a vplyvu v najvyššej miere. Lucy sa stala pre pani Ferrarsovú taká nenahraditeľná ako Robert či Fanny, a zatiaľ čo Edwardovi v duši nikdy neodpustila, že sa kedysi zamýšľal s ňou oženiť, a Elinor, hoci ju prevyšovala majetkom i pôvodom, označila za votrelca, *ju* vo všetkých ohľadoch považovala a zakaždým aj otvorene vyhlasovala za svoje najmilšie dieťa. Usadili sa v meste, dostávali nadmieru veľkodušnú pomoc od pani Ferrarsovej, s Dashwoodovcami si boli takí blízki, ako si len možno predstaviť, a prehliadajúc žiarlivosť a zlomyseľnosť, ktorá neustále pretrvávala medzi Fanny a Lucy, pravdaže za asistencie ich manželov, rovnako ako pravidelné domáce nezhody medzi Robertom a Lucy samotnými, nič nemohlo prevýšiť harmóniu, v ktorej tu všetci svorne nažívali.

Mnohí by sa veru riadne čudovali, že si Edward tým, čo vykonal, zaslúžil stratiť právo najstaršieho syna, no nad tým, čo urobil Robert, aby ho získal, by užasli ešte väčšmi. Takéto usporiadanie sa však vo svojich dôsledkoch, ak aj nie v príčine, ukázalo ako vyvážené, pretože v Robertovom spôsobe života či reči sa nikdy neobjavilo nič, čo by prezrádzalo čo len štipku ľútosti za jeho neúmerný príjem, či už kvôli tomu, že bratovi nechal primálo, či preto, že sebe uchmatol priveľa; a ak sa dá Edwarda posudzovať podľa ochotného plnenia povinností, so všetkými drobnosťami, ktoré vyžadovali, podľa jeho rastúcej pripútanosti k žene a k domovu, a podľa neustále dobrej nálady, dá sa predpokladať, že bol so svojím osudom nemenej spokojný ako jeho brat, a aj práve tak oslobodený od akejkoľvek túžby po zmene.

Sobáš oddelil Elinor od jej rodiny len tak málo, ako sa dá ľahko uhádnuť, a pritom sa letný dom v Bartone vôbec nestal nepotrebným, lebo jej matka a sestry s ňou strávili o hodne viac než polovicu svojho času. Pani Dashwoodovú viedla pri ich častých návštevách u Elinor v Delaforde rovnako stratégia i radosť, lebo jej túžba dať Marianne a plukovníka Brandona dokopy bola sotva menej naliehavá, i keď oveľa veľkodušnejšia, než akú vyslovil John. Teraz to bola pre ňu najmilšia téma. Hoci jej bola dcérina spoločnosť nadovšetko drahocenná, nič si neželala tak veľmi, ako vzdať sa tohto neustáleho pôžitku v prospech svojho vzácneho priateľa a mať Marianne vydatú v panskom sídle si rovnako priali Edward a Elinor. Všetci preciťovali plukovníkove žiale, no aj vlastnú vďačnosť, a Marianne mala byť podľa všeobecného súhlasu za to všetko odmenou.

Pri takomto sprisahaní proti nej – pri vlastnom hlbokom vedomí o jeho dobrote –, v presvedčení o jeho oddanej náklonnosti k nej samotnej, ktoré ju nakoniec, hoci všetci ostatní si to všimli už dávno predtým, ovládlo – čo mala robiť?

Marianne Dashwoodová dostala do vienka zvláštny osud. Narodila sa, aby objavila falošnosť vlastných názorov a svojím konaním poprela pravdivosť jej najobľúbenejších maxím. Prišla na svet, aby prekonala lásku, ktorá sa zrodila v takom pokročilom veku, v sedemnástich, a s citom nie vyšším, než je hlboká úcta a živé priateľstvo, dobrovoľne dala svoju ruku inému! A tomu *inému*, mužovi, ktorý si pre bývalý vzťah vytrpel nemenej než ona, ktorého ešte pred dvoma rokmi považovala za pristarého na ženbu a ktorý kvôli ochrane svojho drieku naďalej obľuboval flanelovú vestu!

Ale tak sa stalo. Namiesto toho, aby padla za obeť neodolateľnej vášni, ako sa kedysi s pôžitkom nádejala, namiesto toho, aby dokonca navždy zostala u svojej matky a vyhľadávala potešenie výhradne v ústraní a štúdiu, ako sa potom o niečo pokojnejšie a triezvejšie rozhodla, v devätnástich sa zbadala, ako sa poddáva novému vzťahu, zaväzuje novými povinnosťami, usádza v novom dome ako manželka, pani domu a patrónka dediny. Plukovník Brandon bol taký šťastný ako všetci, ktorí ho mali najradšej, verili, že si zaslúži byť – Marianne ho utešila zo všetkých minulých rán –, jej úcta a jej spoločnosť oživili jeho myseľ a dušu až do veselosti, a všetci pozorní priatelia boli rovnako presvedčení a naradovaní, že Marianne našla vlastné šťastie vo vytváraní toho jeho. Marianne nikdy nedokázala ľúbiť napoly, celé jej srdce bolo časom také oddané jej manželovi ako kedysi Willoughbymu.

Keď sa Willoughby dozvedel o jej svadbe, pichlo ho pri srdci a jeho trest sa onedlho nato završil: pani Smithová mu dobrovoľne odpustila, prijala jeho sobáš s vysokopostavenou ženou ako zdroj vlastnej zhovievavosti, a dala mu dôvod veriť, že keby sa bol čestne zachoval k Marianne, mohol byť šťastný a bohatý zároveň. Netreba pochybovať, že jeho pokánie za zákerné konanie, ktorým si sám privodil trest, bolo úprimné, no ani o tom, že veľmi dlho myslel na plukovníka Brandona so závisťou a na Marianne s ľútosťou. No neslobodno sa ani spoliehať na to, že sa s tým nikdy nezmieril, že ušiel pred svetom, či sa navždy ponoril do melanchólie alebo nebodaj zomrel od žiaľu, lebo nič z toho neurobil. Žil príčinlivo a pravidelne sa zabával. Jeho žena nemala každý deň zlú náladu, ani jeho domov nebol nepríjemný denne, a v cvičení koní, psov a poľovačkách či iných mužských záľubách našiel nie nepatrný stupeň domáceho šťastia.

K Marianne však – napriek nepeknému spôsobu, akým prežil jej stratu –, vždy prechovával takú nepopierateľnú úctu, že v ňom naďalej pretrvával záujem o všetko, čo sa jej týkalo, a hlboko v duši ju považoval za príklad dokonalej ženy, a mnoho vychádzajúcich krások odvtedy pohŕdavo odsúdil v presvedčení, že sa s pani Brandonovou nemôžu ani porovnávať.

Pani Dashwoodová bola natoľko rozumná, aby si podržala letný dom a nepokúšala sa presťahovať do Delafordu, a našťastie pre sira Johna a pani Jenningsovú, keď od nich Marianne odtrhli, Margaret práve dorástla do veku vhodného pre tancovačky a tiež bola natoľko žiaduca, aby ju mohli podozrievať, že má nápadníka.

Medzi Bartonom a Delafordom prebiehala neustála komunikácia, akú prirodzene prikazujú pevné rodinné putá, a pokiaľ ide o to najdôležitejšie medzi Elinor a Marianne a o ich šťastie, nemožno označiť za najmenej podstatné, že hoci boli sestry a bývali tak blízko seba, že si takmer hľadeli do okien, dokázali žiť bez nezhôd, ba ani nevyvolávali napätie medzi svojimi manželmi.

JANE AUSTEN
ROZUM A CIT

Z anglického originálu Jane Austen: Sense and Sensibility,
ktorý vyšiel vo vydavateľstve Oxford University Press, Oxford 2004,
preložila Beáta Mihalkovičová.

Editorka Mária Štefánková
Zodpovedná redaktorka Jarmila Samcová
Obálku navrhol Jozef Dobrík
Zalomenie a tlač KASICO, a.s., Bratislava

ISBN 978-8085-256-6

www.slovart.sk

10 9 8 7 6 5